Über dieses Buch Andrej Bitow erzählt von einem erst jungen, später nicht mehr ganz jungen Mann, der sich im Rollenverhalten einübt. Anfangs ist er linkisch und hilflos, allmählich lernt er einiges hinzu, schließlich ist er der Überlegene, der seine Macht über den Partner bedenkenlos, manchmal fast zynisch einsetzt.

Er übt seine Rolle im Elternhaus, an der Hochschule, in Liebe, Ehe und Liaison, in Arbeit und Beruf, auf Reisen. Er verliebt sich, wird verschmäht, dann wirklich geliebt. Er heiratet, zeugt Kinder, betrügt und verläßt seine Frau, begegnet Jugendlieben wieder. Immer spielt er den anderen und sich selbst etwas vor, ab und zu aber fällt er aus der Rolle.

Andrej Bitow ist wie besessen von seinem Helden, er beschreibt ihn genau, ohne sich je im Detail zu verlieren. Seine Sprache ist hochsensibel, feinnervig, eloquent und natürlich auch ironisch. Helen von Ssachno schrieb über *Die Rolle:* »Jede Bitowsche Geschichte endet mit einer Art höheren Erkenntnis in den kosmischen Zusammenhang von Liebe und Leben, die als Gleichnis am Schluß des Romanabschnitts wiedergegeben wird, was dem Zynismus der Schilderung Einhalt gebietet und dem Werk seinen literarischen Rang verleiht.«

Der Autor Andrej Bitow, 1937 in Leningrad als Sohn eines Architekten geboren, absolvierte 1962 das Leningrader Bergbauinstitut; nahm als Geologe an mehreren Expeditionen teil. Lebt heute als freischaffender Schriftsteller in Moskau. 1963 veröffentlichte er seinen ersten Erzählungsband *Der große Luftballon.* Es folgten weitere Erzählungsbände sowie Essays und Reisebeschreibungen.

1980 beteiligte sich Bitow als Mitherausgeber an dem Almanach *Metropol.* 1983 erschien in der Bundesrepublik sein Roman *Das Puschkinhaus,* der 1987 auch in der Sowjetunion veröffentlicht werden konnte. Heute zählt Andrej Bitow zu den führenden Autoren der zeitgenössischen sowjetischen Belletristik.

Andrej Bitow

Die Rolle

Roman

Fischer Taschenbuch Verlag

Die Originalausgabe erschien unter dem Titel *Rolj*
im Verlag Molodaja Gwardija, Moskau 1976
Aus dem Russischen übersetzt von Alexander Kaempfe

Veröffentlicht im Fischer Taschenbuch Verlag GmbH,
Frankfurt am Main, April 1990

Lizenzausgabe mit freundlicher Genehmigung des
C. Bertelsmann Verlags GmbH, München

Umschlaggestaltung: Buchholz/Hinsch/Hensinger
unter Verwendung eines Gemäldes von Warwara Stepanowa
›Fünf Figuren. Tanz‹ 1920 (Ausschnitt)
Druck und Bindung: Clausen & Bosse, Leck
Printed in Germany
ISBN 3-596-29578-5

Die Tür

Der Junge fror unter dem Torbogen. Schon eine halbe Stunde war vergangen. Sie hat sich so verspätet, daß sie hier sicher nicht mehr vorbeikommen wird. Sie wird direkt ins Haus gehen. Oder hat das bereits getan, ist die Treppe hinauf in den zweiten Stock gegangen, man hat ihr aufgemacht, und sie ist rein in die Wohnung ... Vielleicht war sie spät dran und hat gemeint, er warte nicht so lange auf sie, in der Kälte, unter dem Torbogen? Dann ist sie also schon in jener Wohnung? ... Aber was soll er dann tun? ... Oder hat sie gemeint, daß er auch ohne sie dort läuten würde? Vielleicht wartet sie jetzt auf ihn, in der Wohnung im zweiten Stock? Aber wie könnte er dort läuten, er ist doch erst ein einziges Mal dort gewesen, und jene Männer haben damals so gegrinst ... Und außerdem ist sie vielleicht noch gar nicht in der Wohnung!

Der Junge verließ seinen Platz unter dem Torbogen, ging bis zur Haustür, blickte sich nach allen Seiten um, vergewisserte sich, daß sie ihm nicht entgegenkommt oder von hinten auf ihn zugeht oder auf der anderen Straßenseite ist. Er ging ins Haus. Jetzt kann er sie nicht mehr verfehlen ...

Hier war es wärmer. Vor allem, es zog nicht. Er rieb sich die Nase, die Wangen, die Stirn. Sein Gesicht brannte. Er dachte, daß er jetzt sicher ein sehr rotes Gesicht habe und daß sie gleich das Haus betreten würde. Der Junge schämte sich seiner Wangenröte und seiner jungen Jahre. Der Gedanke, daß er rot im Gesicht und außerdem auch noch so jung ist, ließ ihn noch stärker erröten.

Doch sie kam nicht. Zunächst meinte er, die Tür ginge noch in dieser Sekunde auf. Erbebend blickte er die Haustür an. Doch es war entweder Einbildung, oder es kam jemand anderer herein. Nicht sie.

Daraufhin dachte er, sie sei vielleicht doch an der Haustür vorbeigegangen und würde jetzt unter dem Torbogen warten, während er sich hier aufwärmte. Er lief hinaus, lief bis zur Toreinfahrt: dort war keiner. Daraufhin dachte er, daß sie in diesem Augenblick zur Haustür reinginge. Sie geht ins Haus, sie haben sich verfehlt... Er rannte zurück. Im Hauseingang war niemand. Der Junge stand im Hauseingang, hinter der Glastür, und blickte auf die Straße hinaus: für den Fall, daß sie, an der Haustür vorbei, zur Toreinfahrt ginge. Als er sich einmal umdrehte, um zu sehen, wer die Treppe hinuntergeht, war ihm, als sei sie, von ihm unbemerkt, an der Haustür vorbeigegangen. Die Treppe stieg ein dicker alter Mann herab. Und sie war natürlich an der Glastür vorbeigehuscht! Der Junge lief noch einmal zur Toreinfahrt. Dort war niemand. Er kehrte in den Hauseingang zurück.

Sei kein Kleinkind, dachte der Junge. Streng lieber dein Köpfchen an, statt in der Gegend herumzurennen und den Verstand zu verlieren. Vierzig Minuten sind vergangen, sie wird nicht mehr zum Torbogen gehen. Es gibt zwei Möglichkeiten: entweder ist sie bereits da und sitzt dort im Zimmer im zweiten Stock, während ich hier unten wie ein Irrer durch die Gegend renne, oder sie ist noch nicht da, dann muß ich hier auf der Treppe auf sie warten. Und nicht unbedingt an der Haustür, denn zur Toreinfahrt geht sie sowieso nicht mehr, wenn sie sich so stark verspätet hat. Er kann sich getrost im zweiten Stock am Heizkörper aufwärmen. So ist das nämlich.

Kurzentschlossen stieg er in den zweiten Stock hinauf. Wärmte sich die Hände am Heizkörper. Blickte durchs Treppenhausfenster: wie in einen

Spiegel. Nahm die Mütze ab, kämmte sich, setzte die Mütze wieder auf. Zupfte den verrutschten Schal zurecht. Sein Gesicht brannte nicht mehr. Er setzte sich auf den Heizkörper, nahm aus der Zigarettenpackung eine Zigarette, zündete sie an. Sein Kopf begann zu kreisen, alles kam ein wenig ins Schwimmen. Der Junge hatte erst kürzlich zu rauchen begonnen. Jetzt war ihm wohl, es schlingerte so schön. Er betrachtete den Rauch, den er mal durch den Mund und mal durch die Nase entließ. Er bemühte sich einen Ring zu blasen...

Unten wurde die Haustür zugeschlagen. Der Junge zuckte zusammen. Prüfte nochmal den Schal. Sein Gesicht begann – sehr unpassend – wieder zu brennen. Das Herz pochte. Bereits am Schritt begriff er, daß nicht sie das war. Es war eine alte Frau. Sie ging an ihm vorbei, maß ihn von Kopf bis Fuß mit ihrem Blick. Sie stieg treppauf, ohne den Blick von dem Jungen abzuwenden, und drehte sich, je höher sie stieg, immer mehr um die eigene Achse. Auf ihre Wohnungstür ging sie bereits mit dem Hinterteil zu. Ihre Tür lag gleich neben jener Tür, die der Junge im Auge behielt. Sich weiter nach ihm umblickend, öffnete die Frau ihre Wohnungstür, aber nur einen Spalt weit, zwängte sich nicht ohne Mühe durch diesen Spalt und schlug die Tür hinter sich zu. Man hörte das Scheppern von Türhaken und Türkette.

Der Junge blickte auf die Uhr. Es war zwanzig nach neun. Er wartete bereits eine Stunde und zwanzig Minuten. Es war schon spät. Wenn er sie jetzt träfe, müßte er bald wieder heim. Seine Mutter würde nicht begreifen, warum er so lange verschwunden bliebe. Er wollte doch nur zum Schulfreund im Haus gegenüber, sich einen Zirkel holen. Freilich hatte sie sein neues Hemd angeglotzt und die Schuhe und gesagt, daß er sie noch einmal ins Grab brächte. Sicher hat sie schon bei dem Schulfreund angerufen, und jetzt führen die zwei

Mütter ein Gespräch. Der Junge stieg treppab, ging auf die Straße, in die Telefonzelle und wählte hintereinander beide Telefonnummern. Es war, wie er vermutet hatte: beide Anschlüsse waren besetzt. Der Junge war froh, daß er jetzt nicht mit seiner Mutter reden mußte. Er ist sowieso bald zu Hause, und es hat wenig Sinn, über sowas am Telefon zu reden ...

Er hatte nun gute zwei Stunden gewartet, und er dachte: wahrscheinlich ist sie schon in der Wohnung, und sie haben sich irgendwie verfehlt. Er muß jetzt unbedingt herausbekommen, ob sie dort ist. Am Ende wartet er umsonst?

Er stieg treppauf, verlangsamte zunehmend den Schritt. Dann stand er endlich vor der Tür. Schob, zupfte wieder Mütze und Schal zurecht. Streckte die Hand nach dem Klingelknopf aus. Zögerte. Ihm fiel jener gut aussehende Bursche ein, der ihm damals die Wange getätschelt und so herablassend gegrinst hatte. Und auch sie hatte damals gelacht. Zugleich dachte er aber, daß er klingeln müßte. Damit endlich Klarheit geschaffen würde. Als er auf den Knopf gedrückt hatte, fühlte er sich selbstsicherer und mutiger.

Er hörte, wie hinter der Wohnungstür eine andere Tür geöffnet wurde. Von dorther drang vager Lärm an sein Ohr. Schritte näherten sich der Wohnungstür, das Türschloß knackte ...

Vor ihm stand ihre Freundin.

Der Lärm war jetzt deutlicher zu hören. Es war ein spezifischer Lärm. Der Junge hörte nicht nur Stimmen und Musik, er roch Tabaksqualm, sah Flaschen auf dem Tisch.

»Ach, du bist das, Junge ...«, sagte die Freundin und hob ihre Brauen.

»Ich bin es«, sagte der Junge.

»Sie ist noch nicht da«, sagte die Freundin.

Er starrte die Freundin an, er wollte herausfinden, ob sie log oder die Wahrheit sprach. Hatte er nicht, im

Gewirr der Stimmen, deutlich ihre Stimme gehört? ... Er hörte sie sogar jetzt.

Diese Freundin glich einem großen schönen Fisch. Jetzt, da der Junge im Lärm deutlich jene eine Stimme vernahm, mißfiel ihm die Freundin noch mehr. Sie ähnelte noch stärker einem Fisch, aber jetzt einem häßlichen. Es war schwer, diesem Fisch in die Augen zu blicken: in die großen grauen Fischaugen. Jedesmal traf der Blick, statt der Augen, die Nasenwurzel. Der Fisch strich sich über die prallen Schenkel, als seien seine Hände feucht und nicht trocken zu kriegen ...

Der Fisch öffnet den Mund, der Fisch schließt den Mund. Erst als die Tür wieder ins Schloß gefallen und der Fisch in der Wand verschwunden war, ging dem Jungen die Bedeutung der Lippenbewegung auf:

»Sie kommt heute bestimmt nicht mehr.«

»Aber ich habe doch ihre Stimme gehört«, dachte der Junge, »inmitten jener anderen Stimmen, dort im Zimmer! Dann möchte sie mich wohl nicht sehen. Sie ist dort, mit den anderen, mit ihm ...« Mit jenem Burschen, der den Jungen höhnisch am Kinn berührt hatte. Und er steht hier draußen auf der Treppe ... Und sie weiß das. Und hat die Freundin angewiesen, den Jungen fortzuschicken ...

»Gemeines Luder!« sagte der Junge. »Luder!« sagte er noch lauter. Und nochmal »Luder!«, während er treppab ging.

Und wenn sie doch nicht dort ist, dachte er weiter. Vielleicht hat mir das nur meine dumme Eifersucht eingegeben: daß das vorhin ihre Stimme war! Das kann nicht sein: ein solcher Lug und Trug ...

»Blöder eifersüchtiger Kerl!« sagte der Junge. »Blöder Kerl.«

Das beruhigte ihn etwas. Oder hatte die Freundin sie beide betrogen? Und ihr nicht gesagt, daß er gekommen ist.

»Dreckstück, Dreckstück, Dreckstück!« sagte er.

Der Junge stand unten im Hauseingang und konnte sich für keine der Versionen entscheiden. Einen der drei mußte er jetzt beschuldigen. Damit alles begreiflich und klar würde.

Er mußte bei ihr anrufen. Der Junge hatte Furcht davor, zu oft bei ihr anzurufen. Sie hatte ihm gesagt, sie hätte immer Ärger mit dem Telefon, deshalb solle er sie nur in dringenden Fällen anrufen. Doch dieser Fall war nun gewiß sehr dringend: er mußte einfach Klarheit haben. Vielleicht ist sie zu Hause und kommt gar nicht her... Dann sind alle Zweifel vergeblich, und er müßte so schnell wie möglich heim.

Er schob die Münze in den Schlitz, wählte ihre Nummer. Sein Herz pochte heftig. Eine grobe Stimme. Sie ist nicht da. Schon lange fort. Wann sie heimkommt, ist nicht bekannt.

Auf jeden Fall muß er noch etwas warten, dachte der Junge. Vielleicht ist sie unterwegs und trifft gleich ein.

Der Junge stieg wieder die Treppe hinauf, setzte sich wieder auf seinen Heizkörper und zündete sich eine neue Zigarette an.

Er kam sich selbst sehr ruhig und erwachsen vor. Er preßte die Lippen zusammen, setzte eine entschlossene Miene auf, betrachtete sein Spiegelbild im Fenster. Dachte über sich nach, in der dritten Person, verschiedene Dinge, sah sich selbst zu, wie er den Rauch aus Mund und Nase strömen ließ und die Asche abstreifte.

Doch sie kam und kam nicht.

Der Junge wurde nervös. Er mußte auch noch Butter kaufen: die Mutter hatte ihm das aufgetragen. Die Mutter... Sie wartet darauf, daß er heimkommt. Eine dumme Sache. Die Lebensmittelgeschäfte machen gleich zu.

Wie dumm, wie dumm... Er hätte die Butter auf dem Herweg kaufen sollen. Selbst wenn er sich ein klein wenig verspätet hätte ... Sie hat ja sowieso nicht dort gestanden. Unsinn, woher hätte ich das wissen sollen ... Und wenn ich jetzt die Butter kaufen gehe, dann verfehlen wir uns.

Aber sie kommt nicht.

Vielleicht hat er sich doch nicht getäuscht, als er vorhin ihre Stimme zu hören glaubte. Vielleicht ist sie jetzt wirklich dort in der Wohnung und führt ihn hinters Licht ...

So geht das nicht, sagte der Junge. Nachdem ich hier zwei volle Stunden gewartet habe, ist es jetzt ein winziges Risiko, für einen Moment ins Geschäft gegenüber zu laufen. Ich kaufe die Butter und bin gleich wieder da. Das Risiko ist minimal. Sie ginge ihm schon nicht durch die Binsen. Mit an Sicherheit grenzender Wahrscheinlichkeit nicht. Es wäre geradezu ein Wunder, wenn sie just in der Sekunde käme, in der er beim Butterkauf ist. Das würde an Wahnsinn grenzen. Spiel nicht verrückt, und sei ein Mann! Aber wirklich!

Nachdem er sich gut zugeredet hatte, trat er kurzentschlossen auf die Straße hinaus und rannte zu dem Geschäft hinüber. Witschte an der Frau vorbei, die bereits die Ladentür abschließen wollte:

Mit der Butter war jetzt alles in Butter. Er rannte zurück, über die Straße, stürmte ins Haus, lief die Treppe hinauf ... Falls sie trotzdem in dieser Minute das Haus betreten haben sollte, würde er sie gleich einholen. Jetzt war er wieder auf dem Treppenabsatz. Niemand war da.

Er setzte sich auf den Heizkörper.

Nein, dachte der Junge, so einen Zufall kann es ganz einfach nicht geben: daß sie just in dem Moment hier eintrudelt, wenn ich drüben im Geschäft die Butter kaufe. Solche Zufälle kommen im Leben nicht vor.

Also: sie ist schon drin in der Wohnung. Sie hat ihn an der Nase herumgeführt. Nochmal bei der Freundin zu klingeln, hat jetzt keinen Sinn. Vielleicht ist bei ihr etwas dazwischen gekommen, sie hat Unaufschiebbares erledigen müssen und den Jungen nicht benachrichtigen können. Oder sie ist gar nicht aus dem Haus gegangen, und am Telefon hat man ihn angelogen.

Er muß jetzt heim. Das gibt einen schönen Skandal. Jawohl, wenn sie in Geschäften unterwegs ist, oder wenn man ihn am Telefon beschwindelt hat, dann muß er jetzt so rasch wie möglich heim.

Und wenn er sich nun doch nicht getäuscht hat, wenn das vorhin ihre Stimme war... In jenem Zimmer, mit dem Zigarettenqualm und den vielen Flaschen? Wie soll er sich vergewissern, wie erfährt er die Wahrheit? Er muß so lange warten, bis sie wieder fortgeht. Wenn sie dort im Zimmer ist, kann sie sich schließlich nicht in Luft auflösen! Und wenn sie dann aus der Tür rauskommt, wird alles sonnenklar sein.

Weiter unten betätigte jemand einen Türhaken. Doch keine Tür fiel ins Schloß. Niemand trat auf die Treppe hinaus. In jener Wohnung wurde niemand mehr erwartet... Im ganzen Treppenhaus ertönte jetzt das Quietschen und Scheppern von Türhaken und Türriegeln. Das hörte sich sonderbar an. Alle Türen wurden für die Nacht verschlossen.

Dem Jungen fiel ein, daß auch seine Mutter abends immer die Wohnungstür verriegelte. War das einmal geschehen, kam man auch mit dem Schlüssel nicht mehr in die Wohnung. Man könnte meinen, irgendwelche Räubersleute hätten nichts Besseres zu tun, als in friedliche Wohnungen einzubrechen... Der Junge zuckte bei jedem neuen Quietschen zusammen, begriff immer erst zu spät, daß nicht jene Tür aufgequietscht hatte, die er beobachtete, sondern eine andere Tür.

Jemand ging von innen auf *seine* Tür zu. Der Junge hörte deutlich die Schritte.

Gleich geht die Tür auf – und sie tritt hinaus...

Wieder quietschte ein Türhaken, etwas lauter als sonst.

Es würden also alle Wohnungsinsassen über Nacht in der Wohnung bleiben, mein Gott, auch sie?!...

Der Junge wäre am liebsten auf die Tür zugerannt, in die Wohnung gestürmt. Um alles mit eigenen Augen zu sehen...

Die Schritte entfernten sich von der für die Nacht verschlossenen und verriegelten Tür.

... Er stürmt in die Wohnung, sie ist dort, er blickt sie an, er sagt ihr schroffe, stolze Worte, die von grausamer Wahrheit erfüllt sind. Sie schluchzt, sie bittet um Verzeihung. Sie rutscht auf den Knien vor ihm, sie umklammert seine Beine mit ihren Armen. Er steht aufrecht da, bleich und bildschön, und nichts auf der Welt vermag mehr sein Herz zu erweichen. Er glaubt den hingeschluchzten Worten nicht. Er geht fort aus der Wohnung. Sie aber schluchzt, sie weint bitterlich...

Sie weint... Der Junge sah sie einmal weinen. Auch damals kam sie zu spät und war in Tränen aufgelöst. Sagte, ihr Bruder hätte sie beleidigt, sie hätte niemanden, nur ihn: den Jungen... Der Junge erinnerte sich jetzt, und ihn ergriff großes Mitleid mit ihr. In seiner Nase begann es zu jucken.

Er kämpfte diese Anwandlung nieder und kam auf das zurück, was er sich gerade ausgemalt hatte. Er lächelte: welch eine Kinderei und Dummheit! Gesetzt den Fall, er stürmte in die Wohnung... und sie wäre nicht dort... was dann? Was sagt er dann den baß erstaunten Leuten? Würde er nicht vor Scham in der Erde versinken? Der Junge errötete: so plastisch stand das Bild der schmachvollen Minute vor ihm.

Und außerdem: die Tür ist jetzt verriegelt.

Aber irgendwas muß geschehen. Er muß sich zu etwas entscheiden. Zum Telefonieren ist es zu spät. Doch wie verschafft er sich sonst Klarheit? Er stieg wieder treppab und betrat die Telefonzelle. Also, er ruft jetzt noch einmal an. Wenn sie an den Apparat geht, ist alles in Ordnung. Wenn nicht... nun, dann hängt er eben wieder ein. Im Hörer war wieder die rüde Stimme. Der Junge hängte ein. Sein Herz klopfte in eine große Leere, als hätte es sich losgerissen.

Auf dem Heizkörper ist es warm. Der häusliche Skandal wird nicht mehr größer werden. Höchstens kleiner. Mutter tut ihm so leid... Dies letzte Gefühl huscht wie ein kleines graues scheues Tier durch seinen Kopf und verschwindet gleich wieder. Dem Jungen ist warm. Über seinen Körper laufen wonnevolle Schauer. Alles in ihm dröhnt ein wenig. Er rührt sich nicht: er mag einfach nicht. Machst du die Augen zu, dann beginnt im Dunkeln sogleich ein heller grüner Punkt zu hüpfen: die Spur der Glühbirne...

Er liegt krank darnieder, er liegt im Sterben. Totenblaß und völlig abgemagert. Sie spürt ihn endlich auf. Sie kommt zu ihm. Sie weint. »Weine nicht, ich habe dich immer geliebt. Dich trifft keine Schuld.« Sie weint, sie stammelt: »Alles wird jetzt anders.« – »Nicht für mich, dafür ist es zu spät...«

... Jahre sind vergangen. Er kommt zu ihr. Sein kühnes männliches Gesicht trägt die Spuren zahlloser Strapazen und Abenteuer. Die dichten, in die Stirn fallenden Locken können die tiefe Schramme nicht verbergen. Diese Locken sind grau. Er ist noch jung – und schon grauhaarig. »Es ist zu spät, zu spät für alles«, sagt er. Und geht fort. Sie schluchzt. Er geht durch Säle und wieder durch Säle, öffnet Türen, immer neue Türen...

Der Junge erwachte mit Schüttelfrost. Er fror. Er streckte, bewegte die Arme. Stand auf, hüpfte auf dem Treppenabsatz hin und her. Sein Blut begann wieder zu pulsieren.

Wie dumm doch alles gelaufen ist, dachte er. Er hätte die Mutter benachrichtigen müssen. Oder nicht schon am Abend herkommen dürfen, sondern erst jetzt. Sie war ja sowieso nicht da, und er hat die Zeit nutzlos vertan. Er wäre weitaus klüger gewesen, erst jetzt mit dem Warten zu beginnen. Und der Mutter zu sagen ... der Mutter irgendwas zu sagen. Ach, Unsinn, er hätte gleich heimgehen müssen. Und jetzt? Jetzt ist Nacht, zwei Uhr ist vorbei. Und er muß sich Klarheit verschaffen.

Der Junge saß auf dem Heizkörper, zog den Kopf zwischen die Schultern, atmete unter den Pullover.

Und dachte an nichts mehr.

Es war drei Uhr nachts.

Vier Uhr.

Der Junge wartet dumpf vor sich hin. Fällt manchmal in Schlaf, wird beim Aufwachen vom Schüttelfrost geschüttelt. Er weiß schon alles über dieses Treppenhaus. Ein Riß in der Wand ähnelt einem Stier, ein anderer Riß ähnelt Marja Stepanowna. Minjka – so lautet eine Inschrift – ist ein Käfer, und Walja ist eine dumme Gans. Und wieviel Klingelknöpfe an der Tür – an *seiner* Tür – sind, und in welchem Winkel der Filz in der rechten Türecke absteht ...

Er hört Schritte. Hört Stimmen. Zwei Stimmen. Der Türriegel scheppert. Es ist seine Tür.

Die Tür geht auf.

Sie steht in der Tür!

Der Junge ist vom Heizkörper aufgesprungen. Sie hat ihn gesehen und ist zurückgewichen. Die Tür ist wieder zugefallen. Das alles kam etwas zu schnell. Es flimmerte auf – und war schon vorbei. Der Junge war ratlos und verwirrt. Sein Herz schlug heftig: vor Überraschung, und weil er so abrupt aufgesprungen war, nachdem er so lange unbeweglich dagesessen hatte. Hinter der Tür klangen Stimmen. Der Junge versucht herauszufinden, wessen Stimmen es sind. Er glaubt, eine männliche und eine weibliche Stimme zu erkennen. Die weibliche ist *ihre* Stimme. Der Junge ist sich seiner Sache schon ganz sicher. Die Stimmen sind deutlich zu hören... So laut! Sie scheinen immer noch anzuwachsen: auf den Jungen zu...

Wieder knirscht das Türschloß, wieder öffnet sich die Tür.

Der Bursche, jener besagte Bursche, geht zur Tür hinaus, das Gesicht der Wohnung zugewendet. Im Hinausgehen spricht er auf jemanden ein. Dieser Jemand ist sie! Der Bursche dreht sich um die eigene Achse und setzt sich in Bewegung. Die Tür schließt sich hinter ihm. Der Junge meint beim Verschließen der Tür ihre Gestalt wieder aufblinken zu sehen. Der Türriegel wird vorgeschoben. Der Bursche steigt die Treppe herab. Er nähert sich dem Jungen. Erreicht dessen Höhe. Blickt ihn an. Was dieser Blick alles ausdrückt! Dem Jungen läuft es kalt über den Rücken. Der Bursche ist an ihm vorbeigegangen, er steigt immer tiefer treppab. Der Junge schaut ihm nach. Als der Bursche den nächsten Treppabsatz erreicht hat, dreht er sich nach dem Jungen um. Schaut zu ihm hinauf, voller Neugier.

Die Schritte des Burschen verhallten in der Tiefe des Treppenhauses.

Der Junge setzte sich wieder auf den Heizkörper. Biß die Zähne zusammen. Jetzt wird er warten. Er weiß jetzt, daß sie dort ist. Er wird warten, bis sie die Wohnung verläßt und ihr dann klipp und klar seine Meinung sagen.

»Ich töte sie! Ich bringe sie um!« wiederholte er immerzu.

Um halb sechs wurde die erste Wohnungstür zugeschlagen. Jemand rannte treppab und knöpfte sich im Rennen den Mantel zu. Dann hörte man immer mehr Türen ins Schloß fallen. Oberhalb und unterhalb des Jungen.

Zunächst waren es Arbeiter, die die Treppe hinabeilten. Sie liefen mit unbewegter Miene an dem Jungen vorbei. Er empfand Dankbarkeit.

Dann kamen die Angestellten. Die weiblichen Angestellten kamen mit Einkaufstaschen, die männlichen mit Aktentaschen. Die Angestellten glotzten ihn an, einige drehten sich nach ihm um. Ein paar von ihnen erkannte der Junge wieder: sie waren gestern abend treppauf gestiegen und hatten ihn gemustert. Auch jetzt wieder trieften ihre Blicke vor Neugier, in den Gesichtern war eine qualvoll stumme Frage.

»Ich werde sie umbringen!«

Der Junge fröstelte. Er gab sich große Mühe, eine gleichgültige Miene aufzusetzen. Er biß sich mannhaft in die Lippen, bewahrte Haltung.

Die Türen wurden in bestimmten Rhythmen zugeschlagen. Wellenförmig. Jede halbe und jede volle Stunde. Die Wellen wuchsen an und verebbten mit den Personen der rennenden, butterbrotkauenden Nachzügler. Dann kam eine Weile nichts. Der Junge nutzte die Atempause, entspannte sich. Und fühlte sich sofort todmüde.

Zweimal fiel auch *seine* Tür ins Schloß. Doch sie war es nicht, es waren andere Mieter. Der Junge fürchtete, sie würden ihn wiedererkennen. Beim ersten Mal drehte er sich dem Fenster zu und pfiff, möglichst teilnahmslos, etwas vor sich hin. Beim zweiten Mal tat er so, als steige er selber die Treppe hinab, als hätte er eine andere Wohnung verlassen.

Um zehn vor neun war die letzte Welle verebbt.

Um halb zehn kamen die Hausfrauen dran: bewehrt mit Einkaufstaschen, Flaschen und Milchkannen. Der Junge war es längst müde geworden, jedesmal zusammenzuzucken. Sein Gleichmut war nicht mehr gespielt, er war jetzt echt.

»Wann geht sie endlich weg?« dachte er träge und dumpf. Seine Erwartung war abgestumpft, war nicht mehr so qualvoll. Er wünschte sich nurmehr das Ende des Wartens herbei. Fortgehen freilich konnte er nicht.

Dann war auch die Welle der Hausfrauen abgeebbt.

Er dachte: wenn ich noch zwei Stunden hier stehe, kommen schon wieder die ersten Treppensteiger.

Ganz unerwartet knarzte seine Tür.

Sie trat hinaus.

Ruhig und bildschön ... Mein Gott, war sie schön, diese Frau!

Sie stieg die Treppe hinunter. Sah den Jungen, erkannte ihn. Lächelte ihm zu. Es war kein spöttisches, sondern ein gutes Lächeln. Doch ihn führt man nicht mehr hinters Licht ...

»Ach, du bist das, mein Junge!« sagte sie. »Ja, hast du denn die ganze Zeit gewartet?«

»Ja«, sagte der Junge. Seine Stimme bebte, seine Kehle war wie zugeschnürt. »Ja. Du warst die ganze Nacht dort. Ich habe unter dem Torbogen auf dich gewartet: du bist nicht gekommen. Später, als ich an der Tür läutete, hast du mir sagen lassen, du seist nicht in der Wohnung. Du wußtest, daß ich hier bin. Und um vier Uhr nachts hast du die Tür geöffnet, und hast mich gesehen, und hast dich versteckt. Und dieser Bursche ist hinausgegangen. Ich weiß alles! ...« – dem Jungen verschlug es die Stimme.

»Mein Guter«, sagte sie zärtlich und leise, »alles war ganz anders. Nicht so, wie du sagst. Ich konnte nicht zur rechten Zeit zum Torbogen kommen, es ergab sich so, ich konnte nichts daran ändern. Ich wußte nicht, wie ich dich benachrichtigen sollte. Ich bin erst sehr viel später hergekommen. Als du an der Tür nach mir gefragt hast, war ich noch gar nicht da. Und als ich die Treppe hinaufstieg, warst du nicht da. Da dachte ich, du seist gegangen.«

»Ich war die ganze Zeit im Treppenhaus!«

»Nein, mein Guter, nicht die ganze Zeit. Du irrst dich.«

»Nenn mich nicht so. Du hast die Nacht dort verbracht. Mit diesem Burschen ...«

»Du Dummer... Eigentlich müßte ich jetzt böse auf dich sein, weil du solche Dummheiten sagst. Es ist spät geworden, da habe ich bei meiner Freundin übernachtet. Verstehst du? Und der Bursche ist ihr Bruder. Wir haben zusammen studiert. Heute Nacht ist er fortgefahren. Weit weit weg.«

»Nein«, sagte der Junge.

»Mein Lieber, mein Guter, mein Feiner... Alles war so, wie ich es sage. Doch was stehen wir hier herum? Komm, gehen wir. Und du warst die ganze Nacht im Treppenhaus? Bei dir zu Hause ist bestimmt der Teufel los!«

»Das ist nicht wichtig«, sagte der Junge.

Sie lachte.

Sie traten durch die Haustür auf die Straße hinaus.

»Geh jetzt heim«, sagte sie. »Geh, mein Junge. Bis morgen.«

Der Junge ging heim. Bis zu seinem Haus war es nicht weit. Der Tag war grauverhangen, warm und neblig. Der Nebel ließ ringsum alles vage erscheinen. Die Häuser, die Autos, die Menschen. Alles tauchte jäh auf und war genauso rasch wieder verschwunden. Alles war schwerelos. Als sei es bloß geträumt.

Auch der Körper war ganz leicht. Auch die Gedanken.

Im Körper war ein leises angenehmes Dröhnen. Dort lauerte der Schlaf auf ihn.

So war das, dachte der Junge. Bestimmt war alles so, wie sie es sagt. Und ich bin ein Schwein. Wie stehe ich jetzt vor allen da? Vor Mutter. Und vor ihr. Ein Schwein, wie es im Buch steht. Denn alles war so und nicht anders.

Der Garten

Neunundzwanzigster Dezember

Er wußte nicht, wann sie anrufen würde. Anrufen wollte sie jedoch. Sie hatte es versprochen. Sie sollte anrufen, und Alexej irrte durch die Wohnung: tat so, als blätterte er in der Diele in der Zeitung oder als befände er sich, zum Zweck des Messerholens, im Gang, auf dem Weg in die Küche. Wenn das Telefon läutete, sprang Alexej auf und griff nach dem Hörer, aber jedesmal war es nicht sie, nicht Assja. Wen wollte man nicht alles sprechen: den Onkel, die Tante, die Großmutter. Nur ihn nicht. Auch die Mutter streunte durch den Korridor, stumm: sie verschwieg, ja verheimlichte etwas. Nichts war schlimmer als dies resolute Gesicht, mit dem sie an ihm vorbeiblickt, als gäbe es ihren Sohn Alexej überhaupt nicht. Der war es längst müde geworden, sich darüber den Kopf zu zerbrechen oder dieser mütterlichen Miene auch nur Beachtung zu schenken. In letzter Zeit wendete sie ihm nur noch dieses Gesicht zu. Daß er sich ständig in Telefonnähe aufhielt, hatte natürlich ihren Verdacht geweckt. Wenn die Mutter im Korridor auftauchte, ging Alexej aufs Telefon zu, nahm den Hörer, tat so, als riefe er die Zeitansage an. Beim nächsten Mal wählte er eine beliebige Nummer und ließ die letzte Zahl aus. »Kann ich Witja sprechen?« sagte er in den Hörer. Witja Koschenizyn ist persona grata, dieser Musterjüngling ist ganz nach dem Geschmack der Mutter. Sie sähe es gern, wenn sich Alexej mit dem Sohn ihrer Arbeitskollegin anfreunden würde. Das würde vieles erleichtern, außerdem ist Witja ein bienenfleißiger Student. Alexej ließ die Zeitspanne verstreichen, die man braucht, jemanden ans Telefon zu holen, und begann dann von einem Solenoid zu reden, den er juxeshalber mit einer Sinusoide verwechselte. Er redete den blühendsten Unsinn zusammen, das verschaffte ihm Erleichterung. Manchmal verstummte er, als lauschte er seinem Gesprächspartner am anderen Ende der Leitung, oder brummelte in den Schweigepausen vor sich hin oder schob eine Interjektion ein. Unterdessen ließ er sich etwas einfallen und sagte plötzlich: »Freilich doch, die potentielle Kraft der Blockkonstante bei einer gegebenen Überschneidung der Magnetkrümmungen des Systems ist gleich der hydraulischen Energie der Elektrodenspeisung, alpha-omega-psi. Genau das war mir bisher nicht klar!« Sagte es – und hängte wieder ein. Solche Gespräche wären ganz nach Mutters Geschmack gewesen. Doch in Wirklichkeit spielte sich nichts dergleichen ab. Diese Dinge waren reines Theater...

Da griff nun das Schicksal ein. Er vergaß plötzlich alles ringsum, von irgendeinem Nonsens über Elektrodenspeisung gefesselt, und als er, jäh daraus erwachend, mit ersterbendem Herzen aufs läutende Telefon zurannte, kam er zu spät. Seine Mutter hielt den Hörer bereits in der Hand und sagte: »Alexej, du wirst verlangt.« Ihren zusammengekniffenen Lippen, der leidenschaftslosen Stimme und dem genauso gearteten Blick war deutlich anzumerken, daß es Assja war, die anrief. Mutter hatte sie also an der Stimme erkannt. Jetzt ging es nur noch darum, ein Erröten zu verhindern. Das Gebot lautete, ihr den Hörer möglichst ruhig und teilnamslos abzunehmen. Streng genommen war aber auch die gute Miene zum bösen Spiel gar nicht mehr nötig. Denn es war sonnenklar, daß alle Wohnungsinsassen längst über alles im Bild waren – er war lange genug um das Telefon herumgeschlichen... Alexej nahm den Hörer. »Ja. Guten Tag.« Ein angehängtes »Assja« wäre wohl angemessen gewesen, nachdem er längst durchschaut und enttarnt war. Wäre er selbst ans Telefon gegangen oder jemand anderer – nur nicht seine Mutter –, dann könnte man jetzt in der zweiten Person Präsens sprechen, und niemand käme darauf, mit wem er telefoniert. Aber auch das brächte keine Rettung: es wäre viel zu viel Getue dabei, und Mutter käme ihm prompt auf die Schliche. Sie ist hellsichtig, wenn es um derlei Dinge geht.

»War das eben deine Mutter? Eine wunderbare Stimme!«

»Ja ...«

»Woher hast du gewußt, daß ich anrufe?«

»Durch das Gesicht.«

»Das Gesicht deiner Mutter?«

»Ja.«

Und sie lacht auch noch, diese Assja!

»Dabei habe ich gar nicht mit ihr geredet!«

»Wer dann?«

»Mein Mann.«

»Was will denn der Typ von dir?« – seine Stimme wird dumpf, die Worte vibrieren, dehnen sich, reißen. Ein Wort wie Stein, das nächste wie Flüssigkeit.

»Aljoscha, ich bitte dich!« sagt sie zärtlich. »Du weißt genau ...«

»Hast du ihn zufällig getroffen?« fragt Alexej giftig.

»Wozu dieser Ton, Aljoscha!« sagt Assja, und in ihrer Stimme klingt: noch bin ich nicht böse geworden, doch das kann jeden Augenblick geschehen, und du Alexej bist ein ganz kleiner Junge. »Du weißt, ich hab dir doch erzählt, daß ich mich mit ihm treffen werde ...«

Nun hat sie ihm das freilich nie gesagt, jedoch Alexej wird plötzlich wieder ruhig. Von Eifersucht kann keine Rede mehr sein, er hört ja IHR zu, und diese Sätze vorhin hat er vielleicht nur deshalb gesagt, weil ihre Stimme ihn so sehr erregt hat. Jawohl, nur deshalb und aus keinem anderen Grund. Doch übers Telefon kann man so etwas nicht erklären. Und es bedarf auch gar keiner Erklärung. Und es stimmt auch nicht ganz. Alexej sieht das doch etwas anders. Und Mutters Gesichtsausdruck war also nicht deshalb so verkniffen, weil sie Assja am Telefon erkannt hatte, sondern einfach aus Gewohnheit...

Und jetzt ist auch klar, wovon dieses Telefongespräch noch weiter handeln wird: von einer Verabredung. Wenn er jetzt noch ein wenig herumredet, wird sie die Frage an ihn richten. Wenn er es nicht aushält und selber fragt, sagt sie höchstwahrscheinlich, heute sei sie verhindert und beschäftigt. Wer oder was sie immer verhindert und beschäftigt, wissen die Götter. Er sagt also:

»Ich komme nachher bei dir vorbei.«

»Heute nicht, ich habe zu tun.« – Er hat es doch gewußt, daß sie das sagen wird!

»Und was hast du zu tun?« – wieder sind die Worte abwechselnd flüssig und steinhart.

»Mein Gott, Aljoscha... Ich wasche gerade. Neujahr steht vor der Tür...«

»Ich werde dich nicht beim Waschen stören.«

»Komm bitte nicht. Meine Mietmieter sind heute vollzählig versammelt.«

»Ich komme trotzdem.«

»Deine Mutter wird...«

Jetzt war alles klar. Er würde natürlich hingehen. Obwohl er bis über die Ohren in der Arbeit steckt: die Zwischenprüfung ist bald fällig. Und Mutter wird ihn wieder unmutig ansehen, wenn sie ihn abschwirren sieht...

Doch je mehr sich Assja sperrt, desto sicherer ist, daß er noch heute zu ihr gehen wird.

Assja wohnt bei ihrer Freundin Nina, sie zahlt fünfzehn Rubel für eine Schlafstelle. Nina ist ein schönes Mädchen, aber niemand liebt sie. Sie lebt bei ihrem Vater Sergej Wladimirowitsch, einem recht sonderbaren alten Mann, der aus dem Milieu der *Ehemaligen* stammt. Sie leben zu dritt in einem einzigen, wenn auch geräumigen Zimmer, das fast leer ist und nicht gerade wohnlich wirkt. Die Wohnung liegt im dritten Stock, der in diesem alten Haus der oberste Stock ist. Die Treppe ist breit und bequem: wie oft in alten Häusern. Auf jedem Treppenabsatz ist ein großes Fenster, davor eine wuchtige Sitzbank, auf der man sich vom Treppensteigen ausruhen kann. Also: dritter Stock, rechte Tür...

Jedesmal, wenn Alexej auf den Klingelknopf drückte, spannte sich alles in ihm an. Denn jetzt konnte – kurze Pause, leises Rascheln, Schritte hinter der Tür – alles mögliche geschehen. Es konnte zum Beispiel sein, daß Assja nicht zu Hause war. Dann durfte man sich den Kopf darüber zerbrechen, wo sie wohl sei. Für derlei Gedankenspiele war die Sitzbank auf der Treppe wie geschaffen. Wenn Assja öffnet, dann ist alles gut. Doch genauso gut kann Nina öffnen oder ihr Vater oder – wenn sie nicht daheim sind, du aber noch einmal geläutet hast – die Nachbarn, was die schlimmste aller Varianten ist. Die setzen nämlich beim Türöffnen eine Miene auf, daß man sofort Schuldgefühle bekommt, obwohl niemand weiß, inwiefern er sich ihnen gegenüber schuldig gemacht haben könnte. Das macht die Sache jedoch nicht besser. Wenn es nicht Assja ist, die die Tür öffnet, gibt es wiederum zwei Möglichkeiten: sie ist da – oder sie ist nicht da. Beide lassen zahlreiche Schattierungen zu: was drückt das Gesicht des Öffnenden aus, schweigt er oder sagt er was, und wenn er etwas sagt, dann welche Worte, fordert er ihn zum sofortigen Eintreten auf oder läßt er ihn einstweilen auf der Treppe vor der Tür stehen.

Diesmal öffnete Sergej Wladimirowitsch. Er stand in der Tür, als erkenne er Alexej nicht wieder. Hochgewachsen, fast kläglich erhaben, ein wenig hölzern. Nichts veränderte sich an seiner Unbeweglichkeit. Er schwieg, schien abzuwarten. Deshalb konnte Alexej nicht »Guten Tag, Sergej Wladimirowitsch« sagen. Statt dessen sagte er etwas zu hastig:

»Ist Assja da?«

Der Greis rührte sich nicht, er schien Alexej weiter zu mustern. Dann machte er eine scharfe Kehrtwendung, schloß die Tür, ohne sie zufallen zu lassen und entfernte sich genauso stumm, wie er dagestanden hatte.

Alexej stand vor der Tür wie ein Trottel.

Zu allem Überfluß war unterdessen die *Zweimalläuten*-Nachbarin die Treppe heraufgestiegen. Sie stand jetzt hinter Alexej. Atmete. Alexej zuckte zusammen, drehte sich um. Sie sagte mit sanftem Lächeln:

»Sie haben schon geläutet?«

»Ja«, erwiderte er und trat beiseite.

»Ach, die Tür ist ja gar nicht zu!« freute sich die Frau. In der einen Hand eine pralle Einkaufstasche, in der anderen Zeitung und Geldbeutel, ging sie an Alexej vorbei und blickte ihn mit wohlwollender Neugier an. Als sie schon an ihm vorbei war und mit der Hand die Tür schließen wollte – nur noch ein Auge war zu sehen –, sagte sie:

»Nicht ganz zumachen, gelt?«

»Nein«, sagte Alexej mit vor Wut atemloser Stimme.

Das hatte noch gefehlt: daß diese Kuh ausgerechnet in dieser Minute die Treppe heraufkommen mußte!

Die Schritte der Frau waren noch nicht in der Wohnungsdiele verhallt, als sich die Tür auftat und Assja in ihrem Kattunhausrock vor ihm stand. Ihre Hände waren naß, das Gesicht war wütend. Der alte Mann hatte wohl eine Bemerkung gemacht, und dann war sie auch noch mit der Nachbarin kollidiert. Außerdem wusch sie gerade ...

»Ich habe doch gesagt, du sollst nicht kommen!«

Mehr brauchte Alexej nicht: die lebende Assja im Hausrock in der Tür, unter dem Hausrock ihre spitzen Schultern, die Hände naß, die Pantoffeln zu groß, ihre Stimme, die Augen, die Haare. Es ist keine Vision: sie ist es wirklich ...

Assja blickt ihn an, bereits freundlicher.

»Da drin ist Krieg, verstehst du? Sergej Wladimirowitschs Hosen sind verschwunden ...« – sie lacht schon – »Wartest du eine halbe Stunde?«

Eine halbe? Eine volle! Zwei, drei volle Stunden!

Der Garten. Ein Eckchen im Garten. Eine Bank zwischen Scheune und Garten.

Sie. So geht es nicht weiter. Du siehst es doch selbst: es ist Winter! Ich will aber im Warmen sein, ohne das mache ich es nicht. Wir können nicht ewig vom Frühstücksgeld deiner Mutter leben. Ich bin es leid, jeden Morgen auf dich zu warten, wenn ich endlich allein im Zimmer bin, und nie zu wissen, ob du nun kommst oder nicht. Obwohl du freilich meistens kommst ... Und sich hier an diesem Ort zu küssen. Oder im Treppenhaus ... und überall ist es hundekalt ... Dir freilich ist immer warm. Doch mir ist ganz erbärmlich kalt ...

Er. Sprich nicht so ... Das ist nicht richtig. Obwohl alles natürlich so ist ... Aber ich liebe dich doch. Und du ... du liebst mich. Und wir sind oft allein, ganz allein. Wir haben Glück gehabt. Ich bin manchmal verblüfft, wie uns das Glück begünstigt. Und du weißt doch, daß ich alles, was ich kann ... Aber ich kann nicht alles. Doch ich weiß ... mach dir keine Sorgen ... Eines weiß ich ganz gewiß: das Glück ist in jedem von uns und nicht in den Umständen. Wir sind immerhin...

Sie. Du mein Lieber... Du liebst mich. Ich vergaß es. Komm, laß dich anschauen. Wie könnte man einen wie dich *nicht* lieben? Ich bin böse. Und du bist ein Kind. Warum bin ich so, wie ich bin? Vielleicht, weil ich schlecht bin, besser gesagt: verdorben... Obwohl das niemand wissen kann. Überall ist ein großes Durcheinander... Aber ich brauche das alles, worauf du zu verzichten bereit bist... Du lebst doch bei der Mutter? Oder etwa nicht? Du lebst doch *zu Hause*? Warum schweigst du?... Deine Mutter kocht für dich? Nicht wahr? Zum Schlafen legst du dich ins altvertraute Heiabettchen? Oder der Mantel, den du trägst? Du sagst nichts?...

Er. Ich habe alles gesagt, was zu diesem Thema zu sagen ist. Wenn du darauf bestehst, gehe ich weg von daheim.

Sie. Tu doch nicht so, spiel nicht das Dummerchen. Einem so gescheiten Jungen wie dir nimmt das keiner ab. Du gehst nicht von daheim fort, mein Bester. Du hast dich viel zu sehr an Mammis Fleischtöpfe gewöhnt. So etwas kannst du viel weniger entbehren als ich. Ich prophezeihe, daß du brav daheim bleibst.

Er. Du wirst sehen, daß ich fortgehe.

Sie. Nie und nimmer!... Und jetzt schmollst du? Mein Gott, was bist du für ein Kind! Der reinste Säugling! ... Also gut, du bist kein Kind... Das was ich sage, ist doch nicht kränkend. Du darfst dir das nicht immer so zu Herzen nehmen. Hör einfach weg. Komm her, ich geb dir einen Kuß... Und jetzt noch einen. So, das genügt...

Er. Morgen gehe ich von daheim fort... Nicht, weil du jetzt... Ich gehe einfach fort...

Sie. Wohin willst du denn gehen. Lieber? Und weshalb? Doch nicht meinetwegen? Ich brauche das nicht. Und jetzt erklär mir bitte, weshalb du von daheim fort willst? *(Sie lacht.)* Du kannst doch ... Du könntest mich zum Beispiel in die Wohnung deiner Mutter mitnehmen! ... *(Sie lacht immer lauter und dünner.)* Gewiß, du hast doch ein eigenes Zimmer. Ein kleines Zimmer, aber immerhin ... *(Mit einem schrillen Auflachen.)* Du bringst mich mit, du stellst mich vor, du sagst: wir haben uns entschlossen ... *(Sie lacht so heftig, daß sie ins Schwanken kommt.)* Ich male mir lebhaft *ihr* Gesicht aus! *(Sie japst vor Lachen, hört dann aber zu lachen auf.)* Du sagst nichts? Warum sagst du wieder nichts? Soll das heißen, daß du mich nicht mitnimmst? Oder vielleicht doch? Überleg es dir gut! Das wäre ein schönes Leben! Ganz separat und völlig legitim ...

Er. Bitte sprich nicht so. Ich bitte dich darum. Du weißt doch selber nur zu gut ...

Sie. Was weiß ich selber nur zu gut? Verrat es mir! Daß ich *nicht* zu dir kommen kann? Und wenn ich es will? Warum nicht? Aus welchem Grund?

Er. Sprich nicht so ... Du weißt es doch selber. Das wäre kein Leben ...

»Und warum wäre das kein Leben? Sie ist klug und wohlerzogen, sie kann sich beherrschen, sie sagt nie ein Wort zuviel. Sie ist ein edler Mensch ... Warum soll das Leben mit ihr kein Leben sein? ... *(Nach einer Pause.)* Weißt du, wovon ich manchmal träume? Davon, daß sie ein Luder, eine Vettel ist. Dick und liederlich und unbeherrscht. So eine, die den Zucker nachzählt ... Dann wäre alles viel einfacher! Ich wäre direkt glücklich ... *(Nach einer Pause.)* Sie ist also gut? Grundgütig, edelmütig. Ich weiß, ich kenne mich in dieser Güte aus! Was ist schon dran an dieser Güte? Diese Art Güte hat viele Vorteile. Sie hat nämlich ... Vielleicht werde ich auch einmal so gütig sein. Du hast nämlich Angst vor ihr. Du liebst sie nicht – du fürchtest sie. *(Nach einer Pause.)* Man könnte meinen, ich will dich ihr wegnehmen! Mehr ist es nämlich nicht, wenn man genauer hinschaut. Es geht ihr gar nicht um dich. Warum schweigst du? Warum sagst du nichts? Ich weiß, du denkst jetzt genau wie sie. Ihr ähnelt euch. Du ahnst gar nicht, wie ähnlich ihr euch seid! Ich aber weiß es.«

»Ich ähnele ihr nicht.«

»Versteck dich nicht. Natürlich meine ich nicht dein Gesicht. Du hast genau begriffen, was ich meine.«

»Ja.«

»Du bist ein sonderbarer Mensch! Nur du kannst in diesem Tonfall ›ja‹ sagen... *(Sie lacht, kneift die Augen zusammen.)* ›Jjaaa...‹ Niemand außer mir weiß, wer du wirklich bist. Du bist noch klein – schnapp jetzt bitte nicht ein – du bist noch so klein. Ich male mir aus, wie du später einmal sein wirst! Großer Gott, alle werden verrückt nach dir sein! Einstweilen weiß ich, nur ich allein, wie du einmal sein wirst. Nina sagt: was findest du an ihm? Sie weiß es nicht, aber ich weiß es... Es ist nur schade, daß ich dann nicht mehr mit dir sein werde...«

»Du wirst mit mir sein.«

»Bitte vergiß mich dann nicht. Komm ab und zu, damit ich mich an dir sattsehen kann. Wirst du dich manchmal blicken lassen? Ich werde eine alte Frau sein.«

»Assja, sprich nicht so.«

»Das heißt: so steinalt werde ich auch wieder nicht sein. Der kleine Hund bleibt bis ans Grab ein Welpe... *(Sie lacht lustlos.)* Du wirst dich meines Greisentums nicht zu sehr schämen müssen!«

»Ich mag es nicht, wenn du so sprichst. Das zwischen uns wird nie vergehen.«

»Solche Sprüche mag nun wieder ich nicht und auch nicht diese hölzerne Stimme. Du glaubst deinen eigenen Worten nicht. Du kannst den Kopf schütteln, soviel du willst, es bleibt dabei: du glaubst das selber nicht. Und sowas mag ich nicht. Weißt du, warum ich das jetzt sage? Heute war ich bei meinem Mann ... Ich weiß, schon als du aus dem Haus gingst, hattest du die Absicht, mich danach zu fragen, aber das Gespräch nahm eine andere Wendung, und du wagtest es nicht, diese Frage zu stellen. Du hast sie aber nicht vergessen. Irgendwo im Hinterkopf lauert diese Frage. Und auch das wieder ist *sie.* Weil ich nämlich ›so eine‹ bin ... Im großen ganzen glaubst du mir, aber was diese kleine Frage betrifft ... Du meinst wohl, dein ›edelmütiges Gefühl‹ beeindruckt mich so, daß ich mich verändere. Nein, gerade nicht, gerade nicht, mein Bester. Und sei es nur, weil diese kleine Frage ... Also, warum fragst du mich jetzt nicht, weshalb ich zu meinem Ehemann gegangen bin?«

»Weil das nicht so wichtig ist. Nicht deshalb bin ich ...«

»O doch, es ist wichtig, ungemein wichtig! In diesem Punkt ergeht es allen gleich ... Ich bin also zu ihm gekommen, und wir sind zusammen eingeschlafen ... Jawohl: zusammen ... Was ist mit dir, Lieber? Mein liebes, kleines Dummerchen du ... Immerhin bin ich mit ihm verheiratet. Wir sind doch noch nicht geschieden. Warum schmollst du jetzt? Soll ich dir einen Kuß geben?«

»Nicht nötig.«

»Was hast du nur ... Richtig dumm bist du. Du brauchst dich nicht abzuwenden, ich küsse dich trotzdem. Mein Kleiner, mein Dummer, mein Starker ... Jaja, ich sehe schon, daß du sehr stark bist ... Wir sind einfach so eingeschlafen. Zwischen uns ist nichts gewesen. Wir schliefen ein – und damit basta. Und du glaub mir jetzt endlich! ... Jetzt habe ich dich doch geküßt! Sag, warum bist du jetzt so? Manchmal bist du komisch! ... Glaubst du mir immer noch nicht?«

»Doch.«

»Du glaubst mir nicht... Mein Gott, bin ich dumm, bin ich blöd! Du zermarterst dir jetzt den Kopf darüber, warum ich wohl zu ihm gegangen bin. Und ich rede so, als wüßtest du es. Obwohl du es nicht weißt. Der Grund war nämlich der, daß er meine Nähmaschine gestohlen hat.«

(Er lacht bereits.) »Deine Nähmaschine?«

»Meine Nähmaschine. Ich muß dir sagen, ich war nahe dran, ihn umzubringen. Die Nähmaschine ist mein ein und alles. Sie stammt noch von meiner Mutter. Am liebsten hätte ich ihn getötet... Ich komme zu ihm, er zeigt mir eine Liste. Auf der Liste stehen alle Sachen, die noch bei ihm geblieben sind, und ganz zuunterst steht die Nähmaschine. Und jedesmal mit Angabe des Wertes. Unten ist dann alles addiert. Er zeigt mir die Liste, blinzelt mich an und sagt: ›Ich hab alles verkauft.‹ – ›Auch die Nähmaschine?‹ – ›Auch die Nähmaschine.‹ Ich sage ihm: dann gib mir wenigstens das Geld! Er sagt: ›Das habe ich nicht mehr... Ich hab für Neujahr vier Tische im Astoria bestellt. Für ein rauschendes Abschiedsfest. Kommst du?‹ Er steht da und blinzelt. Da hab ich ihn nicht mehr umbringen wollen, weil er mir plötzlich furchtbar leid getan hat. Ich weine, er sagt nichts... Er hat auch sein Teil abgekriegt...«

»Gehst du hin?«

»Wohin?«

»Ins Astoria. Zu diesem Fest...«

»Er hat mich so darum gebeten... ›Wie schön du bist‹, hat er gesagt. Du mußt nicht denken, daß ich seine Mätzchen nicht durchschaue... ›Bist du immer noch mit diesem Milchbubi zusammen?‹ fragt er mich. *(Sie nimmt seine Hand.)* Komm, sei nicht böse. Er hat uns einmal gesehen. Auf der Anitschkowbrükke, erinnerst du dich? Ich habe ihn dir damals gezeigt... Ich habe ihm gesagt, daß er deinen kleinen Finger nicht wert ist. Ich habe ihm das wörtlich gesagt. Aber wo sollen wir zwei Neujahr feiern? Denk nichts Falsches, ich liebe dich doch, dort im Astoria kann nichts passieren... Aber es geht immerhin um Neujahr!... Da sind alle Leute zum Feiern unterwegs. Und du und ich: wohin wollen wir gehen?«

»Ich habe dir einen Vorschlag gemacht... Bei Frisch gibt es eine kleine Fete...«

»Deinen Frisch will ich nicht geschenkt... Ich will diese Leute nicht sehen. Ich durchschaue diese Schleimscheißer, und das mögen die nicht. Ich will nicht, daß sie mich so anglotzen...«

»Dann gehen wir in ein Lokal.«

»In ein Lokal? Ja weißt du überhaupt, wann Neujahr ist! Ü-ber-morgen! Du kommst nirgends mehr rein. Auch die schäbigste Pinte ist ausgebucht.«

»Wir finden schon einen Tisch in einem Restaurant. Ich wette, daß wir nicht auf der Straße stehen werden.«

»Du nimmst es zu leicht. Nichts ist einfacher, als zu Neujahr einen Tisch zum Feiern zu finden!... Und wo nimmst du das Geld her? Deinen Neujahrsvorschuß hast du doch schon eingestrichen. Diese Moneten sind längst nicht mehr da. Du hast sie für mich ausgegeben, auch das ist wahr, dafür danke ich dir, aber das Geld ist fort, und das ist der springende Punkt. Und außerdem, was soll ich anziehen? Ich habe nichts anzuziehen. Ich kann weder mit ihm noch mit dir ausgehen...«

»Und das grüne Kleid?«

»Ja, weißt du das nicht? Das müßtest du nun aber wissen! Das grüne Kleid ist im Leihamt. Am einunddreißigsten läuft die Frist ab. Es ist das einzige Kleid, in dem ich zur Not noch irgendwo hingehen könnte. Auch das ist dir bekannt... Es gibt nicht nur die große Liebe, es gibt auch noch ein kleines grünes Kleid! Doch dich berührt ja nichts, du bist viel zu bequem, um dir über so prosaische Gegenstände wie Damenkleider Gedanken zu machen. Nichts gegen Liebesschwüre, aber das grüne Kleid muß eingelöst werden! So ist nun mal der Lauf der Welt...«

»Bitte, schweig. Ich beschaffe Geld. Du wirst dein Kleid einlösen...«

»Verzeih mir, Lieber... Ich habe schon wieder... ich habe das nicht gewollt. Als ob es um Klamotten ginge! Ich will auch gar nicht mit dir in ein Lokal. Dahin gehe ich lieber mit anderen Leuten. Mit dir will ich daheim zusammensein. Daheim, verstehst du? Damit wir allein sind, Liebster. Nur wir zwei, sonst niemand... Kein Fremder soll unser Alleinsein stören. Wo ist es, dieses Haus?«

»Ich treibe es auf! *(Verzweiflungsvoll.)* Ich beschaffe das Geld!«

»Wo denn? Wo willst du es auftreiben, das Geld? Wie seltsam du doch bist, Liebster... Der Witz ist doch der, daß du es *nirgendwo* auftreiben kannst! *Nirgendwo* bedeutet: nicht nur heute nicht. Es geht nämlich um etwas anderes. Mir wird immer zu wenig Geld dasein: das ist doch das Schreckliche! Ich hätte beispielsweise solche Lust, mit dir im Sommer in den Süden zu fahren. Mit *dir*... Das wiegt etwas mehr als ein Kleid. Und das ist doch wirklich ganz unmöglich? ... Und trotzdem werde ich in den Süden fahren!«

»Auch in den Süden werden wir fahren, *(Fast wütend.)* Himmelherrgottnochmal, dieses Geld... Geld ist im Grund eine Lappalie. Wenn es weiter nichts ist! Ich kann schließlich arbeiten gehen. Auf jeden Fall beschaffe ich das Geld. Ich weiß sogar schon wo. Das mache ich mit Leichtigkeit. Zehntausend alte Rubel. Die Quelle ist todsicher. Wir fahren in den Süden. Zehntausend sind doch wohl genug. Das Geld reicht für ein paar Monate... Reicht es oder reicht es nicht? Ich sage dir: es reicht, und nicht zu knapp!«

»Für ein paar Monate? ... Und weiter? Was wird weiter sein? ... Nein, Lieber, nein. Du mußt mir verzeihen. Hör einfach nicht hin, wenn ich so bin. Laß meine Worte an dir vorbeirauschen. In mir steckt so viel Gemeinheit: du kannst es dir nicht vorstellen! Aber das geht vorbei. Hör nicht hin ... Aber natürlich, Liebster, wir werden zusammen sein. Was soll uns der Süden? Du machst dein Institut fertig – ich werde auf dich warten – was sind schon lumpige fünf Jahre Altersunterschied, es gibt genug Ehefrauen, die zehn Jahre älter sind als der Mann, und es läuft ganz gut ... Gräm dich nicht, Lieber, es lohnt sich nicht, meinetwegen traurig zu sein ... Ich bin sehr glücklich darüber, daß ich dich habe. Nur manchmal bin ich böse, das mußt du verzeihen. Alles wird gut werden. Und Neujahr feiern wir gemeinsam. Ich habe das vorhin nur so gesagt, in Wirklichkeit habe ich bereits alles geregelt. Nina geht mit irgendwelchen Leuten fort, ihr Vater geht zu Bekannten. Daraus folgt, daß wir allein sein werden ... Ich laufe auf ein Stündchen ins Astoria und komme dann zu dir zurück. Auf ein kurzes Stündchen ... Sei nicht böse, ich hab' es versprochen. Was ist schon eine Stunde! Und vorher werde ich zu Hause alles herrichten. Damit wir das neue Jahr würdig empfangen können. Gegen elf bin ich wieder bei dir ...«

Er war auf dem Heimweg, mit einem dümmlichen Lächeln auf dem Gesicht. Sein Schritt war selbstbewußt, und der Schnee knarzte unter ihm. Da und dort brannten schon Straßenlaternen, und dann und wann gingen auch Passanten an ihm vorbei, in sich gekehrt und zügig. An der Fontanka war es heller, nur der Ingenieurspalast bildete, links vorn, einen dunklen Fleck. Die Brücke war mit altertümlichen Laternen bestückt, Alexej fühlte sich in eine andere Zeit versetzt. Nein, falsch: nicht in eine andere Zeit. Ihm war, als ginge er schon tausend Jahre über diese Brücke, während rechts vorn die dunklen Bäume des Sommergartens nicht aufhörten, fahl zu schimmern. Er ging und ging und kam nicht an.

Auf der leeren, halbdunklen Sadowaja bremste an der Haltestelle ein Omnibus mit einem einzigen Fahrgast. Alexej hätte den Bus, wenn er jetzt losgerannt wäre, noch gut erreichen können, doch er rannte nicht. Behäbigen Schrittes ging er weiter. Lächelte dümmlich. Obwohl er irgendwo in seinem Innern sehr wohl begriff, daß das möglicherweise der letzte Omnibus war und daß ihm der Heimweg jetzt lang werden würde. Aber er fand es jetzt angenehmer, erinnerungslos heimzuschreiten. Es roch nach Frost und Mandarinenschalen: nach Neujahr.

Auf der Kirowbrücke blies ihn ein kalter Wind an. Er lächelte nicht mehr, er wäre längst zu Hause, wenn er nicht ... Und jetzt friert er hier auf der Brücke, und kein Omnibus kommt mehr. Weder ein Bus noch eine Tram. Und seine Mutter, und das grüne Kleid, und Assjas Ehemann, und seine Zwischenprüfung: dies alles kreiste über seinem Haupt und erfüllte seine Seele mit Unruhe. Und Assja entfernte sich aus seinen Gedanken.

Plötzlich lief ein undefinierbarer Hund, ein Hund von doppelter Hundelänge, von einer Laterne zur anderen: der Schatten eines Hundes. Hundebeine, Schatten von Hundebeinen: eine eindrucksvolle Summe. Der Hund lief rasch von Laterne zu Laterne und verschwand. Alexej begann zu lachen.

Und er dachte, daß er sich leicht ablenken ließ, daß ihm jeder Hund dafür recht war. Seine Gedanken flossen ziemlich lustlos dahin, keine Spur von Leidenschaftlichkeit ...

Und er mußte wieder daran denken, daß damals vor einem halben Jahr, als das zwischen ihm und Assja begann, alles anders gewesen war. Er quälte sich, er glaubte nichts, er war immer drauf und dran, etwas Neues zu entdecken, alles schlagartig zu begreifen und eine Entscheidung zu treffen. Stundenlang wartete er in Treppenhäusern und Hauseingängen, meinte zu sehen, daß Assja mit einem anderen fortging, und daß gleich alles klar und ruchbar würde, und das würde dann das Ende sein. Noch ein einziger Beweis und das Ende wäre da. Noch nie hatte er so angespannt und vielgeplagt gelebt wie in jener Zeit. Er hatte nie geahnt, daß man immer und immer wieder das gleiche fühlen und empfinden konnte, immer stärker und stärker, und er konnte die Verblüffung darüber nicht überwinden. Und als sich dann der Beweis endlich eingestellt hatte und sich jeglicher Selbstbetrug fortan verbot, als nunmehr alles sonnenklar war, und er sich entschließen mußte, hörte er plötzlich auf zu sehen, etwas zu bemerken und zu verfolgen, mehr als das: er begann, *nicht* zu sehen, *nichts* zu bemerken oder zu verfolgen. Während er sich früher in der Einsicht zu bestärken versucht hatte, daß die Liebe des Glaubens bedarf, das heißt: des Glaubens und der Klarheit, daß sie keine Täuschung duldet, erhob sich jetzt die Liebe für ihn über jedwede Klarheit, und just im Nichtwissen, im Verzicht auf Klarstellungen war jetzt der Glaube und die Fortsetzung oder aber der Zusammenbruch seiner Liebe begründet.

So ging er vor sich hin, so dachte er – oder vielmehr er dachte nicht: denn diese Gedanken suchten ihn zum soundsovielten Mal heim, sie hatten nichts von einer jähen Erleuchtung. Und er gestattete sich nie, bis ans logische Ende zu kommen, er begann, immer an etwas anderes zu denken, als würde er den Entwurf des Gedankens wegwischen, ihn mit dem Gummi ausradieren, und hinterher war nichts mehr zu begreifen ... Vermutlich blieb ihm gar nichts anderes übrig, denn er wollte ja seine Liebe erhalten, ohne jedoch die Mittel dazu zu haben, und alles Lebendige starb in seiner Seele ab, doch gerade dies Lebendige war ihm besonders teuer. Überdies bedeutete, darüber nachzudenken: sich in Gedanken nicht nur mit der Vergangenheit anzulegen, als er so darauf erpicht gewesen war, gleich im nächsten Moment alles zu erfahren und zu entscheiden, sondern auch mit dem, was jetzt war – und dann stürzte alles zusammen. Denn in der Zwischenzeit hatte sich nichts verändert... Deswegen konnte er auf gar keinen Fall so denken, konnte es fast schon mechanisch verhindern, brauchte nicht mehr zuzugeben, so gedacht zu haben.

Er fror immer stärker, doch plötzlich und ganz unerwartet kam ein Omnibus angefahren. Eigentlich durfte es ihn gar nicht mehr geben, doch er kam angefahren, und Alexej sprang auf.

Dreißigster Dezember

Er brummte und konnte nicht aufwachen. Dann brummte er und wollte nicht aufwachen. Dann brummte er und tat, als sei er immer noch nicht aufgewacht. Über ihn gebeugt stand seine Mutter. Aus reicher Erfahrung wußte sie alles ganz genau: daß Alexej nicht früh aufstehen kann, auf welche Schliche er kommt, um nicht aufstehen zu müssen, daß er längst nicht mehr schläft und nur so tut, als schliefe er, und wo er gestern abend war, so stand seine Mutter also am Kopfende des Bettes und sagte bestimmt, jeder Ausflucht und jedem Widerspruch zuvorkommend: »Alexej, wach auf. Du hast mich gestern gebeten, dich um sechs zu wecken. Alexej, du bist schon wach. Du schreibst heute eine Klausur. Alexej, es ist viel besser, mit einem Ruck aufzustehen, statt dich und mich zu quälen. Mach es so, wie ich es dir beigebracht habe: richte dich im Bett auf und stell die Füße auf den Fußboden!«

Jetzt ist schon alles hoffnungslos.

»Gleich, Mutter... ich bin bereits wach... ich schlafe nicht wieder ein... ich stehe sofort auf...«

»Alexej! Mach die Augen auf.«

Er sollte wenigstens die Augen aufmachen ... Aber das will und will nicht gelingen. Endlich sind die Augen offen. Da begreift er erst, wie gern er weiterschlafen möchte. Als seien die Augen mit Sand gefüllt, und jetzt, wo er die Lider auseinandergeschoben hat, rutscht der Sand unter den Lidern hin und her.

»Du siehst ... die Augen sind schon offen ... ich schlafe nicht mehr ... gleich stehe ich auf ...«

»Alexej, ich bin nicht verpflichtet, dich stundenlang zu wecken!«

Alles war vorbei. Er war wirklich aufgewacht. Und er mußte heute wirklich die Klausur schreiben. Er setzte sich im Bett aufrecht hin, war sofort munter, als hätte er nicht gerade noch tief geschlafen. Er zitterte – aber nur leicht. Es stimmte ja: wenn er sich schon nicht vorbereitet hatte, dann sollte er sich wenigstens »Hilfen« zulegen. Eine unbewußte, hektische Pennälerfurcht und Nervosität ergriff von ihm Besitz, zugleich eine musterschülerhafte Beflissenheit, obwohl er nun weiß Gott und ganz gewiß niemals ein Musterschüler gewesen war ... Durch seinen Kopf flimmerten und huschten Gedanken: wie könnte er, mit Hilfe eines Wunders, doch noch die Klausur schaffen, und *sehr gut* bekommen, und zur mündlichen Prüfung zugelassen werden, und auch die mit *sehr gut* bestehen ... Er bewegte sich zügig und im richtigen Rhythmus, tat aber alles zu sorgfältig und ausführlich: das Zähneputzen, das Waschen des Halses, das Aufwärmen des Frühstücks, das Teetrinken. Irgendwo auf dem Grund des Bewußtseins, dort wo die Motivierungen und Rechtfertigungen hausen, würde sich das wohl so anhören: übertriebene Eile schadet nur, man darf nichts überstürzen, worauf es ankommt, ist die Ökonomie der Bewegungen, die Organisation und so weiter. Auch das war wieder so ein Musterschülerspielchen ...

Er kehrte in sein Zimmer zurück, setzte sich an den Tisch, holte das Heft aus der Schublade. Das hatte er von Koschenizyn erbettelt, der hatte natürlich alles immer mitgeschrieben und die Prüfung auch schon längst bestanden. Er hatte sich das Heft für einen Abend ausgeliehen, seither waren drei Tage vergangen. Heute muß er es auf jeden Fall zurückgeben.

Er könnte jetzt tatsächlich *alles* wissen! Das selig verlogene Gefühl, ein Musterschüler zu sein, erfüllte ihn wieder, ein wohltemperierter Ehrgeiz. Er nahm ein sauberes Heft und riß sorgfältig ein sauberes Blatt heraus. Dieses Blatt bot sich vorzüglich dafür an, mit einer sauberen, intelligenten Handschrift vollgeschrieben zu werden. Den Blattrand sollte man am besten mit einem Bleistift (muß nicht ein Buntstift sein) ziehen, die Seiten würde er durchnumerieren. Endlich liegt das Heft auf seinem Tisch, dick und schön und ohne leere Seiten. Eine wahre Lust ist das, die Frucht eines Musterschülerfleißes ... In der realen Welt gab es ein solches Heft zwar nicht, aber das Gefühl, eines zu haben, lebte in ihm, und von diesem Gefühl angespornt schnitt sich Alexej mit peinlicher Sorgfalt Spickzettel zurecht, viel mehr als er vollschreiben konnte, viel mehr sogar, als er brauchte.

Hinter der Wand knarzte ein Bett, seine Mutter setzte sich aufrecht hin, schlurfte in ihren Pantoffeln zu seiner Tür, von der Absicht beseelt, nachzuprüfen, ob der Sohn vielleicht doch wieder eingeschlafen wäre, denn die Stille in seinem Zimmer hörte sich verdächtig an ... Der Sohn versteckte noch rechtzeitig die Papierstreifen und konzentrierte sich auf die Mitschrift. Die Tür öffnete sich, die Mutter sah den über die Arbeit gebeugten Kopf des Sohnes (der Sohn wendete sich nicht nach ihr um, was überspielt war, doch das bemerkten weder sie noch er), und eine gewisse Genugtuung stellte sich auf ihrem müden Gesicht ein.

Und Mutter entfernte sich wieder.

Alexej entspannte sich sofort. (Ein nochmaliger Kontrollgang der Mutter hätte gegen den Brauch verstoßen.) Sein Körper war plötzlich von Wärme durchströmt, die sich bis in die Fingerspitzen ausbreitete.

Er blickte durch das Fenster... Dort war es noch hoffnungslos winterlich dunkel. Eine Laterne schaukelt, pendelt und beleuchtet, hin und zurück, hin und zurück, das weiße Dach des Fabrikschuppens, der Wachmann stapft neben der Wachbude einher. Dieses Bild ist bereits elf Jahre alt, und er sieht es mit seinen Kinderaugen, es beschwört die Empfindung eines immer noch nicht ganz vergessenen Kindheits-Alptraums herauf, den er sich auch heute, als Erwachsener, nicht erklären kann. Etwas Sonderbares geht plötzlich mit seinen Händen vor: sie wachsen, schwellen an, es sind schon nicht mehr seine, sondern fremde Hände, etwas Entsetzliches, Irreparables, Unbekanntes wird gleich mit ihm geschehen. Schauplatz dieses Alptraums ist ein Wintermorgen, die Schule, sein Eintreffen im Schulgebäude, die Schülergarderobe, das eitergelbe Deckenlicht, die durch das Licht ins Schmutzigblaue verfärbten Wände und wieder dieses Licht in Korridor und Klassenzimmer, die lautlose Bewegung der Schüler und die Lehrer, diese durch die Gänge streunenden Riesenmäuse...

Alexej blickt den Wecker an: ihm bleibt noch eine Stunde. Er wird es nicht mehr schaffen: die Schülerfurcht durchzuckt sein Inneres. Er schiebt krampfhaft einen länglichen Spickzettel über die Tischplatte, schreibt sorgfältig das Thema drauf und unterstreicht es. Das gleiche macht er mit dem Unterthema. Jetzt muß er Sätze aus der Mitschrift übertragen. Das Heft wird zusehends dicker. Übelkeit und dumpfe Verzweiflung steigen in ihm auf, er blickt wieder durchs Fenster, sieht wieder die Laterne und den kegelförmigen Wachmann, der wie ein schwarzer Weihnachtsmann aussieht. Jene Wärme von vorhin und auch die Starre schleichen sich an ihn wieder heran. Das ist der Schlaf, der ihn jetzt übermannt.

Er ertappte sich wieder dabei, einen Umweg eingeschlagen zu haben. Statt die kürzeste Route zu wählen, die über das zentrale Foyer, die Bildergalerie, den Dekanatskorridor, nähert Alexej sich dem Ziel vom anderen Ende her: über die Mensa und den Chemiebau. Nur ungern wäre er einem Mitglied des Lehrkörpers oder einem Mitarbeiter des Dekanats begegnet. Den Gedanken, daß diese Leute jetzt, zu Beginn der Prüfungszeit, ganz andere Dinge im Kopf hatten, verwarf er. Selbst wenn das wirklich so wäre, verspürte er nicht die geringste Lust auf eine solche Begegnung.

Mit Verblüffung vermerkte er, daß er noch im Frühjahr munter auf dem magistralen Weg einherspaziert war und seinen Schritt auf der Höhe der Dekanatstür nicht beschleunigt hatte. Damals lag alles noch vor ihm. Inzwischen hatte er sich Umwege und Umgehungsmanöver längst angewöhnt und zerbrach sich nicht weiter den Kopf darüber.

In dem kleinen dunklen Korridor neben dem Hörsaal waren sie fast vollzählig versammelt, es lag ein Summen und Dröhnen in der Luft. Während er der Reihe nach allen die Hand drückte, ergriff die Erregung auch ihn, er fühlte sich wie elektrisiert. Jeder gab sich anders als die anderen. Bytschenkow jammerte allen etwas vor, wie das von ihm nicht anders zu erwarten war, bettelte jeden um etwas an, versicherte sich der einen oder anderen Hilfeleistung, wußte immer, was die Stärke eines jeden war. Man versuchte ihm auszuweichen, doch er griff sich sein Opfer, und das Opfer wurde gleich mürbe und nachgiebig und versprach, das Gewünschte zu leisten. »Der bringt es fertig und besteht die Prüfung!« dachte Alexej voller

Antipathie. Jemand raschelte, der Wand zugewendet, mit Notizen, nahm die letzte Chance wahr. Das war Denissjew. »Der wird durchrasseln«, dachte Alexej. Ein anderer raschelte genauso wie Denissjew, er hieß Frolenko oder Chrolenko, aber die Gleichheit des Geräusches vermochte Alexej nicht zu täuschen und er entschied, daß dieser Mann bestehen würde. Zwei der Kollegen gaben sich gelassener als alle anderen, sie standen dicht an der Hörsaaltür und warteten darauf, eingelassen zu werden. Das waren, bildlich gesprochen, die Mittelstürmer, gut aufeinander eingespielte Burschen, von eher bescheidener Geisteskraft, aber unfehlbar erfolgreich. Auch die kriegen die Arbeit hin, dachte Alexej. Dieses Zittern und Beben vor der Hörsaaltür empfand er plötzlich als demütigend. Aber er wies diese Empfindung von sich und versuchte, sich in seinen Gefühlen und Aktivitäten den anderen anzugleichen.

Er ging wie die anderen daran, die anderen wegen irgendwelcher Hilfen anzuhauen. Doch das war hoffnungslos. Erstens waren alle Spickzettel vergeben, und zweitens hatte sich jeder für die Prüfungsarbeit mit irgend etwas selbst versorgt – nur er nicht. So stand er jetzt mit leeren Händen da und fühlte sich immer unwohler. Er glaubte jetzt, daß alle die Klausur schreiben würden, nur er allein nicht. Jetzt blieb nur noch Busenfreund Mischka, aber der stand wohl selber nackt und bloß da. Alexej trat auf Mischka zu. Es stellte sich heraus, daß auch Mischka versorgt war. Jetzt war er ganz allein auf weiter Flur... Und wieder kam Bytschenkow angerast und flennte: »Der Mischka hat mir deinen Zettel versprochen!« – »Ich dachte, du kommst nicht«, erwiderte Mischka. »Der will die Spickzettel wohl einpökeln«, raunzte Alexej, doch da tat sich die Tür auf, in der Tür stand Dozent Werschinin, und alle strömten in den Hörsaal, um die drei letzten Reihen zu besetzen, sich darin zu verschanzen. »Welch dumme Kinderei«, dachte Alexej, während er sich, wie alle anderen, durchdrängelte und -schubste, um sich schließlich am äußersten Rand der letzten Reihe hinzusetzen. »Die werden uns sofort von hier verjagen! ...«

»Wir sind nicht im Kindergarten«, sagte die Assistentin Bolschinzewa. »Auch die noch«, dachte Alexej deprimiert. »Jetzt sind also zwei im Saal. Ich hatte sie gar nicht bemerkt« – »Hier ist kein Kindergarten«, wiederholte die Assistentin. »Wir haben einen extra großen Hörsaal gewählt ... Zwei Mann pro Tisch: das genügt! ...«

Den Prüflingen rutschte das Welpenherz in die Hose, sie hielten den Atem an und rührten sich nicht vom Fleck. Die Worte der Bolschinzewa betrafen zwar alle zugleich, aber keinen speziell.

»Das betrifft alle!« sagte die Assistentin.

Der Vorgang war albern, die Assistentin war eine attraktive Frau, Alexej fühlte Peinlichkeit in sich aufsteigen. »Das Ganze ist einfach hoffnungslos«, dachte er und stand fast als erster von seinem Platz auf.

»Gehen Sie weiter vor, genieren Sie sich nicht«, rief ihm die Assistentin zu.

Werschinin war mit dem Sortieren der Zettel mit den Prüfungsfragen fertig und jetzt damit beschäftigt, sie zu verteilen. Alexej saß ganz vorn und ganz allein und drehte seinen Zettel in den Fingern. Er blickte sich um und sah, daß die Mittelstürmer den besten Platz besetzt hatten: ganz hinten an der Wand. Auch Bytschenkow saß nicht schlecht. Auf ihren Gesichtern war bereits der Ernst der Prüfungsstunde: der Ernst, die Erregung, der Ehrgeiz. Der Ausdruck wirkte ein wenig ungesund. Aller Augen hefteten sich auf den Fragezettel, der den Händen des Dozenten fast entrissen wurde. Werschinin hatte es indessen nicht besonders eilig, er nahm sich Zeit beim Verteilen der Zettel, schien jeden erst in der Hand zu wiegen. Endlich waren alle Zettel verteilt.

Alexej konnte mit dem, was auf seinem Zettel stand, nicht das Geringste anfangen, es war ihm völlig fremd und unbekannt. Er machte nicht einmal den Versuch, sein Gehirn anzustrengen, so unbekannt und fremd kam ihm die Formel auf dem Zettel vor. Er blickte sich wieder um. Alle waren damit beschäftigt, etwas zu Papier zu bringen: so sah das jedenfalls von weitem aus. Die Mittelstürmer spickten, was das Zeug hielt: dreist und ohne jede Scham. Im Mittelgang wanderte die Assistentin hin und her. Ihre und Alexejs Blicke begegneten sich, und Alexej wandte seinen ab, sonst hätte sie ihn noch gefragt: »Haben Sie irgendeinen Wunsch?« Er zeichnete einen Kringel auf das Papier und malte in den ersten Kringel einen zweiten Kringel. Die Assistentin setzte sich zu dem Dozenten, die beiden begannen, miteinander zu flüstern. Das ist genau der richtige Moment! Das Herz pocht so laut, daß man es im ganzen Hörsaal hören kann. Mit stokkendem Atem holt Alexej unter dem Sweater Koschenizyns Heft hervor. Es strömt seine Körperwärme aus. Jetzt liegt es auf den Knien. Jetzt muß er . . . Alexej blickt mit dem einen Auge zur Seite, die Luft ist rein, die beiden Aufsichtspersonen sind in ein Gespräch vertieft. Jetzt muß er nur noch die richtige Seite finden. Doch welche braucht er? Alexej wendet unter der Tischplatte die Heftseiten hin und her und erkennt nichts wieder, sie dröhnen wie Blatteisen. Alexej hat die Empfindung, über ein Blechdach zu gehen: das Dacheisen dröhnt laut, außerdem kann man vom Dach purzeln. Alexej schielt zur Bolschinzewa hinüber: ob sie wohl das Dröhnen hört? Die Bolschinzewa schielt zu ihm her, als hörte sie das Dröhnen wirklich. Erschreckt schiebt Alexej das Heft mit der Mitschrift so tief wie möglich ins Tischfach. So tief, daß er es nicht mal mehr berühren kann. Er atmet befreit auf. Soll doch alles zum Teufel gehen.

Nachdem er sich ein wenig ausgeruht hat, dreht

sich Alexej ein weiteres Mal um. Überall kocht wilde Aktivität. »Bemerkt die Aufsicht wirklich nichts?« wundert er sich. »Es sind doch erfahrene Leute. Vermutlich wollen sie nichts merken«, denkt er. »Aber warum schnappen sie dann ab und zu einen? Mich beispielsweise würden sie liebend gern ertappen. Das sind die Opfer, die zur Abschreckung benötigt werden... Alle auf einmal kann man nicht ertappen. Irgendwer muß weiterstudieren.« Die Zahl der Kringel nimmt weiter zu. »Jetzt müßte ich«, denkt Alexej, »die Funktion des Kringels ableiten und das Blatt abliefern. Er ist ein Flegel, wird es heißen, doch welch ein Talent steckt in ihm!« Dozent und Assistentin plaudern, letztere lacht bisweilen leise und melodiös. Alexej blickt sich um: Wieder sieht er die eifrig gesenkten Köpfe, die krampfhaften Manipulationen mit den Spickzetteln. Keiner schaut den anderen an, die Mittelstürmer schreiben wie besessen, Bytschenkow tut es ihnen gleich... Niemand kümmert sich um seinen Nachbarn. Alles, was Alexej erhaschen kann, ist ein ratloser Blick Denissjews. Er gibt ihm ein Zeichen, dessen Bedeutung er selber nicht hätte bestimmen können. Denissjew erwidert mit einer kläglichen Miene, die etwa ausdrückt: ich habe selber keinen blassen Schimmer. So eine Miene setzt jeder auf, selbst wenn er im Bild sein sollte. Das Risko ist viel zu groß... »Einfach widerlich«, denkt Alexej. »Jeder lebt und spickt für sich allein. In jedem steckt ein Bytschenkow...« Wenn Bytschenkow nicht so weit weg säße, würde sich Alexej jetzt einen Jux leisten. Er würde sich dann und wann nach ihm umdrehen, ihm Angst machen, sich an seinem abwehrenden Fuchteln und Zischen weiden. Bytschenkows von Kläglichkeit und Haß gezeichnetes Gesicht wäre sicher urkomisch! Die Vorstellung belustigt ihn und lenkt ihn ab. Bytschenkow ist gewiß der letzte, der einem Kollegen in der Not hülfe... Dann gibt sich Alexej eine Weile dem Traum hin, daß er jeden Gegenstand besser beherrscht als jeder beliebige Dozent und daß er alle Lehrpersonen bei der Prüfung hereinlegt, oder nein: nicht alle, sondern die, die er nicht mag, während er den von ihm verehrten Lehrern superbe Antworten gibt, woraufhin er die glänzendsten Noten einheimst... Aber da gibt einer bereits seine fertige Klausurarbeit ab, und diesem ersten folgt sogleich ein zweiter. »Diese Halunken!« denkt Alexej. »Diese widerlichen Musterknaben! Ist doch schnurzegal, wer als erster abliefert. Wenn du mit deinem Kram fertig bist, dann hilf gefälligst deinem Nachbarn. Bis zur Klausur haben sie wohl selber so geredet, doch jetzt tragen sie hübsch brav ihr Elaborat zum Aufsichtstisch. Auf den Gesichtern steht der Ernst geschrieben, der dieser hohen Stunde angemessen ist! Freilich, wenn du fertig bist und es geschafft hast, warum solltest du dann deinem Nächsten helfen? Um womöglich dabei ertappt zu werden? Denen sitzt die Furcht im Genick, auch deshalb liefern sie so zeitig ab. Auch die Mittelstürmer, auch Bytschenkow... Sogar Denissjew und Mischka eilen jetzt mit der Feder übers Papier, vermutlich haben sie die Spickzettel geerbt.« Wenn ihn wenigstens einer im Vorübergehen gefragt hätte, ob er Hilfe braucht. Sie gehen doch jetzt, auf dem Weg zum Aufsichtstisch oder zur Tür, an ihm vorbei. Einer der beiden Mittelstürmer fragt ihn tatsächlich, aber mit einem so lauten Flüstern, daß sich der Verdacht aufdrängt, das Flüstern sei deshalb so laut, damit es die Aufsicht hört und ihn zum Hörsaal hinausjagt, zumal er die Arbeit bereits abgeliefert hat. Dazu setzt er auch noch eine verschreckte Miene auf, die den Angesprochenen veranlassen soll, die Frage aus Mitleid mit Nein zu beantworten. Alexej winkt ab: der Mittelstürmer soll nur weitergehen! Trotzdem sind diese beiden besser als die anderen. Und die allerbesten rasseln jetzt rein: so wie er... Alexej faltet sein

Blatt mit den Kringeleien zusammen, schreibt seinen Namen drauf und gibt es ab. Er legt es auf den Stapel. Dann geht er zum Hörsaal hinaus.

»Wie hast du es gepackt?«, fragen die Mittelstürmer sofort.

»Gar nicht«, erwidert er nachlässig.

»Warum nicht?« flüstern die beiden. »Es gab nur vier Varianten, wir haben das herausgefunden. Wir haben alle Antworten herausgekriegt. Wir hätten sie an dich weitergeleitet.«

»Alles nicht so tragisch«, sagte Alexej und macht sich auf den Weg.

»Gehst du fort?« ruft es hinter ihm her, doch er ist bereits weg. Auf dem gleichen Weg wie vorhin begibt er sich in die im Kellergeschoß gelegene Garderobe. Sie ist menschenleer. Er bückt sich beim Betreten des Raumes. Das weckt in ihm stets die Vorstellung, ungemein hochgewachsen zu sein, obwohl in Wirklichkeit die Tür niedrig ist. Die beiden Garderobenfrauen unterhalten sich, ihre Körper hängen zu den Garderobenfenstern heraus. Im Radio spielen sie das Lied *Als ich noch ein blutjunger Postkutscher war*... Alexej hat dieses Lied als Kind sehr geliebt, die Liebe ist in ihm noch nicht ganz erloschen. Hier in der Garderobe ist es warm und gemütlich. Matt leuchten die Glühbirnen. Dicke zottige Rohre ziehen sich an der Wand hin. Er reicht der einen Garderobenfrau seine Garderobennummer. Die Frau ist jung und sieht gut aus, in ihrem Gesicht ist ein besonderer Zug, etwas kaum merklich Laszives, oder vielleicht hat sie ihn auch nur so angeblickt, oder es liegt am warmen, halbdunklen Souterrain, jedenfalls ist es die selige Empfindung eines Schülers, aber er selber ist längst kein Pennäler mehr und weiß jetzt, was die Empfindung zu bedeuten hat. Er blickt ihr nach, während sie wippend – alles an ihr schmiegt sich eng an ihren Körper – zwischen den Mantelreihen hindurchschlüpft. Dann kommt sie mit seinem Mantel zurück und blickt ihn an – oder blickt ihn nicht an, lockt ihn nicht herbei, stößt ihn aber auch nicht von sich. Dies alles beeindruckt ihn. Besonders, daß Blick und Lockruf nicht weitergehen. Das verstärkt die Wirkung erheblich. Er hätte gern ihre Hand ergriffen, ihre Wange gestreichelt oder wie zufällig ihre Brust berührt, doch er tut das alles nicht und sagt nichts. Er zieht den Mantel an und geht hinaus.

Draußen auf der Straße ist das Licht so hell, daß er die Augen zusammenkneift. Mit voller Brust atmet er tief die Winterluft ein – er befindet sich in Freiheit.

Es war noch nicht zwölf – und er war schon zu Hause. Außer Pelageja Pawlowna war niemand daheim. Schon als Kind mochte er es gern, wenn außer ihm niemand in der Wohnung war. Er streifte dann durch die Zimmer, steckte seine Nase in Schränke und Schubladen, kochte sich Tee, schlürfte ihn durch ein Makkaroniröhrchen, las im Liegen. Allmählich trudelten die Hausinsassen ein. Und es war gut, daß die Schule früher aus war als die Arbeit der Erwachsenen. Das bedeutete: zwei Stunden Freiheit. Zwei fest im Tagesablauf verankerte Stunden.

Pelageja Pawlowna freute sich über Alexejs Kommen. Sie war ungern allein in der Wohnung. Vor lauter Freude ging sie auf den Markt zum Einkaufen. Das war, vom Standpunkt Alexejs, sogar noch besser. Er verschloß die Tür mit Hilfe des Türhakens. Jetzt half kein Schlüssel mehr, es mußte geläutet werden. Das war eine Regelung. Pelageja Pawlowna hatte sie, mit dem Hinweis auf ihre Taubheit, erwirkt.

Alexej nahm die leckere Pastete seiner Tante aus dem Kühlschrank, schmierte sich ein Butterbrot und stellte alles wieder an Ort und Stelle: auch dieser Drill war ein Werk Pelagejas. Er biß ins Brot und trottete ins

Zimmer der Tante. Hier gingen die Fenster auf den Hof hinaus, im Zimmer war es ziemlich dunkel. Auch heute noch sah Alexej manches in diesem Zimmer mit den Augen seiner Kindheit. Wenn er hier eintritt, ist er sieben Jahre alt. Als müßte er noch immer Verbote überschreiten, atemlos vor Wagemut. Und immer ist es diese gelbe Venus, die er als erstes sieht, die nackte Venus ohne Arme. Dann der Flügel und die Bücher. Doch inzwischen hatte sich dieses Gefühl doch etwas abgenutzt. Jetzt war die Venus ganz offensichtlich aus Gips und ihm ziemlich gleichgültig.

Alexej sah den Bücherstapel auf dem Flügel durch, berührte mit einem Finger die Tasten. Der Klang flog durchs Zimmer hin und zerschmolz. Alexej aß das Butterbrot auf, wischte sich die Hände an der über den Flügel gebreiteten Decke ab und öffnete die Büfettür. Er nahm eine bereits entkorkte Likörflasche, schätzte die Höhe des Likörstandes mit dem Auge ab, trank einen Schluck, prüfte die in der Flasche verbliebene Menge, trank einen zweiten Schluck, stellte die Likörflasche an Ort und Stelle, aß einen Löffel Kompott. Das Kompott war noch frisch und ungezuckert, es zerging sofort im Mund. Als alle Gegenstände wieder an ihrem Platz standen, faßte Alexej hinter den Spiegel und fand dort Tantchens Passion: eine angebrochene Packung *Liebhaber*-Zigaretten. Eine davon zündete er sich an. Dann setzte er sich an den Tisch der Tante. Der Tisch war antik und wuchtig, er hatte eine Unmenge Schubfächer. Alexej unterließ es, die Schubfächer sofort zu öffnen, er untersuchte zunächst die Tischoberfläche. Hier gab es manches Sehenswürdige, und in all diesen Messerchen, Gläschen und Kalenderchen erkannte er alte Bekannte aus der Kindheit wieder. Hier lagen irgendwelche Papiere, meistens Lehrkörpersitzungsprotokolle. Das war nicht weiter interessant. Alexej las den unlängst geschriebenen Brief einer gewissen Tussja, einer offenbar hochbetagten Frau, der an ein gewisses Miezchen gerichtet war. Das Miezchen war seine Tante. Ob Miezchen sich wohl noch erinnere, wie sie einst zusammen... – schrieb jene Tussja. Das muß verteufelt lange her sein, dachte Alexej. Er schämte sich plötzlich, den fremden Brief gelesen zu haben.

»Mit der Erinnerung pflegt es zu hapern«, sagte Alexej mit einem Grinsen, das ihn anspornen sollte, legte den Brief aber doch lieber weg. Die Schlüssel für die Schubfächer lagen immer noch im gleichen von Kindheit an vertrauten Schälchen. Er öffnete die Fächer der Reihe nach. Hier hatte sich während der letzten Jahre wenig, man kann sagen: nichts geändert. Alles war im Zustand der makellosesten Ordnung und genau dort, wo es schon immer war, verblieben. In den Schubfächern wurde das Andenken weiter aufbewahrt, es war aber kein neues hinzugekommen. Die Fotostapel, die Briefpacken: Alexej erkannte alles sofort wieder. In diesen Schubfächern war das Leben allzu früh zum Stillstand gekommen. Der Anblick war traurig. Leben verriet nur ein einziges Schubfach, das größte und zentralste. Auch damals, in Alexejs Kindheit, war dieses Fach mit Leben erfüllt. Es war bis heute nicht aus ihm entwichen. Hier sammelten sich die laufenden Angelegenheiten. Von den elf Schubfächern des Tisches wurde nur ein einziges dafür benutzt. Aber auch hier fanden sich altbewährte Gegenstände, von denen die Tante weiter Gebrauch machte. Zum Beispiel das Ausgabenbuch. Das Telefonadreßbuch. Dann wieder Briefe: ziemlich viele Briefe. Listen mit Namen alter Bekannter. Die Eintrittskarte zu einem Vortrag. Noch irgendwas. Einige Behältnisse mit Kugelschreibern und Bleistiften, Nähgarn. Ein dickes Notizbuch, für die Bedürfnisse irgendeiner Delegiertenkonferenz bestimmt. Das Notizbuch war nicht benutzt worden. In diesem Fach lag auch eine Liste von Anleihepapieren der dreiprozentigen (goldenen) Anleihe. Die Liste war lang. Alexej fand in dem Fach jedoch nur zwei Anleihepapiere. Beide waren in der Liste nicht aufgeführt. Folglich wurden die übrigen in einem anderen Schubfach aufbewahrt. Alexej inspizierte noch einmal mit Sorgfalt sämtliche Fächer, doch die Anleihepapiere – es mußte sich um einen dicken Packen handeln – waren nirgends zu finden. Er stellte sich vor, wie der Packen aussehen mußte: in Zeitungspapier gewickelt, mit einem Bindfaden zugebunden, unter dem Bindfaden ein Stück Pappe, auf das die Tante eigenhändig »3 % (gold.)« geschrieben hatte. Alexej stellte sich das Bild so plastisch vor, daß er sich plötzlich zu erinnern glaubte, den Packen heute bereits irgendwo gesehen zu haben, und er zerbrach sich jetzt den Kopf, in welchem Schubfach das wohl gewesen sein mochte. Doch er begriff bald, daß er umsonst suchte. Er vermochte sich beim besten Willen aber nicht auszumalen, an welchem anderen Ort die Tante die Anleihepapiere aufbewahren könnte. Er versetzte alles wieder in den Zustand der vorherigen Ordnung, nahm aus dem großen Mittelfach jene zwei Anleihepapiere und verweilte eine Zeitlang in Nachdenklichkeit. Die Papiere waren glatt, ebenmäßig und grün und weckten in ihm die Abneigung, sie zu knicken. Alexejs Blick verweilte kurz auf dem Nachttischchen: dort lag ein Großer Weltatlas. Er legte die Anleihepapiere zwischen zwei Afrikakarten und verließ, den Atlas unter dem Arm, das Zimmer der Tante.

Alexej lenkte seinen Schritt rasch, aber nicht zu schnell in Trefilows Zimmer. Hier ließ er sich auf keinerlei Inspektionen mehr ein, sondern ging gleich auf den Schreibtisch zu. Und obwohl er nicht wußte, wo was lag, erriet und fand er verblüffend schnell den Ort, an dem die Anleihepapiere lagen. Aus der Mitte der Packung zog er ein Papier heraus und legte es zu den zwei anderen in den Atlas.

Sein Herz schlug heftig – er bemerkte es, als er Trefilows Zimmer schon verlassen hatte und den Korridor entlangging. Er trat auf die Wohnungstür zu und öffnete den Türhaken, verweilte eine Weile in der Diele und ging dann in Mutters Zimmer.

Dort roch es ungewöhnlich. Alexej erkannte das Zimmer im ersten Moment nicht wieder. An der Wand lehnte eine Tanne. »Ein Tannenbaum, ach ja...«, begriff er. »Natürlich doch, wir haben ja Neujahr.« Der Baum war sehr schön. »Gestern stand er noch nicht da«, dachte Alexej. »Wann haben die ihn wohl gebracht?«

Er setzte sich in einen Sessel, legte den Atlas auf seine Knie und begann, in Erwartung Pelagejas, den Baum zu betrachten.

»Wo haben die wohl dieses Prachtstück aufgetrieben?«

In der Sparkasse tat er sich schwer. Er kannte die dortigen Gebräuche nur vage. Sicherheitshalber nahm er seinen Paß mit. Der Betrieb war mäßig. Nur vor zwei Schaltern standen Leute an. Er brachte es nicht über sich zu fragen, wo er sich anstellen mußte, und schloß sich der kürzeren der beiden Schlangen an.

Leute kamen und gingen. Jedesmal klappte die Tür hinter ihnen zu.

Plötzlich wurde sie mit großem Gepolter aufgestoßen. Zwei Männer kamen herein. Unrasiert, in Wattejacken und schweren Geländestiefeln und mit großen Taschen. Ohne jemanden anzublicken, gingen sie stumm in eine Ecke, schoben zwei Sessel so zusammen, daß sie eine Mulde bildeten, nahmen zwei Stühle und setzten sich auf die Stühle. Auch jetzt noch stachen sie verblüffend von den anderen Kunden ab. Sie schütteten ihre Taschen über der Sesselmulde aus – hinein fielen, prasselten zu Klümpchen zerknüllte Geldscheine. Es regnete, es schneite Geld: einen ganzen Berg voll. Daraufhin blickten sie aufmerksam in die Taschen. Doch es war kein Geld mehr drin.

Anschließend glätteten sie die Scheine und stapelten sie: getrennt nach Ein- und Dreirubelscheinen.

Diese zwei ungewöhnlichen Menschen gefielen Alexej. Vor seinen Augen flimmerten Bilder wie dieses auf: beiden hängt ein Colt an der Seite, sie greifen nach den Colts, alle im Raum heben die Hände hoch, und die beiden plündern die Kasse ...

Die Schlange, in der Alexej anstand, war zwar die kürzere, aber die falsche. Wütend wechselte er an den Schwanz der anderen Schlange über ... Er sah in den Händen der vor ihm Stehenden Anleihepapiere, und seine Wut nahm noch zu. Wie dumm, daß er das nicht schon gleich bemerkt hatte!

Die beiden Burschen glätteten noch immer ihr Geld und zählten es nach. Alexej schaute sie an, der Anblick der Männer wirkte wieder beruhigend auf ihn. Beherrscht und gelassen stand er weiter an und war schon fast am Kassenfenster angelangt, als jene beiden plötzlich zu reden begannen. Was sie sagten, konnte er nicht verstehen. Zugleich begannen sie, das Geld wieder in den Taschen zu verstauen.

Als sie damit fertig waren, entfernten sie sich, ohne sich in irgendeine Beziehung zu den Vorgängen hier in der Sparkasse zu bringen.

»Ich begreife nichts«, dachte Alexej, doch da klopfte die Kassiererin zornig an die Scheibe. Die Reihe war an Alexej gekommen.

Errötend steckte er seine Anleihepapiere durch den Schlitz.

Alles Weitere geschah sehr schnell.

Ein altes Weib blätterte ihm sechzig Rubel hin.

Nach dem Paß hatte man ihn nicht gefragt.

... Daheim wartete Alexej auf einen Anruf. Assja rief jedoch nicht an. Wie maßlos unpraktisch, dachte Alexej, wenn jemand zu Hause kein Telefon hat.

Sie rief erst nach zehn an. Sagte, daß er morgen schon gleich in der Frühe kommen solle. Warum sie heute nicht daheim sei? Sie sei die ganze Zeit auf Achse...

Vor dem Einschlafen las er im *Moby Dick*.

Einunddreißigster Dezember

Alles war vorzüglich. Assja öffnete die Tür. Sie hatte einen Mantel an, der jedoch noch nicht zugeknöpft war. Unter dem Mantel trug sie ein Hauskleid. Sie freute sich offensichtlich über sein Kommen und schmatzte ihm ein Küßchen auf die Wange.

»Wie gut, daß du kommst, Lieber. Und vielen vielen Dank. Du bist so zuverlässig und so pünktlich, ganz anders als die gute Assja ... Und ich habe mich, drüben beim Friseur, in die Warteliste eingetragen...« – sie lächelte – »Denn ich und du: wir feiern heute Neujahr, stimmt's?« (Der Akzent lag auf dem *du*, der Satz war von einem strahlenden Blick begleitet.) »Da muß ich doch schön sein, nicht?«

Sie lächelte wieder. Alexej schmolz dahin. Ringsum hellte sich alles auf, in ihm schien etwas emporzufliegen. Er ergriff ihre Hand, zog sie an sich.

»Bitte nicht, Aljoscha ... Quäl mich nicht ... Wir gehen gleich zum Friseur. Einverstanden?«

Alexej ließ Assja wieder los, er war ja so glücklich.

»Ich habe Geld besorgt ...«

»Wirklich? ...« sagte sie, fast teilnahmslos.

»Hier ist das Geld.«

»So viel?« sagte sie weiterhin ruhig. Alexej war ein wenig enttäuscht. Zugleich war er ihr aber dankbar dafür, daß sie nicht aufgejauchzt, ihn nicht stürmisch umarmt hatte.

»Wo hast du das Geld aufgetrieben?«

»Ich hab' es eben aufgetrieben.«

Assja wirkte irgendwie nicht ganz anwesend.

»Das ist sehr gut«, sagte sie nach einer Pause. »Gib mir was fürs Leihhaus und einen Zehner für das Neujahrsfest, ich kaufe alles ein. Ein Zehner wird für uns wohl reichen? ... Gehen wir jetzt? Vielleicht bin ich schon dran.«

Sie stiegen die Treppe hinab, traten auf die Straße. Alexej wunderte sich darüber, wie herrlich doch alles aussah wie auf dem Land. Der Schnee war makellos und rein. Die Häuser waren mit Rauhreif bedeckt. Die alte Straße mit den kleinen, bereits dunklen Häusern war sehr schön. Die Stadt glich sich selbst überhaupt nicht, sie schien sehr sanft dahinzuströmen. Es war nicht die gleiche Stadt wie sonst. »So ist es immer«, dachte Alexej, »die Schönheit fällt mir immer dann auf, wenn Assja an meiner Seite ist. Auch dann, wenn sie sie selber nicht bemerkt. Ich kann mich nicht erinnern, daß ich die Stadt oder einen Garten oder das Wetter oder den Himmel jemals allein so intensiv wahrgenommen hätte.« Auch der Himmel war wunderbar: weiß, nahe und weich.

Dabei hatten sie nichts weiter getan, als die Straße überquert zum Friseurladen hin. Vor der Tür ließ ihn Assja allein zurück, sie selber trat ein. Durch die eine Sekunde lang geöffnete Tür sah Alexej die schmale Diele, in der wartende Frauen standen. Sie standen in aufgeknöpften Mänteln da und warteten. In der Diele war es halbdunkel, während der Raum hinter einer Sperrholzwand hell erleuchtet war. Assja war gleich wieder da. Sie sagte:

»Es geht voran, aber nur langsam. Ich bin noch lange nicht dran. Es hat keinen Sinn, daß du wartest.«

»Ich werde trotzdem warten«, sagte Alexej.

»Kauf lieber Wein, statt hier zu warten. Nachher habe ich eine solche Menge zu tun, daß die Zeit dafür vielleicht nicht reicht.«

»Schon gut«, sagte Alexej. »Geh jetzt rein, sonst erfrierst du hier.«

»Und danach kommst du wieder her, gut?«

Die Lebensmittelgeschäfte waren alle überfüllt. Schon beim bloßen Anblick der Menge wurde Alexej von Verzweiflung gepackt. Er ging gleich wieder hinaus. Das wiederholte sich mehrmals. Endlich begriff er, daß er nur seine Zeit verliert und daß es an so einem Tag überall voll ist. Trotzdem verließ er auch den nächsten Laden. Er bog in eine kleine Sackgasse ein, sah ein Kellergeschäft und stieg hinab. Hier standen nur Männer an, fast alles Betrunkene. Sie tranken den Wein gleich hier, sie wanderten mit Gläsern durch den Laden. Dabei murmelten sie etwas vor sich hin oder knüpften Gespräche mit Mitsäufern an. Es waren viele Männer, aber die Schlange bewegte sich schnell voran, und Alexej erstand bald das Gewünschte. »Du hast wohl eingekauft«, sprach ihn ein unrasierter älterer Mann an und maß ihn mit einem zärtlichen Blick. »Jawohl, das habe ich«, erwiderte Alexej und verstaute die gekauften Flaschen. »Das hast du, und das ist sehr lobenswert«, sagte der Mann. »Na, freilich doch«, sagte Alexej etwas verlegen. »Kränk deinen Vater nicht«, sagte der Mann.

Alles war in bester Ordnung. Alexej kehrte zum Friseurladen zurück. Trat zögernd ein und ließ seinen Blick ein wenig ratlos über die Menge der wartenden Frauen schweifen. Auch die Frauen blickten ihn an, aber Assja war nicht da. Es waren alles einfache Frauen, die meisten mit Kopftüchern – nicht jene rätselhaften Wesen, denen man manchmal auf der Straße begegnet. Sie musterten Alexej – und sahen ihn wohl doch nicht richtig. Das machte ihn verlegen.

»Deine ist bereits fort«, sagte eine Frau mit klangvoller Stimme, welche es war, begriff er nicht ganz, offenbar die rundliche. Alle Frauen lachten. Alexej lachte mit. Hier war es warm und gemütlich, wenn auch eng. Der Ausdruck *deine,* den die Frau gebraucht hatte, tat ihm wohl, und die Gemütlichkeit, dachte er: die kommt wohl daher, daß Feiertag ist. Er merkte, daß er weiter dastand, obwohl er jetzt eigentlich fortgehen müßte. Er wurde noch verlegener. Da sah er ein Münztelefon.

»Ich sollte mal anrufen«, sagte er.

Das vor dem Telefon stehende junge Mädchen trat beiseite. Sie war streng und schön und veränderte ihren Gesichtsausdruck auch im Beiseitetreten nicht. Ihre Miene blieb so hochmütig, wie sie war. Alexej wählte eine beliebige Nummer und blickte das Mädchen an. Ob sie wohl bei der Liebe genauso aussah oder anders, dachte er. Wahrscheinlich anders. Und diese Alltagsmiene hat wohl die Funktion, die Männer darauf neugierig zu machen. Am Telefon wurde er ausgeschimpft, und er verließ den Friseurladen, wobei er sich bemühte, niemandes Blick aufzufangen, vielleicht wäre er spöttisch gewesen.

Er rechnete damit, daß Assja öffnen würde, bestimmt war sie jetzt schon daheim, doch es war Sergej Wladimirowitsch. Der wirkte heute ungemein herzlich, frisch und gepflegt und adrett. Er lächelte Alexej entgegen.

»Du bist es, Aljoscha? Komm rein, guten Tag. Und viel Glück im neuen Jahr!«

Auch diese Worte taten Alexej gut. Es ist so angenehm, wenn man aus Herzenslust erwidern kann:

»Vielen Dank! Und auch Ihnen viel Glück!«

Alexej ging als erster zum Zimmer, an der Zimmertür gab es eine kleine Zeremonie, Sergej Wladimirowitsch bestand darauf, daß Alexej vorausginge. Im Zimmer war niemand. Alexej schloß daraus, daß Assja in der Küche wäre. Es war das gleiche Zimmer wie immer, doch zugleich schien es ein anderes Zimmer zu sein. Alexej kam nie aus dem Staunen darüber heraus, daß einunddasselbe Zimmer bisweilen ein ganz anderes Zimmer sein konnte. Wozu natürlich das Umstellen der Einrichtungsgegenstände beiträgt. Der o-beinige Tisch, die drei vorwiegend aus Metall gefertigten Betten, die nachgedunkelte Mahagonikommode, die ausgebleichten Tapeten: dies alles war heute passend, und daß das Zimmer fast leer war, war ein Umstand, der den starken Eindruck ebenfalls begünstigte. Heute war es hier heller als sonst, genauer: das Halbdunkel war reiner und wärmer, und wirklich war der Ofen gut geheizt. Sergej Wladimirowitsch paßte vorzüglich zu dieser Einrichtung und Erinnerung. »Wahrscheinlich liegt auch das an Neujahr«, dachte Alexej, »der Feiertag macht sich überall bemerkbar...«

»Nimm Platz«, sagte Sergej Wladimirowitsch, während er mit einem zerstreuten Lächeln ein auf dem Tisch stehendes Paar Schuhe auf den Fußboden stellte.

»Und wo ist Assja?« fragte Alexej sicherheitshalber.

»Noch nicht da. Sie kommt aber gleich heim, du wirst sehen. Entweder gleich oder sehr bald.«

»Sie war wohl vorhin beim Friseur gerade dran«, dachte Alexej, »ich hätte hinter die Sperrholzwand schauen müssen.«

Bisweilen war Sergej Wladimirowitsch ein ungemein liebenswerter Greis. An solchen Tagen wurde sein ungewöhnliches Äußeres offenkundig. »Der gute Stall, die edle Rasse«, pflegte er dann zu sagen. »Findest du nicht auch, daß ich dem Schriftsteller Bunin sehr ähnlich sehe?« Die Ärmlichkeit seines Anzuges verstärkte diesen Eindruck sogar noch. Er trug einen selbstgeschneiderten schwarzen Feldrock mit schwarzen Knöpfen. Der Rock besaß die Dichte und

Festigkeit eines Mantels. Einiges deutete darauf hin, daß er auch wirklich einst ein Mantel gewesen war. So ein Feldrock ist sehr bequem: du sparst dir das Hemd und den Schlips. Wenn sich Sergej Wladimirowitsch steif und geschraubt gab, dann sah sein Feldrock ziemlich kläglich aus. Aber heute war er weder steif noch geschraubt. Mit seinem imposanten rollenden *r* erzählte er davon, wie er einst Kornett oder Junker oder etwas Ähnliches war, das heißt: jemand, der sich auf den Offiziersberuf vorbereitete, und wie sie sich, soundsoviel Mann hoch, in Troikas gesetzt hatten und zu den Zigeunern gefahren waren, und wie großartig und toll das damals war: der Schnee, der Sekt und alles andere. Er kramte ein vergilbtes Foto hervor, auf dem eine Villa auf der Krim abgebildet war, und ein zweites genauso vergilbtes Foto seiner ersten Frau, und die war einst eine berühmte Schönheit. Alexej wußte und kannte das alles schon so haargenau, daß er es sonderbar fand, daß in Sergej Wladimirowitschs Gedächtnis darüber hinaus nichts haften geblieben war... Es war immer dasselbe, und den Berichtenden schien jedesmal der Zweifel zu plagen, ob das Berichtete auch wirklich stattgefunden hatte, und das war gewiß auch der Grund, warum er immer und immer wieder davon erzählte. Er pochte gleichsam darauf, daß das Berichtete auch verbürgt war. Er legte plötzlich seine Stirn in Falten, als fragte er sich: »Ja, ist das alles auch so gewesen? Vielleicht gab es das überhaupt nicht? Wer weiß, wer weiß, schließlich ist alles möglich...« Woraufhin er jäh verstummte, freilich nur für eine kurze Weile, und sein Gesicht einen betrübten Ausdruck annahm. »Wie in einem Theaterstück«, dachte Alexej, »der gute Mann benimmt sich wie eine Bühnenfigur...«

Dann tranken sie Tee. Sergej Wladimirowitsch stellte einen stark riechenden Roquefort auf den Tisch. »Der stinkt wie Schweißsocken«, sagte er lachend. Sie tranken also Tee und aßen Roquefort. Anschließend kredenzte Sergej Wladimirowitsch noch ein Gläschen Likör. Der Likör – offenbar Pfefferminzlikör – schmeckte abscheulich. Und Assja kam und kam nicht.

Der Hausherr war bereits bei den Preisen seiner Köstlichkeiten angelangt.

Assja kam nicht. Alexej dachte, daß sie wohl fest damit gerechnet hatte, er würde zum Friseur kommen. Und dann hatte sie draußen auf der Straße gestanden, und er war nicht da. Er rutschte auf seinem Stuhl hin und her, es fiel ihm immer schwerer zuzuhören. Zu allem Überfluß holte Sergej Wladimirowitsch den Kasten mit den Schachfiguren, und Schachspielen konnte Alexej nicht ausstehen. Ihm war, als sei es viel dunkler geworden, obwohl es zum Dunkelwerden viel zu früh war. Das Zimmer wurde ihm zusehends fremder.

Da tat sich die Tür auf, sie drehten sich um . . . Das Zimmer war lang, Fenster und Tür befanden sich am jeweils anderen Ende, das Licht vom Fenster erreichte kaum mehr die Tür, deshalb war nicht zu erkennen, was dort an der Tür vorging. Ins Zimmer schob sich eine große Tanne. Dann erblickte Alexej hinter der Tanne Assja und rannte hin, um ihr zu helfen. Die Tanne stach ihn, ein Tannenzweig peitschte seine Augen, aber er lachte erleichtert auf und trug die Tanne vor sich her. Assja lachte mit.

Sergej Wladimirowitsch fand sogar ein staubiges Holzkreuz und sie befestigten die Tanne darin. Zu dritt trugen sie den Baum von Zimmerecke zu Zimmerecke, bis sie endlich die Ecke fanden, in der sich die Tanne am besten machte. Alexej trat ein paar Schritte zurück, ungemein erregt. Er preßte seine harzigen Finger zusammen und lockerte sie wieder, sie verklebten und lösten sich.

»Ich muß rennen, es ist höchste Zeit«, sagte Assja.

»Wohin?«

»Ins Leihhaus, es wird gleich geschlossen.«

Alexej war verwundert, er hatte gedacht, das mit dem Leihhaus sei längst erledigt.

»Begleitest du mich?« fragte Assja, deren Gesicht etwas ratlos war. »Oder willst du hier warten?«

»Ich begleite dich natürlich«, sagte Alexej.

»Wie du meinst. Ich käme auch allein zurecht.«

Alexej zog bereits den Mantel an.

»Bleib doch da, Aljoscha«, bat Sergej Wladimirowitsch. »Wir spielen die Partie zu Ende.«

»Das machen wir nachher«, sagte Alexej.

Bis zum Leihhaus waren es drei, vier Haltestellen. Assja benahm sich, als konzentriere sie sich auf etwas ganz anderes, sie beantwortete nur jede zweite Frage.

Dann war der Platz vor ihren Augen. Die Kathedrale, der Vorgarten. Die Metrostation. Dahinter der Markt. Man sah ihn nicht, spürte ihn aber. Die Seite des Platzes, auf der sie sich befanden, war dunkel, dort standen lauter Wohnhäuser, und auch das Leihhaus war hier. Man konnte es nur nicht erkennen. Assja hatte gesagt, daß man in den Hof hineingehen und dann eine Treppe hinaufsteigen müßte, doch als sie jetzt vor dem Vordergebäude standen, empfand Alexej das Leihhaus ungefähr so wie den Markt hinter der Kathedrale.

»Wart hier auf mich, ich gehe alleine«, sagte Assja.

Alexej hätte gern erwidert, daß es hier nichts zum Genieren gab, daß sie diesen Weg ohne weiteres gemeinsam machen könnten, doch sein Charakter gebot ihm Nichteinmischung: wenn man ihn nicht ausdrücklich um etwas bat, hielt er sich zurück. Er blieb vor dem Haus stehen. Assja verschwand in der Toreinfahrt. Die Art, wie sie das tat, versetzte ihn in den Zustand besorgter Erregung.

Sie kam lange nicht wieder. Der Platz vor der Toreinfahrt eignete sich schlecht fürs Warten, hier stand er mitten im Passantenstrom. Er wählte also einen anderen: zwischen Obus- und Bushaltestelle, zwischen den beiden anstehenden Menschenschlangen stellte er sich auf. Es verging eine Viertelstunde, eine halbe Stunde. Jetzt ging auch Alexej in die Toreinfahrt. Er stieg die Treppe hinauf, wobei er sich an den nicht mehr deutlich erkennbaren Hinweispfeilen auf der abblätternden Wand orientierte. Er versuchte, sich dieses Leihhaus vorzustellen (er war noch nie in einem Leihhaus gewesen), dachte an eine Art Friseursalon. Dann fiel eine Tür mit rostigem Piepsen hinter ihm zu – und er befand sich in einem Korridor. Von der Tür aus war nichts zu sehen, außer dem Licht am anderen Ende des Ganges. Er ging den Gang entlang. Als sich der ganze Korridor seinem Blick geöffnet hatte, sah er eine Menschenschlange. Das Leihhaus glich nicht im mindesten einem Friseur – schon eher einem Waschsalon. Alexej suchte Assja mit den Augen und fand sie nicht. Da faßte ihn jemand am Ellbogen.

»Laß uns beiseitegehen«, flüsterte Assja.

Sie traten etwas beiseite, sie sagte:

»Das dauert noch eine Weile. Geh lieber heim. Es lohnt sich nicht, hier auf mich zu warten. Geh nach Hause und komm um elf zu mir. Einverstanden?«

Sie blickte sich zerstreut um. Die Leute standen stumm da. Das Licht war unangenehm: schwach und leblos. Das Schlimmste war jedoch der Korridor, der sich nicht im rechten Winkel bog, sondern schlangenartig krümmte. Am Eingang war er dunkel, am anderen Ende war er hell erleuchtet. Alexej fühlte sich unwohl. Gewiß trug auch noch die stickige Luft dazu bei.

»Ich werde draußen auf dich warten«, sagte er.

Assja schien etwas von sich abzuschütteln, ihr Blick konzentrierte sich auf Alexej, wurde wärmer:

»Du Dummer, geh lieber heim, statt zu warten« – sie küßte ihn auf die Wange.

Beim Herabsteigen der dunklen Treppe stieß Alexej

mit einem Mann zusammen. Der Mann blickte ihn etwas sonderbar an, was in Alexej sofort den Verdacht erweckte, er würde diesen Mann von früher kennen. Er versuchte, sich zu erinnern, wo er dem Mann schon einmal begegnet sein könnte, während er den Hof überquerte und auf die Straße hinaustrat. Doch es wollte ihm nicht einfallen. Plötzlich meinte er, es sei der Ehemann von Assja, doch er war sich nicht sicher, denn den hatte er jenes einzige Mal, als er ihn gesehen hatte, nicht richtig in Augenschein genommen, und auch den Mann auf der Treppe hatte er nur flüchtig gemustert. Trotzdem wurde er immer unruhiger, deshalb ging er auch nicht fort, sondern wartete lieber, stieg freilich nicht noch einmal ins Leihhaus hinauf. Das hätte so ausgesehen, als würde er Assja nachspionieren, und nichts lag ihm ferner als das. Nach einer halben Stunde hielt er es nicht länger aus, nun stieg er langsam die Treppe wieder hinauf. Er öffnete die Tür und ging den gekrümmten Korridor entlang, doch es war niemand mehr da, außer einer einzigen Frau, die dabei war, etwas zu verriegeln.

»Das Leihhaus ist geschlossen«, sagte sie. »Und Ihnen ein frohes Neujahr!«

»Danke, gleichfalls«, murmelte Alexej und begann, die Treppe wieder hinabzusteigen. Während er das tat, sprang ihn von hinten lachend jemand an. Es war Assja.

»Alles erledigt«, sagte sie. Sie nahm aus der Tasche das Kleid und zeigte es. »Da ist es. Du glaubst nicht, wie sehr es allen hier gefallen hat. Die Frau, die hier die Sachen schätzt, wollte es mir sogar abkaufen... Und du, Lieber, hast die ganze Zeit auf mich gewartet?«

Alexej war schon nicht mehr erregt, er bemühte sich, das Unbegreifliche zu vergessen und keine Fragen zu stellen. Seit sie wieder zusammen waren, hatte alles den ihm angemessenen Platz eingenommen...

»Jetzt setze ich dich in den Omnibus, und du fährst nach Hause«, sagte Assja, als sie auf der Straße standen. Draußen war es schon ganz dunkel. »Es wird früh Nacht«, dachte Alexej, »jetzt sind die längsten Nächte des Jahres.«

»Ich setz dich in den Bus, und du fährst heim. Ich muß nämlich noch einkaufen und alles herrichten und mich umziehen. Da stündest du mir nur im Weg. Fahr nach Hause und zieh deinen grauen Anzug an. Ich möchte, daß du schön bist...«

Der Omnibus fuhr an. Assja blieb winkend an der Haltestelle zurück. Alexej blickte durch die hintere Scheibe, Assja entfernte sich immer mehr, er sah jetzt etwas Dunkles, einen Schatten an ihrer Seite. »Es wird die Kathedrale sein«, dachte er, »oder jemand hat sich gleich wieder angestellt.« Dieser Schatten beunruhigte ihn.

Der Omnibus näherte sich seinem Haus, und irgendwas in ihm krampfte sich immer mehr zusammen. Diese Empfindung nahm weiter zu, als er ausstieg und auf sein Haus zuging. Das Gehen fiel ihm immer schwerer, und er ging immer langsamer. Es war wie in einem Kindheits-Fiebertraum. Etwas Entsetzliches geschah, doch es war nicht klar, was daran so entsetzlich war, und das machte alles noch entsetzlicher. In letzter Zeit fiel ihm das Heimkommen schwer, genauer: der erste Moment. Du öffnest die Tür, hältst den Blicken und Begrüßungsworten stand, du weißt nicht, ob jetzt die Ausfragerei beginnt und du wieder lügen mußt... Das hatte begonnen, als Assja aufgetaucht war. Doch heute war noch etwas anderes da... heute war es unangenehmer als gewöhnlich, und Alexej wußte nicht warum. Er wußte sogar, worum es ging, er entsann sich, wie er plötzlich den Tannenbaum in Mutters Zimmer gesehen hatte... Gestern... aber das war so weit weg, daran zu denken, war so furchterregend, daß ihm das Nichtverstehen leichter fiel. Er versuchte, seine Vorahnungen nicht in sein Bewußtsein dringen zu lassen, das gelang ihm auch. Es muß indessen vermerkt werden, daß die Angst diesmal stärker war als sonst, daß das bereits ein deutliches Vorgefühl, nicht bloß eine vage Empfindung war. Das Vorgefühl von etwas Irreparablem.

Zu Hause ging es geschäftig zu. Es war warm in der Wohnung. Der Baum in Mutters Zimmer war bereits geschmückt. Von elektrischem Licht beleuchtet, sah er nicht mehr so geheimnisvoll aus. Der Einunddreißigste mußte wohl wirklich ein besonderer Tag sein, niemand war so kühl wie sonst oder hatte diesen strengen Blick, den Alexej seit einiger Zeit fast immer zu sehen bekam. Die Mutter sagte nichts und fragte ihn auch nicht aus, sie war fröhlich, schien aller Sorgen ledig zu sein. Sie küßte Alexej auf die Stirn und überreichte ihm eine Pralinenschachtel. »Obwohl du es eigentlich gar nicht verdient hast«, sagte sie lächelnd. Alexej war so froh über das Fehlen der Kälte im Haus und darüber, daß er sich nicht gleich wieder einpanzern mußte, daß er sich sofort um ein halbes Jahr jünger fühlte, was so viel war, wie um ein ganzes Leben jünger. Um ein Leben: nämlich um Assja. Er begriff, daß er die Mutter und das Haus sehr liebte, er umarmte die Mutter, küßte sie. Sie erschlaffte in seinen Armen, er spürte plötzlich, wie klein und hager sie war, und er stellte in dieser Woge von Zärtlichkeit verblüfft fest, daß er schon ein halbes Jahr lang nicht mehr so auf seine Mutter zugegangen war, sie nicht in die Arme genommen und geküßt hatte, und auch darin steckte Assja. Während er jetzt die Mutter in den Armen hielt, spürte er das Linkische dieser Umarmung. Bis jetzt war ihm das nicht einmal aufgefallen. Bis zu Assjas Auftreten hatte nämlich seine Mutter und ihn eine heiße Liebe verbunden. Diese Zärtlichkeiten hatten offenbar so abrupt aufgehört, daß Mutter das gleich gespürt hatte. Er aber hatte nichts davon gemerkt, während dieses halben Jahres hatte sich nichts Häusliches in seinem Gedächtnis abgelagert, – alle Erinnerungen betrafen Assja, – und er wußte, daß das grausam und ungerecht war. Er verspürte ein Gefühl der Peinlichkeit, sogar der Scham, doch während dieser Aufwallung verließ ihn nie die Empfindung, wie ungelenk er die Mutter umarmte, seine Arme waren förmlich hölzern, es war keine Wärme in ihnen. In dieser Umarmung war Lüge, etwas, dessen man sich schämen mußte. Lüge – sogar Infamie. Noch größeres Unbehagen bereitete ihm die Einsicht, daß seine Mutter – auch das spürte er jetzt – diese Empfindung nicht hatte. In ihr war alles beim Alten geblieben, ja ihre Gefühle hatten sogar zugenommen wie bei einem Menschen, der sich sehr lange nach etwas gesehnt hat. Alexej löste sich als erster aus der Umarmung. Die Augen, die er sah, waren so glücklich und so traurig, daß er fast losgeweint hätte. Er verspürte ein jähes Gefühl der Hilflosigkeit und ging schnell in sein Zimmer.

Er dachte, daß seine Mutter und er einander niemals fremd werden würden, was auch geschähe, und trotzdem ... Er wurde sehr traurig, doch das war ihm gar nicht unangenehm. Er spürte plötzlich ganz real, daß seine Kindheit vergangen war und dachte, wie sonderbar wenig der Mensch in sich aufnehmen kann, das heißt, dieser Gedanke galt nur der eigenen Person, an deren Adresse er Vorwürfe richtete. Etwas beginnt und für etwas anderes reicht es dann plötzlich nicht mehr. Die Grausamkeit dieser Entdeckung vermochte ihn jedoch nicht zu verblüffen. Er empfand vielmehr, daß das in der Ordnung der Dinge liege.

Alexej begann, an etwas anderes zu denken. »Ich will, daß du schön bist«, hatte Assja gesagt. Er zog sich aus und begann Gymnastik zu machen. Neuerdings trieb er fast keinen Sport mehr, obwohl das früher, Tag für Tag, seine Hauptbeschäftigung gewesen war. Sein Körper schien sich jetzt der Übung zu widersetzen, doch ihm bereitete es Freude, als erinnerte er sich so an das Vernachlässigte. Als das Blut in Wallung gekommen war, öffnete er die Lüftungsklappe. Der kalte Geruch nach Schnee strömte ins Zimmer.

Die Übungen liefen nach dem kompletten Programm ab, das er einst minutiös ausgearbeitet hatte. Es waren Übungen darunter, die an Akrobatik grenzten, und daß er sie weiterhin beherrschte, war für ihn eine echte Befriedigung. Die Empfindung der Kraft und der Gefügigkeit eines jeden Muskels erwachte wieder in ihm. Sie war noch unlängst die wichtigste Quelle seines Gefühls der Vollwertigkeit gewesen, vielleicht sogar des Gefühls seiner Überlegenheit in dieser Welt. Dieses Jubeln des Leibes, das ihm früher so vertraut war, war ihm jetzt besonders angenehm.

Die nächste Übung sollte ein Dauerlauf sein, er zog den Trainingsanzug und die Sportschuhe an. Als das geschehen war, betrachtete er sich im Spiegel: sein hageres gebräuntes Gesicht gefiel ihm gut. Die Beine schienen schon zu laufen: so stark war das Gefühl der Leichtigkeit und Kraft in ihnen.

Doch er rannte nicht los, sondern ging durch den Korridor in die Küche. Pelageja holte gerade die Gans aus dem Ofen, die Tante bereitete ihren berühmten Neujahrspudding zu, die kurzsichtig blinzelnde Mutter schnitt Gurken auf, während Trefilow diesen Vorgängen den Rücken zukehrte, eine Zigarette rauchte und durchs dunkle Fenster blickte. Alle drehten sich nach Alexej um, nur Trefilow nicht.

»Machst du jetzt wirklich deinen Dauerlauf?« fragte die Tante, und der Tonfall, in dem sie das sagte, war freundschaftlich, obwohl sie ihn bis zum heutigen Tag nicht richtig wahrzunehmen schien: aus Zorn darüber, daß er seine Mutter so betrübte. »Wieder der einunddreißigste...«, dachte Alexej. Pelageja, der solche Dinge gleichgültig waren, war jetzt außerdem noch von der Gans in Anspruch genommen und blickte mürrisch. Trefilow drehte sich nach der Tante um, warf einen schiefen Blick auf Alexej, ließ etwas Rauch aus dem Mund und schniefelte mit der Nase.

»So ist es, ich verschaffe mir Bewegung«, sagte Alexej. Nach der Gymnastik und dem geöffneten Fenster war ihm der Küchendunst besonders lästig. Er rannte los.

Mit Vergnügen sog er die frostklare Luft ein. Erreichte, dem Ufer der Karpowka folgend, den Botanischen Garten und lief an dessen Gitter entlang. Er versuchte, sich von außen zu sehen, und fand sich leicht und schön. Jetzt wären ein paar Mädchen fällig, die seinen Dauerlauf verfolgen könnten. Doch ringsum war niemand. In dieser Gegend gab es selten Passanten, momentan gab es gar keine. »Alle bereiten sich aufs Fest vor«, dachte Alexej. Es war still, die Straßenlaternen brannten noch nicht. Es war nicht sehr kalt, doch der Schnee knirschte unter den Schuhen. Das war der einzige Laut, abgesehen vom Keuchen. Die Szenerie war schön, doch Alexej nahm nichts mehr wahr, seine mangelnde Kondition machte sich geltend: er hatte sich ein wenig übernommen. Zunächst kam sein Atem aus dem Takt, dann wurden ihm die Beine schwer und fremd. Jetzt tauchten, sehr zur Unzeit, zwei junge Mädchen auf. Sie kicherten, sie fanden es wohl komisch, daß jemand selbst noch an der Schwelle des neuen Jahres seinen Dauerlauf machte. Alexej wechselte vom Laufen zum Gehen über. Der Speichel im Mund war wie Leim. Oben in der Brust hatte er Schmerzen, dort schien etwas gerissen zu sein. Das Herz pochte im ganzen Leib.

Zu Hause putzte er sich sorgfältig die Zähne, rasierte sich. Dann stellte er sich unter die Dusche. Erst strömte es heiß auf ihn herab, dann wurde das Wasser immer kälter, endlich drehte Alexej aufprustend den Warmwasserhahn ab und gefiel sich darin, kaltes Wasser zu verspritzen. Von ihm stieg Dampf auf. Nachdem er sich abgetrocknet hatte, warf er den Morgenrock über und zog sich dann rasch an. Alles was er tat, tat er mit Sorgfalt und Bedeutung.

Anschließend ging er in Mutters Zimmer und blickte in den großen Spiegel. Er sah sich in voller Größe und war vollauf mit sich zufrieden. Nach diesem Marterritual kam er sich jedesmal sehr schön vor.

In diesem Zustand, mit diesem Selbstgefühl begab er sich in die Küche, wo man ihn fast mit Gewalt an den Festtisch setzte. Er hatte keinen Hunger, aber seine Mutter hätte ihn mit leerem Magen nicht gehen lassen.

Jetzt aber war er bereit und absolut gerüstet, und es war auch keine Zeit mehr zu verlieren.

»Ich gehe jetzt los«, sagte er zur Mutter. Jetzt wäre noch ein: »Ich wünsche euch ein schönes Neujahr ...« oder etwas in dieser Art angebracht gewesen, doch Alexej meinte, so etwas nicht sagen zu dürfen, da er doch jetzt aus dem Haus ging. Es hätte unaufrichtig geklungen. Lieber sagte er gar nichts.

»Einen guten Rutsch, Alexej«, sagte die Mutter, stellte sich auf die Zehenspitzen und küßte ihn auf die Stirn.

»Ja, feierst du denn nicht mit uns?« fragte die Tante. In ihrer Stimme war auch jetzt kein Metall, wohl aber ein spezifischer Akzent. Sie hatte schon vorher gewußt, daß er außer Haus gehen würde.

»Ich habe mich von ein paar Kollegen breitschlagen lassen ...«, sagte Alexej und preßte dann ein »auch euch einen guten Rutsch ...« nicht ohne Mühe aus sich heraus.

Man begann zu lächeln und zu nicken, doch es wirkte nur gekünstelt und verkrampft.

Schweren Herzens ging Alexej aus dem Haus. Er

fühlte eine Schuld und wehrte sich dagegen, sie in sein Bewußtsein dringen zu lassen. Ja, gibt es diese Schuld denn, dachte er.

Im Omnibus, der überfüllt und voller Lärm war, gab sich das wieder.

Als er die Treppe hinaufstieg, bemerkte er, daß er sehr erregt war. Und zwar wegen des Astoria ... War Assja hingegangen oder nicht? Und falls sie hingegangen war: war sie dann inzwischen wieder zurück oder noch nicht? Vermutlich war sie noch nicht wieder da ... Er stieg immer langsamer treppauf, ihm wurde immer unwohler zumute. Er merkte, daß er bis zu dieser Tür und dieser Stunde, bis elf Uhr, kein einziges Mal daran gedacht hatte, das hatte er gut hinbekommen, einen Tag, nein: zwei volle Tage lang hatte er den Gedanken ans Astoria nicht an sich herangelassen. Als er auf den Klingelknopf drückte, war seine Erregung kaum mehr erträglich. So war es freilich immer, die Frage, ob sie zu Hause ist oder nicht, schnürte ihm jedesmal die Kehle zu, aber heute war es so stark, daß man hätte sagen können, daß er noch niemals vor Assjas Wohnung die mindeste Erregung verspürt hatte.

Assja öffnete die Tür.

So, wie sie jetzt war, hatte Alexej sie noch nie gesehen. Sie strahlte, sie lachte, sie redete sehr schnell, was sie sagte, blieb ihm nicht im Gedächtnis haften. Offenbar freute sie sich über sein Kommen. Sie hielt ihm die Wange hin. »Vorsicht, nicht so stürmisch«, sagte sie. Sie ließ es nicht zu, daß er sie umarmte, sie wollte nicht, daß ihr Kleid zerdrückt würde. Dabei hätte es der Warnung gar nicht bedurft, Alexej spürte ohnehin, daß man diese Schönheit weder berühren noch anhauchen durfte. Sein Wangenkuß war so dezent, daß er genausogut einer Ikone hätte gelten können. Die Wange war kühl, noch von der Straße her. Etwas schien ihn am Schauen zu hindern, er blickte wie ein Kurzsichtiger ohne Brille, sah nichts um sich herum, als befänden sich Assja und er in einer Lichtkugel, während ringsherum alles stockdunkel war. Zugleich erfüllte ihn Stolz: diese Frau, wie sie jetzt vor ihm stand, gehörte immerhin keinem anderen als ihm. Trotzdem hatte er das Gefühl des Unbeteiligtseins, spürte das Zufällige in dieser Schönheit, als könne sowas nur im Traum geschehen, nicht aber ihm, dem Unwürdigen...

Assja wies ihm einen Stuhl an, damit sie nicht über ihn stolpern müßte, sie war mit dem Salat noch nicht ganz fertig. Er sah vor sich auf dem Tisch den Salat, daneben die noch ungeöffnete Mayonnaisenbüchse... Alles lief darauf hinaus, daß sie ihn liebt, denn wenn sie nicht im Astoria war, dann war sowieso alles klar, war sie aber dort gewesen und wieder heimgekommen, dazu noch so früh, dann liebte sie ihn erst recht. Dieser Gedanke grenzte an Wahnsinn. Assja hatte sich eine Schürze umgebunden und war dabei, den Salat zu mischen. Sie versenkte ihre Hände im Salat und ließ ihn durch die Finger gleiten, es lag eine furchtbare Schönheit darin. »Schön bist du heute«, sagte Assja. Ihm stieg das Blut in den Kopf. »Warum sagst du nichts über meinen Baum?« fragte sie. Da sah er den Tannenbaum. Er war mit allen Glasperlen und Anhängern geschmückt und behängt, die er jemals an und bei Assja gesehen hatte, jedoch hauptsächlich war die Tanne grün, und das war sehr gut, daß sie im großen ganzen grün war. Als er den Baum erblickt hatte, begann der Baum auch gleich zu duften. Auch das machte ihn verrückt und irgendwie tumb.

Der Salat war fertig, alles übrige sah Alexej jetzt auf dem Fensterbrett, auch bereits fertig zubereitet. Assja war an seiner Seite, ohne Schürze, ihre Hände waren sauber gewaschen und frei von Küchengeruch. »Wie lieb, daß du so folgsam dasitzt!« sagte sie und küßte ihn auf die Wange. »Gleich decken wir den Tisch. Du wirst mir dabei helfen.« Sie lief zur Wand und schaltete das Radio ein, jemand sang. Assja riß Alexej vom Stuhl, wirbelte ihn im Zimmer herum, lachte. »Was bist du komisch, Lieber... und was bist du schön«, sagte sie.

Plötzlich sah Alexej, wie sich Assjas Gesicht veränderte.

Ihr Blick ging einen Millimeter an seiner Wange vorbei, sie blickte fast *ihn* an, deshalb war die Veränderung besonders unangenehm. Er hatte keine Lust, sich umzuwenden: dort mochte eine Katze von der Größe eines Tigers sein oder ein Gorilla von der Größe eines Hauses oder... na, jedenfalls etwas aus einem Alptraum. Dann drehte er sich doch um: dort war Nina und außer ihr noch zwei oder drei Mädchen, die er irgendwann schon einmal flüchtig gesehen hatte. Es waren Freundinnen von Nina aus einem Dramen- oder Waldundwiesenzirkel. Sie betraten das Zimmer, ohne zu grüßen, hängten ihre Mäntel an den neben der Tür angebrachten Mantelhaken. Vermutlich ging es in jenem Lied just um diese Mädchen. *Es gibt so viele unbeweibte Burschen.* Alexej schaute auf die Uhr, es war viertel vor zwölf. Er suchte Assja mit den Augen. Sie war nicht da. Auch Nina war nicht im Zimmer. »Guten Abend«, sagte Alexej. Die Mädchen erwiderten seinen Gruß zögernd aber höflich, während sie ihn aufmerksam beäugten. Assja und Nina betraten das Zimmer, gleichzeitig, aber jede für sich. Ihr Schritt, ihre Figur, alles drückte Enttäuschung über das Zusammensein in diesem Raum aus. Bereits an der Tür trieb es sie auseinander: Nina ging zu ihren Freundinnen hin, Assja strebte – wohin sollte sie sonst streben – zu Alexej. Einander blickten die zwei Frauen nicht mehr an. »Tam-tam-tam-tam« hob es, aus dem Radio, zwischen Nina und den Mädchen an. »Was ist jetzt?«

fragte Alexej. »Der Teufel soll diese Weiber holen!« sagte Assja haßerfüllt. »Tam-tam-tam«, wurde dort in der Ecke palavert. Zwei Gruppen in einem Zimmer, die nichts miteinander gemein haben, die einander nicht einmal anblicken. Als seien sie Luft füreinander. »Sind die für ganz gekommen?« fragte Alexej. »Man hat sie fortgejagt, von irgendeiner Fete«, sagte Assja wütend. »Kein Wunder, sieh dir doch diese aufgetakelten Gänse an.« Es war sonderbar zu beobachten, wie Nina und die Mädchen ihn und Assja geflissentlich übersahen. Man hatte sich inzwischen über das Zimmer verteilt. Man existierte jetzt ohne einander und zugleich miteinander.

Das war nun wirklich ärgerlich. Der Feiertag ging in die Binsen und was für ein Feiertag! Es ging immerhin um Neujahr, um *ihr* Neujahr. Für Alexej war *dieses* Neujahr ein Mysterium, ein Wunder, ein unfaßbar großes Glück. Aber daß Assja jetzt so betrübt war, erschreckte ihn noch viel mehr, und er sagte: »Da kannst du nichts machen... Das Schicksal hat es wohl nicht gewollt. Man kann sie nicht gut aus dem Haus jagen... Es ist nicht unser Haus. Und selbst wenn es unser Haus wäre... Wir müssen ja irgendwie das neue Jahr feiern, auf menschenwürdige Art... Sei bitte nicht zu sehr betrübt... Es ist ja nicht das letzte Mal!« Assja war jedoch weiter betrübt. »Laden wir sie doch einfach ein«, sagte Alexej, »an unserem Tisch ist Platz genug für alle. Daß wir dann nicht mehr für uns allein sind, ist freilich ein Unglück und ein großes Mißgeschick, aber etwas wenigstens müssen wir retten.« Er rührte sacht an Assjas Schulter, er fürchtete, daß sie in die Luft gehen könnte. Dann würde auch er etwas abbekommen, obwohl er hier doch gewiß ohne Schuld war... »Wir laden sie an unseren Tisch ein, was meinst du? Natürlich sind es dumme Gänse, nur Gänse können sich so aufführen, aber die eigentliche Gans ist Nina, die Mädchen sind gar nicht so übel.

Was hältst du davon?« Assjas Gesicht war jetzt wieder ruhig, besser gesagt: es war leer. »Wie du meinst«, sagte sie. »Es ist Zeit zum Anstoßen, was soll man da lange beratschlagen.«

»Mädels«, sagte Assja, »kommt doch zu uns, es muß ja nun wohl sein.« Die Mädchen schauten Nina an. Nina schaute niemanden an. »Ergebensten Dank«, sagte sie in einem ganz unausdenkbaren Ton. »Wir drängen uns niemandem auf.« – »Nein wirklich, Mädchen«, sagte Alexej. »Was sollen wir uns gegenseitig den Feiertag vergällen. Unsere Einladung ist ehrlich gemeint, Nina. Es geht doch nicht, daß wir im gleichen Zimmer sind, und ihr feiert drüben, und wir zwei feiern hier...« – »Wir gehen nirgendwohin fort!« kreischte Nina los. »Dein Gehirn funktioniert verkehrt herum«, sagte Assja mit höhnischem Bedauern. »Ich lasse mich von dir nicht beleidigen, hörst du?« schrie Nina. »Ihr könnt dankeschön sagen, daß wir euch hier dulden. Du hast dir da ein schönes Muttersöhnchen angelacht!« – »Rühr mir den Alexej nicht an! Rühr ihn nicht an!« – Assja rannte in die Mitte des Zimmers. »Er gehört nicht dir. So einen kriegst du nicht im Traum. Ist euch ganz recht geschehen, daß man euch zum Teufel gejagt hat, was anderes verdient ihr nicht!!!« Mit in die Hüften gestemmten Armen und kurzen tänzelnden Schritten trat jetzt auch Nina in die Zimmermitte. Sie sah jetzt aus wie Lolita Torres. »Du Hure!« schrie sie. »Du gemeine Hure!« – »Was erlaubst du dir«, rief Alexej und sprang von seinem Stuhl auf. »Halt dich da raus, Pummelchen!« sagte Nina, jede Silbe haßerfüllt skandierend. »Wieso bin ich ein Pummelchen?« sagte Alexej konsterniert. »Geh zur Seite«, sagte Assja mit einem bösen Unterton. »Tam-tam-tam-tum-tum-tam«, sagten Ninas Freundinnen. »Ihr seid bloß neidisch, ihr alle. Man hat euch zum Teufel gejagt, und jetzt seid ihr neidisch auf uns!« – »Und du machst eine Kinderschule auf, nicht wahr?« – »Aus euch spricht der blasse Neid!« – Alexej: »Laßt das jetzt, und seid wieder friedlich.« – Ninas Freundinnen: »Tam-tam-tam-tam-tam-tam-tam!« Assja: »Du bist nichts weiter als eine alte Jungfer.« »Es schlägt zwölf«, rief plötzlich Alexej. »Das neue Jahr!«

Alle verstummten. Erstarben. Erstarrten. Es schlug tatsächlich zwölf. Der Glockenschlag war sehr melodiös.

»Der Teufel soll sie alle holen«, rief Assja. Sie sprang auf und zog Alexej hinter sich her. Reichte ihm die Sektflasche. Schob einen Schemel an ihr Bett, breitete ein Handtuch darüber aus. Erstaunlich, wieviel von dem Imbiß auf dem Schemel Platz fand. Das alles geschah so schnell, daß man ihren Bewegungen kaum folgen konnte. Der Sektflaschenkorken flog zur Decke empor. Sein Knall wiederholte sich im Lautsprecher. Dann kam eine Pause, vielmehr: eine länger währende Stille. »Prosit Neujahr, Lieber!« sagte Assja. »Prosit Neujahr!« – »Tam-tam-tim-tam-tam-tam«, ertönte im Radio die Staatshymne. Sie tranken aus. Assja setzte sich so auf das Bett, daß ihr Rücken Nina und Ninas Freundinnen zugekehrt war. »Setz dich«, sagte Assja, »und achte nicht auf sie.« – »Ich achte ja gar nicht auf sie.« – »So ist es recht, so ist es recht! . . .« Assja schluchzte auf. »Was hast du denn, was ist mit dir?« fragte Alexej besorgt. »Nichts ist. Du darfst nicht darauf hören, was sie vorhin gesagt hat . . .«, sagte sie, mit einem Lächeln unter Tränen, und dies Lächeln fiel so kläglich aus, daß Alexej am liebsten selber losgeheult hätte. »Ja, ich hör' doch nicht auf sie«, sagte er mit dem Eifer der Überzeugung, »nichts liegt mir ferner, als auf sie zu hören!« »Iß den Salat . . . Es geht auch ohne Teller . . . Iß ihn direkt aus der Schüssel. Er schmeckt doch vorzüglich, nicht wahr?« – »Ganz vorzüglich.« – »Nicht wahr, ganz vorzüglich? Nicht wahr?« Assjas Stimme bebte, sie war wieder den Tränen nahe. Auch Alexej nahm sich nur noch mit Mühe zusammen, seine Augen waren verschleiert, er sah schlechter als gewöhnlich. In beiden brach plötzlich eine solche Zärtlichkeit füreinander aus, daß dies allein Grund genug zum Losweinen gewesen wäre. »Das alles macht uns überhaupt nichts aus«, sagte Alexej. »Denen leben wir noch mal was vor!« erwiderte Assja. »Wir sind glücklich, so ist es doch?« bestätigte Alexej. »Das ist genau das Wort, wir sind sehr glücklich«, sagte Assja. »Und denen da schenk keine Beachtung.« Die Nichtbeachtung war jedoch gar nicht so einfach. Obwohl für ihn bis jetzt, den Schlag der Kremluhr nicht ausgenommen, niemand *wirklich* im Zimmer war, außer Assja und ihm. Doch er saß mit dem Gesicht zu ihnen, und sie waren allzu sichtbar, besonders Nina. Sie wanderte von Wand zu Wand wie eine Tigerin im Käfig. Ihre Augen brannten. Sie ging immer wieder hin und zurück und rauchte nervös. »Nicht einmal rauchen kann sie«, sagte Assja, »komm, zünd mir eine an.« Sie zündeten sich Zigaretten an. Assja kehrte Nina und ihren Freundinnen zwar den Rücken zu, doch Alexej spürte, daß sie mit diesem ihrem Rücken vielleicht noch mehr sah als er mit seinen Augen, und daß das Gesehene ihr Folterqualen bereitete. Nina schritt weiter im Zimmer einher. Die Freundinnen waren erstarrt: eine Trinität der Trübsal.

»Sonderbar ist dies«, dachte Alexej, »allen hier ist ekelhaft zumute. Doch wenn man jetzt den Versuch einer Versöhnung macht, kommt es sicher noch schlimmer. Und dann wird es ganz arg ...«

Man beruhigte sich allmählich. Doch gemütlicher wurde es nicht. Eher umgekehrt. Jeder hatte etwas nicht gesagt, hatte sich nicht ausgeschimpft, die Spannung hing in der Luft wie ein mächtiges Kraftfeld. »Das ist die reinste Telepathie, ein Psi-Feld«, dachte Alexej. Dann dachte er noch: »Der Streit und das Geschrei zogen sich deshalb so in die Länge, weil jeder, so tief er auch fiel, welch kränkende Worte er auch sprach, irgendeine letzte und schlimmste Beschimpfung nicht über die Lippen brachte, obwohl sie ihm bereits an der Zungenspitze hing. Nina zum Beispiel hätte liebend gern: ›Schert euch raus aus meinem Haus!‹ gesagt, aber sie brachte es trotz allem nicht über sich.«

Der Bissen wollte nicht in den Hals. Alexej sah plötzlich alles so, als sei er unbeteiligt, selbst Assja, und sogleich entfernte sie sich von ihm. Er sah sie buchstäblich wie aus der Ferne, obwohl sie weiterhin neben ihm saß. Es war ein ekelhaftes Gefühl. Obwohl jetzt wieder Ruhe eintrat. Doch zugleich kamen Kälte und Gleichgültigkeit: diese glitschige Schlange. Was hatte er mit dieser Frau zu schaffen, die hier an seiner Seite war? Sie saßen auf dem gleichen Bett, was hatte das zu bedeuten? Was war mit diesem Zimmer und den völlig fremden Menschen darin? Wovon sprachen und krakeelten diese Menschen, weswegen stritten sie sich so? Man konnte sich nichts Sinnloseres vorstellen. Alexej fühlte sich plötzlich sehr unwohl in seiner Haut, er bekam es sogar mit der Angst zu tun, sträubte sich gegen diese Optik. Es war wie im Zauberstück in einer populären Zeitschrift: du siehst etwas Schwarzes – und das ist eine Figur, du siehst etwas Weißes – und es ist eine ganz andere Figur. Du schaust mal so, mal wieder so, als befände sich in deinem Auge ein Schalter, den du wie bei einem Fernsehgerät ein- und wieder ausschalten kannst. Es war das erste Mal, daß er Assja so von außen betrachtet hatte – und er war erschrocken, denn er spürte, wenn auch vage, die Gefahr, daß von diesem ersten Mal an die Phase der Ein- und Ausschaltungen beginnen könnte: mal so, mal wieder anders. Er wünschte sich diese dem Gefühl feindliche Sicht der Dinge nicht, sie ließ das Glück verschwinden. Das wäre bereits das Wissen von etwas, das er nicht wissen wollte. Dies Wissen würde für ihn alles fremd machen.

Assja stand auf und ging auf Nina zu. Sie flüsterten eine Zeitlang miteinander. Das Flüstern wurde immer lauter. Schon ertönte aus der Ecke wieder das »tam-tam-tam«. Doch plötzlich gebot ihnen etwas Einhalt, der Lärm brach ab, ohne den Grad erreicht zu haben, den Alexej erwartet hatte. Eine Wiederholung der Szene von vorhin fand nicht statt, die beiden Frauen lösten sich wieder voneinander, Assja trat auf ihn zu. Sie war wütend. Er hörte ein unartikuliertes böses Flüstern, fast ein Pfeifen: das, was Assja Nina hatte sagen wollen, ihr dann aber doch nicht gesagt hatte. Alexej sah jetzt wieder nur seine Assja. Das war ihm eine große Erleichterung, und er sagte: »Nimm es dir nicht so zu Herzen, pfeif drauf.« ... »Lieber auf der Treppe als hier!« sagte Assja (die Worte scheinbar an ihn gerichtet, die Wut dieser Worte: an Nina!). »Lieber auf der Straße als hier im Zimmer!« Alexej schnürte es die Kehle zu, er hätte jetzt kein Wort herausgebracht. Assja machte eine heftige Bewegung auf die Zimmertür zu, griff nach dem über dem Bett liegenden Hauskleid. Buchstäblich im gleichen Augenblick, noch bevor Alexej seinen Blick ratlos über die übrigen Anwesenden hatte schweifen lassen können, stand sie auch schon im Hauskleid vor ihm, während sie das grüne Kleid behutsam über das Bett legte und mit einem Handtuch bedeckte. Dazu flüsterte sie etwas Zorniges, doch zugleich glättete sie sorgfältig die Falten des grünen Kleides. Diesen Widerspruch bemerkte Alexej, und er dachte sofort, daß das Bemerken dieses Widerspruchs selber ein Widerspruch war, ein Widerspruch zu seinem hocherregten Zustand nämlich. Assja hatte bereits ihren Mantel an, ihre Hände bewegten sich so rasch, daß man ihnen nicht folgen konnte, und schon waren die Schuhe mit den hohen Absätzen im Schuhkarton verstaut und an den Füßen waren absatzlose Straßenschuhe. »Zieh dich an«, rief sie ihm zu und war schon dabei, den Wein, die Bonbons und das Gebäck in die Tasche zu legen... Sie stand hochaufgerichtet da. Alexej sah jetzt ihr Gesicht, das vom vielen Bücken leicht gerötet war: ihr böses unglückliches Gesicht. Er hätte ihr jetzt gerne etwas gesagt, Worte, die ihr geholfen hätten. Aber ihm fiel nichts ein. Das, was ihm in den Sinn kam, hätte Assja vermutlich noch mehr erzürnt. Das wollte er natürlich nicht, und sein Unvermögen peinigte ihn, nicht einmal der passenden Worte im richtigen Moment war er fähig. Assja blickte ihn an, das Blut wich langsam aus ihrem Gesicht, das Gesicht wurde wieder weißer, und mit der Röte verschwanden, während sie ihn anblickte, auch die Gereiztheit und die Wut aus ihren Zügen, das Gesicht wurde ruhig, zärtlich und traurig. »Ich habe mich schlecht benommen?...« sagte Assja. »Grob und rüde? Verzeih, vor dir möchte ich auf keinen Fall so erscheinen... Schau nicht hin und hör weg, wenn ich einmal so bin. Hinterher ist mir immer speiübel bei dem Gedanken, daß du mich so erlebt hast...« – »Was redest du, Assja! Was redest du nur!« sagte Alexej. »Du hast Recht – und alles ist sonnenklar.« – »Dann ist es gut, und du vergißt es, Lieber, du hast nichts gesehen, einverstanden?« Sie hielt ihm die Tasche hin. »Die sollen doch an ihrem Haß ersticken!« Ohne sich noch einmal umzuwenden, verließen sie das Zimmer.

Das Treppenhaus war dunkel und menschenleer, sie saßen auf der Sitzbank, auf dieser Bank in Assjas Treppenhaus, unter dem riesengroßen spitzbogigen Fenster. Bis hierher drang der Abglanz des Mondlichts, des verschneiten Hofes, der Wohnungen, in denen jetzt gefeiert wurde, dieser schwach angedeutete Abglanz (gibt es ihn? gibt es ihn nicht?), die fast unmerklich sich bewegende Geometrie der Fensterrahmen auf dem Fußboden, auf der Wand, auf Assjas Gesicht, das so erstaunlich, das so ungewöhnlich war. »Du mein Hirschjunge! Du mein Guckaugenbub!«

flüsterte sie, und er löste sich auf und ließ sich ganz ohne Angst, voller Seligkeit fallen. Assjas Gesicht war ihm zugewendet, war in ihm, es betraf ihn, während es ihn selbst, Alexej, gar nicht gab, er war verschwunden, war zerschmolzen ... Das Treppenhaus schien sich, plötzlich mit laut hallenden Schritten und Stimmen zu füllen, das Herz flatterte wie ein verschreckter Vogel hoch, um langsam wieder herabzuschweben, Menschen stiegen die Treppe herauf, viele Menschen, viele Häscher ... »Da sind sie!« rief der Oberhäscher, und die anderen Häscher packten sie und führten sie ab, zur Richtstätte, doch die beiden waren trotzdem glücklich ... Dieses Treppenhaus war mit Geräuschen und Abwesenheiten angefüllt, und sie waren hier angeschmiedet, und Assjas Gesicht war oben, war unten, war überall.

Er war leer, er empfand sich als eine leere Hülle, als hätte man das Kleinhirn aus ihm herausgenommen, und ihm war, als ginge er nicht in einem Garten, sondern als zerflösse er ... der Schnee fiel in schmelzenden Flocken herab, der Mond war nicht da, auch die Laternen brannten nicht, doch das Licht – obwohl es gar keines gab –, strömte von überall herbei wie der Schnee, es vermischte sich mit dem Schnee, es war ungemein still, und sie schwiegen: sie gingen durch ihren Garten.

... Plötzlich begriff er, daß er bereits allein, ohne Assja war. Es war dunkel, der Schnee kam von allen Seiten her, die Empfindung des Raumes und der Zeit war ihm abhanden gekommen. Wo war er? Wohin ging er? Warum ging er? Das hier war das Marsfeld. Er ging nach Hause. Sie hatten sich verabschiedet und getrennt. Er spürte, wie die auf seinem Gesicht erstarrte blinde Maske der Freude zu zerfallen begann. Ihm war, als erwache er plötzlich. Er konnte sich nicht gleich erinnern ... Assja hatte gesagt: »Laß uns jetzt auseinandergehen, damit es so schön bleibt, wie es war.« Da fiel ihm ein, wie Assja und Nina aus dem Zimmer gerannt waren, wie sie mehrmals im Zimmer geflüstert hatten... »Hatte man ihm etwas vorgespielt, um sich später ohne ihn wieder zu vereinigen?...« – er schien über einem Abgrund zu erstarren, der eine Fuß hing bereits über der Leere. Er fürchtete sich. Er wies den Gedanken von sich.

Er versuchte, sich etwas anderes in Erinnerung zu rufen: einen wunderbaren Garten, und sie waren zu zweit in dem Garten. Sie saßen auf der Gartenbank, vor ihnen breitete sich eine unberührte Schneefläche aus, ohne jede Fußspur. Aber das war nicht sonderbar, denn sie hatten die Bank nicht über den Gehweg erreicht, sie waren von hinten, im Schnee versinkend, auf die Bank zugegangen. Der Schnee lag so gleichmäßig auf dem Gartenweg, als sei er aus der Erde gewachsen wie weißes Gras, zart und leicht wie Schimmel. Doch das Wichtigste im Garten waren die Bäume. Beim Anblick der dunklen scheinbar warmen Stämme und – weiter oben – der Äste, Zweige, Wipfel, Blättchen, meinte man, daß die Bäume nicht einfach bereift oder mit Schnee bestreut waren, nein: die Zweige und Äste schienen selber aus Schnee zu sein: bis zur Skurrilität, weißen Korallen nicht unähnlich. Sie glichen auch gar nicht mehr Bäumen, sie waren selber riesengroße nie gesehene Kristalle, kristallinisches Gitterwerk. Ein wunderschöner Meeresgrund... Und sie beide: vor ihnen war der Gartenweg, aus dem der Schnee herausgewachsen war. Herausgesprossen, während sie hier saßen – sie aber hatten immer hier gesessen, wie die riesengroßen, uralten Bäume mit den dunklen warmen Stämmen und den vom Schnee wiederholten Zweigen schon immer hier gestanden hatten.

Später tranken und aßen sie und redeten ohne Unterlaß, unwichtig was, sie waren von einem wundersamen Gefühl ergriffen und wußten, daß in zehn, zwanzig, tausend Jahren jemand den Garten im Traum sehen würde. Vielleicht ein völlig Fremder. Vor ihren Augen verwandelte sich der Garten in Vergangenheit. Am Ende hatte es den Garten gar nicht gegeben, er war ihnen zugestoßen, es war mit ihnen geschehen. Das freilich war ein riesengroßes Glück, ein Glück über das man lieber nicht grübeln sollte.

Summa summarum hatten sie in ihrem Garten nur kurze Zeit verbracht. Alexej begriff das, als er jetzt auf die Uhr schaute. Dann hatten sie sich verabschiedet und getrennt, unter Umständen, an die er sich nicht erinnerte. Assja begann plötzlich zu rennen. Und er brachte sie nicht heim ... Hier kam wieder der Abgrund. Er unterließ es, sich den Kopf darüber zu zerbrechen.

Langsam ging er nach Hause. Der Garten fiel ihm wieder ein, der Abgrund schloß sich, er war wieder allein. Er hatte das Gefühl nicht wahrzunehmen, sich aufzulösen, ganz gleich, ob er ging oder schwamm oder schwebte, und in diesem Zustand des Nichtnachdenkens, dem von oben, von unten, aus allen Richtungen fallenden Schnee täuschend ähnlich, fand er sich auf seiner Straße wieder. Rechter Hand war sein Haus, links der Botanische Garten. Er empfand Zärtlichkeit für den Garten, er hatte keine Lust heimzugehen, jene Vorahnung des Irreparablen bedrängte ihn wieder, ließ ihn erschauern, nahm ihm die Lust am Weitergehen, und außerdem war es noch früh. Er ging am Parkgitter vorbei, die Karpowka entlang, auf die Newka zu, auf dieser Strecke hatte er vorhin seinen Dauerlauf gemacht, nur wenige Stunden waren seither vergangen, Hunderte, Tausende von Jahren waren vergangen ... es war alles anders geworden.

»Was wird unterdessen zu Hause passiert sein«, dachte er. »Während diese Jahrtausende vergingen ...«

Alles war sicher wie immer. Die Alten tranken ihre

zwei Gläschen, wurden rosig im Gesicht, kramten ein wenig in ihren Erinnerungen, wurden lebhaft. Und gleich darauf müde. Sie wurden müde und zogen sich zurück. Und jetzt schlafen sie.

Der Feiertag ist vorübergegangen wie letztes Jahr und wie vor zehn Jahren. Der Feiertag ist inzwischen Vergangenheit. Die ewigen Werte, die Grundpfeiler...

»Und wenn sie es entdeckt haben?« dachte er wieder und wies diesen Gedanken sogleich von sich.

Er stellte sich die verschlafene Tante oder den schlaflosen Trefilow vor oder die Mutter, wie sie ihm mit vorwurfsvollem Blick die Tür öffnet... Schon die bloße Vorstellung dieses Blickes konnte er nicht ertragen.

»Lieber draußen im Freien schlafen!« dachte er zornig und froh. Und er stieg über das Parkgitter, an einer Stelle, die er sich bereits in der Kindheit eingeprägt hatte. Ein Baum hatte sich immer tiefer zur Erde geneigt, von Jahr zu Jahr immer tiefer, bis endlich das Parkgitter eingedrückt war. Es kostete ihn keine Mühe hinüberzuklettern.

Im Botanischen Garten hatte er keine Furcht, den Schnee zu zerstampfen, er glitt wie auf Skiern dahin, hinterließ eine lange, nicht abreißende Doppelspur. Bisweilen schabte er den Schnee bis zum Erdboden weg, dann verfärbte sich die Spur ins Schwarze. Vor ihm schimmerte etwas Großes, Hohes, nach oben Abgerundetes auf. Ihm schossen Erklärungen durchs Gehirn, sogar die, daß das ein riesengroßer Kopf war, doch er begriff schnell, daß es eine Miete war, ein Heuschober. Er machte den Versuch, die Miete zu erklimmen, geriet bald außer Atem, der Schnee schmolz in seinen Mantelärmeln und im Nacken, das war dumm: eine senkrechte Heuwand kann man nicht hochklettern. Er ging um die Miete herum und entdeckte eine hervorspringende ebene Fläche, an dieser

Stelle war das Heu verrutscht. Sie befand sich in nicht allzu großer Höhe, und es gelang ihm hochzuspringen. Dort lag viel Schnee, und während er den Schnee wegräumte, waren seine Füße und Ärmel bald durchnäßt, doch dafür war es hier warm. Anschließend säuberte er sich und begann, sich im Heu einzugraben. Dieser ungewöhnliche Duft nach Heu, den er mitten im Winter zum Leben erweckt hatte, und der Geruch nach Schnee und nach nassen Wollhandschuhen ... Er erinnerte sich dieses Duftes, obwohl er in seinem ganzen Leben nie auf dem Land gelebt, obwohl er nie auf Heu geschlafen hatte. Er entsann sich, vielmehr: er hatte die Empfindung – und sie war zwingend und präzis –, daß er alles dies schon einmal erlebt hatte, den Heuschober und den Winter und die Bäume und sich selbst, einen kleinen Jungen mit einem unbekannten Gesicht ... Das schien in der Kindheit gewesen zu sein, aber nicht in dieser, sondern in einer anderen Kindheit, in einem seiner früheren Leben. Er war damals nicht der, der er heute ist, sondern ein ganz anderer Mensch. Damals hatte er diesen Duft erlebt ... In jenem anderen Leben. Er legte sich endlich hin, bedeckte seinen Körper mit Heu, das er herausriß. Und war dabei einzuschlafen ... Eine Zeitlang lag er so auf dem Rücken da und blickte zum Himmel empor. Dort waren die Äste eines Baumes und die eines anderen Baumes und zwischen dem weißen Geäst der weite Raum. Dann holte er das Taschentuch aus der Hosentasche, das gelang ihm nicht sofort, seine Heudecke zerfiel, er wurde wütend, doch endlich war diese Aktion erfolgreich abgeschlossen. Er legte sich das Taschentuch aufs Gesicht. Dann erneuerte er seine Decke durch frisch herausgezupftes Heu.

Ihm war, als müsse er nur die Augen schließen, um sogleich in einen Abgrund herabzustürzen, erschrak darüber und war gleich wieder wach, das Schließen und Öffnen der Augen war fast wie ein Zwinkern ...

Er sah und begriff nichts, es war schwül, stickig und feucht, etwas hatte sich schwer auf ihn gelegt, während er die Augen geschlossen hatte, etwas das jetzt, obwohl die Augen wieder offen waren, nicht verschwand, wie es sich für einen Traum gehört hätte. Er fühlte seinen Körper, das Gesicht, die Arme nicht. Er schrie auf, der Schrei geriet kläglich, er riß krampfhaft den Arm hoch, als sei er sich nicht sicher, ob ihm der Arm auch gehorchen würde und fegte jenes Etwas vom Gesicht, das ihm den Atem nahm, das Taschentuch. Er sah den weißen Himmel, der vom Geäst großer Bäume geädert war, und in diesem weißen Himmel, direkt über ihm, flog eine riesengroße schwarze Krähe. Sie verdeckte den Himmel, sie flog dahin und krächzte, als wiederholte sie seinen Aufschrei, sie flog und flog und krächzte schrill.

Erster Januar

Im Garten hatte Assja gesagt, daß sie morgen aufs Land fahren würden. Sie hatte, beim Anblick der Bäume im Garten, Lust verspürt, mal aus der Stadt herauszukommen. Am besten wäre es, sie führen nach Sestrorezk, dort lebe eine Freundin von ihr. Die sei zwar viel älter, aber ein prächtiger Mensch. Sie hat Assja schon oft zu sich eingeladen, doch immer kam etwas dazwischen. Aber morgen würden sie hinfahren. Dort könne man Skifahren oder Spazierengehen und abends mit dieser Freundin eine kleine Nachfeier veranstalten. Sie hätte dort eine ganze Wohnung zur Verfügung.

Alexej wachte spät auf. Entweder war der Tag so düster, oder es war schon so spät am Tag, daß es wieder dunkel geworden war. Was zutraf; war einstweilen nicht zu ermitteln. Er verspürte keine Lust, sich zu rühren, er blieb so liegen, wie er aufgewacht war. Jenes Wundersame von gestern fiel ihm wieder ein, doch es hatte unterdessen seine Intensität verloren, es schien weit zurückzuliegen. Daran kann man sich genauso schwer erinnern wie an einen Traum, dachte Alexej. Gern hätte er Schärfe in die Erinnerung gebracht, doch es gelang ihm nicht. Die Anstrengung machte ihn indessen immer wacher. Im halbdunklen Zimmer liegend, spürte er plötzlich, wie die Zeit verrann. Er liegt da, rührt sich nicht, und die Zeit verrinnt und ist nicht aufzuhalten. Diese Empfindung weckte keine Furcht in ihm, es war einfach die stumpfe Unausweichlichkeit, die Ordnung der Dinge, sonst nichts. Doch daß die Zeit den gestrigen Tag weggetragen hatte, war läppisch und dumm. Ihm fiel ein, daß sich im Garten ein Gefühl in ihm Bahn gebrochen hatte, das ihn ablenkte und das er verjagen wollte: das Gefühl, noch nie ein so sehr aus dem Vollen schöpfendes Leben gelebt zu haben wie jetzt in diesem Augenblick, daß aber dieses volle Leben vom Strom der Zeit davongetragen wird. Er hatte nicht genauso gedacht, aber so ähnlich empfunden. Und es war, dachte er jetzt, richtig, diese Empfindung von sich zu weisen. Denn wo sie ist, kann Leben nicht mehr sein...

Als ihm das jetzt einfiel, fiel ihm auch noch ein, daß sie ja heute aufs Land fahren wollten. Doch es war sicher bereits spät, es war dunkel wie am Abend. Vielleicht hatte Assja schon angerufen? War allein losgefahren? Da kam ihm die Erinnerung...

Er meinte den Schrei der Krähe zu hören und aus der Höhe des Krähenfluges die Wipfel der Bäume und sich selbst zu sehen, im Heu liegend, unbeweglich, mit dem Gesicht nach oben, die Arme weit ausgebreitet, irgendwo weit unten in der Tiefe, in der einen Hand das weiße Taschentuch. Das machte ihn endgültig wach.

Er setzte sich aufrecht im Bett hin, seinen Körper

durchzuckte ein Schmerz. Es gab buchstäblich nichts, das nicht geschmerzt hätte.

Zunächst mußte er herausfinden, wie spät es war. Er schlurfte durchs Zimmer – es war doch verwunderlich, wie sehr ihn alles schmerzte! –, auf die Uhr zu: halb sieben, die Uhr stand. Während er sich rasch anzog, malte er sich aus, daß alle schon längst aufgestanden wären und den Korridor entlang wanderten. Doch im Korridor traf er niemanden an, und überhaupt war es verdächtig still. Er wählte die Zeitansage und stieß einen Fluch aus: es war nicht zu spät, sondern zu früh. Nämlich erst halb zehn. Deshalb war es noch so dunkel. Doch der Gedanke, daß Assja schlief und sicher noch nicht angerufen hatte, beruhigte ihn.

»Wie mag es kommen, daß ich so wenig geschlafen habe?« fragte er sich verwundert.

Zum Weiterschlafen hatte er indessen keine Lust. Er machte den Versuch, seinen hölzernen, schmerzenden Körper wieder etwas in Form zu bringen, und stellte sich unter die Brause. Es war jetzt zehn, in der Wohnung herrschte immer noch Stille und Düsternis. Er schlüpfte ins Bett zurück und las im *Moby Dick*. Das war ein wunderbares Buch. Alles was er las, war so einprägsam, so schlicht und so genau, so leicht und so klug. Dabei hatte er nicht mehr als hundert Seiten gelesen. Die Handlung spulte sich langsam, aber nicht zähflüssig ab. Einstweilen hatte sich noch nichts entwickelt, das mehrte die Freude am Lesen des Buches. Er war gerade bei der Stelle, an der zwei frischgebakkene Freunde nachts in einem Bett liegen, aber nicht schlafen, sondern ein zu Herzen gehendes Gespräch führen, und fuhr jetzt im Lesen fort:

»Wir fühlten uns sehr behaglich, zumal es draußen, aber auch außerhalb der Bettdecke so eisig kalt war, denn die Kammer war ja nicht geheizt. Zumal, sage ich, denn um die körperliche Wärme richtig zu genießen, muß man an einer kleinen Stelle frieren. Gibt es doch keine Eigenschaft auf der Welt, die nicht durch einen Gegensatz bestimmt wird. Nichts existiert aus sich selbst. Bildest du dir ein, dich vollkommen behaglich zu fühlen, und das schon eine geraume Zeit, dann kann bei dir von Behaglichkeit keine Rede mehr sein. Aber wenn dich, wie Queequeg und mich, im Bett an der Nasenspitze oder der oberen Schädeldecke leicht friert, dann erst fühlst du dich in deinem allgemeinen Bewußtsein äußerst angenehm und eindeutig warm. Aus diesem Grunde sollte ein Schlafzimmer niemals geheizt sein. Das ist eine der üppigen Unbequemlichkeiten der Reichen. Denn der Höhepunkt dieser Art von Genüssen ist es, nichts zwischen dir in deiner Wohligkeit und der Kälte da draußen zu haben als deine Bettdecke. Dann liegst du da wie der einzige warme Funke im Herzen eines arktischen Kristalls.«

Jetzt sprang Alexej auf, öffnete das Fenster und zog sich dann wieder ins Bett zurück. Er saß aufrecht, die Knie angezogen, saß einfach nur da und las nicht mehr.

In dieser Stellung rauchte er eine Zigarette ... Jetzt hätte er nur noch etwas Kluges denken müssen, doch das Denken mißriet ihm, und trotzdem fühlte er sich pudelwohl. Dann und wann senkte sich Schläfrigkeit auf ihn herab, dann schloß er die Augen, öffnete sie wieder, spürte, wie ihn die Wärme durchströmte, den ganzen Alexej, abzüglich seiner Nase, und zusammengenommen war das alles gar nicht so übel, und er machte seine Augen wieder zu.

»Was bedeutet das? Was soll diese Eiseskälte?« – seine Mutter klappte das Fenster zu – »du willst dir wohl den Tod holen?«

»Der einzige Wärmefunke im Herzen des arktischen Kristalls«, sagte Alexej. Schon lange hatte er die Augen nicht mehr so leicht geöffnet, das war so schön: die Augen aufzumachen und sogleich die Welt in voller Deutlichkeit vor sich zu sehen. Das war wieder

Kindheit, war Feiertag. War Ferienfreude und Glück.

»Du hast dich nicht erkältet?« fragte die Mutter, nachdem sie das mit dem Fenster geregelt hatte. »Was hast du dir dabei gedacht? Du hast die ganze Wohnung ausgekühlt!...«

»Ein warmes Bett«, sagte Alexej, »ist eine jener luxuriösen Unbequemlichkeiten, die die Reichen auf sich nehmen.«

»Mein Gott, was redest du zusammen!...«

»Alles ist in bester Ordnung, Mutter. Prosit Neujahr!«

Die Wohnung wachte jetzt auf. Die Tante und Trefilow, noch etwas ermattet vom Neujahrsschmaus, tauchten in der Küche auf. Die Überreste des opulenten Mahles wurden zum Frühstück verzehrt. Als hätte man sich abgesprochen, schaltete niemand das Licht ein, lieber bewegte man sich langsam und verschlafen in dieser halben Finsternis. Der Tag war und blieb dunkel und ging unmerklich in den Abend über. Assja rief nicht an. »Jetzt müßte sie langsam aufwachen«, dachte Alexej. Doch sie rief und rief nicht an. Er hatte sich den Bericht der Verwandtschaft über den Verlauf der gestrigen Festivität angehört und auch selber bei seiner Erzählung nicht mit farbenreichen Details gespart. Auf Betreiben der Mutter zählte er alle Kollegen auf, mit denen er gefeiert hatte, und erwähnte auch, welche Mädchen die Kollegen mitgebracht hatten und was es Eß- und Trinkbares gegeben hatte. Die Schwierigkeit war, sich genau zu merken, was er erzählt hatte, um sich später nicht in Widersprüche zu verwikkeln. Das schien ihm gelungen zu sein. Jetzt machte er sich wie immer Vorwürfe, nicht einfach ohne Anruf zu Assja gegangen zu sein, sah aber schnell ein, daß eine solche Handlungsweise unangebracht gewesen wäre: wer weiß, welch eine Stimmung nach den Vorgängen des gestrigen Abends in Assjas Wohnung herrschte...

Assja rief erst nach drei an. »Zum Rausfahren wird es zu spät sein«, dachte Alexej.

»Also, fahren wir los?« sagte Assja. Sie war munter, erregt und unternehmungslustig.

Sie trafen sich auf dem Bahnsteig. Assja war dick eingemummelt und wirkte verändert.

»Die Hose habe ich Nina geklaut!« sagte sie lachend. »Steht sie mir?«

»Sie steht dir«, sagte Alexej und lachte mit. »Wie ist denn so die Stimmung in der Wohnung?«

»Gar nicht. Die sind gestern, gleich nach uns, fortgegangen.«

»Nicht möglich! ...«

»Wir hätten zurückgehen können.«

Sie beschworen in ihrem Gedächtnis alles wieder herauf und spielten es sich mit verteilten Rollen vor: Nina und deren Freundinnen und sogar sich selbst. Und kamen aus dem Lachen nicht heraus.

Dann setzten sie sich in den Vorortzug und fuhren zur Stadt hinaus. Draußen war es stockfinster. Man konnte sich im Fenster spiegeln, wovon sie ausgiebig Gebrauch machten, die beiden. Außer ihnen war niemand im Waggon. Solange der Zug durch städtisches Gelände fuhr, sah man ab und zu Straßenlaternen und hell erleuchtete Fenster und dann noch diese blauen und roten Streckenlichter, die immer so geheimnisvoll und lustig sind. Im Lautsprecher ertönte ein uralter Walzer. Der hell erleuchtete Waggon trug in seinen Fensterscheiben das Spiegelbild seiner selbst mit sich herum: der Sitzbänke, Plafonds und Fahrgäste. So gab es also – zusätzlich zum wirklichen Waggon – links und rechts noch je einen Gespensterwagen, und auch das Spiegelbild Alexejs und Assjas führte ein eigenes Geisterdasein. Aus dem Lautsprecher tönte der Walzer, der Zug fuhr in eine Kurve, die Lichter der Stadt drehten sich und flogen vorbei, und Alexej war, als würden der Waggon und sie selbst und die beiden Geisterwaggons mit den Spiegelbildern in trautem Einvernehmen zu den Klängen des alten, abgedudelten Walzers einen Tanz vollführen: sich drehend, schaukelnd, sich entfernend.

Als sie aus der Stadt hinaus waren, blieb in den Fenstern nichts außer ihren Spiegelbildern zurück. Bis zum nächsten Bahnhof war es dunkel, dann kam Licht, ein Bahnsteig mit ein, zwei Wartenden, und wieder wurde es stockfinster. Der gestrige Tag und Abend machte sich nun doch in einer wohligen Müdigkeit bemerkbar, sie dämmerten vor sich hin, Assjas Kopf lag auf seiner Schulter. Nur selten fiel ein Wort. Doch sie fühlten sich wohl und wären gern noch lange so weitergefahren.

Als sie angekommen waren, hatten sie keine Lust zum Aussteigen. Sie wollten die dämmerige Wärme nicht aufgeben. Doch als sie draußen auf dem Bahnsteig standen und die reine, nicht mehr städtische Luft einatmeten, fühlten sie eine große Freude in sich aufsteigen, ihre Schlaffheit war verflogen, sie waren stolz darauf, endlich aus der Stadt herausgekommen zu sein, und verwundert darüber, daß sie es monatelang ohne Land und Landluft ausgehalten hatten ...

Die Freundin allerdings war nicht zu Hause, sie war in die Stadt gefahren. Doch ihnen war alle Hektik heute so fremd, daß sie nicht einmal betrübt darüber waren. Sie fuhren nach Lissij Noss, wo – das fiel Alexej noch rechtzeitig ein – ein Bekannter von ihm wohnte. Aber auch der war nicht da. Und wieder waren sie nicht traurig, sie wanderten etwas herum, tranken die mitgebrachte Flasche auf einer Bank, nahe beim Meer, unter einer großen Kiefer aus. Sie atmeten die Seeluft ein und machten sich dann auf den Rückweg zur Bahnstation. Die Wärme im Vorortzug ließ sie sofort müde werden, und sie schliefen bis Leningrad und trennten sich. Alexej begleitete Assja nicht heim, es war spät, und morgen mußte er ja zeitig aus den Federn.

Direkt vor dem Haus zögerte er wieder, er stellte sich deutlich vor, daß zu Hause während der Zeit seiner Abwesenheit etwas geschehen war. Inzwischen wußte man dort *bescheid.* Es war auch tatsächlich etwas geschehen: der Vater war aus Taschkent heimgekommen.

Zweiter Januar

An diesem Tag gelang ihm alles. Was vielleicht daran lag, daß die Nervosität und Hektik, die an Neujahr von ihm gewichen war, sich noch nicht wieder eingestellt hatte. Irgendwie war es ihm egal, ob diese oder jene akademische Angelegenheit ins Lot käme oder nicht, und sie nahm so ganz von selbst die günstigste und angenehmste Wendung. Auch das Institut war heute frei von jeder Hektik, hier war es halbdunkel und menschenleer. Niemand hatte es eilig, und jene wenigen, die sich auch heute hier einfinden mußten, waren noch in Feiertagsstimmung: sie dämmerten still vor sich hin. Schon gleich zu Anfang wurde er vom Glück begünstigt, er traf genau in dem Augenblick ein, als eine neue Klausur begann. Das war die Chance, die Scharte auszuwetzen. Es waren nicht viele Studenten im Hörsaal, und nur eine einzige Aufsichtsperson: die schöne Bolschinzewa. Es fehlte alle Examenssteifheit, die Dozentin ging öfter hinaus, und Alexej kam, ohne Eile und fast ohne Mühe, ans Ziel, und wußte am Ende selber nicht mehr, ob er sein Opus abgeschrieben oder selber verfaßt hatte. Das Ergebnis konnte sich so oder so sehen lassen.

Wohin er auch an diesem Tag kam, er fand stets denjenigen, den er tatsächlich brauchte, die für ein Studentenleben so bezeichnenden Stockungen und Hemmnisse wurden diesmal rasch und mühelos gemeistert. Er regelte alles und verschaffte sich auch die Mitschriften, die er wirklich brauchte. Alles lief wie geschmiert, und als dann plötzlich irgendwas, eine pure Lappalie, schiefging – jemand war nicht da oder war gerade hinausgegangen –, da begriff Alexej, daß es Sünde gewesen wäre, das Schicksal weiter auf die Probe zu stellen, es war mehr als genug für heute, dem ersten Pech könnte – wie immer – ein zweites und drittes Pech folgen, und schon wäre man in einer Pechsträhne, und der Tag wäre verdorben, nein, lieber nicht, dieser Tag soll ein Glückstag bleiben... Ohne eine Niederlage eingesteckt zu haben, die wunderbare Schwerelosigkeit des Gelingens in sich forttragend und bewahrend, verließ er das Institut.

Selbst nach Verlassen des Institutsgebäudes ließ ihn das Glück nicht im Stich. Das Gesetz, wonach das Butterbrot immer mit der Butter nach unten zu Boden fällt, schien außer Kraft gesetzt. Für Alexej war dieser Zustand einmalig, denn der für das Gesetz zuständige Dämon ließ ihn normalerweise seine Abneigung deutlich spüren. Doch heute fügte es sich so, daß die Omnibusse im gleichen Moment wie Alexej an der Haltestelle eintrafen, und zwar immer der richtige Bus. Und in der Manteltasche lag eine Fünfkopekenmünze, er litt keine Qualen wegen des Wechselgeldes und bekam dann einen Fensterplatz. »Wenn etwas erst mal seinen Anfang nimmt«, dachte Alexej, »dann nimmt es auch seinen Fortgang. Nur muß man es in sich spüren und darf es nicht abreißen lassen.« Hätte man ihn freilich gefragt, was man in sich spüren muß und nicht abreißen lassen darf, wäre er die Antwort höchstwahrscheinlich schuldig geblieben.

Sicherheitshalber fuhr er bei Assja vorbei, traf sie aber nicht an, und sie hatte ihm ja gestern auch gesagt, daß sie heute ins Arbeitsamt fahren würde. Deswegen war er auch gar nicht betrübt, daß er sie verfehlt hatte, er hatte sich einfach ihrer Abwesenheit vergewissert, seiner guten Laune tat das keinen Abbruch, die Glückssträhne hielt an. Er ging in ein Kino, genau zu Beginn der Vorstellung, und der Film war nicht allzu enttäuschend.

Es war bereits dunkel, als er in seinem Haus die Treppe hinaufstieg. Das Herz war ihm leicht. Der Garderobe nach zu urteilen, waren alle bereits von der Arbeit heimgekehrt, aber auch dies betrübte ihn nicht sehr. Heute war einer der seltenen Tage, an denen er mit Wärme und Verständnis rechnen durfte, er brauchte nur mit jener munteren Stimme, der jeder Schatten von Lüge abgeht, der Mutter von seinen Erfolgen zu berichten und einige plastische Details hinzuzufügen. Er würde keine zu Stein erstarrten Gesichter vor sich sehen, keinem gestrengen Schweigen lauschen müssen, alles würde unverkrampft und natürlich sein. Ein Bild aus guten alten Patriarchenzeiten...

Es würde also darum gehen, auf Mutters neutrales »Na, wie war's?« hin sofort alles zu rapportieren, dann würde sie gleich auftauen.

Er legte den Mantel ab und ging in Mutters Zimmer. Hier war es dunkel. Der Bildschirm des Fernsehers flimmerte grünlich.

> Und das Gefild der dürren Halme
> vergaß zu wachsen...,

las ein grüner Mensch mit Gefühl.

Vor dem Bildschirm saßen zwei dunkle Schatten. Sein Vater und seine Mutter. Alexej entbot ihnen mit der Stimme eines Mannes in Feierabendlaune seinen Gruß.

»Guten Tag, Aljoscha«, erwiderten die Eltern leise.

Er setzte sich auf einen freien Stuhl. Einfach so aus dem Stehgreif konnte er nicht zu erzählen beginnen, das hätte unnatürlich gewirkt, hier bedurfte es einer Kunstpause. Gewöhnlich sprach er ziemlich lustlos über das Institut und nicht ohne Selbstüberwindung, denn fast immer gab es etwas zu vertuschen. Heute kam es darauf an, diesen Tonfall als Kunstgriff einzusetzen, der nicht von Erfolg oder Mißerfolg abhängt, als persönliche Note, in der sich einfach sein Unbehagen am Gegenstand ausdrückt. Wer spricht schon gern über Unikrimskrams? Doch die Frage, die er heute, entgegen der Regel, bereitwillig beantwortet hätte, kam nicht. Die Eltern verfolgten konzentriert und stumm das Geschehen auf dem Bildschirm.

Dumpfes Murmeln, Dahinvegetieren
und am Ende das sinnlose Loch ...

»Wovon redet dieser grüne Mensch?« fragte Alexej mit unverändert munterer Stimme.

Die Mutter stellte den Ton ab. Das Bild blieb.

»Wir müssen mit dir reden, Aljoscha«, sagte sie mit gleichmäßiger leiser Stimme. Der Vater schlug die Augen nieder.

»Das ist das Ende«, dachte Alexej, der begriff, was jetzt geschehen würde. Es begann ein Alptraum. Noch schlimmer konnte es nicht kommen.

Die Mutter redete jetzt. Eine diffuse Empfindung ergriff von Alexej Besitz. Ihm war, als geschähe dies alles nicht mit ihm, als beträfe es einen anderen, als vollzöge sich alles im Traum. Alles zerfiel wie ein feuchtes Löschblatt. Und diese Löschblatthärchen setzten dem Verstand zu, Mutters Gesicht schimmerte fahl und unbegreiflich, vom Fernseher weg zu ihm gewendet, ihr Mund redete immerfort und dann plötzlich nicht mehr, dann bewegte er sich bloß noch, als hätte man auch bei der Mutter wie vorhin beim Fernsehgerät den Ton, nicht aber das Bild abgestellt. Ihr Gesicht entfernte sich in eine Unendlichkeit, es wurde winzig, war nicht mehr wiederzuerkennen, und aus der unendlichen Ferne richtete die Mutter Worte an ihn. Der Vater saß unterdessen mucksmäuschenstill da. Ein grüner Mensch, aber nicht der Rezitator von vorhin, sondern ein anderer, schwamm auf dem Bildschirm wie in einem Aquarium. Alexej wendete seinen Kopf zur Seite, der Bildschirm verschob sich, der Mann auf dem Bildschirm verkürzte und verzerrte sich und schwamm jetzt munter wie ein Frosch einher. Die Bläschen auf dem Bildschirm wuchsen und schimmerten mit ihren grünen Rändern. Mutters Gesicht kam wieder näher – das konnte man bereits als Trick einsetzen – und entfernte sich wieder. Im Aquarium schwammen abstoßend häßliche Fischmenschen. Sie öffneten beflissen ihre stummen Münder. Und alles in diesem Zimmer, das von dem grünlichen Licht nur schwach beleuchtet war... Alexej war, als seien alle – die ganze sonderbare Familie – in eine Flüssigkeit versenkt und würden darin, auf dem Grund der Zimmerglasbüchse, strampeln und vegetieren. Im Bildschirmaquarium tauchten jetzt Schlingpflanzen auf, sie wogten im Wasser, wogten davon... Dann wurde es dort auf dem Bildschirm wieder ruhiger: irgendeine Kreatur hatte sich auf den Grund versenkt und war dort verschwunden. Gleich darauf löste sich ein zweites, dem ersten verblüffend ähnliches Lebewesen vom oberen Bildschirmrand, ließ sich, mit offenem Mund und durch Schwimmbewegungen, langsam auf den Boden gleiten, um anschließend dort zu verschwinden. Und noch ein drittes Geschöpf tat es den beiden ersten Wesen gleich, schwebte, mit den Füßen nach unten, auf dem Weg seiner grünen Artgenossen abwärts. Alexej veränderte ab und zu die Haltung seines Kopfes, und die Bildschirmgeschöpfe begannen sofort, Fratzen zu schneiden, sich in Monster zu verwandeln, in ihre Bestandteile zu zerfallen... Etwas flimmerte auf, über den Bildschirm lief ein Gekräusel. Mutters Gesicht nahm seinen Ausgangsausdruck wieder an, und auch der mütterliche Ton war plötzlich wieder eingeschaltet. »Du hast also verstanden?« hörte Alexej. »Du gehst jetzt hinüber und tust, was ich dir gesagt habe. Du hast es doch verstanden?« – »Jawohl«, wollte er erwidern, brachte aber dieses Wort – ganz wie im Alptraum –, nicht heraus. Es blieb beim Öffnen des Mundes, der ausgetrocknet war und nicht ohne Mühe aufging, wobei es in ihm knirschte. Die Mutter machte dem Vater ein Zeichen, der Vater schwebte, ohne Alexej anzublicken, langsam durchs Zimmer, wühlte hinten in der Dunkelheit wie in Schlamm und kam dann mit drei grünen Papieren in der Hand angeschwommen.

Alexej nahm nichts mehr wahr. Er war wie ausgeschaltet, fast wie tot. In seinem Kopf war ein hohes Klingen. Ihm war, als würde er nicht gehen, sondern fliegen, als gäbe es das alles gar nicht, was rings um ihn herum war. Er fühlte sich ganz leicht.

... Das Zimmer der Tante schien die Größe des Bildschirms zu haben. Unter dem grünen tellerförmigen Porzellanlampenschirm legte sich das weiße Licht nur auf die Mitte des in der Dunkelheit verschwimmenden Tisches: auf die Papiere. Die Tante wendete dem eintretenden Alexej ihr Gesicht zu und rückte, auf ihrem Sessel, vom Tisch weg in den Schatten. Das Geräusch hörte er nicht, es war, als sei die Tante auf dem Sessel eine Schranktür, die sich jetzt geöffnet hatte. Der Lampenschirm verfärbte das Gesicht der Tante leuchtend grün. Es sah erschreckt aus.

»Das hier habe ich gestohlen«, sagte Alexej mit gleichmäßiger Stimme. »Hier ist es wieder.«

Er legte zwei grüne Papiere auf den Tisch. Das Gesicht der Tante verzerrte sich, es kräuselte sich wie vorhin der Bildschirm, sie sagte mit kläglich dünner Stimme:

»Aber nein ... was redest du! Nimm doch Platz! ... Ruh dich aus ...«

... In Trefilows Zimmer brannten alle Lampen, sogar die Nachttischlampe. Er selber stand mit dem Gesicht zum nachtschwarzen Fenster da und rauchte.

»Das hier habe ich ...«, begann Alexej.

»Leg es auf den Tisch«, unterbrach ihn Trefilow, ohne sich nach ihm umzuwenden. Alexej sah, daß sich Ohren und Hals Trefilows ins Dunkelrote verfärbten, um gleich darauf von wilden Tabaksrauchschwaden verschluckt zu werden.

Bei sich im Zimmer machte er kein Licht. Es ging jetzt darum, die Tür möglichst dicht zu schließen. Alexej ging lautlos ans Werk, indem er mit beiden Händen die Türklinke umklammert hielt und daran zog, zunächst schwach, dann aber immer stärker, endlich aus Leibeskräften, den Fuß gegen den Türrahmen gestemmt, bis die Klinke zu knacken begann. Und alles nur, weil es in der Wohnung keine Zimmerschlüssel gab...

Er kleidete sich im Dunkeln langsam aus. Die Kleider verteilte er sorgfältig über einen Stuhl, was er sonst nicht tat. Jetzt stand er barfuß auf dem Fußboden und hielt sich die Hose dicht vor die Augen. Er wollte die Hosenfalte finden. Dann hängte er die Hose sorgsam über den Stuhlrücken. Die Schuhe – die Hakken zusammen, die Spitzen auseinander – stellte er nicht gegenüber der Bettmitte auf, sondern näher zum Bettende hin. Dann legte er sich ins Bett.

Er lag in einer Stellung wie beim Salto, hauchte seine Knie an, versuchte, sich aufzuwärmen. Plötzlich kam ihm nicht nur das eher kleine Zimmer, sondern sogar das Bett riesengroß vor. »Wie klein wir doch alle sind«, stammelte er, »kleiner als klein, winzig klein...« – »Und der das sagt, ist selber noch ganz klein«, sagte Assja und lachte, »mein Kleiner, mein Feiner, mein Lieber!« – »Das hier habe ich für dich besorgt... Schau her!...« – und Alexej warf viele, viele Geldscheine bündelweise durch die Luft, sie flatterten fächerförmig empor und auseinander, um dann langsam wie ein Regiment von Uhrpendeln wieder zu Boden zu sinken und sich aufzitternd dort niederzulegen. Er aber warf, schleuderte immerzu neues Geld durch die Luft, zu ihren Füßen. Zu *ihren* Füßen ... Die anderen standen derweil da, gramgebeugt, erbarmungswürdig, steinalt ... Er wurde von einem jähen Mitleid mit ihnen ergriffen, er hätte am liebsten losgeweint. Er verzieh ihnen. *Er* verzieh *ihnen.*

Ihm war, als sei dank der Bemühungen der ganzen Welt ein mysteriöses Theaterstück inszeniert worden mit ihm als Hauptperson. In Wirklichkeit ist er ein Prinz von Geblüt, der künftige Herrscher der Erde. Und alle wissen das, und alle schweigen und fahren darin fort, ihm etwas vorzuspielen. Als müßte man ihn – wegen des Stückes – im Zustand der Unwissenheit belassen und ihn erziehen, um ihn später, in einem geeigneten Moment, zu eröffnen, wer er wirklich ist. Einstweilen liegt dies Finale, diese stumme Schlußszene noch in weiter Ferne, und alle sind hier seine geheimen Diener und Untergebenen. In ihrem Knechtstum und ihrer Devotheit haben sie das Unmögliche möglich gemacht: sie haben sich durch nichts verraten, sie haben ihr ganzes Leben lang dieses ungeheuerliche Schauspiel durchgestanden. Es verwunderte ihn besonders, daß sie das durchstehen konnten. Denn auch die Straßenpassanten und alle anderen Unbekannten erkennen ihn, lassen sich aber nichts anmerken, sie flüstern sich kein Sterbenswörtchen zu, als wüßten sie tatsächlich nicht bescheid.

Die Unnatürlichkeit dieses erklügelten Theaterstücks, bei dem ganze Erdteile, Länder und Völker nichts als Versatzstücke an einem so fernen Rand der Bühne sind, daß keine der Hauptfiguren sie zu sehen bekommt, einzig zu dem Zweck anwesend, um in irgendeinem Moment dieses sich über viele Jahre hinziehenden Stückes, ein einziges Mal beiläufig erwähnt zu werden, in einer Replik der tausendundersten handelnden Person: diese Unnatürlichkeit kam ihm seltsam und unheimlich vor. Dieses verkehrte Leben, in dem er – als der Herrscher – am wenigsten Herrschaft ausübte und jeder ihn ungestraft demütigen konnte, ohne Vergeltung fürchten zu müssen, denn das einzige verbindliche Gesetz war die Treue zur eigenen Rolle: diese Verdrehung, bei der bezeugte Loyalität nach dem Willen des Bühnentextes den Anstrich der Grausamkeit und Unerbittlichkeit haben mußte, erschien ihm ziemlich lächerlich. Und daß die Darsteller, über den Rahmen des Schauspiels hinaus, auch noch ein anderes Leben kannten, während er selbst das Schauspiel als das Leben schlechthin nehmen mußte, erschien ihm ungerecht. Denn er durchschaute ja bereits die Täuschung ... Eine wahnsinnige Einsamkeit, das Gefühl des Betrogenseins, das Bewußtsein seiner Einzigkeit in dieser Welt ließen sein Inneres selig erschauern. Und schon bekam er Mitleid mit den anderen ...

Zum Beispiel mit seinen Eltern, diesen armen Schluckern ... Man hatte ihnen nur deshalb die Hauptrollen übertragen, weil sie, Gott weiß warum, besser als andere Darsteller in dieses vorfabrizierte Stück paßten. Sie waren nichts weiter als ausführende Organe. Sie haben es am schwersten, sie müssen mehr schuften als sonstwer, ihnen bleibt keine Zeit für ein Leben jenseits von Mummenschanz und Bühnenzauber ... So ist die ungeheuerliche Authentizität der Aufführung eben geartet, in der sie völlig echt leiden, Schmerz erdulden, hungern, sterben müssen: nur deshalb, weil ihr künftiger Beherrscher dies alles kennenlernen und durchleben mußte. Welch wahre Höllenarbeit! Vermutlich verlieren sie im Verlaufe des Stückes langsam den Verstand und halten gegen Ende das Schauspiel bereits für Realität, vermutlich wächst ihnen das Theater so sehr ans Herz, daß sie sich schließlich nicht mehr davon trennen wollen: als sei es die wirkliche Welt und das wirkliche Leben.

Doch das Ende des Stückes ist hart, und es naht unaufhaltsam, dann endlich bricht es an, und man tut ihm kund, was man bis dahin vor ihm geheimgehalten hatte, er rückt zum Herrscher auf, und die Alten, die sich fast bis zum Wahnsinn in ihre Rolle hineingelebt hatten, wissen nicht, was sie jetzt ohne diese Rolle anfangen sollen. Er bezeugt ihnen sein Mitleid, sogar Liebe, er läßt sie seine Gunst spüren, sie waren ja nicht aus freien Stücken so grausam zu ihm, sondern der Bühnenrollenpflicht gehorchend, im Grunde liebten sie ihn sogar, obwohl sie das freilich geschickt zu verbergen wußten, aus Furcht vor dem Zorn des unbekannten Regisseurs ... Auf Assja dürfte jetzt der Richtblock warten, man merkt ihr das wahre und wirkliche Leben zu sehr an. Deswegen kommt es in ihrem Verhalten immer zu diesen schroffen und qualvollen Brüchen: weil sie ihre nach dem Willen des Stückeschreibers erbarmungslose Rolle nicht richtig in den Griff bekommt. Sie vergißt immer wieder den Rollentext und bringt jenes wirkliche Leben hinein, das zu erleben ihm einstweilen untersagt und verwehrt ist. Man kann sich ausmalen, welche Vorwürfe während der Proben auf sie niederprasseln! Man läßt sie nur deshalb gewähren, weil sie durch niemanden anderen zu ersetzen ist. Aber vielleicht ist sie gar nicht gegen ihre Rolle, vielleicht ist es eine Rolle, die ihn auf die Finalszene vorbereiten soll? ...

Und am Ende ist er gar kein Prinz, sondern der unglücklichste der Menschen, das Testobjekt eines gewaltigen Experiments? Vielleicht will man herausbekommen, was aus einem Menschen wird, der sein ganzes Leben die Hauptperson eines läppischen Schauspiels ist, in dem alle anderen ihre Rolle kennen und beherrschen und nicht einer jemals aus der Rolle fällt – und nur er allein, der ohne Text lebt, hält das Schauspiel fälschlich für das Leben, lebt darin echt und unbefangen vor sich hin und ahnt nicht, daß er für jemanden spielt, der seine Handlungen mit einer Vorlage vergleicht? Und das ganze Stück ist just unter dem Aspekt abgefaßt und aufgebaut, stets und jedesmal die jeweils einzig mögliche Reaktion – und keine andere – von ihm zu erhalten, mag die dazu benötigte Versuchsanordnung auch noch so kompliziert sein?

Wenn das aber so sein sollte, dann ist das Experiment bereits gescheitert. Und er, das unglückselige Versuchskaninchen, hat trotz allem jetzt endlich begriffen, daß es außer diesem Bühnenopus noch ein anderes Leben gibt, ein eigentliches und lebendiges ...

... Solchen Vorstellungen gab sich Alexej hin. Er hatte sich aufgewärmt und lag wohlig hingestreckt in seinem Bett. Jener unheimliche Druck unter seinem Herzen war weggeschmolzen. Allmählich kam er wieder zu sich und fuhr fort, irgendwelchen Phantasien nachzuhängen. Dann ging auch das zu Ende. Sein Kopf war jetzt frei, aber einschlafen konnte er nicht. Plötzlich schlief er doch ein.

Er hatte einen ekelhaften Angsttraum, der ihn würgte. Solche Träume hatte er noch nie gehabt. Die Angst weckte ihn dann auch. Er versuchte, sich den Traum zu vergegenwärtigen, es gelang ihm aber nicht: er hatte gleich wieder alles vergessen. Im Zimmer war es stickig und schwül: daher wohl der Traum.

Er ging barfuß auf das Fenster zu. Der Fußboden fühlte sich kühl an, das war angenehm. Er erreichte das Fenster und öffnete es. Die Winterluft wehte ihm den Schnee auf Brust und Gesicht, während er eine Zeitlang am offenen Fenster verweilte. Er sah wieder jene Laterne, die über dem Dach des Warenlagers schaukelte, doch der Wachmann war heute nicht da. Alexej stand eine Weile am Fenster, ohne sich Gewalt anzutun. Er stand nur so lange da, wie es ihm angenehm war. Als er zu frieren begann, machte er das Fenster wieder zu. Dann knipste er das Licht an und stand eine Zeitlang vor dem Bücherschrank, unschlüssig, welches Buch er wählen sollte. Er brauchte jetzt ein ganz bestimmtes Buch und er suchte es, indem er mit den Augen über die Buchrücken fuhr. Ihm war eines eingefallen, das er mit zehn oder zwölf gelesen hatte, seither aber nie wieder. Während dieser ganzen Jahre hatte er sich nie an das Buch erinnert, aber jetzt entsann er sich der seltsamen Empfindung, die es damals in ihm geweckt hatte. Und er war sich plötzlich sicher, daß er dieser Empfindung jetzt dringend bedurfte. Voller Verwunderung darüber, daß er Buch und Empfindung so viele Jahre lang vergessen und sich erst heute wieder daran erinnert hatte, wühlte er in der hinteren Reihe: es konnte nur dort sein, vorne hatte er das Buch nicht entdeckt. Während er wühlte, versuchte er, die Erinnerung an das Buch in seinem Gehirn zu verdeutlichen: Inhalt, Einband, Satzspiegel und Schrift. Ihm fiel ein, daß er das Buch einst in der Toilette gefunden und anschließend mit großem Eifer gelesen hatte, Satz für Satz und Wort für Wort, obwohl er nichts verstand. Indessen hatte gerade dieses Nichtverstehen, daran erinnerte er sich jetzt genau, etwas ungemein Anziehendes gehabt. Endlich fand er das Buch, es hatte irgendwo hinten gelegen. Er blies den Staub weg und schlug es zusammen, so, daß weiterer Staub aufwirbelte. Er begriff, daß er fror, rannte zum Bett, kletterte umständlich unter die Bettdecke, ließ die Kühle der Laken auf sich einwirken, wärmte sich mit Behagen, aber ziemlich langsam wieder auf.

Als ihm wieder warm war, schlug er voller Neugier das Buch auf, jedoch der erste Eindruck konnte ihn nicht befriedigen. Die ersten achtzehn Seiten fehlten, die letzte Seite trug die Zahl sechsundneunzig, war aber nicht das Buchende, denn die Seite schloß mit einem Komma. Ihm fiel ein, daß in manchen Büchern nach soundsoviel Seiten unten am Blattrand Verfassername und Buchtitel angegeben sind. Doch hier fand er nichts dergleichen, sondern stellte nur fest, daß noch einige weitere Seiten herausgerissen waren, nämlich Seite 33 und 34, 49 und 50, 65 und 66 sowie 81 und 82. Dann entdeckte er noch, daß das Buch die neue 1917 eingeführte Orthographie hatte. Es war zwar alt, aber nicht altertümlich. Nach dieser ersten Untersuchung begann er, das Buch mit dem Eifer eines Forschers zu lesen.

Doch er verstand nur wenig. Das heißt: er ertappte sich dabei, daß er bereits drei Seiten gelesen, sich das Gelesene indessen nicht eingeprägt hat. Sein Blick glitt über jedes einzelne, scheinbar bekannte Wort hinweg, doch was die Gesamtheit der Worte ausdrükken sollte, entging ihm. Bei Beginn der Lektüre, auf Seite 19, behielt er die erste Zeile im Gedächtnis: ... *die uns im Leben nie etwas erklären werden.* Erst drei Seiten weiter war wieder so ein Satz: *Und wenn wir wieder von Gott zu reden anfangen, werden wir einander nicht verstehen,* doch er hielt nur deshalb inne, weil mit dem Satz die dritte Seite zuende war und eine Lücke im Text begann, auf die der Zwischentitel *Zweiter Brief* folgte. Ihn packte Wut darüber, daß ihm der Sinn des bisher Gelesenen nicht aufgegangen war. So etwas kann einem bei der Lektüre eines Lehrbuchs passieren, wenn man in Gedanken versinkt oder sich etwas anderes vorstellt, während man liest, aber hier hatte er sich keinen Nebengedanken hingegeben und den Text fast fasziniert gelesen ...

Er kehrte an den Anfang zurück, doch es erging ihm auch jetzt nicht besser. »Ich bin ein alter Mann und habe nicht das Recht auf die Schwachheiten der Jugend ...« – dieses Satzstück blieb ihm zwar im Gedächtnis haften, jedoch lediglich als Information über den Verfasser, dessen Lebensalter betreffend. Die Erregung, die der Fund und die dadurch geweckten Kindheitserinnerungen in ihm ausgelöst hatten, begann wieder abzuflauen, der Eifer, mit dem er an die

Lektüre des Buches gegangen war, ließ nach. Die Vorstellung, die ihn zunächst fasziniert hatte: daß er damals in der Kindheit nichts begriffen hatte, während er jetzt, als ein im Lauf der Zeit weise gewordener Mann, sofort alles verstehen würde – diese Erwartung und Hoffnung schlug in Ärger und Enttäuschung um. Jetzt meinte er sogar, als Kind mehr begriffen zu haben als heute.

Der *Zweite Brief* war endlos lang, und er glitt, von dem Satz *Worauf soll unsere Wahl nun fallen?* an, leicht über den Text hin, blätterte die Seiten fast mechanisch um und bemerkte nicht einmal, daß er von Seite 32 gleich auf Seite 35 kam, ein Sinnverlust war damit nicht verbunden. Ihn peinigte die Neugier, wann dieser endlose Brief wohl ein Ende nehmen würde.

Den *Vierten Brief* las er hingegen in einer Art Euphorie. *Wenn Sie mir in einem solchen Maß Unglauben entgegenbringen, bin ich bereit, an den Fingern der Hand zu beweisen ...* – So begann dieser Brief.

Aber auch die Finger der Hand halfen Alexej nicht weiter. Ihm war, als schwadeten Nebel um ihn herum, um plötzlich einen Moment lang ein Stückchen Himmel freizugeben. Es war nicht die heutige Sprache, nicht jene Sprache, die er gewöhnt war. Aber es begann sich ein Gefühl dafür in ihm auszubilden, er übersetzte alles in seine – Alexejs – Sprache. Abzüglich einiger Abstürze in das der Einsicht völlig Unzugängliche war in diesem Kapitel davon die Rede, daß die Liebe in uns und über uns ist, und wenn du noch lebst, dann liebst du auch noch, wenn du aber liebst: was ist das dann und wo rührt es her? Die Worte über Verlangen und Leidenschaft verstand Alexej ohne Mühe: sie unterschieden sich beide von der Liebe. Die Worte über Mitleid ergaben einen dunkleren Sinn. Das Mitleid stand fast noch höher als die Liebe, und dann stand es doch wieder tiefer, jedenfalls entpuppten sich auch Liebe und Mitleid als zweierlei. Am stärksten fesselte ihn die Betrachtung über Eifersucht.

Die Eifersucht kam ziemlich schlecht weg und war der Liebe direkt entgegengesetzt. Mich dünkt, ich würde lieben, sagte der sonderbare Autor. Ich hefte mich der Geliebten an die Fersen, ich verfolge, vergöttere, hasse sie, Hitze und Kälte lösen einander ab, ich ermittle, ich fordere, ich rufe, ich träume, was noch? Ich spüre Eifersucht, ich stelle Fragen, ich melde Rechte an ... Wenn ich nun derart mein Gesicht verliere, was erwarte ich dann, streng betrachtet? Nur Lüge, sonst nichts. Lüge ist genau das, was ich in dem Moment ersehne, in dem ich dabei bin, Leben und Gesicht zu verlieren. Doch wie mächtig meine Eifersucht auch sein mag: es gibt immer eine letzte Frage, die ich um nichts in der Welt stellen werde. Im Stillen fürchten die Menschen immer den Zusammenbruch ihres Glaubens und lassen sich, von der Stimme der Natur in sich beraten, darauf nicht ein. Und ... *selbst noch im Stande des Unglaubens währt Liebe wie Glauben.* »Das stimmt«, dachte Alexej, »so ging es mir zu Beginn meiner Bekanntschaft mit Assja. Aber dann begriff ich, daß man keine Fragen stellen darf. Ich begriff es ganz von allein. Sonst wäre zwischen uns längst nichts mehr.« Was weiter kam, verwirrte ihn, da ging es immer wieder nur um Gott! ... Doch plötzlich stellte sich der Sinnzusammenhang wieder her. *Was bedeuten solchen Menschen Untergang und Zusammenbruch der Liebe?* fragt der Verfasser. *Der Selbstmord und der Mord?* Das ist die Tragödie der letzten Frage. So sehr der Mensch ihr auch auszuweichen versuchte, sie drängte sich unabweisbar vor und brach durch. Und jetzt ist die Frage gestellt, und alles ist in sich zusammengestürzt, die Frage ging über Menschen-Kraft. Und überdies war es sinnlos, sie zu stellen, der Mensch wußte ohnehin Bescheid, verbot sich dies Bescheidwissen allerdings. Und er war treu gewesen. Darf Liebe Rechte anmelden? Ist der, den wir lieben, denn daran schuld? Wozu dann der Kraftakt? Wollen wir den Geliebten zermalmen, und seine Liebe dazu? ... Dann ging es wieder eine Weile um Gott, Alexej huschte über eine ganze Seite hinweg. Und dann plötzlich: *Mein Gott! Wie klein sind wir doch alle!* rief der sonderbare Autor aus. »So ist es! So ist es!« pflichtete ihm Alexej voller Freude bei. Wir vermögen nichts in uns aufzunehmen, sagte der Autor. Und kommt dann auch noch die Liebe dazu, dann bleibt auch davon nichts mehr übrig. Es gibt Liebende – und Geliebte. Das sind nicht verschiedene Kästchen. Es ist einfach so, daß jeder jemanden liebt und von jemanden geliebt wird. Jeder ist für den einen edelmütig und für den anderen infam, für den einen sanft und für den anderen hart und grausam, für diesen groß und erhaben und für jenen winzig, A lügt B an und sagt C die Wahrheit usw. Dies alles rührt *von der minderen Größe unserer Seele* her. Handelt von jenem Menschen, *der nicht glaubt, jedoch durch ein Wunder noch nicht tot, sondern lebendig ist.* So einem werde ich sagen: von woher kommt die Liebe in dich, Menschlein? Woher, frage ich? Gewiß nicht von der Geliebten, denn die ist noch kleiner als du, in ihr steckt keine Einzigartigkeit, die hast du selbst hineingebracht. Und wenn du mir nun zustimmst, daß das nicht von ihr kommt, sondern daß du einfach zur Liebe bereit warst, und da entstand sie, völlig unvermeidlich, diese Liebe, die Person jedoch, die du lieb gewannst, war zufällig: wenn du diesen Gedanken verstanden hast, dann wollen wir gemeinsam zu begreifen versuchen: ob die Liebe wohl aus dir kommt? Aber sie kommt auch nicht aus dir, denn auch du bist kleiner als winzig, in dir blieb ja nichts zurück, als die Liebe über dich kam ... Du wirst jetzt grausam und gemein – obwohl du es selber wohl gar nicht bemerkst – jenen Menschen gegenüber, die dich vor der Begegnung mit der Liebe umgaben. Das Riesengroße, das die Liebe ist, läßt kein Pünktchen in deinem winzigen Raum übrig, es zerreißt dich, es überhöht dich. Du wirst so groß, wie du ohne Liebe nie und nimmer geworden wärst, das aber, was du vor der Liebe warst, wird noch kleiner als zuvor. Wie hätte jenes Große da aus dir heraus entstehen können? Es ist also auch nicht aus dir entstanden.

Weiter begann sich alles zu verwirren, zu kreisen... Es stellte sich heraus, daß auch das eben Beschriebene noch nicht die Liebe war. Dem Verfasser war es darum gegangen, in einer für Menschen im Stande des Unglaubens verständlichen Sprache, unter Zuhilfenahme der Finger einer Hand... Doch käme man im Ernst darauf zu sprechen, dann wäre das alles vorbeigesprochen.

Es folgte, scheinbar ohne jeden Anlaß, die Beschreibung eines wundervollen Gartens, doch genauso jäh brach sie wieder ab: hier war eine Seite herausgerissen.

... Alexej klappte das Buch zu. Ihm war sonderbar zumute. Er hatte das eine begriffen und das andere nicht, er hatte das über Gott ausgelassen, jedoch die Betrachtung darüber, wo die Liebe herkommt, nämlich nicht von der Geliebten, die so winzig klein und obendrein zufällig ist, und gewiß auch nicht aus ihm, welcher ebenfalls ungemein klein ist, wenn aber nicht aus ihm, woher dann? – diese Betrachtung hatte ihn beeindruckt.

Die dritte Erzählung

Wenn man Monachow daran erinnerte – als Freund, als Anverwandter oder schlicht als Mensch, dem etwas zu Ohren gekommen war –, daß er bald Vater werden würde, schien es ihm so, als sehe und höre er das alles aus weiter Ferne. Er war nur immer wieder über den Ausdruck der Gesichter verwundert, der immer unkontrolliert, manchmal andachtsvoll, dann wieder mitfühlend sein konnte, jedoch immer von einem Zwinkern oder Blinzeln begleitet war. Wobei niemand den Grund für sein Blinzeln oder Zwinkern wußte, es geschah einfach vorbei an ihrer Willenskraft – und alle hatten es eilig, möglichst schnell wieder eine würdevolle Miene aufzusetzen. Unabhängig davon, ob sie selber Väter waren oder nicht, bedeutete diese Miene ihr Eingeweihtsein in ein Mysterium, über das sie bescheid wußten, und hinter das er, Monachow, erst noch kommen mußte.

Monachow pflegte stets zu erwidern, wie um sich zu rechtfertigen, seine Frau befände sich zwar im Krankenhaus, doch nicht zur Entbindung, sondern wegen ihres Blutdrucks, das mit dem Gebären hätte noch Zeit, aber nachdem er mehrmals den Ausdruck der Langeweile und Ungeduld auf den Gesichtern seiner Gesprächspartner bemerkt hatte, stelltc er diese Erklärungen ein. Er hatte dieses Gerede auch selber satt, durch die Wiederholung stumpfte das Erleben ab. Fortan nahm er gewissermaßen die Einladung zu einem kurzen Ritual an und wiederholte einfach die Miene, die der Fragesteller – ob Verwandter oder Bekannter – auf seiner eigenen Visage entstehen ließ:

Würde und Getragenheit oder Blinzeln mit Kichern. Hinweise und Erinnerungen bewirkten in ihm jedenfalls weder Erregung, noch Erschütterung, noch jähe Einsicht, noch Sinnesverdüsterung, noch Euphorie: nichts was den Charakter eines Erlebnisses gehabt hätte. Das einzige, was er bei so einer Begegnung empfand, war eine gewisse Ungeduld, doch keine Antipathie für den Fragesteller. Sein Blick flog nicht umher, heftete sich auch nicht auf einen in der Unendlichkeit gelegenen Punkt – er wurde einfach teilnahmslos.

Sein in solchen Augenblicken etwas sonderbarer Gesichtsausdruck vermochte niemanden zu täuschen. Alle begriffen, daß er – sehr natürlicherweise – innerlich aufgewühlt war.

Er verabschiedete sich von dem Bekannten, den er gerade getroffen hatte, und setzte seinen Weg fort, getragen von einer leichten Verwunderung über seine Gefühlsarmut an der Schwelle eines für sein Leben so wichtigen Ereignisses.

Das Bewußtsein, daß sich bei dem Gedanken an seine nun bald fällige Vaterschaft keinerlei Gefühle in ihm einstellten, war offenbar gerade das diesem Anlaß angemessene Gefühl. Er grübelte über die delikate Rolle des Vaters in dieser ganzen Angelegenheit nach. Nur eine einzige weit zurückliegende Sekunde war nötig gewesen, damit war es schon getan. Im weiteren Verlauf der Entwicklung trat er nicht mehr als handelnde Figur auf, man hatte ihn verlassen und aufgegeben. Sein Gefühl wuchs ins Leere hinein. »Was hat das Ganze denn mit mir zu tun?« pflegte er sich dann in paradoxer Zuspitzung zu fragen.

Es will einfach nicht in meinen Kopf, meinte er einmal, als er über seine Gefühlsarmut, die ihm doch ein wenig Sorge machte, nachdachte.

Seine Frau besuchte er Tag für Tag, gab Pakete für sie ab, schrieb Briefe, in denen er ihr von seinen dienstlichen Angelegenheiten berichtete, die gleichfalls kurz vor der Entbindung standen, jeder Tag konnte die Entscheidung bringen, für ihn bedeutete das viel, folglich auch für seine Frau, die stets alles wissen wollte und seine Sorgen und Freuden mit ihm teilte.

Nachdem er wieder einen Brief geschrieben und ihn mit dem Paket an der Krankenhauspforte abgegeben hatte, stellte er sich, draußen auf der Straße, direkt unter das Fenster seiner Frau. Die Kunst des Pfeifens beherrschte er nicht, deshalb versuchte er, durch Zeichen die Aufmerksamkeit eines Patienten zu wecken, der dann seinerseits seine Frau ans Fenster rufen könnte. Jedesmal verspürte Monachow dabei ein Gefühl der Peinlichkeit und sogar der Demütigung und kämpfte dagegen an. Endlich kam dann seine Frau ans Fenster, sie verständigten sich mit Hilfe von Gesten, lächelten und nickten einander zu, verstanden manches nicht, und die Passanten fühlten sich beim Anblick dieser rührenden Szenen zu einem »guten« Lächeln veranlaßt, was ihnen Monachow nicht gerade mit Sympathie vergalt. Dann wurde Monachows Frau offenbar durch eine Schwester oder einen Arzt von ihrem Platz am Fenster vertrieben und entschwand im Innern des Krankensaals. Dieses Erschrecken und diese Eile erschienen Monachow etwas unglaubwürdig. Eine Weile stand er noch da, unter dem leergewordenen Fenster, andere Ehefrauen blickten ihn aus anderen Fenstern an, und er blickte sie an, worauf er mit reinem Gewissen oder wenigstens einem Gefühl der Erleichterung seinem Haus oder irgendeinem anderen Ort, wo man seiner bedurfte, zustrebte ... Bis zur Entbindung blieb noch sehr viel Zeit.

An einem dieser Tage kam es dann in Monachows Berufsleben zu der besagten großen Wende, und die fiel so glanzvoll wie nur möglich aus. (Es ist geboten, darauf hinzuweisen, daß es dabei um gewichtige und komplizierte Dinge ging und daß der Erfolg wohlverdient war.)

Den Erfolg besiegelte ein großes Papier, das Monachow ausgehändigt und in dem bestätigt wurde, daß er tatsächlich mit jenen Dingen beschäftigt ist, mit denen er sich ohnehin befaßt hatte. Bis zur Ausstellung dieses Papiers schienen die darin erwähnten Dinge nicht existiert zu haben, auch nicht Monachows Arbeit an diesen Dingen, womöglich auch Monachow selber nicht. Künftig sollten ihm jedoch, aufgrund dieses Papiers, ein beträchtliches Salär ausgezahlt und alle möglichen Achtungsbezeugungen erwiesen werden. Dies Papier hielt er jetzt, zu einem Röhrchen gerollt, in der Hand und klopfte damit gegen die Kante des Direktorentisches. Dann steckte er das Papier mit einer nachlässigen Geste in seine Manteltasche.

Auf der Treppe meinte er plötzlich, das Papier sei an der Manteltasche vorbeigerutscht, ihm brach der kalte Schweiß aus. Doch nein, das Papier war an Ort und Stelle. Er entfaltete es, blickte Amtssiegel und Unterschrift zärtlich an und las mit Verblüffung und Befriedigung seinen großgedruckten Familiennamen und daneben die etwas kleiner gedruckten Vor- und Vatersnamen ... Er war fast ein wenig erstaunt, daß er gerade diesen Familiennamen trug – oder war es der eines anderen? ... Er beschloß, sogleich zu seiner Frau ins Krankenhaus zu fahren und seine Freude mit ihr zu teilen, und schon fuhr auch der Omnibus vor. »Nicht übel, gar nicht übel«, wiederholte Monachow beim Einsteigen und rührte sicherheitshalber noch einmal an das Papier in der Manteltasche.

»Nun gut, nun gut, nun gut ...«, murmelte er, zum Fenster hinausblickend.

»Großer Gott, Alexej!« hörte er plötzlich, er erkannte die Stimme gleich wieder, wollte aber glauben, daß er sich irrte, und spürte zugleich, daß sich jemand auf den Sitz neben ihm setzte, und auch der Geruch nach *Pique Dame* war noch der gleiche, und er zuckte vor Verblüffung zusammen und wendete sich rasch zu der Sprechenden um. Was ihn vollends verwunderte, war, daß es wirklich sie war und daß er sie sofort wieder erkannt hatte, noch bevor er ihr Gesicht gesehen hatte. So viele Jahre war er ihr kein einziges Mal begegnet, hatte auch nicht an sie gedacht, und jetzt genügte eine einzige Sekunde...

»Also, dann guten Tag«, sagte sie und hielt ihm die Wange mit der einst so vertrauten Bewegung hin (damit durch den Kuß nichts verschmiert wird!). In diesem Moment ruckte der Omnibus an, und er wurde, ohne darüber nachdenken zu müssen, mit dem Mund gegen Assjas Wange gestoßen, wobei er sich natürlich schnell nach allen Seiten umsah, um sich zu vergewissern, daß unter den Fahrgästen keine Bekannten waren.

»Du bist immer noch der alte Tolpatsch«, lachte sie. »Also, wenn schon, denn schon...« – sie hielt ihm wieder ihre Wange hin, wieder mit jener Bewegung. Und er berührte, mit fühllosen Lippen, voller Beflissenheit und diesmal ohne die Menschen anzuschauen, jedoch auch ohne die Augen zu schließen, weshalb er aus allzu großer Nähe, eine mit Hautcreme eingeschmierte, offenbar neue Falte auf ihrem Gesicht erblickte – er berührte also mit den Lippen ihre Wange.

»Ja, ist das denn...«, murmelte er, sich erleichtert wieder abwendend, in der Gewißheit, daß jede Bewegung auf jede nur erdenkliche Art gedeutet werden könnte, und daß es darauf ankäme, sie dezent in die richtige Richtung zu lenken. Außerstande, eine gewisse Verlegenheit oder sogar das Gefühl der Peinlichkeit zu verbergen, vermochte er sich ganz natürlich verwirrt zu geben. »Ja ist das denn die Möglichkeit?« murmelte er.

Und sie begannen angeregt miteinander zu sprechen, auch er redete, begriff jedoch erst nach zwei Haltestellen, worüber er sprach, während er einstweilen mit der verlegen skeptischen Verwunderung fertig zu werden versuchte, daß diese neben ihm sitzende Frau niemand anderer als – wer hätte das gedacht! – Assja war. Es war nicht wichtig, daß sie gealtert oder häßlicher geworden war, obwohl das freilich mitspielte, es waren ihre Stimme und ihr Gesicht, und doch wären die Gesichter unbekannter Menschen Monachow jetzt weniger fremd vorgekommen. Er begann zu begreifen, daß die Wirkung die gleiche wäre, wenn sich wie durch ein Wunder die frühere völlig unveränderte Assja an seiner Seite eingefunden hätte. Denn jene Assja, die Assja seiner Erinnerung, hatte es in Wirklichkeit nie gegeben. Es hatte ein Bild gegeben, an dem sich Monachow jahrelang geklammert hatte, und das Bild hatte die Qualen der Trennung überdauert und sich dem Gedächtnis eingeprägt. Jetzt hielt er das Bild in der Hand und verglich es mit dem Original, und sie waren sehr verschieden. Assja, die gealterte Assja, die neben ihm saß, war schlicht ein ungeschicktes Machwerk, und er empfand es geradezu als sonderbar, mit ihr, wie mit seiner Assja, zu reden. Und die Bewegung, mit der sie ihm die Wange hingehalten hatte, diese ihm so vertraute Bewegung, erschien ihm einstudiert und gekünstelt, ebenso ihre Stimme, und das Lachen: alles war Ersatz, und der Wahrheit so fern wie nur möglich, und selbst die Augen, von denen er immer geglaubt hatte, es seien die schönsten Augen, denen er im Leben begegnet war, selbst die Augen waren zwar blau wie bei Assja, aber flach und leer, da hatte seine Frau viel schönere. Je mehr er sich jedoch davon überzeugte, daß dies wirklich Assja war und sich ein Zweifel daran verbot, desto mißtrauischer wurde er gegenüber dem ihm vertrauten Bild. Dieser Zerfall des Bildes eines Menschen vollzog sich in ihm zum erstenmal im Leben so drastisch, er meinte fast das Zerreißen der Linien und das Verschwinden der Farben zu sehen, der Vorgang war – wiewohl unbewußt – ziemlich schmerzvoll, und als das Assja-Bild zerschmolzen war und sich wie ein Wölkchen in nichts aufgelöst hatte, als es entschwebt und verschwunden war, spürte er Erleichterung. Er lebte auf – und fühlte Neugier in sich erwachen. Die Empfindung, die jetzt in ihn einströmte, verdiente wahrhaftig den Namen Neugier. Die alten mechanischen Aufzeichnungen mußten mit den neuen noch unbekannten verglichen werden.

Endlich, nach zwei Haltestellen, begriff er endlich, wovon geredet wurde, und fand es etwas ärgerlich, daß er sich jetzt den Anfang des Gesprächs nicht wiederholen konnte und daß ihm das aber als Unaufmerksamkeit ausgelegt werden würde. Unaufmerksam wollte er nicht erscheinen, denn seine Neugier galt bereits nicht nur dem Bericht, sondern auch der neben ihm sitzenden *neuen* Frau. Ihm fiel jedoch noch rechtzeitig ein, daß auch dies der in einem solchen Fall natürlichen Erregung zugeschrieben werden konnte, und daß es genügte, dem Rechnung zu tragen.

»Du bist wohl noch nicht lange wieder hier?« fragte er.

»Wieso? Ich war gar nicht fort!«

»Und warum sind wir uns dann nie begegnet?« fragte Monachow mit aufrichtiger Verwunderung. »Früher waren wir jeden Tag verabredet, und selbst ohne Verabredung sind wir uns ständig auf der Straße begegnet. Seit unserer Trennung habe ich dich kein einziges Mal gesehen. Ich war sicher, daß du fortgezogen bist.«

»Du hast noch immer eine Schwäche für eigenartige Folgerungen...«, erwiderte sie mit zärtlichem Lachen.

Monachow bemerkte wieder die Künstlichkeit ihres Tonfalls, aber jetzt kam ihm das gelegen, es ließ eine gewisse Möglichkeit erkennen, die ihn zu reizen begann, ihn aber in der Folge zu nichts verpflichten würde.

»Wohin bist du jetzt unterwegs?« fragte er. »Falls das kein Geheimnis ist?«

»Ich fahre zur Arbeit«, sagte sie.

»Das wird immer besser!« sagte Monachow, auch diesmal wieder mit ehrlicher Verwunderung. »Dann fährst du jeden Tag mit diesem Bus?«

»Aber freilich«, sagte sie.

»Auch ich fahre mit diesem Bus zur Arbeit«, sagte er. »Wie sonderbar, daß wir uns nie begegnet sind!«

»Nicht sonderbar, sondern ganz einfach«, sagte sie. »Wir fahren in verschiedenen Bussen.«

»Du meinst ...«, erwiderte Monachow und schaute sie verlegen an.

»Was blickst du mich so an?« lachte sie. »Als sei ich eine dumme Gans. Wir fahren in Bussen, deren Wege sich kreuzen. Du arbeitest dort, wo ich wohne – und umgekehrt. So kommt es, daß wir immer aneinander vorbeifahren.«

»Das hast du richtig erkannt«, sagte Monachow nicht ohne Bewunderung. »Du bist immer noch derselbe helle Kopf. Ich selber wäre nie darauf gekommen.«

»Ja, muß ich denn«, sagte Assja mit kokettem Kichern, »bereits an Arterienverkalkung leiden? Komme ich dir wirklich so alt vor?«

»Überhaupt nicht«, sagte Monachow, nicht ganz aufrichtig, »du siehst blendend aus.« – Um seinen Worten Gewicht zu verleihen, sagte er etwas rauhbeinig, aber so, daß jede Frau ihm diese Rauhheit – als eine Bestätigung seiner Aufrichtigkeit – verziehen hätte: »Weißt du noch, wie du einmal gesagt hast: ein kleines Hündchen bleibt bis ins Alter ein Welpe.«

»Ja, ich erinnere mich«, bestätigte sie erfreut, »ein kleines Hündchen, ja natürlich.«

Monachow blickte ihr wieder ins Gesicht, es erschien ihm jetzt nicht mehr so alt, eher jünger. Damals war er wirklich noch ein grüner Junge gewesen, sie war fünf Jahre älter, jetzt hatte er sie gleichsam eingeholt. Diese sonderbare Erfahrung hatte Monachow bereits mehrfach gemacht. Eines Tages waren Menschen, die ein Leben lang älter als er gewesen waren, plötzlich und entschieden jünger geworden. Zum Beispiel seine Lehrerinnen.

»Auch du hast dich gar nicht verändert«, sagte Assja, »obwohl du bereits die ersten grauen Haare bekommst.« Monachow fing Assjas zupackenden Blick auf und erkannte ihn sofort wieder. So hatte sie geblickt, wenn sie ihn durch die Geschäfte geschleift hatte oder wenn sie andere Männer fixiert hatte. Damals konnte er diesen Blick an ihr nicht leiden, während er ihm jetzt schmeichelte. »Das muß den Mädchen gefallen: das junge Gesicht und dazu die grauen Schläfen.«

»Ich habe keine Zähne mehr«, renommierte er wahllos, »ich lasse mir gerade wieder welche einsetzen.«

»Und einen prima Anzug hast du«, sagte sie und ließ den ihm wohlvertrauten Blick über Monachows Weste schweifen.

Monachow hatte plötzlich das Gefühl einer Befreiung und Erleichterung, ihm war, als würden Fesseln von seinen Gliedern genommen, die Bleigewichte der sich selbst angetanen Gewalt, dank derer er ein Mensch mit bestimmten seltenen Eigenschaften war, während es den freien, den von den Fesseln und Gewichten befreiten Monachow schlicht nicht gab, der war nur Wunsch und Verlangen. Hier bei seiner alten Liebe ging es nicht um Erinnern und Wiedererkennen, sondern um das genaue Gegenteil, um den Sadismus der Enttäuschung, der Kehrseite, das Negativ der früheren Gefühle. Um so seltsamer war, daß irgendwo in der Ferne doch wieder eine Ähnlichkeit aufschien, waren doch diese früheren Gefühle wie der Abdruck eines Negativs.

Es begann das, worauf, in Ermangelung eines anderen Wortes, vielfach der Ausdruck *Aufziehen* Verwendung findet. Es ist etwas Falsches, allen Gefühlen und Gedanken Zuwiderlaufendes, das aber in diesem Moment der Wahrheit am nächsten zu kommen scheint. Es kommt auf die Welt und zerstößt die Eierschalen. Etwas, das in der steten Furcht vor sich selbst und der eigenen Unfähigkeit, es zu meistern, vor einem hier geschoben wird, etwas, das vor allem anderen und besonders vor sich selbst sorgsam versteckt wird, etwas das durch die unbestrittene Herrschaft des Hergebrachten in diesem oder jenem Milieu unterdrückt wird, das vom Ich nicht genehmigt wird, das sich gerade deshalb immerzu bemerkbar macht, etwas, in dem eine verderbte Wonne steckt. Und man spricht sich ab, man beschließt ein Besäufnis, scheinbar zwanglos und doch einer Notwendigkeit gehorchend, und darin ist etwas von Ausgleich und Lenkung, von Periodizität und Disziplin. Und niemand sagt: warum? – das klänge abgeschmackt, banal und ungerecht. Man wird sich eben unter Freunden leicht besaufen. Man schließt die Augen – und läßt es laufen. »Das wird schon richtig sein«, stammeln die Lippen. Und das königliche Gefühl der Allzugänglichkeit durchströmt dich plötzlich, springt vom einen zum anderen über, ergreift und verbindet alle, und in der Morgenfrühe geht man still auseinander.

Die Mechanik des *Aufziehens* war für Monachow so wenig ein Geheimnis, daß sie schon wieder zum Geheimnis wurde. Doch der Strom ging bereits hin und zurück, hin und zurück – das fühlten beide. Sie gestatteten sich diese Spannung, und der Strom wurde stärker und stärker. Beide verstummten, wie verabredet, als seien sie sich über alles einig geworden. Nachdem sie eine Zeitlang geschwiegen und in sich hineingehorcht hatten, fuhren sie wie zur Entspannung – so wie man nach einer Zigarette greift, ohne sich anzublicken – in ihrem Gespräch fort. Sie fanden einen Ton zwischen neuer Intimität und Distanz, den sie sich zuerst nicht erlaubt hatten.

»Und wie ist dein Dozent?« fragte Monachow mit einer Stimme, die aus dem Gefühl der vermeintlichen Überlegenheit über einen anderen Mann entsteht.

»Wir sind dabei, uns zu trennen«, sagte Assja.

Als ein ferner Schatten, steckte in Monachow immer noch die Erinnerung an das einst Durchlittene, an den Haß auf diesen Mann und auf den Schmerz. Jetzt stand ihm also ein Triumph von mittlerer Größe bevor, vergleichbar einer nachgeholten Tagebuchnotiz oder einer gefälschten Unterschrift...

»Du warst die ganze Zeit mit ihm zusammen?« fragte er, ohne seine Enttäuschung verhehlen zu können. Er blickte durchs Fenster: sie waren an seiner Haltestelle schon vorbeigefahren.

»Und du bist immer noch eifersüchtig?« lachte Assja wieder, und ihr Lachen klang für Monachow tot und scheppernd. Doch die Frage verblüffte ihn durch ihre grobe Präzision. Ihn, als jemanden, der sich im Verlauf seines Gedankengangs so weit von der Urquelle entfernt hatte, daß weder Ziel noch Ausgangspunkt zu sehen waren, sondern immer nur das ewige Dazwischen, die Wüste, verwunderte ein so direktes Überfliegen dieses Geistesmeeres und das prompte Benennen des Gegenstandes, den er, vor lauter Details, nicht wahrgenommen hatte...

Monachow schwieg verwundert. Assja sagte:

»Unsere Tochter kommt nächstes Jahr in die Schule.«

»Nicht auszumalen«, sagte Monachow. »Du hast es also erreicht, daß er dich geheiratet hat! Damals glaubte ich nicht, daß er sich darauf einlassen würde...«

»Er hat mich angefleht...«, sagte Assja.

»Er hat dich breitgeschlagen«, sagte Monachow.

»Das nicht, ich war nicht abgeneigt«, sagte sie.

»So ist das also«, murmelte Monachow.

»Und du? Hast du Kinder?« fragte Assja und blickte ihn aufmerksam an.

Monachow zuckte leicht zusammen und wurde nachdenklich.

»Nein...«, sagte er unbestimmt.

Assja lachte spöttisch.

»Aber verheiratet bist du?«

»Das bin ich«, sagte er, auch wieder voller Nachdenklichkeit. Aus irgendeinem Grund paßte Assjas Verehelichung durchaus in das Konzept, er selber hätte jedoch frei von Ehebanden sein müssen.

»Dann bist du wohl verloren für die Frauen?« sagte Assja. »Eigentlich schade.«

»Verloren? ... Wie man es nimmt«, Monachow richtete sich gerade auf, blähte die Backen und rutschte auf seinem Sitz hin und her. »Das kommt darauf an... Für dich zum Beispiel bin ich nicht verloren«, sagte er und seufzte lautstark.

»Du bist ja rot geworden«, lachte Assja. »Du bist immer noch das gleiche Kind wie früher!«

»Ich bin ein Fohlen, stolz und überheblich...«, begann Monachow zu singen.

Beide lachten und sprachen lebhafter weiter, und wieder hätte Monachow nicht sagen können, wovon sie redeten. »Woran mag es liegen«, dachte er mit flüchtigem Verwundern, »daß ich gerade dann, wenn ich mich, von mir aus betrachtet, erwachsen zu verhalten beginne, von den Frauen gesagt bekomme, ich sei ein Kind?« Und er wendete Assja seine graue Schläfe zu. So lachten sie und plauderten sehr angeregt, fielen einander ins Wort, behielten nichts von dem, was sie sagten. Sie schämten sich nicht mehr vor den anderen Fahrgästen. Ihnen war, als schwämmen sie im Zustand der Schwerelosigkeit über die anderen hinweg.

»Wir müssen aussteigen«, sagte Assja.

»Wir ...«, dachte Monachow.

Sie stiegen auf den Inseln aus ... Zu beiden Seiten der Straße standen nicht eingegitterte, alte, fast kahle Bäume, dahinter blinkte eine gelbe Villa, sie gingen die Straße entlang, die Straße krümmte sich, verband eine Brücke mit einer anderen. Assja fragte:

»Und wie ist deine Frau?«

»Wie soll sie sein?« erwiderte Monachow etwas verdutzt.

»Ist sie schön?«

»Ich nehme es an«, erwiderte er lustlos.

»Ähnelt sie mir?« fragte Assja und schnitt eine Grimasse. Die stand ihr überhaupt nicht.

Monachow wendete sich von der Grimasse ab, überlegte sich, was er antworten sollte, stellte sich vor, wie seine Frau, auf eine knappe Formel gebracht, beschaffen war, und machte plötzlich eine Entdekkung, die ihn verblüffte.

»Du, das ist eigenartig«, sagte er mit vollklingender Stimme. »Sie ist das genaue Gegenteil von dir. Als hätte ich sie danach ausgewählt« – er lachte und senkte die Stimme. – »Stell dir eine Frau vor, die genauso schön ist wie du« – das klang diplomatisch – »jedoch in allem dein genaues Gegenteil. Wuchs, Figur, Stimme, Art ...«

»Das muß ja eine Riesin sein?« sagte Assja, und diesmal gelang ihr der Tonfall aufs beste, Monachow mußte laut lachen, ihm fiel wieder die Assja ein, die er einst so geliebt hatte, auch der waren bisweilen erstaunliche Sätze gelungen. Er spürte plötzlich ihre Nähe und empfand eine fast wehmütige Begierde.

»Auch im Temperament«, fügte er gedämpft hinzu und empfand wieder Verwunderung darüber, daß sie buchstäblich in allem das Gegenteil von Assja war, sogar im Bett. Aber damit hatte es gewiß eine besondere Bewandtnis. »Erstaunlich, mit welcher Notwendigkeit alles zusammenhängt, und eine feste Einheit bildet!« dachte er. »Damit nichts auseinanderfällt!«

»Ihr lebt bestimmt bei deiner Mutter«, fragte Assja, und wieder fiel ihm die Assja von damals ein, diesmal die, die er einst gefürchtet und nicht besonders gemocht, jedoch noch stärker begehrt hatte als die geliebte Assja.

»Das hat nicht aufgehört in dir«, sagte er.

»Nein«, sagte Assja. »Und wie kommt *sie mit ihr* aus?«

Monachow wertete das *sie mit ihr* als Versuch, die eine wie die andere nicht benennen zu müssen, und deutete das als einen Zug von Eifersucht, der ihm wiederum schmeichelte.

»Ausgezeichnet«, sagte er mit Überzeugung, obwohl gar kein Grund dazu vorlag, und blickte Assja prüfend von der Seite an.

Assja nahm es recht teilnahmslos auf und schien an etwas anderes zu denken.

»Dann geht es bei dir also nicht«, sagte sie.

Monachow wäre fast erstickt.

Assja blickte ihn an und lachte.

»Du bist immer noch der gleiche.«

Monachow machte eine vage Bewegung mit den Armen.

Sie erreichten eine Backsteinkirche, Assja blieb stehen.

»Begleite mich bitte nicht weiter.«

»Was ist los?« fragte Monachow gekränkt.

»Nichts. Man erwartet mich dort an der Haltestelle.« Sie betrachtete sein verständnisloses Gesicht und verfiel in ein glückliches Lachen. »Man erwartet mich eben.«

»Dein Mann?«

»Mein Verlobter.«

»Sag mal«, sagte Monachow, »hast du nicht genug? Du willst schon wieder unter die Haube?«

»Was soll man machen...«, seufzte Assja aufrichtig.

»Wieviel Tatkraft in dir steckt!« sagte Monachow bewundernd.

»Manchmal werde ich doch etwas müde...«, sagte sie schlicht.

»Du hast ein Zuhause, du verdienst gut... Du solltest dir ein wenig Ruhe gönnen...«

»Mit dem größten Vergnügen!« erwiderte Assja, lachte müde und blinzelte Monachow zu. Das Zublinzeln mißriet ihr. Monachow wurde verlegen.

»Ist dein Verlobter wenigstens nett?« fragte er.

»Schau ihn dir an«, sagte Assja. »Ich gehe voraus. Du folgst mir wie zufällig. Abends erzählst du mir, wie er dir gefallen hat. Einverstanden?« jetzt sprach sie lebhaft und hartnäckig auf ihn ein.

»Einverstanden«, sagte Monachow. Das *Abends erzählst du mir*... weckte seine Neugier. Er hatte nicht gedacht, daß alles so leicht gehen würde.

Assja ging voraus. Er wartete einen Moment und folgte ihr. Als sie die Haltestelle erreicht hatte, schlich sie sich an einen hochgewachsenen Mann heran, der am Ende der Schlange stand, und umfaßte ihn plötzlich von hinten. Monachow hörte ihr Lachen. Die Art und Weise, wie sie den Unbekannten umarmt hatte, war ihm wohlvertraut, es hatte sich nicht das Mindeste verändert. Die kleinwüchsige Assja stellte sich auf die Zehenspitzen, der hochaufgeschossene Mann beugte sich zu ihr herab und hielt ihr seine Wange hin, sie begannen ein lebhaftes Gespräch und hielten sich dabei an den Händen. Monachow meinte fast das alles selbst zu spüren, so sehr erinnerte es ihn an Selbsterlebtes. »Wer ist er? Wer ist Assja? Wer bin ich?« dachte er, seltsam berührt, und blickte die beiden von der Seite an. In seinem Kopf ertönte ein

Klingen. »Das hätte sie nicht tun sollen ...«, dachte er, und bekam Mitleid mit sich selbst, einstweilen noch ohne zu wissen, weshalb. »Ich hätte es nicht wissen müssen ..., man soll möglichst nichts über andere Leute wissen!« dachte er gereizt und stellte sich plötzlich seine Frau vor, wie sie auf ihn zugeht, nachdem sie hinter der Straßenecke diesen langen Burschen stehengelassen hat. »Pfui Teufel!« murmelte Monachow, doch unterdessen hatte er die beiden erreicht. Er musterte das Gesicht des Unbekannten. Das Gesicht gefiel ihm, er bekam sogleich Mitleid mit dem Mann, wenn auch gemischt mit einem gehörigen Schuß Eitelkeit. Der Lange hob sein bisher Assja zugewendetes Gesicht und blickte in Monachows Augen, aufmerksam und treuherzig. Assja nutzte diesen Moment, um Monachow zuzublinzeln. Dann beugte sich der Mann wieder zu ihr herab, doch Monachow entfernte sich bereits. Er mußte gegen den heftigen Wunsch ankämpfen, sich nach den beiden umzublicken und fühlte, wie sich seine Rückenhaut zu einer fiebernden, rutschenden Falte zusammenzog. Während er sich entfernte, berührte er mit den Fingern einen Zettel in seiner Hosentasche, auf dem die Telefonnummer stand, die er in zwei Stunden wählen sollte. »Die Rollen haben sich vertauscht«, dachte er selbstzufrieden und traurig zugleich. »Nein, das damals war gar keine Rolle! ... Das alles bietet genug Stoff zum Nachdenken ...«

»Erinnerst du dich? Weißt du noch?« – holten ihn jetzt die Fetzen des im Omnibus geführten Gespräches ein. Er erinnerte sich nicht. Genauer: alles woran er sich erinnerte, daran erinnerte *sie* sich nicht. Ziellos wanderte er die Straße entlang, sah und bemerkte nichts, wendete ratlos die Fragmente ihres Gesprächs hin und her. Erschüttert hatte ihn folgendes ... Assja hatte während der ganzen Jahre seine Briefe aufbewahrt und dann und wann darin gelesen. »Du hast traumhafte Briefe geschrieben!...« sagte sie. Monachow bekam einen heißen Kopf, er war peinlich berührt beim Gedanken an die Schlichtheit jener Jugendbriefe. Er entsann sich ihrer nicht – während Assja sie auswendig konnte. »Du spinnst, ich konnte damals keine zwei Worte zusammenhängend schreiben...« – »Du konntest, Aljoscha, du konntest!«

Es war nicht so leicht, hier Klarheit zu schaffen. Wer schämte sich wessen? Schämte sich Monachow des jungen Aljoscha – oder schämte sich Aljoscha des heutigen Monachow?... War ihm Assjas Übermaß an Sentimentalität peinlich (es hatte ihn aufrichtig überrascht) oder die Schwachheit seiner eigenen Gefühle? Damals hatte doch er sie geliebt – nicht sie ihn: und was war jetzt daraus geworden? Damals war er überzeugt, diese Liebe nicht überleben zu können, doch sein Tod war vorübergegangen wie eine Krankheit. Und in *ihrem* Leben war es so wichtig gewesen. Es gab nur das und sonst beinahe nichts. Natürlich war das Ganze übertrieben, aber das mit den Briefen erschien Monachow glaubwürdig. Immerhin hatte sie ihn verraten, und jetzt sollte er sich als der Treulose erweisen. Diese Treue der Verräterin beeindruckte ihn.

»Wie das Leben so spielt! Zehn Jahre lang nicht eine einzige Begegnung! Wie die Menschen verschwinden! Oder sind es die Jahre, die dahingeschwunden sind?« In solche Gedanken versunken, stand Monachow plötzlich vor dem Krankenhaus. Er erkundigte sich nach dem Befinden seiner Frau. Alles war in Ordnung, der Blutdruck war gefallen, man wird sie bald entlassen, damit sie sich daheim auf die Entbindung vorbereitet. Er schrieb seiner Frau einen Brief, aber ihm fiel nichts ein, wovon er hätte schreiben können. Erst als er sich wieder ein Stück vom Krankenhaus entfernt hatte, entsann er sich, daß es die Freude über den beruflichen Erfolg von heute früh war, die er mit seiner Frau hatte teilen wollen.

Seine Mutter backte Kuchen und pendelte vom Zimmer in die Küche und zurück, jedesmal etwas vergessend und sich wieder erinnernd. Es wollte und wollte Monachow nicht gelingen, sich unbeobachtet dem Telefon zu nähern. Zu seiner Verblüffung konstatierte er, daß er nervös war. Er fühlte sich wie damals vor zehn Jahren, vielleicht nicht ganz so aufgeregt, aber ganz ähnlich. Seine Gefühle waren auf einen grasbewachsenen, aber vertrauten Seitenpfad abgebogen. In diesem Sinne war er jetzt zehn Jahre jünger. Schlimmer war, daß ihm das fast sofort bewußt geworden war, ohne daß er Zeit gehabt hätte, es zu fühlen. Als er in seinen Mantel schlüpfte und etwas von Zigaretten nuschelte, die ihm ausgegangen seien, fand er fast Gefallen an der längst vergessenen Erregung beim Hinauslaufen auf die Straße.

Als er dann im Fernsprechhäuschen stand, die Nummer gewählt hatte und auf das Tuten wartete, ergriff ihn schon unverhohlen Erregung. Und wenn sie jetzt nicht da ist, oder wenn die Nummer nicht stimmt? ... Einen Moment lang fiel die Wirklichkeit für ihn aus, er zuckte zusammen, als er eine unerwartete Stimme hörte, und obwohl er bereits begriff, daß es Assja war, fragte er sicherheitshalber nach Agnessa Michajlowna.

»Ich bin es, du Dummer!« sagte Assja. »Komm einfach her.«

Der Kindergarten, den Assja leitete, befand sich in einem Neubauviertel am Stadtrand. Monachow strebte, hochaufgerichtet und immer federnderen Schrittes, seinem Ziel zu, fragte mit selbstbewußter Stimme nach dem Weg. Aber irgendwann wurde ihm das bewußt, und er kam sich dumm vor. »Muß denn der Sieger unbedingt dumm sein?« fragte er und empfand gleichzeitig Freude über seine Verdummung und spendete sich sogar Lob: »Um wieviel vollwertiger ich mich gleich fühle« – sagte er mit halbem Spott.

Das gelbliche Haus stand im Park, durch einen niedrigen Zaun von ihm getrennt. Der Park war leer. Monachow überquerte den festgestampften Spielplatz vor dem Haus, ging um die Rutschbahn, die runde Sitzbank mit dem pilzförmigen Dach, den Spielzeugschwan herum. Das alles tat er mit der Entschiedenheit eines Mannes, der sich, ohne rechts und links zu blicken, seinen Weg durch die Menge bahnt, während die Passanten stehenbleiben und sich bewundernd nach ihm umblicken. Er fühlte sich übermannshoch, über seine gewöhnliche Körpergröße hinausgewachsen. Und sein Wachsen hielt, während er auf die Haustür zu ging, weiter an, Diele und Treppenhaus waren bereits zu klein für ihn – was in einem Kindergarten nicht weiter verwunderte –, auf Monachows Gesicht stellte sich ein gütiges Lächeln ein, so stieg er die Treppe hinauf und betätschelte im Vorbeigehen den Kopf eines ihm entgegentollenden Lausbuben. Aber das alles gab es nur in seinen Gedanken, denn es war still und menschenleer im Haus. Der einzige Lärm wurde durch Monachows Blut erzeugt. Als er die Tür mit der Tafel *Direktor* öffnete, war er bereits so riesengroß, daß er den Kopf einzog, um nicht gegen den Türrahmen zu stoßen.

Assja empfing ihn mit geschäftiger Miene, blickte ihn kaum an. Monachow nahm sofort wieder seinen natürlichen Wuchs an, was etwas abrupt geschah, er fühlte sich zu Boden gedrückt. Der niedrige Sessel unter ihm gab unerwartet stark nach, Assja thronte am Tisch über ihm, seine Verjüngung war total vorbei. Sie schrieb, sehr konzentriert, etwas aus dem Unreinen ins Reine. Es gelang Monachow, die Überschrift zu lesen. Sie lautete: *Lehrplan.* Assja legte ein Lineal unter dieses Wort und unterstrich es mit einem Rotstift. Monachow wollte etwas Launiges über Lehrpläne in Kindergärten sagen, tat es aber nicht. Er fuhr fort, stumm dazusitzen. Der Sessel war unbequem.

Das Telefon läutete. »Ach, du bist es, Schätzchen!« turtelte Assja in den Hörer. Monachow warf den Kopf zurück, preßte sich in den Sessel, blickte Assja wie aus der Ferne an. Assja vereinbarte, daß sie zur Anprobe kommen würde: »Aber mach keinem außer mir das Angebot. Wir schauen nachher bei dir vorbei.« Sie ließ ihr helles Lachen ertönen, das gleichsam nicht zu ihr gehörte: »Nein, nein, den kennst du nicht!« – sie blinzelte Monachow zu.

Dann hängte sie ein, kam hinter dem Tisch hervor, auf Monachow zu und setzte sich ihm auf den Schoß. Küßte ihn. Lachte. Monachow machte den Versuch, sie zu küssen, doch sie entwand sich ihm.

»Es ist gleich soweit, Aljoscha. Nur noch ein Anruf«, sagte sie geschäftig.

Es handelte sich um ein dienstliches Gespräch. Monachow hörte ihr zu und war ein wenig verwundert. »Das ist empörend!« sprach sie in den Hörer, »die Kinder müssen frieren!« – sie begann, ihren Kittel aufzuknöpfen, darunter hatte sie ein Hemd an. Das kam für Monachow unerwartet. Assja fing seinen Blick auf, betrachtete ihren Busen und schaute Monachow plötzlich so offenherzig und schlicht an, daß es ihm den Atem verschlug. »Das geht mich nichts an!« rief sie unterdessen in den Hörer. »Sie wollen sich wohl Schwierigkeiten machen? Bis morgen muß alles geregelt sein!« – sie warf den Hörer auf die Gabel.

Der Ton, in dem sie ins Telefon geredet hatte, und auch der an ihn adressierte Blick schmeichelten Monachow, obwohl er nicht hätte sagen können, warum.

Assja ging auf ein Schränkchen zu, streifte im Gehen den Kittel ab, zog ein Jäckchen an, sagte: »Mach das zu«, hielt ihm den Rücken hin. Monachow zog behutsam den Reißverschluß hoch. Eine Kindergärtnerin kam rein, ging wieder raus. Monachow saß weiter in seinem Sessel, doch in diesem Zimmer schien sich etwas Geheimes vollzogen zu haben: seine Haltung blieb zwar die gleiche, doch zuvor war sie unbequem, während sie jetzt lässig war. Die Kindergärtnerin, ein strohblondes Mädchen, sagte rasch etwas zu Assja und warf Monachow einen aus Neugier und Verlegenheit gemischten Blick zu. Auch das schmeichelte ihm. Er merkte, daß ihn Assja mit kluger Miene anschaute, das machte ihn verlegen, und er wendete sich ab. Die Kindergärtnerin verlor den Faden und verstummte. »Schon gut, Nastja, du kannst jetzt gehen«, sagte Assja.

Als sie in den Park hinaustraten, sahen sie zwei einfach gekleidete Männer, die sich auf einer Parkbank niedergelassen hatten. Neben ihnen auf der Bank stand allerhand Eß- und Trinkbares, die beiden Männer begannen mit ihrem Mahl. Dieses friedliche Bild rührte Monachow und er sagte zu Assja:

»Vielleicht sollten auch wir einen zwitschern?«

»Ich darf nicht«, sagte Assja.

Die Woge des Begehrens ebbte in Monachow ab, bereits nicht zum erstenmal. Es war wie das Vorgefühl einer Niederlage.

In der Folge begriff Monachow nicht immer was vorging. Er drängelte sich, hinter Assja her, durch die Käufermenge in den Geschäften, stieß, Assjas Tasche in der Hand, gegen fremde Beine. Im Geschäft war ihm Assja ganz ferngerückt, ihm fiel ein zehn Jahre zurückliegendes Gefühl wieder ein, aus jener Zeit, als er, so wie jetzt, Assja beim Einkaufen begleitet hatte. Und obwohl er heute keine Qualen litt und den Status der Unabhängigkeit besaß, hatte es auch jetzt etwas Ungemütliches zu sehen, daß ihn Assja in solchen Momenten weder wahrnahm noch vermißte. Auf ihrem Gesicht war ein Ausdruck, den sie nicht unter Kontrolle hatte, es war jener Gesichtsausdruck, der das prüfende Abtasten käuflicher Gegenstände begleitet. Sie ging völlig in dieser Tätigkeit auf, war ihm ganz fremd, ganz anders als sonst. Nicht nur dem verliebten Monachow von einst, sondern auch dem heutigen gereiften Mann wurde unwohl zumute. Als würde dies Gesicht sie verraten, als risse es ihr die Perücke vom Kopf, als sei dieses Gesicht ihr wahres. Und wenn sie, von der Verkaufstheke zurücktretend, sich Monachow zuwendete, für eine Sekunde ihr früheres Gesicht anprobierte, ihr Lächeln aufsetzte, in Eile und mit Nachlässigkeit, so daß ihre zwei Gesichter einen Moment lang nicht übereinstimmten, und die Braue des einen Gesichts dem Auge des anderen angepaßt war, und die Lippen nur der einen, aber nicht der anderen Wange, da war Monachow, als hielte sie in jeder Hand eine Maske und sei unschlüssig, welche sie sich vorhalten sollte. Doch Assja strebte schon der nächsten Verkaufsabteilung zu, der, wo es Schuhe gab.

Sie kauften Schuhe, die Assja gleich anzog.

Sie war glücklich, schmiegte sich an ihn, blickte ihm ins Gesicht, lachte. Ihn durchströmte ein Gefühl der Wärme, er spürte eine angenehme Verlegenheit, ihm war, als hätte er ihr die Schuhe gekauft.

Zusammen mit Assja ging er zu einer Bekannten von ihr. Es war eine dürre dunkelgesichtige Frau mit ungekämmten grauen Haaren, die einen unsauberen Hausrock mit Chrysanthemenmuster trug. Sie streckte ihre sich wie gegerbt anfühlende Hand aus und stellte sich mit »Tossja« vor. Assja begann zu reden. Monachow hörte erst nicht richtig zu und später war er es müde, zu versuchen, das alles zu begreifen. Die Frau rauchte nervös, doch das tat sie offenbar immer. Nicht sie regte sich auf – sondern Assja. Die Frauen begannen zu flüstern und verschwanden im Nebenzimmer. Monachow blätterte in der Zeitschrift *Die Bulgarische Frau.* Assjas Stimme hinter der Wand wurde wieder laut und erregt, doch die Worte waren nicht zu verstehen. Monachow klappte die Zeitschrift zu. Auf dem Titelblatt war eine verdiente Tabakpflückerin, das veranlaßte ihn, sich eine Zigarette anzuzünden.

Assja kam aus dem anderen Zimmer, sichtlich erzürnt.

»Gehen wir«, sagte sie rasch zu Monachow.

»Gib mir Feuer«, sagte sie, als sie den untersten Treppenabsatz erreicht hatte. Sie machte gierig einen Zug.

»Was ist geschehen?« fragte Monachow mit matter Stimme und ertappte sich dabei, daß es ihm völlig egal war, was Assja dort im anderen Zimmer widerfahren war. Es war ihm nicht nur egal, er wollte es auch gar nicht wissen.

Assja blickte ihn aufmerksam an und schüttelte das eben Erlebte mit einem Lächeln gleichsam von sich ab.

»Nichts ist geschehen. Gehen wir«, sagte sie. »Gehen wir zu der Freundin, mit der ich, du erinnerst dich, vorhin am Telefon gesprochen habe.«

Inzwischen waren sie verstummt. Monachow spürte Stumpfheit und Ergebenheit. Es war ihm gleich, wohin sie fuhren, und er achtete auch nicht auf den Weg. In ihm war die matte Erwartung von Unbekanntem. Einfach so konnte das alles heute nicht mehr enden. In irgendeinem Moment hatte Assja die Initiative ergriffen, und er war in die Parasitenrolle geschlüpft und überließ ihr nun alle Sorgen, nur ganz flüchtig kam ihm der Gedanke, daß damals alles genau umgekehrt gewesen war. »Wenn es so ist, daß von mehreren einer das dicke Ende einer Stange packen muß, dann bekommt der sie, der als erster danach greift«, dachte er nicht gerade scharfsinnig. Das Denken war ihm plötzlich schwer geworden.

Auf der Treppe blieb Assja stehen. Rasch und fast geschäftig schmatzte sie ihm einen Kuß auf die Wange.

»Warte hier«, sagte sie. »Ich will erst mit ihr reden, dann rufe ich dich.«

Monachow begann, über ihre Worte nachzusinnen. Assja verschwand.

Er setzte sich auf den Heizkörper. Der war kalt. »Die heizen also noch nicht«, dachte er langsam, »der Winter ist noch nicht gekommen ...« Ihn fröstelte, und er meinte plötzlich, schon lange hier auf der Treppe zu warten. Viele Jahre. Die Leute stiegen die Treppe hinauf, musterten ihn flüchtig und verschwanden in ihren Wohnhöhlen. Monachow vermochten diese Blicke weder zu erregen noch verlegen zu machen. Es war ihm auch gleich, daß sie denken könnten, er würde hier wie ein Junge auf jemanden warten. »Das ist es ja, daß ich kein kleiner Junge mehr bin ...«, räsonnierte er nicht ohne Wehmut. Einst hatte er gemeint, alle Menschen wüßten alles über ihn und hätten nichts Wichtigeres zu tun, als ihm in die Seele zu kriechen. Jetzt berührten ihn diese Blicke nicht mehr. Es waren nicht mehr die gleichen Blicke wie damals. Oder hatte er sich einfach an menschliche Blicke gewöhnt? Inzwischen wußte er, wie gleichgültig es den meisten war, ob es ihn gab oder nicht gab, und er sah in den Blicken der Leute vor allem das Desinteresse an seiner Person. »Was ist an mir auch groß interessant ...«, dachte er.

Er zündete sich eine Zigarette an. Sofort begann ihm sein Kopf zu schwirren. Es war genau die gleiche Empfindung wie damals, als er mit dem Rauchen angefangen hatte. Eine Sekunde lang fühlte sich Monachow sehr jung. »Das kommt vom Hunger, ich habe seit heute früh nichts gegessen«, dachte er gelangweilt. »So ist es, alles wiederholt sich ...«, fuhr er wehmütig fort. »Die Situationen gleichen sich wie ein Ei dem anderen. Als hätte man sie mechanisch reproduziert. Nur daß der Druck blasser ausfällt. Man konnte es auch mit einer Schallplatte vergleichen, die sich immer weiterdreht. Immer die gleiche Melodie, nur wird der Ton mit jeder Umdrehung etwas schlechter. Das Knistern wird stärker ... Alles ist so, wie es war, nur wir sind nicht mehr die, die wir waren ...«

Er blickte die Tür an, hinter der Assja verschwunden war. Wann würde sie ihn endlich rufen? Er wollte nichts anderes mehr als etwas Wärme und einen heißen Tee ... »Ja, hat es mich denn überhaupt nach etwas anderem gelüstet? ...«, dachte er jäh. »Soll ich jetzt gehen?« Aber er wartete weiter.

Und er dachte daran, daß es immer das gleiche war ... Sie nötigt ihn zum Warten, trifft komplizierte Verabredungen, schleift ihn hinter sich her, einen verschlungenen Weg entlang, nach einem verworrenen Zeitplan, alles war wie damals, und doch war es völlig anders. Denn er litt nicht mehr wie seinerzeit. »Ich konzediere Assja eine eigene von mir abgetrennte Existenz«, dachte Monachow. »Ich unterstelle ein in sich geschlossenes, selbständiges Leben, und bin mit diesem Leben einverstanden. Schlichter gesagt: ich bin teilnahmslos.«

Monachow begann einzuschlummern. Ihm war, als sei er im Krankenhaus. Er schüttelte heftig den Kopf und sah Assja vor sich. Sie lachte kurz und abgerissen.

»Gehen wir«, sagte sie mit Entschiedenheit.

Monachow erhob sich auf seine fühllos und fremd gewordenen Beine. Assja hängte sich bei ihm ein und zog ihn, statt treppauf treppab. Monachow blickte die Wohnungstür von Assjas Freundin fragend an.

»Bei ihr geht es heute nicht«, sagte Assja.

Dann fiel die Zeit wieder für eine Weile aus.

Monachow hörte einen sich lang hinziehenden, schon nicht mehr menschlichen, ihn jedoch nicht erschreckenden Schrei. Der Schrei kam von weither und hörte sich doch ganz nah an. Monachow war über den Schrei nicht verwundert. Erst auf der Höhe der Bonbonfabrik kam er wieder zu sich. Dieser widerlich süßliche Geruch, der in der Luft lag, machte auf sie aufmerksam. Dieser Geruch hatte ihn wieder zu sich kommen lassen. Die Straße war menschenleer, die Laternen brannten matt und fremd, und es war bereits Nacht. Sie gingen die Straße entlang, seine Sohlen brannten. Als Monachow sich vergegenwärtigt hatte, daß sie in einem Stadtrandbezirk waren, begriff er auch, daß sie durch die ganze Stadt marschiert waren. Jede Minute blieben sie stehen und tauschten wilde Küsse. Monachow schlang seinen Arm um Assjas Hals, der Arm wurde taub, Monachow fühlte ihn nicht mehr. Es war nicht bequem, in dieser Weise zu gehen, aber es war ihm nicht möglich, seinen Arm einfach aus dieser sonderbaren Stellung zu entfernen. Er begriff nichts. Eine Hausmeisterin steckte ihren Kopf aus einem Torbogen. Assja sprang zurück und begann, wie ein kleines Mädchen zu kichern. Monachow schwenkte seinen freien Arm in der Luft herum und stimmte ein idiotisches Lachen an. Sie liefen davon.

»Gehen wir doch da entlang«, sagte Assja.

Im Park brannten in der Zentralallee noch die Laternen, dort waren noch viele Leute unterwegs. Monachow begriff, daß es so spät auch wieder nicht war. Erst jetzt fiel ihm ein, auf die Uhr zu schauen; es war nicht mal elf. Er hielt sich die Uhr ans Ohr, sie stand nicht. In der Allee gab es noch andere Pärchen, sie kamen aus den dunklen Seitenalleen, blickten mürrisch ins Licht und verschwanden wieder. Die übrigen Leute, die besorgt und eilig aussahen, strebten alle in die gleiche Richtung, zum Vorortzug. Der kürzeste Weg führte durch den Park. Ein Bursche, der nur aus dunklen Schatten zu bestehen schien, bat Monachow um Feuer, dem fiel auf, jetzt, daß er schon lange nicht mehr geraucht hatte, und zündete sich, mit einem selbstzufriedenen Seitenblick auf seine Dame, auch eine Zigarette an. Heute nahm er alles nur mit Hilfe der anderen auf: die Zeit, den Ort, die eigenen Wünsche.

Es ging hügelab, ihn wehte Kälte an, er spürte die

Kühle der Luft im Park, sog die Luft tief in sich ein und wurde von Gefühlen überwältigt.

»Als hätte sich nichts verändert... Seit zehn Jahren bin ich nicht mehr so viel gewandert. Als sei die Zeit stehengeblieben...«

»Und wieder gibt es keinen Ort, wo wir es tun können«, sagte Assja.

Im Überschwang der Gefühle versuchte Monachow, Assja an sich zu ziehen, doch sie entwand sich.

»Wir setzen uns auf eine Bank und rauchen eine Zigarette«, sagte sie.

Hier am Teich war es ganz still. Monachow saß eine Weile stumm da, hölzern geworden durch den jähen Stillstand. Die Stille und die Dunkelheit um sie herum füllten sich langsam mit einem Knistern und Plätschern. Irgend etwas schien sich im Gebüsch zu bewegen, etwas Großes und Ungelenkes. Es schien hinter den Sträuchern einherzuhüpfen wie auf der Suche nach einem bequemen Plätzchen. Einherzuhüpfen und emporzuflattern. Monachow hätte am ehesten auf eine Luftmatratze getippt.

»Ich habe dir nichts davon erzählt«, sagte Assja, »hier treiben sich Rowdys und Strolche herum... Abends ist es hier gefährlich... Kürzlich wurde eine Elfjährige im Park vergewaltigt und anschließend erstochen...« – Assja lachte kurz auf, und Monachow glaubte zu bemerken, daß sie ein kleines Stück von ihm weggerückt war. Er ließ sich ungeschickt und schwer auf Assja fallen.

»Nicht«, sagte sie, schlüpfte aus seinen Armen und stand auf. Sie stand jetzt über ihm, Monachow blieb einstweilen liegen, stützte sich auf den Ellbogen. Er schaute zu, wie sie ihren Rock glattstrich. Assjas Knie, das dicht vor seinen Augen war, kam ihm wie ein Tiermaul vor. Er sah auf zu dem vagen Fleck dort oben, zu Assjas Gesicht und war über die Ähnlichkeit verblüfft.

»Komm, steh auf«, sagte Assja.

Monachow stand auf. Assja ging voraus, er folgte ihr und bewegte sich linkisch.

»Das ist der kürzeste Weg«, sagte Assja.

Monachow stellte sich nicht mehr die Frage, wohin dieser kürzeste Weg wohl hinführte.

»Wir sind da«, sagte Assja.

Monachow stand vor einem zweistöckigen Haus. Seine Fenster waren unbeleuchtet. Der Park ringsum war dunkel, vor dem Haus brannte auf einsamem Laternenpfahl eine helle Laterne. Das Licht der Laterne bildete einen breiten Kegel und beleuchtete die Rutschbahn, den hölzernen Schwan, der jetzt schwarz war, und das Erdgeschoß bis zur halben Fensterhöhe.

»Von wo wir aufbrachen, dorthin sind wir zurückgekehrt«, sagte Monachow in einem ihm selbst unbegreiflichen Tonfall.

»Warte hier«, sagte Assja. Sie hob das Bein und zog den Schuh aus, machte eine Bewegung, als wolle sie einen Kieselstein herausschütten, und reichte den Schuh dann Monachow. Er nahm ihn mechanisch. Sie stand auf einem Bein, er begriff nichts. Da reichte sie ihm den zweiten Schuh. Monachow stand da, hielt die Schuhe vor sich in die Luft, in jeder Hand einen. Vor ihm stand eine kleiner gewordene Assja, die hilflos und vertraut wirkte. Das war jetzt die frühere Assja, jene Assja, die er einst gekannt hatte. Natürlich, es gab damals keine hohen Absätze, dachte Monachow ...

»Geh jetzt nicht mit«, sagte Assja.

Er sah, wie sie den beleuchteten Fleck durchmaß und sich dem Haus näherte. Obwohl Monachow nicht fror und sich nicht fürchtete, begann er plötzlich heftig zu zittern. Der Jahreszeit nach durfte es keine weißen Nächte geben, es hatte stockdunkel zu sein, doch vor Monachows Augen schimmerte ein fahles Licht, es drehte sich mit ihm, und jenseits dieses Lichts nahm er nichts wahr. Es war, als leuchtete er selber.

Der Lauf der Zeit hatte sich verlangsamt, die Zeit war im Grunde zum Stillstand gekommen. Das empfand er jetzt, oder war es das Ergebnis einer späteren Erinnerung? Er hätte nicht sagen können, daß es wirklich so war, wie er es sah ... Vielleicht ging sie auch gar nicht in Strümpfen ohne Schuhe durch den Sand, vielleicht begleitete er sie bis zur Haustür, und sie gab ihm erst dort ihre Schuhe, woraufhin er sich dann auf die runde Sitzbank unter dem Pilzdach zurückzog ... Doch in seiner Erinnerung ging sie lange und barfuß auf das Haus zu, und Monachow preßte noch geraume Zeit später, beim Gedanken daran, seine Zehen in den Schuhen zusammen. Er erinnerte sich, daß sie sich ohne Schuhe stark verändert hatte. Aber erinnerte er sich wirklich, hatte er es gesehen? ... Sie stelzte linkisch einher und streifte mit dem Rock den Schnabel des Holzschwans. Dann hielt sie das Ohr an die Tür. Zerrte an der Klinke, probierte einen Schlüssel aus. Der Schlüssel paßte nicht ins Schlüsselloch. Was jetzt kam, war nun ganz sonderbar. Assja – gesetzt wieder den Fall, daß er richtig gesehen hatte – hatte sich in gebückter Haltung, um unterhalb der Fensterbretthöhe zu bleiben, bis zur Feuerleiter geschlichen, hatte mit der Hand den Schmutz von der Sohle entfernt und den Fuß auf die unterste Eisensprosse gestellt, hatte dann die zweite Sohle gesäubert und war langsam die Feuerleiter hinaufgeklettert. Monachow meinte die Kühle des Eisens so heftig zu spüren, daß er ihr sogar mit einer dümmlich spontanen Geste ihre Schuhe hinhielt ... Assja hatte die Lichtzone hinter sich gebracht und war in die Dunkelheit eingetaucht. Monachow nahm den sich langsam aufwärts bewegenden unförmigen Fleck nur mit Mühe wahr. Nahm er ihn überhaupt wahr? Vielleicht war sie gar nicht die Feuerleiter hinaufgestiegen, sondern hatte nur an der Leiter gerüttelt und hatte von dem wahnwitzigen Unterfangen sogleich wieder Abstand genommen. Monachow kam es übertrieben vor, daß sie wirklich die Leiter hinauf geklettert sein sollte. Aber als Möglichkeit ließ er es zu. Ob es wirklich gewesen war, ob es sein könnte, ob es nicht war, diese Varianten hielten sich die Waage. Ein starkes Gefühl hatte Monachow ergriffen. »Sie ist hier immerhin die Chefin«, dachte er verblüfft. »Das alles kommt doch nicht von ungefähr... Es ist kein Zufall, daß ich damals was mit ihr hatte... Gerade diese Tatkraft habe ich an ihr geliebt...« Das alles ging ihm durch den Kopf, während er mit den Augen den dunklen Fleck verfolgte, darin Assja erriet und ab und zu vor Aufregung schluckte. Während er also einen schlecht artikulierten Jubel in sich aufsteigen fühlte, wähnte er sie schon auf einem Fensterbrett des Obergeschosses. Sie zerrte am Fensterrahmen, der gab aber nicht nach. Monachow hielt den Atem an, eine jungenhafte Erregung und eine – nennen wir es *fröhliche Furcht* ergriffen von ihm Besitz. Oder war es doch nichts weiter als Erregung? ... Das Klirren des zerspringenden Fensterglases aber war unstreitig real. Er vernahm es deutlich und unverkennbar.

Assja stieß einen Fluch aus. Unten leuchteten auf einen Schlag drei Fenster auf. Monachow fühlte sich nicht tot und nicht lebendig. Als er es nach einer Weile wagte, seinen Blick wieder dorthin zu richten, wo jetzt Assja hängen mußte, konnte er sie nicht mehr sehen. Im bisher stillen Haus hörte er Stimmen, man wollte sich wohl durch Lautstärke Mut machen. Auch im Obergeschoß ging Licht an. Dann wurden die Stimmen dumpfer, und das obere Licht verlosch.

Monachow stand hinter einem Strauch und verfolgte die Vorgänge im Haus. Assjas Schuhe hielt er weiter vor sich in der Luft. Doch in der wiederangebrochenen Stille hörte er nur das Rascheln der Kiefer in seinem Rücken. Er wurde schlaff, ihn fröstelte. Ihm fiel wieder ein, daß er den ganzen Tag nichts gegessen hatte.

Er meinte zu bemerken, daß es dämmerte, begriff, daß Zeit vergangen war, wußte aber nicht, wieviel. Jedenfalls stand er schon eine Ewigkeit mit Assjas Schuhen in der Hand hinter diesem Strauch. Das Haus war wieder blind und stumm.

Kühn machte er einen Schritt aus dem Gebüsch heraus. Stand eine Weile da, sah sich um. Durchmaß mit Tippelschritten, die Hand mit den Schuhen vorgestreckt, den Platz vor dem Haus. Stellte sich unter den *Pilz,* starrte die dunklen Fenster an. Er stand länger so da, bevor er sich – gedrängt von dem Gefühl kindlicher Freude – dazu entschloß, bis zur Haustür zu rennen. Er hielt das Ohr an die Tür, vernahm aber nichts. Nichts außer einem leisen Ticken. Das Hausinnere war sicher schwarz und zäh wie Pech, das tikkende Etwas konnte eine Höllenmaschine sein. Jetzt hörte er ein lautes Knarzen, Monachows Herz hüpfte in den Hals und blieb dort stecken, ohne weiterzupochen. Er sprang von der Tür zurück und preßte sich gegen die Hauswand. Doch es war nichts gewesen – wieder war ringsum nichts als Stille. Bereits nicht mehr begreifend, was er tat, schlich er sich, wie vorhin Assja, an die Feuerleiter heran und hatte schon den Fuß auf die unterste Sprosse gesetzt ... »Aljosch-scha«, hörte er ein zischendes Flüstern. Er fühlte sich ertappt, zuckte zusammen. Sah auf der Schwelle der offenen Tür Assja. Sie winkte ihn herbei. Linkisch, fast schuldbewußt und mit gesenktem Blick kehrte er zu der Tür zurück. Assja packte seine Hand so heftig, daß es fast schmerzte, zog ihn ins Haus, in die Dunkelheit. Dort hielt er ihr die Schuhe hin, während sie ihn ungeduldig weiterschubste. Er ließ einen Schuh fallen, das Haus füllte sich mit einem entsetzlichen Dröhnen. Assja zischte ihn an: »Stolper nicht, hier ist eine Stufe«, sagte sie. Woraufhin er prompt stolperte. »Agnessa Michajlowna, sind das Sie?« hörte er eine entfernte Stimme. »Ich bin es!« erwiderte Assja gereizt. Sie drängte ihn den Gang entlang, dann ein paar Stufen treppauf, zerrte ihn hinter sich her, hielt seine Hand wie mit Eisenfingern umklammert. Dann stieß sie ihn in einen Raum hinein. »Bleib hier, sei leise und warte auf mich«, sagte sie und machte die Tür hinter ihm zu. Im Korridor wurde das Licht eingeschaltet, es drang durch den Türspalt ins Zimmer. Jemand redete Assja an, sie antwortete mit klangvoller Stimme, dann sprachen beide Stimmen lebhaft aufeinander ein und entfernten sich rasch.

Monachow blickte um sich. Er befand sich in einem großen Zimmer mit vielen Fenstern. Die Fenster gingen nach zwei Seiten hinaus, schwaches Licht drang ins Zimmer. Die schiefen gespenstischen Schatten der Fensterkreuze lagen auf dem Fußboden. In einer Ecke zeichneten sich dunkel einige große Topfblumen ab. An den Wänden standen Reihen kleiner Stühle. In der Zimmermitte war ein Schiff mit kleinen Fähnchen, das Zimmer wirkte leer und aufgeräumt. Monachow begriff, daß es das Spielzimmer war.

Peinlich bemüht, keinen Lärm zu machen, nicht mit den Fußbodenbrettern zu knarzen, machte Monachow drei schwere Schritte und ließ sich auf eines der Stühlchen an der Wand nieder. Er blickte auf den Lichtspalt unter der Tür und horchte. Erst als er saß, spürte er, wie müde er war. Eine Zeitlang schaute er stumpf die fahl schimmernden Fenster an und dachte an nichts. Seine Augen hatten sich an die Dunkelheit gewöhnt. Er nahm sogar das Porträt eines lockenköpfigen Knaben an der Wand wahr. Da ging die Tür auf, Licht fiel würfelförmig ins Zimmer, Monachow sah sich angeleuchtet. Assja glitt ins Zimmer. Sie hatte schon das Hauskleid angezogen. »Du lebst?« sagte sie und lachte. Ihr Gesicht wirkte wild und sehr schön. »Ich lebe«, sagte er. Assja umarmte ihn heftig, preßte wie eine sehr junge Frau ungelenk den Kopf gegen seine Brust und erstarrte sekundenlang in dieser unbequemen Pose. Monachow fühlte sich am Hals behindert, das Atmen machte ihm Mühe ... Sein Körper wurde taub in Assjas Armen, er spürte nichts mehr. Assja ließ ihn plötzlich frei und hockte sich vor ihn hin. »Was ist denn?« sagte sie, und drehte und wendete seinen Kopf in ihren Händen. »Was hast du?« Monachow schwieg. »Gut«, sagte sie, »bleib noch ein Weilchen hier sitzen. Ich bin gleich wieder da.« Sie stand ruckartig auf. »Hier hast du was«, sagte sie, steckte ihm etwas zu und ging hinaus. Monachow hielt zwei kleine Äpfel mit dunklen Pünktchen in der Hand. Er drehte sie verlegen in den Händen. »Eva ...«, sagte er, »Adam und Eva ...« Er biß in einen der Äpfel, das Knirschen hörte sich so laut an, als würde das ganze Haus davon widerhallen. Irgendwo unter und über ihm und in den angrenzenden Räumen schliefen die Kinder. Monachow spürte diese Kinder in seinem Rücken, unbekannte Wesen, ohne Leben. »Diese Äpfel haben sie heute als Nachtisch bekommen ...«, begriff er. Er begriff auch, daß er nichts wollte und nichts erwartete, es widerte ihn an, er selbst zu sein. Assja verstand er, sie war schön und ruhte in sich, doch er selbst weckte in sich starkes Mißfallen. Jetzt hätte ihn ein Sturmwind der Gefühle und Begierden durchtosen müssen, warum sonst wäre er wohl mitten in der Nacht im Spielzimmer dieses schlafenden Kindergartens? Was hätte ihn sonst herführen können, einen erwachsenen soliden Mann mit Familie und guter Position? Er dachte an das Ganze als an ein alptraumhaftes Spiel, einen höllischen Betrug, eine Mogelei mit Wünschen, Emotionen und Gedanken. Dort, wo uns (er dachte sich im Plural) bewußt wird, daß wir etwas wünschen und begehren, begehren wir gar nicht mehr. Das tun wir nur, solange wir nicht begriffen haben, was mit uns vorgeht. Daß das Begehren kein Begehren ist, von dem man berichten könnte, das man erläutern könnte – sondern etwas ganz anderes. Etwas, das sich auf halbem Weg verliert, fast schon beim allerersten Schritt, und selbst die Unbesonnenheit ist kein Beweis für die Größe des Begehrens, sondern Zeugnis unserer Unfähigkeit zu begehren. Sie gibt uns nur den Anschein der Entschlossenheit und ist in Wirklichkeit die völlige Ratlosigkeit vor den vagen eigenen Empfindungen. Aber das alles war so unwichtig ... Die Richtigkeit dieser Verallgemeinerungen erschreckte Monachow.

Als in der Kindheit die Gefühle real waren, da waren die Menschen irreal. Sie waren Träger und Objekte, sie waren Bilder. Als die Erfahrung den Menschen in unseren Augen Wirklichkeit verlieh, als sie plötzlich vor uns standen, leibhaftig und keinem Gesetz untertan – da wurden unsere Gefühle irreal. Jetzt wurde das Gefühl zum Bild, zum Abbild des Gefühls. Es gibt kein Gefühl, es gibt nur sein Bild. Nicht die Liebe – sondern das Bild der Liebe, nicht der Verrat – sondern das Bild des Verrats. Entsprechend das Bild der Freundschaft, der Arbeit, der Tat usw. Und der Mann mit Erfahrung kannte sich noch weniger in dieser Welt aus als einst das Kind, er verstrickte sich darin, verwirrte sich. Die Möglichkeit der Wahl stellte sich ein, dort wo ihm das Gefühl einst keine Wahl gelassen hatte: er liebt – er liebt nicht, er tut etwas – er tut es nicht, er vollzieht eine Handlung – er unterläßt sie ... Die Erfahrung lehrte, daß beide Varianten gleichbedeutend waren, es blieb sich gleich, was man wählte ...

Erschüttert ließ er seinen Blick über die vagen Dimensionen dieses Zimmers schweifen, und das Zimmer schien ihm zu seiner Unglaubwürdigkeit zu passen. »Nurmehr das Unglaubwürdige darf mir widerfahren ...«, lachte Monachow bitter. Großer Gott, wie qualvoll ist die Erfahrung! Nicht wie man sie erwirbt, nein: die Erfahrung als solche. Auf welchen unsauberen Wegen muß man sie erringen.

So oder sehr ähnlich dachte er und knirschte dabei laut mit seinem Apfel, es donnerte in seinem Kopf wie Steinschlag, erst nach und nach begriff er, daß dies kein Donnern war, das alle Welt aus dem Schlaf schreckt, das die Menschen aus ihren Betten aufspringen und mit Schreckensrufen auf den Lippen davoneilen läßt, sondern nur sein inwendiges Miniatur-Donnern in der tauben Stille der Nacht. Ihm fielen zwei Gedichtzeilen ein: *In der Stille des Zerfalls*... Sie wiederholten sich immer wieder. Woher mochten sie kommen, wer hatte sie verfaßt? ... Sie hatten ihm einmal sehr gefallen – daran erinnerte er sich jetzt –, hatten ihn bewegt und erregt. Obwohl er diese Verse damals nicht verstanden hatte. Wahrscheinlich hatten sie ihm gerade deswegen gefallen...

In der Stille des Zerfalls
sitzen wir auf kleinen Stühlen...

– mehr wollte ihm nicht einfallen. Doch der kalte Jubel des Begreifens, des völligen Begreifens dieser uneingängigen Zeilen durchzuckte ihn. So weit hergeholt, fremd und sonderbar ein dichterisches Bild auch sein mag: es ist zunächst konkret. Nicht nur präzis, sondern mehr gegenständlich. Jetzt sitzt er hier auf einem kleinen Stuhl, und in der Stille... wie verblüffend, in der Tat! »Das handelt von mir und trifft haargenau zu...«, dachte Monachow exaltiert, und Tränen traten in seine Augen. Damals konnte er diese Verse auswendig, kannte aber ihren Sinn nicht, jetzt kennt er den Sinn und hat den Wortlaut vergessen... Tränen füllten für einen Moment seine Augen, versiegten aber gleich wieder, obwohl Monachow jetzt für sein Leben gern hemmungslos geweint hätte. Doch es ging einfach nicht... Er hatte das Weinen verlernt... Die beiden letzten großen Tränen der Seligkeit hielt er möglichst lange zwischen seinen Wimpern.

Über ihm begann ein Kind zu weinen. Monachow blickte zur Zimmerdecke, die beiden Tränen rollten die Wangen hinab. Wieder ertönten Stimmen im Haus, sie klangen erregt, wurden lauter, kamen näher. Die eine Stimme gehörte Assja, sie redete beschwichtigend auf die andere Stimme ein, die unangenehm und mißtrauisch klang. Monachow erschrak jetzt nicht mehr, sein Herz erstarrte nicht und schlug nicht, es blieb temperiert, und selbst wenn man ihn jetzt arretiert, in Ketten gelegt und abgeführt hätte, hätte er wahrscheinlich keinen Einspruch erhoben.

Aber Assjas Stimme gewann die Oberhand, beide Stimmen entfernten sich, und in Monachow hatte sich etwas aufgelöst wie das sprichwörtliche Wölkchen am Sommerhimmel. Er blickte hinaus, die Fenster schienen sich aufgehellt zu haben, die Stühle und die Spielzeugpferde waren aus ihren Ecken in die Mitte des Zimmers gerückt und hatten den Reiz des Geheimnisvollen verloren: jetzt waren sie nur noch langweilig und abgeblättert. Monachow kam sich vor wie jemand, der mit Fieber auf eine Krankmeldung wartet, – Leere und Apathie der beginnenden Grippe im Herzen – und der alle Untersuchungen und Eintragungen so schnell wie möglich hinter sich bringen möchte, um heimzugehen, sich ins Bett zu legen und zu versuchen einzuschlafen. Zum erstenmal an diesem Tag rührte sich in ihm ein Unbehagen bei dem Gedanken an das späte Heimkommen und an die unvermeidlichen Erklärungen. Seine Frau war zwar im Krankenhaus, aber das mußte alles nur noch peinlicher machen. Er verjagte indessen seine Gewissensregungen, er schob das Vorgefühl der Vergeltung von sich fort, dachte sogar: von welcher Vergeltung kann denn hier die Rede sein? Eine wahrheitsgemäße Erklärung liegt nicht im Bereich des Möglichen ... Dann würde er sich eben etwas zusammenlügen. Die Frau ist im Krankenhaus, die Mutter wird ihn nicht verraten ... Ob solcher Erwägungen verzog er gleich das Gesicht, doch seine Unruhe wuchs. Die Unruhe und die Sorge darüber, wie das wohl alles ausgehen würde, kreiste über ihm wie ein Raubvogel und senkte sich langsam auf ihn herab.

Als Assja wieder das Zimmer betrat, blickten sie einander in diesem frühmorgendlichen, geheimnislosen Zimmer wie Fremde an. Nur eine Sekunde lang war es Monachow unangenehm, daß auch in Assja – auch in ihr – alles zu Ende war, es war, als könnte er, der Assja längst verloren hatte, diese Assja immer noch einmal verlieren ... Doch das währte nur eine Sekunde – und schon war er mit ihr einverstanden, so war es ja auch viel bequemer.

»Die Sache ist die«, sagte Assja mit träger Stimme, »daß dies Luder Verdacht geschöpft hat ... Du wirst also jetzt gehen müssen. Und diese Kuh kann sich auf was gefaßt machen!« Assjas Stimme war jetzt voller Emotion – »Gehen wir schnell. Bevor sie wieder ihren Kopf herausstreckt. Ich habe sie in der Vorratskammer versteckt ...«

»Versteckt? ...« fragte Monachow verwundert und teilnahmslos.

»Ich habe sie halt hingeschickt ... Jetzt geh schon! ...«

Sie gingen los. Der Weg durchs Haus war viel kürzer, als es vorhin den Anschein gehabt hatte. In der Tür sagte Assja gleichgültig:

»Rufst du an?«

Monachow zögerte mit der Antwort.

Da wurde, einen Moment lang, Assjas Blick tief und aufmerksam. Das wehmütige Feuer müder Erwartung flackerte darin auf und verlosch wieder.

»Ich rufe an ...«, sagte Monachow vage.

»Ruf an, hörst du?« flüsterte Assja verzweiflungsvoll. »Ruf unbedingt an! Hörst du mich? Hörst du?« – sie rüttelte an ihm, sie weckte ihn ...

»Ich werde unbedingt anrufen...«, sagte Monachow verschlafen.

Die Haustür schloß sich hinter ihm, gemessenen Schrittes überquerte er den Vorplatz, kämpfte den Impuls, jetzt einfach loszurennen, einstweilen noch nieder. Als er an dem Strauch vorbei war, wo er sich eine Sekunde lang mit Assjas Schuhen in der Hand stehen sah, holte er tief Atem und begann zu laufen. Er rannte durch den Park, zwischen dessen dunklen Bäumen es sich aufhellte, als sei ihm jemand auf den Fersen, und tatsächlich stellte er sich Räuber und Rowdys vor, die sich ihm in den Weg stellen und ihn massakrieren würden. »Und das wäre nur gerecht, nur gerecht...«, murmelte er im Laufen. Erst als der Park in seinem Rücken lag und er gegen einen Milizmann prallte, der ihn streng anblickte, unschlüssig, ob er ihn anhalten sollte oder nicht, erst jetzt hielt er jäh ein, stolperte und ging, schwer atmend, langsamer. Hinter einer Kurve hervor fuhr quietschend eine Reparaturtram auf ihn zu. Sie fuhr in seiner Richtung, und Monachow, der bei sich nie so viel Schneid vermutet hätte, blinzelte dem Milizmann zu und sprang auf die Tram auf. Der Ordnungshüter drohte mit dem Finger. Sonst geschah nichts.

Monachow fuhr heim. Unterwegs wurde ihm immer leichter. Er fuhr über die im Morgennebel schwimmende Newabrücke und betrachtete die Welt frohgemut. Was als mißglücktes Abenteuer hätte erscheinen können, paßte ihm vorzüglich in den Kram, es erregte Freude in ihm und erfüllte ihn mit Befriedigung. »Welch ein Glück«, dachte er, »daß nichts geschehen ist!« Der Umstand, daß er sein Ziel nicht erreicht hatte, fand so sehr seinen Gefallen, daß ihm seine zufällige Enthaltsamkeit und unverhoffte Reinheit bereits als ein persönliches Verdienst erschien, als Sieg über die Versuchung, als Bestätigung seiner hohen sittlichen Qualitäten. »Nichts ist passiert, nichts ist geschehen«, murmelte er vor sich hin, und nur ganz kurz flimmerte in ihm die Einsicht auf, daß in diesem »nichts« etwas Hoffnungsloses und Letztes beschlossen war und daß zum Stolzsein kein Grund bestand... aber schon begann er darüber nachzusinnen, was er der Mutter sagen sollte. Es fiel ihm schlichtweg nichts ein. »Ich bin des Lügens müde, ich hab' keine Lust mehr«, dachte er fast selbstzufrieden, und auch diese Unfähigkeit, sich jetzt eine Rechtfertigung auszudenken, schlug er zu seinem moralischen Aktivposten. »Wie hätte ich sonst in die Klinik gehen und meiner Frau in die Augen blicken können«, dachte er hochbefriedigt. Ihn erfüllte ein Wohlgefallen an der eigenen Person, an der eigenen Ehefrau, am eigenen Leben, das zwar Tag für Tag mißrät, als Summe aller dieser Tage aber wohlgelingt. »Trotzdem muß ich mir etwas ausdenken«, dachte er, von der Straßenbahn abspringend. Bis zu seinem Haus waren es nur noch ein paar Schritt. Da kam ihm die Erleuchtung: er brauchte gar nichts zu erfinden. Es genügte, alles so zu erzählen, wie es war. Fast alles. Und wenn es passiert wäre... »Ich hätte es ganz einfach nicht gekonnt«, dachte er.

»Vielleicht ruf' ich sie doch noch mal an...«, dachte er. Ein Gefühl der Leichtigkeit beflügelte ihn, sein Anblick drückte Frohsinn und Dreistigkeit aus. So stieg er die Treppe hinauf. »Es ist nicht auszuschließen, daß ich Assja noch mal sehe.«

Während er vor der Wohnungstür stand, den Schlüssel aus der Hosentasche holte und ins Schlüsselloch steckte, wurde die Tür von innen aufgestoßen. Auf der Türschwelle stand seine übernächtigte Mutter.

»Du?« sagte sie kühl.

»Ich«, sagte Monachow und schlug die Augen nieder. Seine Munterkeit war verflogen.

Die Mutter zog sich in die Diele zurück, Monachow

folgte ihr schüchtern, schloß sacht die Tür, um keinen Lärm zu machen. Er fürchtete sich, seinen Blick zu heben, er kannte die Kälte der jetzt auf ihn gerichteten Augen und die Verkniffenheit der mütterlichen Lippen.

Die Mutter blieb stehen, Monachow erstarrte vor ihr.

»Wo hast du dich herumgetrieben?« sagte die Mutter.

Monachow schwieg. Er fühlte, wie die Härte und Unverfrorenheit in ihm anwuchs.

»Ein Junge ...«, begann die Mutter zu schluchzen, und Monachow hob, verblüfft und erschreckt, langsam den Blick. »Ein Junge ...«, schluchzte sie und umfing ihn mit ihren Armen, die gewichtlos wie trokkene Blütenblätter waren. »Laß dich einmal küssen ... Du hast einen Jungen bekommen!«

Monachow blickte sie entsetzt an.

»Ja, hörst du denn nicht!« rief die Mutter und küßte seine fühllose Wange. »Du hast einen Sohn!«

»Warum einen Sohn?« sagte Monachow.

Der Wald

Des Menschen Tage sind wie Gras.
Wie die Blume des Feldes, die blüht.
Buch der Psalmen

»Nein, du mußt mich nicht begleiten«, sagte Monachow, während er seine Mutter noch einmal leicht umfing. Nach kurzem Zögern fügte er bestimmt hinzu: »Man begleitet mich schon.«

Die Mutter unterwarf sich.

Sein Vater lag angezogen auf dem Bett und schlief: den Kopf zurückgeworfen, den Mund leicht geöffnet, die Nase spitz über der hellen Haut und dem Weiß der langen Bartstoppeln. Monachow beugte sich über die Landschaft der väterlichen Wange. Die Lebenskräfte pulsierten weiträumig im Leib des Vaters, als wäre zuviel Platz darin, als würden sie hinausstreben, aus der vergänglichen, auf der Bettdecke ausgestreckten, das Bett nicht mehr eindrückenden Hülle. Monachow beugte sich zum Vater herab, drückte einen leichten Kuß auf die Wange und brachte es fertig, *dies* nicht zu denken.

Und schon war er nur noch mit seinem Fortgehen beschäftigt, trug die schwere Aktentasche in der einen und den Obstkorb in der anderen Hand. Die Schöße seines Capes flatterten um Tasche und Korb, er verhedderte sich, stolperte, stürzte aber nicht, sondern schwebte aufwärts. In der Diele stieß er gegen den Trinkwasserkübel, der kleine Schöpfkrug fiel von dem Brett darüber ins Wasser. »Das macht überhaupt nichts«, sagte die Mutter. »Küß deine Frau . . .«, sagte sie noch, nicht sehr überzeugt.

Darauf mußte nichts erwidert werden.

Er berührte mit den Lippen die Stirn der Mutter, umarmen konnte er sie ja nicht, beide Hände waren besetzt, stieß mit einem Fußtritt die Tür auf – und schon lief er davon, so wie er vor einer Woche diesem Haus zugestrebt war. Am Ende des Sträßchens schaute er sich ein letztes Mal um: auf der Treppe vor der Haustür stand die Mutter... Die Straße krümmte sich plötzlich, als würde er sie durch eine Linse betrachten: das waren die Tränen. Dann wurde die Straße wieder kürzer, das Laub der Bäume, jedes Blättchen für sich, glänzte blendender hinter den Zäunen hervor. Wie auf einer Ansichtspostkarte blaute der Himmel, als sei das dort das Ende der Welt, als bräche sie dort ab: mit der Mutter vor der Tür als Schlußbild...

Das Bild erstarrte und verschwand hinter der Straßenbiegung. Monachow trat in einen anderen Raum hinaus und atmete erleichtert auf, etwas verwirrt durch seine Aufrichtigkeit, verwundert über die Macht der Liebe, die sich in ihm wieder eingestellt hatte.

Hinter der Ecke war eine andere Stadt: hier donnerte die Straßenbahn, jagten stumpfsinnig die Taxis dahin, hier ragten zwanzigstöckige, schon fast fertiggebaute Riesenschachteln in den Himmel: der Stolz dieser Stadt. Zwei Kaufhäuser, ein Universitätsgebäude... Monachow war vom Glück begünstigt. Entgegen den in der Stadt Taschkent geltenden Regeln wurde neben ihm ein Taxi frei. Er ließ sich hineinfallen, mit geraden Schultern und gewichtiger Miene.

»Zum Flughafen?« fragte der Taxifahrer, nachdem er den Korb mit dem Obst im Gepäckraum verstaut hatte.

»Direkt«, sagte Monachow.

Das Taxi fuhr an. Der dünne Faden, der Monachow mit dem Elternhaus verband, spannte sich und riß.

Monachow hatte den Entschluß der Reise nach Taschkent ganz unerwartet gefaßt. Und er hatte den Entschluß nicht nur gefaßt, sondern auch ausgeführt. Der Reiseplan datierte von so weit her, er war so oft aufgeschoben worden, daß es keiner Mühe bedurft hätte, auch diesmal wieder nicht zu fahren. Es hätte leicht passieren können, daß er gar nicht mehr gefahren wäre. Dann wäre die Mutter für eine Woche zu ihm gekommen. Den Vater hatte er drei Jahre nicht gesehen.

Waren es wirklich drei Jahre? Nie hätte er gedacht, daß es drei Jahre waren ... Ihm war, als sei es gestern gewesen, und wenn nicht gestern, dann vor zehn Jahren. Es war verwirrend. Die Jahre waren vergangen wie ein Trommelwirbel. Jemand spazierte auf dem Hausdach hin und her, tastete das Dach nach etwas ab, entzündete eine Laterne. Monachow wälzte sich, in einem unpräzisen Traum, von einer Seite auf die andere. Die Scheidung, die Diss, der Autounfall, die neue Ehe. Niemand von ihnen war gestorben ... Die goldene Mitte war güldener denn je. Allmählich stellten sich die ersten grauen Strähnen ein.

Aber während sein Leben währte, war das der Eltern vergangen. Eine nicht gar zu verwickelte Geschichte, die den Namen *das ganze Leben* trug ... Den Krieg – Monachows Kindheit – hatten sie in voller Familienstärke in Taschkent verbracht, aber auch nach Kriegsende war der Vater immer wieder in Bauvorhaben in Mittelasien verwickelt gewesen, das zog sich über viele Jahre hin ... Dort war der Vater pensioniert worden. Irgendwas nannte er dort sein eigen: ein Häuschen, vielleicht eine zweite Familie. Genaueres wußte Monachow bis heute nicht, die Eltern hatten, durch seine ganze Jugend hindurch, Grabesschweigen darüber bewahrt. Dort in Taschkent war der Vater geblieben, angeblich hatte er sich an das Klima gewöhnt. Plötzlich war er – diese letzten zwanzig Jahre hatte

Monachow nicht bemerkt – alt und krank geworden. Jetzt war der Vater allein und hätte fast, durch Gerichtsbeschluß, das Haus verloren... Die Mutter hatte er um nichts gebeten, doch ihr gemeinsamer Sohn, fast schon der jetzige Monachow, war von jenseits der Newa ins Zentrum gezogen, und die alte Frau, obwohl sie nicht verziehen hatte, verließ ihren angestammten Platz und zog zum Vater – nicht zum Sohn.

Das letzte Mal hatte die Mutter den Sohn besucht...

Deshalb konnte Monachow seiner neuen Frau sagen, er hätte sich auf diese Reise ausschließlich der Eltern wegen eingelassen, den Eltern: daß er sich einen dienstlichen Auftrag beschafft hatte, um zu ihnen fahren zu können, den Vorgesetzten: daß er nie und nimmer hinführe, hätte er nicht das Prekäre und Hochwichtige dieser Angelegenheit begriffen. Nur sich selbst konnte er nichts vormachen: er verließ seine vier Wände gern, doch ohne Reiselust.

Als er in die elterliche Gasse in Taschkent einbog, spürte er einen Kloß in seinem Hals, der weder geschluckt noch entfernt werden konnte. Doch er erstickte nicht daran und brach auch nicht in Tränen aus. Die Mutter schluchzte nur kurz auf, sehr schnell und trockenen Auges. Der Vater verfiel in ein längeres Husten, nachdem er in einer angedeuteten Umarmung die ganze Kraft seiner Zärtlichkeit aufgebraucht hatte, und legt sich dann aufs Bett, teilnahmslos, als sei der Sohn nie weggewesen. Die Mutter kümmerte sich gleich ums Essen und hatte folglich keine Zeit mehr zu weinen oder ihre Gefühle sonstwie auszudrücken. Wie alt waren die Eltern doch geworden!

Und schon sah es so aus, als hätte er richtig gehandelt, seinen Willen durchzusetzen und herzukommen. Die Opferwilligkeit, mit der er es gestattete, daß man ihn liebte, war bemerkenswert. Sie erzeugte in ihm ein Gefühl, das in seiner Schärfe an Liebe grenzte. Er hätte ständig weinen können. Seine Zweitheimat Taschkent erkannte er nicht wieder. Es wollte ihm nicht gelingen, wenigstens eine Sekunde lang wieder jener barfüßige semmelblonde Knabe zu werden, der er einst gewesen war. Jenes Taschkent gab es nicht mehr. Das Erdbeben hatte seine Kindheit endgültig unter sich begraben, und er hatte verstanden, daß ein Ort, der sich dazu eignet, deshalb noch lange nicht oder bereits nicht mehr die Heimat ist. Jenes Taschkent gab es nicht mehr – doch seine Eltern lebten – wie zum Hohn! – in einem heilgebliebenen Winkel der Stadt. Als seien sie selber die Heimat. Mit ihren Greisenkräften hielten sie die Erinnerung rings um sich herum so standhaft fest, daß bis zur Straßenbiegung alles heil geblieben war... Dem Vater ging es wirklich gar nicht gut. Das Sträßchen hätte sich in nichts aufgelöst, wären die zwei Alten plötzlich nicht mehr gewesen. Genau das war es, was Monachow beim Anblick seiner Eltern dachte. Er hätte gern losgeweint: wenn er nur gewußt hätte, daß es das Sterben seiner Liebe war, das er beweinte. Er wußte, daß eine starke Liebe in ihm war, gegen die man nichts ausrichten konnte, und daß Liebe nichts anderes ist als eine tiefe Verzweiflung. Deshalb kam ihm seine Verzweiflung wunderbar vor. Mein Gott, wie hartherzig bin ich geworden! ... – dachte er.

Diese Grübeleien fanden indessen ein rasches Ende. Monachow fraß sich mit blitzartiger Geschwindigkeit voll, fiel auf Mutters Bett und schlief ein. Sie bekam Gelegenheit, ihn als Schläfer zu bewundern: ein Bild für Götter! Ab und zu ließ sie ihren Blick zum Ehemann schweifen, der nurmehr Vater ihres Sohnes war...

... Als erster wachte – nach kurzem Schlaf, in dem er die Ankunft des Sohnes innerlich verarbeitet hatte – der Vater auf. Der Sohn hörte im Halbschlaf sein

Knarzen und Keuchen, er begriff, daß er endlich daheim war, und wollte einstweilen nicht aufwachen. Als besäße er, wenn er noch ein Weilchen säumte, die Chance, in eine zurückliegende Zeit zu erwachen. Nicht zu erwachen, war jedoch unmöglich. Der Vater lärmte absichtlich mit dem Rasierzeug, öffnete laut die Kommode, nahm Wäsche heraus ... Das Ungewohnte bestand für Monachow weniger darin, im Hause der Eltern aufzuwachen, als vielmehr in der Gewißheit, als jener Mensch zu erwachen, der er inzwischen geworden war. Im Halbschlaf übte er sich in diesem Status ein. »Der Vater will sich mir im besten Licht zeigen ...«, dachte Monachow. Er erriet, auch mit geschlossenen Augen, jeden Schritt des Vaters: jetzt raschelte der Besen, das bedeutete, daß der Vater das ihn ermüdende Waschen des Körpers zurückgestellt und sich daran gemacht hatte, den sauberen Fußboden zu kehren ... Der Vater ist immer noch der, der er war, während sich der Sohn freilich verändert hat: er stellt sich jetzt schlafend ... Die Mutter verhält in der Küche den Atem, um den Sohn nicht zu wecken. Wenn sie den Vater mit dem Besen in der Hand ertappte, gäbe es ein Donnerwetter ... Auch seine Mutter konnte sich Monachow deutlich vorstellen, als sähe er durch die Wand hindurch. Sie saß in der Küche und hatte sich eine lautlose Tätigkeit ausgedacht, sie sortierte mit halbblinden Augen die Graupen: dazu hatte sie einen ganzen Monat lang keine Zeit gefunden. Jetzt hatte sie Zeit – und seufzte schwer ... Das Rascheln des Besens verstummte, der Vater war müde geworden. Der Fernseher wurde eingeschaltet und summte laut, während er warmlief. Der Fernseher funktionierte nie richtig, zu diesem Thema hätte sich der Vater gern geäußert, doch der Sohn stellte sich weiter schlafend. Es war Stille im Haus. Jetzt hatte der Vater nichts mehr, womit er sich beschäftigen konnte. »Gleich hält er es nicht länger aus und beginnt zu reden . . .«, dachte der Sohn mit einem stummen Grinsen.

»Aljoscha!« rief der Vater ziemlich laut.

Der Sohn öffnete die Augen.

»Du hast geschlafen?« fragte der Vater, scheinbar verwundert. Er stand mitten im Zimmer, auf den Besen gestützt. »Entschuldige... Ich dachte, du bist wach.«

Monachow war über die kindliche List des Vaters gerührt, er lächelte liebevoll.

»Das macht nichts. Ich habe nur vor mich hingedacht«, sagte der Sohn mit samtweicher Stimme.

Der Bildschirm leuchtete auf und begann zerrissen zu flimmern.

»Solange er nicht warm ist, wird das Bild nicht besser«, sagte der Vater vergrämt. Während sich der Fernseher erwärmte, berichtete der Alte von den Tücken des Geräts: »Wenn etwas über Landwirtschaft kommt, ist das Bild tadellos. Aber es braucht nur Eiskunstlauf oder ein Ballett auf dem Programm zu stehen, und schon streikt er . . .«

Die Handwerker sind alles Betrüger und Stümper... Das Gespräch kam jetzt darauf, was aus den Menschen geworden war. Sie waren überhaupt nicht mehr wie früher...

Der Sohn pflichtete dem Vater bereitwillig bei.

Das war indessen nicht in seinem Sinne, er begann jetzt, die Zeitläufe zu verteidigen, die er eben geschmäht hatte. Die Zeit kann nichts dafür, sagte der Vater. Immerhin gibt es den Kosmos und den Fortschritt!...

Der Sohn wurde wütend: was heißt hier Kosmos, wenn zum Beispiel...

Die Mutter traf die beiden streitend an. Der Wortwechsel hatte sie hergelockt.

»Du hast ihn natürlich geweckt«, fuhr sie den Vater an. »Er hat sich überhaupt nicht ausgeruht.«

»Doch, Mutter, ich bin ausgeschlafen«, moderierte der Sohn und blickte den Vater an, der sich anschickte, der Mutter Paroli zu bieten.

»Er hat nur ein halbes Stündchen geschlafen …«, klagte die Mutter. Sie hatte die beiden Männer vorgefunden, als sei der Sohn nie fortgewesen, als sei er diese ganzen drei Jahre lang, die ihn der Vater nicht gesehen hatte … als hätte es diese Jahre nicht gegeben. Der Vater hatte *vergessen,* daß er den Sohn drei Jahre nicht gesehen hatte.

»Nun gut«, sagte die Mutter mit munterer Stimme, nachdem sie ihren Ärger niedergekämpft hatte. »Geh unter die Dusche – das Mittagessen ist gleich fertig.«

»Aber, Mutter!« rief Monachow im Tonfall des freudigen Entsetzens. »Ich habe für einen ganzen Tag im voraus gegessen … seitdem ist noch keine Stunde vergangen.«

»Du hast doch Pfannkuchen so geliebt!« umschmeichelte ihn die Mutter.

Beim Wort *Dusche* hatte sich der Vater kurzentschlossen das Frottiertuch über die Schulter geworfen.

»Du mußt nicht ins Bad gehen, wenn sich Aljoscha gerade waschen möchte!« schimpfte jetzt wieder die Mutter.

»Schon gut, Mutter«, seufzte Monachow. »Das mit der Dusche hat noch Zeit.«

Monachow kaute an den Pfannkuchen und versuchte an die Zeit zu denken, als er Pfannkuchen geliebt hatte. Er entsann sich dieser Zeit nicht.

Ab und zu betrat der Vater die Küche. Die Gewalt, die er sich angetan hatte, die Heldentat des Rasierens und Waschens, war vom Schicksal belohnt worden. Er sah jetzt jugendfrisch und prächtig aus. Dem Sohn warf er einen schneidigen Blick zu.

»Ich würde auch ganz gern ein paar von diesen Dingern essen …«, sprach er herablassend zu seiner Frau, die mit der klassischen Geste des die-Wange-auf die Hand-Aufstützens dem Sohn beim Kauen zusah.

Die Mutter stand auf, ohne ein Seufzen zu unterdrücken.

»Du hast noch nie im Leben Pfannkuchen gegessen! ...«

Die Bildqualität war jetzt endlich befriedigend. Der Sohn schaute in den Fernseher, der Vater erzählte davon, was er am Vortag im Fernseher gesehen hatte, weshalb er nicht mitbekam, was jetzt über den Bildschirm flimmerte: das Ballett, das er so gern sah.

Die Mutter blickte den Vater von der Seite her mißmutig an.

Der Vater aß natürlich *absichtlich* mit dem Messer, der Pfannkuchen rutschte ab, der Vater fing ihn auf und zerkaute gleich den ganzen Pfannkuchen auf einmal, während er darin fortfuhr, den Inhalt der gestrigen Fernsehsendung wiederzugeben.

»Laß doch den Sohn in Ruhe fernsehen ...«, sagte die Mutter wütend dazwischen.

Dem Sohn wurde warm ums Herz bei diesem leise schwelenden, nie verlöschenden Familienzwist: als säße er am Lagerfeuer und die Wärme würde das Gefühl einer wohligen Müdigkeit über seinen Körper verbreiten. Er streckte seine Glieder und gähnte. Die Mutter schüttelte bereits das Kissen auf...

So schlief und speiste er den ganzen Tag. Die Mutter huschte wie ein junges Mädchen schattengleich und lautlos aus dem Zimmer in die Küche und zurück, wobei sie jedesmal einen kalten Blick auf den in seinem Bericht über das Gesehene und Gelesene fortfahrenden Vater warf. Dann und wann lud sie den Sohn zu sich in die Küche ein...

»Er weiß doch, daß wir manches zu bereden haben ...«, klagte sie, als der Sohn dann endlich ihrem Ruf gefolgt war.

»Was kann ich dir abnehmen, was kann ich für dich tun?« fragte der Mustersohn.

»Es ist alles getan und erledigt. Bleib einfach ein

Weilchen hier sitzen. Erzähl was. Soll ich dir Tee eingießen?«

Der Sohn trank Tee und erzählte, was die Mutter von ihm hören wollte: über sein fremdes Leben, über die Hauptstadt, die Karriere, die junge Frau, die hochmoderne Wohnung. Dies alles schien ihm plötzlich maßlos fern. Als wären diese drei Jahre aus ihm herausgenommen worden wie eine Tischschublade. Und es war, als sei er nie fortgewesen, hätte nie Abschied genommen, doch da war noch die kleine dunkle rechteckige Leere in ihm (dort wo die Schublade war). »Wie geht es ihnen? ...«, wollte er die Mutter immer fragen (sie stand, unabhängig von ihm, im Kontakt zu seiner früheren Familie ...). Doch er fragte nicht. Genausowenig fragte ihn die Mutter: »Wie geht es dir? Bist du zufrieden? Bist du glücklich?« Um dies zu fragen, hatte sie ihn hergerufen ... Statt dessen seufzte sie jetzt: »Ich habe dich nach dem Vater Alexej genannt, eigentlich wollte ich dich Mitja nennen ...« »Vielleicht wäre dieser Mitja glücklicher geworden als ich ...«, lächelte der Sohn vor sich hin. So redeten sie nicht über das, dessentwegen sie sich in die Küche zurückgezogen hatten, sondern über etwas, das sie gemeinsam wußten: über dem Vater, immer wieder über ihn. Wie mager er geworden ist, daß er an Schlaflosigkeit leidet, an Appetitlosigkeit, wie unerträglich sein Charakter – leicht war er nie – inzwischen geworden ist. Nichts hatte sich verändert, und wieder war keine Zeit vergangen ... Monachow blickte in den Hof und sah dort die voriges Jahr an Krebs verstorbene Tante. Sie ging, sich am Zaun festhaltend, als bläulicher Schatten vorüber. Monachow sah sie deutlich: sie hatte sich gar nicht verändert, sie sah genauso aus wie letztes Mal ... »Sie hat sich nicht quälen müssen, sie schlief, als sie starb ...«, sagte die Mutter. »Donnerwetter, was die räumliche Entfernung ausmacht!« dachte der Sohn. »Diese dreitausend Kilometer kommen den drei vergangenen Jahren gleich... Ich bin ins Land hinausgefahren. Jetzt zeigt sich, daß ich heim ins Gestern kam...«

Da kam der Vater in die Küche, um zu *stören.*

»Komm rüber, Aljoscha, im Fernsehen läuft gerade ein interessanter Film über Tiere...«

Er begann zu erzählen, was er gerade gesehen hatte. Die Mutter stieß Seufzer aus, Aljoscha ging ins Nebenzimmer, setzte sich vor den Fernseher, indes der Vater darin fortfuhr, den Anfang der Sendung zu erzählen, die unterdessen ihren ihn nicht mehr interessierenden Fortgang nahm.

»Stell dir einen Wald vor, Aljoscha!« sagte der Vater, der von den Tieren zu den Bäumen gekommen war. »Der Wald besteht, sagten sie neulich im Fernsehen, nicht einfach aus vielen Bäumen, er bildet eine Gemeinschaft!«

»Das hört sich recht interessant an...«, sagte der Sohn mit spöttischem Unterton.

»Eine Gemeinschaft, wie gesagt...«, fuhr der Vater, an der Ironie vorbeihörend, fort. »Die Wurzeln aller Bäume sind verflochten, sie bilden ein System. Verstehst du: ein System!«

»Und was ist mit diesem System?«

»Gesetzt den Fall, es stirbt ein Baum... Einen Tag später ist der Baum bereits dürr. Die Wissenschaft stand vor einem Rätsel. Dann stellte sich heraus, daß die anderen Bäume sofort alle Säfte des toten Baumes in ihr System einsaugen. Deshalb wird der tote Baum so rasch dürr... Woraus nun folgt«, sprach der Vater auf den Sohn ein, »daß der Wald nicht eine bloße Vielzahl von Bäumen ist, sondern ein Kollektiv, eine Gemeinschaft, und jeder Baum ist nicht auf sich allein gestellt, er zählt nur zusammen mit den anderen und bedarf dieser anderen...«

»Der Mensch kann es nicht lassen, Gott und der Welt seinen Kram anzudrehen...«, bemerkte der

Sohn, ließ sich auf Mutters Kissen zurücksinken und machte, um seinen Worten Nachdruck zu verleihen, die Augen zu: er war der Menschheit müde geworden...

So schlief und aß, so aß und schlief er sich durch den Tag, und gegen Ende des Tages war ihm schon so, als seien mehrere Tage vergangen, als sei er schon lange hier im Elternhaus und vielleicht nie fortgewesen... Nie fortgewesen, sondern mit den beiden Alten an einem Tag um drei elterliche Jahre mitgealtert.

Deshalb war er am Morgen, nachdem er mit jugendlichem Appetit Mutters Frühstück verschlungen hatte (bei sich daheim in Moskau pflegte er nicht einmal zu Mittag solche Mengen zu verdrücken), nachdem er ihr einen Kuß auf die Stirn gedrückt und, gleichfalls ihr zuliebe, den schlafenden Vater mit einem ironischen Blick gestreift hatte, von einer seltsamen Freude erfüllt auf die Straße gestürmt und hatte sich mit Tatkraft und Diensteifer seinen recht unangenehmen und langweiligen – so waren die ihm in der Hauptstadt erschienen – Taschkenter Berufspflichten zugewendet.

»Jetzt erst mal rechts, dann wieder halbrechts...«

»Wie heißt die Straße?« fragte der Taxifahrer unwirsch.

»Das weiß ich eben nicht«, sagte Monachow erregt. »Aber ich kann Ihnen die Straße zeigen.«

Sie fuhren noch eine Weile in der Gegend herum, bis Monachow plötzlich mit einem unbegreiflichen, rasch stärker werdenden Schmerz seine Eltern einfielen. Die Ausmaße seines Verrats wuchsen sich aus. Der Mutter war jede Stunde mit ihm wert und wichtig, als sei es die allerletzte, und er hatte nichts Besseres zu tun, als – statt zum Flugplatz – Gott weiß wohin mit dem Taxi zu rasen!... Er kam sich vor, als hinge er am Angelhaken ... Während er seine Zweifel hegte, während er sich in dem Gedanken zu bestärken versuchte, daß dieser Plan wohl kaum gelingen würde, hatte er sich bereits jene fragile, aber schlaue Konstruktion zurechtgebastelt, die schon fast ins Gebiet der Geheimdienste fiel. Seiner Frau sagte er am Telefon, es sei noch nicht sicher, aber möglicherweise müsse er zwei Tage länger bleiben. Der Mutter sagte er, daß man ihn mutmaßlich leider schon zwei Tage früher zurückbeordern würde. Und jene Frau, wegen der dies alles eingefädelt wurde, ließ er wissen, daß vielleicht – wenn auch nicht wahrscheinlich – ein zusätzlicher Tag drin sei, er gäbe sich jedenfalls die größte Mühe. Bis zu ihrem Geburtstag kann er auf keinen Fall bleiben, aber den können sie schließlich, ganz allein zu zweit, auch einen Tag früher feiern! Schon bei der flüchtigsten Andeutung der Vorstellung, daß er ein handfestes Spinnennetz gewoben hatte, schwirrte ihm der Kopf. Doch die sonderbare Folge war, daß er mit verdoppelter Energie an diesem Netz weiterspann, wobei beide Varianten *durchgesponnen* wurden: daß er vor der Zeit abreisen muß und daß es ihm doch noch gelingt, etwas länger in Taschkent zu verweilen. Der Spalt zwischen den beiden Möglichkeiten zeichnete sich immer deutlicher ab. Je stärker seine Zweifel waren, je mehr er davon überzeugt war, daß es sich im Grunde nicht lohnte, desto stärker wurde auch, irgendwo in seinem Hinterkopf, die Gewißheit, daß alles, allen Widrigkeiten zum Trotz, just so und nicht anders kommen würde.

Und erst im allerletzten Augenblick, als er bereits im Taxi saß und ihn der Fahrer fragte, ob es zum Flugplatz ginge, sprang Monachow über diesen Spalt hinüber, landete auf der anderen Seite und wies den Fahrer mit Entschiedenheit an, in die entgegengesetzte Richtung zu fahren. Wie alle schwachen Menschen bewies Monachow gerade bei seinen jähen Entschlüssen Kühnheit, da gab es für ihn kein Zurück mehr, er fürchtete, gerade dann der Unentschlossenheit geziehen zu werden, wenn ein weniger schwankender Mensch lieber alles noch einmal überdacht und dann Abstand genommen hätte. Monachow vergaß rundweg, daß ihn in solchen verantwortungsvollen Momenten niemand beobachtete, daß sich keine himmlische Polizeimacht, mit der Hand über der Stirn, aus Wolkenhöhen herabbaumeln ließ, um Monachow zu observieren und bei Halbherzigkeit und Feigheit zu ertappen. Was er nicht begriff, war dies: wenn es schon um Dinge wie Feigheit oder Mut ging, dann zeugten beide Entscheidungen nicht von Mut. Dazu hätte es eines Dritten bedurft. So wurde die Unentschiedenheit immer bis zum letzten Augenblick ausgedehnt, damit der dann folgende Sprung den Anschein des Schicksalhaften, dem eigenen Willen nicht Unterworfenen bekam.

Jetzt hätte man eine MP auf seine Brust richten können – er hätte den Fahrer trotzdem nicht zum Umkehren aufgefordert. Er empfand Reue, spürte das Anschwellen von Schuldgefühlen, den Schatten einer Vergeltung, also nichts anderes als Angst. Er hätte das nie zugegeben. (In jenem Augenblick, da wir uns etwas erlauben, wissen wir nur zu gut, was uns deswegen widerfahren wird, wir wissen, daß wir uns nicht entziehen werden, und erst wenn das Strafgericht auf uns herabprasselt, vergessen wir alles und rufen hochverwundert aus: wofür, weshalb?) Die Reue wuchs in ihm an – und er sah die Gesichter der Eltern, gramvoll und lebensecht...

Er hatte sich den Vater nicht richtig angeschaut, sich nicht von ihm verabschiedet... Die Haut auf dem Grund des väterlichen Wangenstoppelhaares, die heller als weiß war, stand jetzt im Großformat vor ihm: wie Flußschlamm zwischen Schilf... Etwa folgendermaßen: das Ufer eines Flusses, eine Angelschnur, trübes Wetter, der Vater beim Angeln – und die Gleichmäßigkeit des weißen Flußschlamms zwischen dem weißeren Schilfrohr... Monachow blinzelte sich das Bild dieser Flußlandschaft aus dem Auge. Dafür schauten ihn jetzt Mutters Augen an, jungmädchenhaft vorwurfsvoll... Wie kann man sich nur einreden, die anderen würden nicht sehen, nichts denken, nichts zur Kenntnis nehmen, weil sie sich nichts anmerken lassen? Gerade dann wissen sie bescheid. Sie hat lange genug auf der Welt gelebt, die Mutter. Ist er vielleicht nicht ihr Sohn, nicht *sein* Sohn? Den Vater sieht und kennt sie ganz gewiß. Wird der Ehemann zu einem ungeliebten Menschen, damit man den Sohn weiterlieben kann?...

Drei ganze Tage blieb er da, nicht länger... Was mochte sie empfunden haben, als sie jede Frucht einzeln in Papier wickelte und sorgfältig in den Korb legte, als seien es nicht Früchte, sondern Eier! Als sie ihm sagte: Vergiß nicht, das Obst gut zu lagern, wenn du zu Hause angekommen bist? Taxifahrer, kehr um, fahr zurück! Aber Monachow sprach diese Worte nicht aus. Sie jaulten in seinem Innern – nach außen war er glatt wie ein Kachelofen. Aber ein Ofen erwärmt ja nicht das Holz – er verbrennt es...

Und nimmt man jetzt diese drei kurzen Tage: was tat er, während dieser Zeit, außer, daß er der Mutter die Gnade erwies, das Aufgetischte zu verspeisen, und dem Vater – sich nicht allzu grob mit ihm anzulegen?... Erst jetzt im Taxi durchlebte er diese drei Tage mit der nötigen Schärfe und Intensität: jetzt endlich sah, begriff und fühlte er alles. Während der zehn Minuten im Taxi ließ er die drei vergangenen Tage vor sich abspulen, so wie er in den drei Tagen im Elternhaus seine jähe Abreise aus Moskau gesehen hatte. Denn je schärfer und endgültiger der Augenblick ist, desto stumpfer und selbstgefälliger ist der zum Abfliegen bereite Monachow. Erst wenn sich das Flugzeug von der Piste gelöst hat, setzt in Monachows Innerem ein Saugen ein ... »Das geht wohl nicht ganz mit rechten Dingen zu!« empörte er sich jetzt. »Morgen werde ich das Heute leben, und wo halte ich mich jetzt auf?«

Mit diesem gesunden Gedanken im Kopf fuhr er vor jenem Haus vor, dessen Anschrift er nicht im Gedächtnis behalten hatte, das er nur *zeigen* konnte.

Die Einsicht ins Irreparable der Umstände stand auf seinem Gesicht, als er seinen Blick zunächst in der Runde schweifen ließ, ihn dann zum Himmel erhob, als braue sich dort die Vergeltung zusammen, um endlich den Korb mit dem Obst aus dem Gepäckraum zu holen: diesen schwerwiegenden Vorwurf an seine Adresse.

»Monachow! Bist du es wirklich, Monachow? Du bist also doch noch gekommen, Monachow! Monachow, Monachow ...« So oft das Wort auch über diese Lippen kam, es klang jedesmal anders, als gäbe es eine Sprache, die nur aus einem einzigen Wort besteht, in der man jedoch alles ausdrücken kann, bis in feinste Nuancen hinein ...

Es war eine wichtige Sekunde: er hatte sein Spinnweb nicht umsonst gesponnen. Hier war jemand, der sein Kommen ganz dringend brauchte ...

»Monachow ... Monachow! ...« tönte es weiter, während ihm die Besitzerin der Stimme den Korb mit dem Obst abnahm.

Nicht umsonst, nicht umsonst ...

Das Ganze hatte einen sonderbaren Lauf genommen. Den hatte er nun freilich nicht erwartet ...

Wahrscheinlich hatte er sich gleich am ersten Tag bei Muttern genug Kraft angefuttert und angeschlafen – jedenfalls ging er energisch ans Werk. Als er an den fraglichen Ort fuhr, stritten in ihm zwei Empfindungen und Erwartungen gegeneinander an. Die eine war: er wird diesen Leuten, die schlecht und recht ihre Arbeit verrichten, aufs Dach steigen, er wird sich vor sie hinstellen, wird ihnen Anweisungen und Ratschläge erteilen, einem von ihnen mächtig den Kopf waschen, und sie werden alle eine höfliche Miene wahren, werden ihm zunicken und nicht verstehen, worauf er hinaus will, sie werden an seinen Erläuterungen vorbeihören, er wiederum wird sich erzürnen, weil sie versuchen, sich ihrem eigenen Wohl zu entziehen, und wenn er wieder fort ist, wird sich der Kreis hinter ihm wieder schließen, als sei nichts gewesen, die neuen Methoden werden nicht eingeführt werden, die alten werden in Kraft bleiben. Die andere Empfindung und Erwartung war so: er, Monachow, Emissär aus der Hauptstadt Moskau, Experte bis ins Knochenmark, Kandidat der Wissenschaften, Vertreter einer hochangesehenen Firma, wird wie das Messer in die Butter in das Problem eindringen, und alle schrecken aus dem Dämmerzustand hoch, rühren sich, auf den bedauernswerten Fall fällt helles Licht, etwas gerät in Bewegung, plötzlich läuft alles wie geschmiert: auch solche Wunder soll es manchmal geben!

Die Erfahrungen, die er bei seinen Dienstreisen gesammelt hatte, rechtfertigen die eine wie die andere Variante. Doch welche eintritt, wird erst klar, wenn er über die Schwelle schreitet, das Chefzimmer betritt, den ersten Blick wirft, den ersten Satz spricht, dann kann es nurmehr eines von beiden geben: entweder – oder ...

Das viele Essen und Schlafen hat seine Energien geweckt, sie wollen heraus, jetzt kann ihn nichts mehr abkühlen oder beschwichtigen, und diese fremde Welt und dieser fremde Tätigkeitsbereich machen ihm keine Angst, im Gegenteil. Und das merkt natürlich jeder, dieser Ruf eilt ihm voraus, und wenn er in Leib und Blut erscheint, müssen sich die Leute sehr anstrengen, nicht vor ihm stramm zu stehen.

Ihn selber ließ das Ganze kalt, er war darin nicht verwickelt, freilich, das Prestige der Firma stand auf dem Spiel und mußte verteidigt werden, doch für die Menschen, denen Monachow, Emissär aus der Zentrale, entgegentrat, war es eine sehr ernste Angelegenheit.

In Taschkent entstand ein wichtiges Bauobjekt, das in dem Institut entwickelt worden war, in dem Monachow Karriere machte. Für eine Werkhalle war ein neuer Deckentyp entwickelt worden, für den es in der inländischen Praxis bisher noch keinen Präzedenzfall gab. Diese Decke war nun eingestürzt und hatte zwei Arbeiter getötet. Und das war noch ein Glücksfall: die Decke stürzte nämlich in der Mittagspause ein, es hätte viel mehr Opfer geben können. Stellen Sie sich vor, was passiert wäre, wenn die Fabrik bereits in Betrieb genommen worden wäre – womöglich noch während der Schicht?!

Monachow fühlte sich wohl in seiner Haut, um so mehr, als er in diese Angelegenheit nicht persönlich verwickelt war, die Zusammenhänge jedoch besser als jemand anderer begriff. Der Umstand, daß ihm selber sofort alles klar war, während alle anderen verschreckt und verkrampft dastanden, weckte in ihm ein angenehmes Gefühl der Freiheit, als bewegte er sich in Mineralwasser – die anderen jedoch in Leim. Er empfand, daß er und sie sich zwar in ein und demselben Raum befanden, jedoch gleichsam in verschiedenen Medien. Sogar die Hitze konnte ihm nichts anhaben, während die Ortsansässigen Schweißausbrüche bekamen, unter der Bürde der dichtverschlungenen dienstlich-privaten Obliegenheiten. Die Befriedigung über das eigene Wissen, die Überzeugung von seiner Fähigkeit, die Sache ins reine zu bringen, das stolze Bewußtsein der ungleichen Qualifikation: dies alles weckte in Monachow das Gefühl der Weite und Freiheit, und er schwitzte nicht, und begriff alles, noch bevor man es ihm erläutert hatte, er sah durch die Dinge hindurch, er betrachtete die sich der Eigenkontrolle entziehenden Verhaltensmuster der hier um ihn herum versammelten abhängigen und interessierten Menschen, und sogar noch sich selber vermochte er von außen zu sehen, was die Schärfe und Entschiedenheit seiner Einsichten nicht schmälerte, sondern eher förderte. Er sitzt also auf seinem Stuhl, legt mit schweißloser trockener Hand (die Hand hat lange Finger) und etwas verächtlicher Geste die Patience der technischen Entwürfe und dienstlichen Berichte, während ihm eine kurzfingrige Hand ständig ein Blatt Papier zuzustecken versucht. (»Das habe ich bereits begriffen« – und wieder schiebt er diesen armseligen Wisch beiseite.) Dann schaut er noch einmal ins Patiencespiel, macht mit einem stumpfen Bleistift (nicht mit dem Fingernagel) einen Strich auf einem anderen, vor ihm liegenden Blatt und sagt: »Was bedeutet das hier?« Und sofort ist ihm sonnenklar, daß ihm just dies nicht gezeigt werden sollte: das sollte ihm entgehen und vielleicht später einmal an den Tag kommen, aber nicht jetzt, nur nicht jetzt! . . . »Und das hier« – dieses war der zweite Strich. Das wußten sie nun selber nicht. Sie begriffen es nicht einmal gleich. Nur jener kurzfingrige Delinquent: der begriff es, der Kerl. Der Schatten eines Mitgefühls huschte in Monachow auf, so sehr ihm auch, in diesem Augenblick, die Macht schmeckte: nicht die administrative, sondern die intellektuelle Macht. Übrigens war der Kurzfingrige der Chefingenieur, ein quadratisches Männlein mit kurzen Fingern und goldenen Zähnen und mit dem ortsüblichen Käppchen auf dem Kopf. Und der Wolga des Chefingenieurs wartete draußen vor dem Eingang, der Mann stellte den Wagen Monachow freundlichst zur Verfügung, und Monachow lehnte höflich ab, er wollte weder das Auto des Chefingenieurs benutzen, noch zu ihm ins Haus gehen, wo ein orientalischer Festschmaus auf ihn wartete. Wobei zu beachten ist, daß Monachow selber weder einen Personenwagen noch ein zweistöckiges Privathaus besaß. Dafür besaß er einen Kopf...

Das Ergebnis der Besprechung nahm sich etwa so aus. Monachows Firma blieb makellos und rein, sie hatte alles genau durchkalkuliert, Schuld waren diese Leute hier, der Goldzahn und die anderen, die die richtigen Berechnungen der Firma ins Falsche und Unheilvolle gewendet hatten: sei es aus Unbildung, sei es aus kriminellen Motiven. Blütenrein und makellos wie Monachows Firma war auch Monachow... Nein, das ist wirklich nicht sein Bier, eine juristische Bewertung dieses Fehlverhaltens: ob es sich hier um Unachtsamkeit und Schlamperei handelte oder ob ein böser Vorsatz mitspielte... Diese Bewertung überläßt er gerne anderen. Die goldenen Zähne blitzten schuldbewußt auf. »Haben die beiden tödlich Verunglückten Kinder hinterlassen?« fragte Monachow.

Das war einfach so dahingesagt. Seine Gedanken beschäftigten sich in diesem Moment weder mit Toten noch mit Lebenden. Das Im-Recht-Sein weckt im Menschen eine erstaunliche Herzenstaubheit. Das Im-Recht-Sein oder die fachliche Brillanz. Oder die Macht.

Er fühlte sich ganz fabelhaft, als er jetzt dem Ausgang zustrebte: korrekt und verbindlich, ein Mann, der seine Pflicht getan hat... Die letzten Formalitäten in der Kanzlei, der letzte kühle Händedruck. Nein, den Bericht schreibt er erst, wenn er wieder in Moskau ist, eine Kopie wird man ihnen natürlich zuschicken, nein, es rührt ihn zwar sehr, er würde auch gern die Sitten, Gebräuche und Traditionen der orientalischen Gastfreundschaft ehren, indessen muß er leider davon Abstand nehmen (der große Schmaus im Haus des Chefingenieurs draußen vor der Stadt fällt für ihn flach), nein, der Wolga ist zwar ein Klasse-Wagen, aber er zieht es vor, sich ein wenig die Beine zu vertreten, dies um so mehr, als – jetzt kann er sich ein Lächeln nicht verbeißen, auch Moskauer Sendboten ist Menschliches nicht fremd – dies um so mehr, als Taschkent die Stadt seiner Kindheit ist, und er war schon so lange nicht mehr hier... Monachow fühlte sich ganz ausgezeichnet.

»Pflicht bleibt Pflicht, und du hast deine Sache getan«, murmelte Monachow im Takt seines federnden Schrittes. Er blinzelte in die Sonne, bot sein Gesicht der asiatischen Hitze dar... Jetzt tönte es in seinem Ohr:

»Monachow! Großer Gott, Monachow...«

An sie, die ihm das zurief, hatte er sich kein einziges Mal erinnert. Diese Feststellung verblüffte ihn, doch er fand nicht die Zeit diesem Gedanken nachzugehen...

»Du bist es, Monachow?« – auf die Frage folgte gleich die sehr bestimmte Antwort: »Jawohl, du bist es, welch ein Glück!«

Monachow blickte die Frau mit Wohlgefallen an. Dieses orientalisch-russische Mädchen gefiel ihm noch genauso wie vor drei Jahren, und er mußte sich keinen Zwang antun. Ihm war, als seien sie erst gestern zusammengewesen, die drei Jahre waren wie ein Tag. Sie war erstarrt, wie man nach einem Lauf an der Türschwelle erstarrt, und stand jetzt vor ihm: ein wenig ungelenk und leicht amorph. So sehr er auch Bedenken hatte, sich selbst zu glauben – das, was er jetzt empfand, war: Freude.

Aber er fand keine Zeit, auch nur ein Wort zu äußern. Die beiden wurden wie vom Wind erfaßt und weggeweht. Was kannst du schon beim schnellen Rennen sagen? ... Sie hauchte noch gut zehnmal das Wort *Monachow* hin, er hauchte vielleicht einmal das Wort *Natascha.* Sie lief ihm einen Schritt voraus, zog ihn an der Hand hinter sich her, zog, zerrte ihn mit sich, könnte man fast sagen: wäre Monachow ihr nicht so bereitwillig gefolgt. Und es machte ihn gar nicht verlegen, daß sich dies Rennen vor aller Leute Augen abspielte, daß alle stehenblieben und den beiden nachblickten, verblüfft, wie vom Donner gerührt ... Es machte ihn erstens deshalb nicht verlegen, weil das mit den vom Donner wie gerührten Passanten vielleicht eine optische Täuschung war. Und zweitens: sollen die Leute doch neidisch sein! Schließlich mußte er doch wohl Freude bei dem Gedanken empfinden, daß ein so schönes, starkes, kristallklares Geschöpf wie diese Natascha ihn immer noch genauso liebte, wie sie ihn damals vor drei Jahren geliebt hatte, drei Jahre sind viel Zeit, und sie hat ihm seine damalige Grausamkeit nicht etwa vergeben, sie hat sie einfach nicht vermerkt ... Nein, das war gut, das war vorzüglich! Am liebsten hätte er sie jetzt gleich noch im Rennen gefragt: »Was findest du eigentlich an mir? Was ist denn schon groß an mir dran?« Damit er endlich dahinterkommt, was ihn mit diesem ganzen Seelenkram in seiner Brust von den anderen Menschen unterscheidet und dazu führt, daß sie ihn und nicht diese anderen liebt ... Und zweifellos wäre die Antwort gewesen: »Du bist Monachow! Verstehst du das nicht, dummer Kerl! ...« Jetzt ging ihm aber doch die Puste aus. Sie hatten ihr Ziel auch schon erreicht. Der Hof, der Eingang, das Stockwerk, die Wohnungstür ... Monachow sah nichts um sich herum. Sie fand noch Zeit, *Monachow* ... zu stammeln. Dabei hatte es dann sein Bewenden.

So war das also. »Welch ein Tag«, dachte Monachow. Er betrachtete das Zimmer, das schmal wie eine Pritsche war: den Zweig in der mit Wasser gefüllten Milchflasche, den Kleiderbügel mit dem langen Kleid an der Wand, das irgendwie einem Bild glich, sich selbst auf der Matratze auf dem Fußboden. Hier stand auch der von einem bescheidenen Wohlstand zeugende Plattenspieler, der den Gesamteindruck einer Monachow fast zu Tränen rührenden Jungmädchen-Armut keineswegs schmälerte.

Natascha-Natalja wandelte in diesem Zimmer herum wie im Paradies. Zeigte ihm Briefe einer Freundin, das Fotoalbum, das Diplom: als beweise dies alles die Realität ihres Daseins bündiger als sie selbst. »Dieses Foto schau nicht an, das daneben ist besser ...« Monachow sah sie an und lachte zufrieden. Es war nicht viel zum Vorzeigen da, und das Wenige wurde komplett vorgezeigt. Sie hatte ihr Leben ohne ihn so rasant wie möglich gelebt, seit dem Abschied damals vor drei Jahren bis zu diesem Augenblick.

Monachow hielt das halbe Ohr, das halbe Auge offen – es wimmelte nur so von Bestätigungen: sie liebt ihn, sie liebt ihn, sie liebt ... Natalja gefiel ihm gut. Jetzt konnte er sich vergewissern: mutmaßlich hatte sie ihm schon immer gefallen. Just sie – und keine andere. Die Entdeckung verblüffte ihn. Wenn er frei gewesen wäre (nein, nicht bloß unverheiratet – er meinte etwas anderes), wenn er er selbst gewesen wäre, und nicht jener, zu dem er geworden war, der allen Leuten als Monachow erschien, nicht der, den man in ihm sehen wollte und mit Erfolg erblickte, um ihn dann in der Meinung zu bestärken, er sei das wirklich ... Wenn er also ein unverfälschter, waschechter, im luftleeren Raum authentisch schwebender Monachow gewesen wäre: dann wäre Natalja genau jene einzige Frau gewesen, und er hätte sie ganz unbedenklich an seiner Seite akzeptiert, als etwas ihm zu Recht Gehörendes ... Worauf wartete er, gähnenden Mundes? Warum mißtraute er seiner Einsicht? Wußte er wirklich nicht, daß er der wahre Monachow war? Ihm gefiel alles an Natalja, nichts störte und zerstörte diese Ausgewogenheit: weder die mongolische

Schwere des Gesichts, noch das ein wenig Linkische an ihr, noch das Vulgäre ... Er stellte sich vor, was die unbestrittenen Schönheitsköniginnen seines Lebens gesagt hätten, auf deren – zuallermeist egozentrischen – Verdikte er solchen Wert legte und solche Rücksicht nahm, daß ihm niemals der Gedanke kam, auch einmal dem eigenen Urteil zu vertrauen, dem eigenen, leider viel zu wenig ausgebildeten Geschmack ... Er malte sich dies alles ohne Mühe aus: die Grimasse, und das Gift der weiblichen Kritik, von dem bereits ein Milligramm ausreichte, um das zu töten, was ihm selbst gefiel ... Jetzt glaubte er, daß er – wenn damals jetzt gewesen wäre – und jetzt damals – die Kraft gefunden hätte, ausnahmsweise auf sich selbst Rücksicht zu nehmen. Doch es war hoffnungslos zu spät. Nachdem sie seinen elegischen Blick aufgefangen hatte, wandte sich Natalja ihrem eigenen Leben zu, und auch da gab es immerhin einiges zu erzählen ... Monachow machte unterdessen den Versuch, hinter das Geheimnis ihrer Attraktivität zu kommen, doch die war für ihn so unbestreitbar, daß keine Erklärung zustandekam. Je minutiöser er die Details auseinandernahm, desto unbegreiflicher wurde das Ganze: er fand nicht einen einzigen schönen oder auch nur makellosen Zug an ihr, ausgenommen allenfalls die Haut ... Die Haut war freilich ... Er seufzte. Aber sonst nichts Besonderes, zusammen jedoch ein unikales Ensemble. Als gehörten Verhalten und Aussehen zwei verschiedenen Wesen an ... Einzeln genommen war alles rechtschaffen gewöhnlich, es konnte auch zu anderen Individuen gehören, Monachow war dies Einzelne, jeweils einzeln, wiederholt begegnet. Gegeneinander gehalten und zu Kontrastpaaren gebündelt: Gesicht und Mimik, Stimme und Wortsinn, der schöne kräftige Körper und die Ungleichmäßigkeit, fast Zufälligkeit seiner Bewegungen – gegeneinander gehalten, schien dies alles zwar zu zerfallen und den verbrieften Konventionen zu widersprechen, doch es ruhte so schlicht, so natürlich und überzeugend in sich, daß es damit wohl seine Richtigkeit hatte. Das Äußere gehörte dem einen, die Seele einem anderen Menschen an ... Als hätte sich Monachow sein Leben lang getäuscht, als er diese Züge einzeln an Leute verteilte, um endlich mit großer Verspätung zu erkennen, wem sie alle von Anbeginn angehört hatten. Als sei er in seinem Leben stets nur Ausnahmen begegnet, die er dann falsch verallgemeinerte. Erst jetzt war er auf die Quelle gestoßen, und seine Erfahrung war ungültig geworden ...

Natalja hielt im Erzählen inne, sie stolperte über das letzte Wort: ihr Leben war – in der Wiederbegegnung mit Monachow – einstweilen zu Ende gegangen. Es gab sie selbst, sonst gab es nichts. Aus der Einöde ihres Lebens ragte einsam Monachow ...

»Das hat mir Ljonetschka geschenkt ...«

»Wer ist das?«

»Herrschaft, Monachow! Du hörst mir nicht zu!« rief sie unwirsch, fast zornig. »Es gibt diesen Ljonetschka. Er gleicht einem Entenbaby, du hast ihn vorhin gesehen ...«

»Wo denn?« staunte Monachow.

»Auf einem Foto. Und in Fleisch und Blut.«

»In Fleisch und Blut?«

»Er stand im Hauseingang, als wir vorbeigingen ... Erinnerst du dich jetzt?«

»Ich erinnere mich nicht. Was will dieser Bursche von dir?« – Monachow sagte das mit veränderter Stimme und ärgerte sich, daß sich seine Stimme verändert hatte. Natalja jedoch war froh.

»Er will mich töten ...«, sagte sie und blickte Monachow voller Hoffnung an.

»Ja, ist das denn ernst zwischen euch?«

»Todernst«, sagte sie verachtungsvoll. »Der Junge ist besinnungslos in mich verliebt.«

»Und warum quälst du den Jungen?« sagte Monachow selbstzufrieden.

»Ich quäle ihn?!« empörte sich Natalja. »Ich bin seine Mutter, und er ist mein Sohn.«

»So ist das also«, grinste Monachow. »Er will dich töten... Ganz schön blutrünstig...«

»Im Gegenteil, er ist die Güte in Person. Er ist fast pathologisch gütig.«

»Und er wird dir verzeihen, daß du mit einem Mannsbild, an ihm vorbei, in deine Wohnung gegangen bist?«

»Dumm bist du, Monachow«, sagte Natalja zornig. »Ich habe ihm, wenn du es genau wissen willst, nie etwas vorgemacht. Ich habe ihm gleich gesagt, daß ich einen Menschen habe...«

»Einen Menschen?«

»Einen Menschen, den ich liebe.«

»Und wer ist dieser Mensch?«

»Das bist du.«

Monachow glaubte es gern. Wie sonderbar, daß sie ihn hat, dachte er. Da er doch, bis in alle Ewigkeit, nie bei ihr war.

»Und was hat er darauf gesagt?«

»Er hat mir nicht geglaubt. Wenn du einem etwas so deutlich sagst, glaubt dir keiner. Die Leute lügen, damit man ihnen Glauben schenkt. Der Ljonetschka ist furchtbar mißtrauisch und eifersüchtig, er verfolgt mich auf Schritt und Tritt. Wenn ich ihm aber ins Gesicht sage: ›Ich liebe dich überhaupt nicht, ich gehe jetzt zu einem anderen, ich liebe diesen anderen, ich war gerade mit ihm zusammen...‹, dann lacht er das glücklichste Lachen der Welt, weil er meint, das sei nur im Scherz gesagt, und versucht, mich abzuküssen.«

»Das ist verständlich«, nickte Monachow.

»Du findest das verständlich? Du verstehst das?... Wie kannst du das verständlich finden? Hat man dich nie geliebt?«

»Nie geliebt ist nicht ganz der richtige Ausdruck«, sagte Monachow verwirrt.

»Man hat dich nie geliebt! Man hat Monachow nie geliebt!«

»Worüber freust du dich so?« fragte Monachow.

»Einfach so. Am Ende bist du doch ein Mensch? Was meinst du, Monachow? Vielleicht liebe ich dich nicht ganz von ungefähr? Vielleicht gelingt es mir noch mal, mich zu entlieben?«

»Es gelingt dir nie«, sagte Monachow und zog Natalja an sich. Er sagte es mit einer so gekünstelten und schwülen Stimme, daß er eine Sekunde lang Scham empfand. Doch das sah sie schon nicht mehr.

Natalja war ehrlich zufrieden, sie hielt den verschwimmenden Blick auf die Decke gerichtet. Die Reihe, etwas zu erzählen, war an Monachow (in dem jetzt eine große Leere war). Doch womit hätte er renommieren können, außer mit seinem heutigen Sieg an der Produktionsfront? Mit gestochenen Worten umriß er seinen Beitrag zur Aufklärung jenes Betriebsunfalls. Natalja hörte ihm nicht zu, sie lachte nur immer. Mal glaubte sie, seine Lippen würden beim Reden irgendwie komisch beben, mal war sein Ohr anders geformt als sonst bei Leuten und außerdem falsch angebracht. Monachow ließ sich durch ihre Unaufmerksamkeit nicht beirren. Seine Bemerkung über die zwei tödlich verunglückten Arbeiter drang jedoch in Nataljas Bewußtsein, sie fragte:

»Hatten sie Kinder?«

Monachow hatte sich heute früh selber dieses Arguments bedient, doch das war Demagogie gewesen, Natalja hingegen ... Monachow war von ihr entzückt. Ein junges, ziemlich dummes Ding, könnte man meinen ... Und dann diese Wendung! Das weckte Gefühle in ihm. Aber sie galten wieder nicht den zwei

Todesopfern – seine Gefühle galten der Geliebten. Auch das über den Goldzahn nahm sie zur Kenntnis:

»Ismailow? Den kenne ich.«

»So?«

»Ich war Sekretärin bei ihm. Ach wo, der ist kein Bösewicht... (Monachow hatte schon eine empörte Miene aufgesetzt)... er hat eine riesengroße Familie: sieben Töchter...«

»Die muß er alle an den Mann bringen?...«

»Das muß er, jawohl«, sagte Natalja. »Und du: bist du glücklich?«

Er hatte nicht damit gerechnet, daß sie diese Frage stellt. Er dachte, darüber sei sie erhaben, sie sei von allen jenen Dingen frei, von denen er nicht frei war... Er war ein wenig betrübt: ein Wölkchen huschte über die Zimmerdecke, vielleicht sogar eine richtige Wolke. Weib bleibt Weib, das sitzt tief drin... Er beklagte sich lebhaft über das ihn im Leben verfolgende Mißgeschick und ging davon aus, daß ihr an seinem Unglück gelegen sein müßte. Natalja hörte gelangweilt zu.

»Du sagst immer ›Leid‹!«, sagte sie. Was du hier meinst, ist gar kein Leid! Leid ist zum Beispiel, wenn die Eltern alt werden...«

Und wieder war er über ihre Treffsicherheit verblüfft. Einen Vater hatte Natalja nicht, die Mutter war in den drei Jahren verstorben, in denen er seine ganze familiäre Pein erdulden mußte. Hatte der Tod der Mutter Natalja so mutig gemacht? Die eigenen Eltern ließ er unerwähnt.

Natalja trat ans Fenster. Dort braute sich die Dämmerung zusammen. Im Zimmer war es bereits dunkel. Sie blickte lange zum Fenster hinaus.

»Ist dort draußen Ljonetschka?« fragte Monachow.

»Nein«, erwiderte sie und begann sich kurz entschlossen anzuziehen. »Außerdem will ich nicht, daß du von ihm sprichst.«

»Warum nicht?« fragte Monachow, bereits finster.

»Ich will es nicht... Er ist ein guter und gescheiter Junge.«

»Ach so.«

»Er schreibt sehr schöne Gedichte!...« brauste Natalja auf.

»Sie ist ein Kind, ein kleines Mädchen!« dachte Monachow.

»Respekt!« sagte er. »Und die widmet er dir?«

»Jawohl, das tut er!« sagte sie schnippisch.

»Kannst du eins auswendig?«

»Allerdings.«

»Dann trag mal was vor!« – Monachow versuchte, sie um die Taille zu fassen.

»Gut. Dann hör zu!« sagte Natalja, ihn abwehrend.

Komm her zu mir und scher dich wieder fort!
Der Tag hat seinen Dolch auf mich gerichtet.
Der Nebel fiel, die schwarze Diebesnacht
ist, hinter dir, ums Straßeneck gebogen...

Monachow begann, laut zu lachen.

»Wie alt ist dieser junge Dichter?« fragte er.

»Achtzehn.«

Monachow lachte noch gekünstelter und lauter.

Natalja war gekränkt:

»Du verstehst nichts. Was macht schon das Alter aus! Wenn du es wissen willst, ich bin nur vier Jahre älter. Du bist der Tattergreis und Oberingenieur. Uns Jungen gefällt diese Art Poesie...«

»Du drehst mächtig auf!« sagte Monachow. »Ich bin also ein Greis!«

»Jawohl, ein wollüstiger Greis!«

Ihm war plötzlich langweilig. Ekel und Langeweile würgten ihn. Die Vergänglichkeit des menschlichen Daseins hatte ihn gestreift. Irgend etwas war schon einmal gewesen: ein Wort, ein Augenblick, das Licht... Dies scheinbar Einmalige wiederholte etwas Früheres. Monachow spürte weder Schmerz noch Kränkung, doch er war tödlich beleidigt. Er stand ruckartig auf, machte die Lippen schmal, begann, mit gemeißeltem Profil, die Hosen hochzuziehen.

»Was ist los?« fuhr Natalja auf. »Wohin willst du gehen? Bist du beleidigt? Du bist nicht beleidigt, du tust nur so!« sagte Natalja.

Auf solche Präzision mußte Monachow die Antwort schuldig bleiben. Stumm zog er sich weiter an. Er war in eine Rolle geschlüpft, die Verstellung wurde zur Aufrichtigkeit.

»Monachow, verzeih mir! Ich wollte das nicht. Ich habe nichts gesagt. Die Verse waren schlecht, Monachow! Sag, wohin willst du gehen! Ich werde dich bestimmt nicht mehr beleidigen. Mein Gott, was soll ich ... Monachow! Monachow, ich flehe dich an!«

Er gestattete es gnädig, daß sie ihn umarmte. Er verströmte Kälte und Hochmut.

Dabei gab es keinen Ort, an den er hätte gehen können ... Er stellte die Verstellung ab, auf sein Gesicht trat ein glückliches Lächeln.

»Er geht nicht! Er geht nicht fort! Was sollen die blöden Klamotten! Zieh sie aus, Monachow ...«

Am späten Abend traten sie auf die menschenleer gewordene dunkle Straße hinaus, und sofort spürte Monachow, daß er im Süden war. Dies Gefühl kannte und liebte er wie die erste junge Gurke der Saison. Es war ein Gefühl, als seiest du in der Sauna gewesen und dann ins Freie hinausgetreten: du fühlst dich wohlig und schwerelos, und draußen ist es Abend. Nach der Sauna konnte Monachow sogar in den Moskauer Frost hinausgehen: immer fiel ihm der Süden ein.

»Der Süden ist und bleibt der Süden«, sagte er mit einem tiefen Seufzer.

Sterne besäten den Himmel, die Straßenlaternen waren wegen der späten Stunde bereits wieder ausgeschaltet, doch es war ziemlich hell in dieser Nacht. Es roch nach Reisigfeuer und nach dem ersten, noch trockenen Blühen. Die Mimosen waren schon abgeblüht, die Kastanien hielten ihre Kerzen parat ... Monachow begann plötzlich zu singen:

Der Kastanienbaum hat sich mit Faulbeeren bedeckt,
der Französische Boulevard ist aufgeblüht,
unser Kostja hat sich unsterblich verliebt ...

Nach diesem Gesang begann er zu lachen.

»Stell dir diesen Blödsinn vor«, sagte er, »›der Kastanienbaum hat sich mit Faulbeeren bedeckt‹ ... Das habe ich als Kind gesungen. In meiner Kindheit war ich nämlich in Taschkent ...«

»Hast du dich wirklich verliebt?« sagte Natalja und küßte ihn glücklich auf die Wange.

Der Feiertag wollte kein Ende nehmen. Neben ihm schritt ein Mädchen. Nicht einfach ein Mädchen – Natascha. Monachow fühlte sich so jung! Er empfand Bedauern darüber, daß er das längst vergessen hatte und nie mehr in sich spürte. Das Leben ... Er fühlte sich wie vor langer Zeit, während eines Praktikums, in einem Dorf, nach einem Tanzabend ... Nein, er hatte sich jetzt eben nicht jung gefühlt, sondern *wie ein Junger.* Das war was anderes. Etwas huschte, raschelte vorbei, flatterte auf, flog davon. Bremsen knirschten. »*Wie ein Junger* ...«, seufzte Monachow. Er horchte in sich hinein, dachte aber auch diesen Gedanken nicht zu Ende wie vorhin den über die Sauna. Plötzlich sagte er:

»Gibt es bei euch in Taschkent eine Sauna? ...«

Ein richtiges Schwitzbad, das war die Kleinigkeit, die ihm jetzt noch zur Seligkeit fehlte ...

Es war eine so leere und so volle Nacht! Das Leben in seiner Fülle war, seinen Atem verhaltend, an ihn herangetreten, ganz dicht, und er war nur zu gern bereit, sofort zu glauben, daß dies wirklich das Leben war – und nicht ein Sammelsurium von Stadtgeräuschen. Es schwankt ein Zweig, ein Vogel fliegt empor, ein Gedanke huscht vorbei: unerkannt, nicht eingefangen. Nie wird er erfahren, woran er jetzt gerade gedacht hat: das erfüllte ihn mit Glück, er sog gierig die erwärmte Luft ein, die mit Benzingerüchen und dem Parfüm der jungen Blüte angereichert war... Er sah nichts um sich herum, und dieses *nichts* vibrierte, lebte. Jedoch vor allem war es leer...

»Natalja!« ertönte eine Stimme aus dieser Leere, und schon tauchte direkt vor ihrer Nase wie ein Gespenst ein weißes Hemd auf. Eine zweite Gestalt löste sich von einem Baum und kam auf sie zu. Eine dritte blieb dort hinten schwankend stehen.

»Herrgott, jetzt prügeln sie mich windelweich!« dachte Monachow ohne jede Furcht. Oder vielmehr: die Furcht in ihm war so jung, so jugendlich, daß sie sich sogleich in ein emotionsloses Pulsieren in seinem Innern umsetzte. Das zerstreute Licht dieser bis zu ihrer Mitte vorgerückten Nacht wurde heller, noch voller, noch tönender wurde die Stille...

»Was ist los?« dachte Monachow bestimmt und streng, doch die diese Frage formulierende Stimme klang gepreßt, als käme sie nicht aus seinem Mund. Niemand hörte die Frage.

Die Endlosigkeit des Augenblicks fand endlich ein Ende.

»Bist du das, Sjablikow?« rief Natalja, unverkrampft und leicht, und machte einen Schritt auf das weiße Hemd zu. Monachow hielt nicht mit, aus Taktgefühl.

Als sie stehenblieben, wurden sie deutlich sichtbar, wie von einer Laterne beleuchtet. Der Angeredete brummelte gedämpft, aber drohend auf Natalja ein. Ihre Antworten waren unbekümmert und frei von Angst. Dies alles sah Monachow, während er den unterbliebenen Schlagabtausch in Gedanken durchspielte (schon lange nicht mehr so gerauft!). Verblüfft war er über Ljonetschkas Alter. Es war ein Mann in seinen Jahren: untersetzt, etwas aufgeschwemmt, unrasiert, fast bärtig, in einem zerknitterten, unsauberen Hemd, in Sandalen ohne Socken. Monachow schaute aufmerksam hin und war so generös, seinem ersten Eindruck Sympathie für den vom Pech verfolgten Nebenbuhler beizumengen. Irgendwie war ihm dieser Ljonetschka angenehm... Sein keiner Konkurrenz gewachsenes Äußeres (er hieß also Sjablikow, und Monachow befand sofort, daß der Familienname zum Vornamen paßte, auch das Äußere paßte dazu und sogar das gesetzte Alter: dies alles förderte die Sympathie...) wirkte auf Monachow beruhigend. Der Rivale hatte keine Chance. »Wieviel Weibliches, sogar Weibisches steckt in den Männern«, dachte Monachow und grinste zufrieden.

Natascha schwenkte zum Abschied den Arm und kehrte zu Monachow zurück. Der Mann ging auf seinen genauso untersetzten, sonst nur schwach erkennbaren Kumpel zu, und gemeinsam schlenderten sie zu dem Dritten hinüber, verschmolzen mit ihm hinter den Bäumen, verschwanden von der Bildfläche.

»Und was ist?« fragte Monachow.

Er hatte sich durch diese Frage irgendwie verraten.

»Du bist wohl erschrocken?« lachte Natascha. »Das war nicht nötig. Dieser Bursche ist gutmütig wie ein Kopfkissen. Findest du nicht auch, daß er einem Kissen ähnelt?«

»Einem Kissen ohne Überzug«, konterte Monachow.

»Was hat er gewollt?«

»Das war Sjablikow. Der will immer nur eines. Er hat gefragt, ob ich was Trinkbares besitze.«

»Und was hast du gesagt?«

»Ich habe ihm gesagt, er habe genug gesoffen. Er sehe bereits weiße Mäuse.«

»Weiße Mäuse... Und worüber hast du so lange mit ihm geredet?« fragte Monachow eifersüchtig.

»Er hat mich nach dir ausgefragt.«

»Was wollte er wissen?«

»Ob du was Trinkbares bei dir hast. Er hat gefragt, ob du nicht blau bist. Von ferne sieht er stockbesoffen aus, hat er gesagt. Ob du nicht Lust hast mitzusaufen? Ich habe ihm gesagt, du hättest keine Lust ...« – Natascha wurde mißmutig – »Ob du was als Mann taugst, hat er noch gefragt ... Wozu willst du das wissen, Monachow? ...«

»Und was hast du geantwortet?«

»Was soll ich schon antworten ... Ich habe gesagt, du bist ein Prachtstück von einem Mann.«

»Und was hat er darauf gesagt?«

»Irgendwas eben ... Warum fragst du mir die Seele aus dem Leib? Dir kann es doch egal sein.«

»Du hast dir einen sonderbaren Kumpan ...«

»Wieso sonderbar?«

»Ein anderer an seiner Stelle ...«

»Und wieso ich?«

»Dein Ljonetschka ...«

»Das war nicht Ljonetschka. Der stand weiter hinten. Das war Sjablikow, der Kinderbücher über die Natur schreibt.«

»Ich dachte, es ist Ljonetschka«, sagte Monachow, »und habe mich gewundert, daß er so alt ist ...«

»Das kann dir doch wirklich egal sein«, staunte Natalja. »Oder vielleicht nicht?«

Monachow lächelte.

Dieses friedfertige, fast sanfte Strauchrittertum weckte in ihm eine Kindheitserinnerung. Es gab in seiner Kindheit schon einmal einen Fall, bei dem er völlig umsonst Ängste ausgestanden hatte.

»Schreibt dieser Sjablikow so gut wie Ljonetschka?« fragte Monachow weiterlächelnd.

Natalja erwiderte nichts.

»Ljonetschka hat aus meinem Briefkasten ein Telegramm geklaut ...«, sagte sie dann tonlos.

Monachow begriff nicht.
»Morgen kommt meine Tante zu Besuch...«

Am Morgen machte Monachow die Entdeckung, daß sich sein Leben stark kompliziert hatte.

Seine Mutter sprach nicht mit ihm. Die mütterliche Eifersucht kam ihm komisch vor: den Schwiegertöchtern gegenüber würde sie sich reserviert verhalten, im Falle eines Falles jedoch ihre Partei ergreifen. So wie jetzt. Im Kontext der Eifersucht zählte die Ehefrau nicht mit, eine mögliche oder mutmaßliche Untreue des Sohnes gegenüber der Gattin hatte für die Mutter nicht die Süße der Rache, sie betrübte sie als ein neuer Grund zur Eifersucht. So dachte er – und täuschte sich. Jetzt mußte er glätten und beschwichtigen. Zu diesem Zweck malte er seine beruflichen Taten und Erfolge aus, die ihm so viel Zeit geraubt hatten. Der Vater lauschte willig und nickte ab und zu: er hatte seinerzeit ähnliche Erfahrungen gemacht. Die Mutter war beruhigt und sagte:

»Du hast also alles erledigt?«

Das war eine grundlegende Frage. Sie bedeutete, daß der Sohn die ihm noch verbliebenen Tage daheim verbringen könnte, speisend, schlafend, mit der Mutter redend, des greisen Vaters Munterkeit befördernd. Monachow war gerührt: wieder fand er Gefallen an den Frauen. Die Mutter war unbestreitbar eine Frau. In einem prinzipiellen Sinn.

»Du, Mutter...« – Zur Morgenstunde war Monachow sanft und zärtlich, er nahm die Mutter in die Arme: »Ach, Mutter, meine Mutter...«

»Natürlich deine. Wessen sonst?« erwiderte die Mutter froh und rasch.

»Welch ein Esel! Was für Eseleien«, schalt sich Monachow stumm, aber selbstkritisch und sah am Fußballspiel vorbei, das die Mutter, des väterlichen

Brummens nicht achtend, für den Sohn eingeschaltet hatte, obwohl der nicht darauf bestanden hatte.

»Du lebst an dir vorbei, und alles geht daneben . . .«, sinnierte er. Schuß! Monachow zuckte zusammen: der Schuß hatte das Tor verfehlt. Er lächelte ironisch. Der Vater, um sich für den Programmwechsel zu rächen, erzählte von Besuchern aus dem All: das war der Mutter bestgehaßtes Thema. Der Sohn starrte den Bildschirm an und sah nichts, nickte dem Vater zu und hörte nichts. Die Mutter freute sich über die Zärtlichkeit des Sohnes.

Da begriff er, daß er sich zum Rendezvous verspätete . . . Dann begriff er noch, daß er sich verplappert hatte, als er mit Feuereifer von seinen beruflichen Taten berichtet hatte.

Rasch erfand er noch eine Geschichte, ohne sich um deren Glaubwürdigkeit weiter zu sorgen, doch als er verspätet am verabredeten Ort eintraf, war Natalja nicht mehr da. Nach einer kurzen Anwandlung von Trübsinn ging er wieder.

Am nächsten Tag stellte sich heraus, daß *sie* sich verspätet hatte, er hätte fünf oder zehn Minuten auf sie warten müssen. Sie streiften durch die Straßen, daheim bei Natascha regierte die Tante. Natascha schwieg. Monachows Redefluß war ebenfalls versiegt. Ihm fiel ein, daß er den Zeitpunkt des mit seiner Frau verabredeten Anrufs hatte verstreichen lassen. Jetzt wurde ihm richtig unwohl.

Sie stritten sich. Natalja log ihm etwas vor – er war empört. Sie sagte, er besäße keine Rechte auf sie. Dann sagte sie, es sei nicht ihre Schuld, daß sie sich nirgends treffen könnten. Monachow konnte ihr kein Ausweichquartier anbieten.

Da machte sie ihm den hinterhältigen Vorschlag mit ihrem Geburtstag.

Monachow war einverstanden. Doch als er mit seiner Frau telefoniert hatte und zu den Eltern heimkam, begriff er, daß das unmöglich war.

Gegen Ende der Dienstreise, als der Tag seines Abflugs immer näherrückte, hatte sich also Monachow alle drei Möglichkeiten offengehalten. Er hatte drei fragile Bauwerke errichtet, und keines wurde zum Einsturz gebracht. Zur rechten Zeit zur Gattin heimzukehren, noch ein, zwei Tage länger hier zu bleiben, um diese Zeit den Eltern zu widmen – oder die beiden Tage mit Natascha zu verbringen und ihren Geburtstag zu feiern. Diese drei Möglichkeiten blieben deshalb bis zuletzt heil und offen, weil sie einander bedingten. Würde eine der Möglichkeiten vorgezogen, dann stürzten die beiden anderen bis zu den Grundmauern in sich zusammen. Hatte es sich gelohnt, alle drei so kunstvoll und beflissen zu errichten? Statt sich lieber gleich für eine der drei zu entscheiden? Diese Vergeudung betrübte Monachow. »Das Setzen auf Straffreiheit ist unökonomisch«, spöttelte er. Aber er ersehnte und verwarf auch weiterhin alles zugleich: er wollte straflos ausgehen, wollte bei den Eltern bleiben, wollte ertappt und festgenagelt werden, wollte rasch zu seiner Frau zurück, wollte wegen seiner Entsagung und Selbstlosigkeit gelobt werden, wollte sich Nataschas erfreuen, wollte schonungslos an den Pranger gestellt werden.

Und als die letzte Frist langsam ablief, erwarben die drei Möglichkeiten schließlich eine qualvolle Macht, die der Leidenschaft fast gleichkam. Monachow hatte sich diese Gefühlsstärke nicht mehr zugetraut.

Er ging von der Prämisse aus, daß er, entschiede er sich für das Verbleiben bei den Eltern, diesen Vorsatz schwerlich wahrmachen würde, denn dann blieb ihm immer noch eine andere Möglichkeit. Unter dem Vorwand der ersten Variante in Taschkent zu bleiben, die Zeit aber nicht bei den Eltern zu verbringen, wäre schlicht widerwärtig von ihm gewesen. Deshalb entschied er sich, so schien es bereits, nun doch für Möglichkeit drei, die den Vorzug hatte, die beiden ersten auszuschließen. Er faßte den Entschluß, sich für den Abflug nach Moskau zu rüsten. Um die zwei ersten Varianten auszuschließen, mußte er nichts weiter tun, als seine Frau in Moskau anrufen und sie von seiner raschen Ankunft in Kenntnis setzen – diesen Anruf aber schob er hinaus. Zunächst einmal rief er Natascha an ihrer Arbeitsstelle an: er hätte bis zuletzt geglaubt, länger bleiben und ihren Geburtstag mit ihr feiern zu können, doch jetzt müsse er dringend abfliegen, bereits morgen, da sei nichts zu machen, die Gründe seien nichts fürs Telefon. »Warum schweigst du?« schrie der wilde Mann Monachow in den Hörer. »Ich bin ganz Ohr, und du hüllst dich in Schweigen!« Genau das war es, was ihn wütend machte. Er glaubte bereits fest an die Unausweichlichkeit der von ihm gefällten Entscheidung. War das nicht höhere Gewalt? Das Schweigen am Telefon zieh ihn ungerechterweise der falschen Wahl nach seinem freien Willen. Dabei hatte er wirklich nicht anders gekonnt. »Warum schweigst du?« Hätte sie ihm geantwortet, daß sie nichts sagen kann – was hätte er ihr dann erwidert? ... Doch sie schwieg. Monachow warf den Hörer heftig auf die Gabel und begriff im gleichen Moment, daß immer noch alle drei Möglichkeiten offen waren.

Doch für die Mutter stand er schon kurz vor dem Abflug. Dieser Monachow unterschied sich vom länger verweilenden durch besonders aufmerksames Benehmen, durch die huldvolle Kühnheit aller seiner Bewegungen, durch eine betont männliche Art des zärtlichen Umgangs mit der Mutter. Er begleitete sie auf den Bazar, half ihr beim Einkauf des für ihn als Reiseproviant bestimmten Obstes, lud sich den schweren Korb mit den Früchten auf die Schulter.

Auf dem Markt stieß er auf Natascha, die zu treffen er nicht mehr erwartet hatte, am wenigsten an diesem Ort. Sie war in Begleitung eines Jungen (wie ihn Monachow sogleich titulierte), genauer: eines jungen untersetzten Burschen im Wehrdienstalter, mit breiten runden Schultern und schlaksig ungelenken Armen (*das Entlein*: fiel ihm ein). Der Junge hüpfte und flatterte um die stolz dahinschwebende Natalja herum, die fast einen Kopf größer war als er, ging manchmal auf Distanz, um sie anzuschauen, um sie an seiner Seite zu erblicken, lachte dabei jedesmal (ein Riesenmund und dicke Lippen) und war tatsächlich jeder Zoll ein Entlein. Jetzt fehlte noch das Attribut *häßlich,* aber das verbiß sich Monachow... Doch bei aller offenkundigen Häßlichkeit war an diesem Burschen etwas, das Monachow auffiel. Ein sehr sehr netter Junge, dachte er, ohne den geringsten Grund dafür zu haben. Monachows Mutter war damit beschäftigt, Mandeln zu kaufen, das *Entlein* schnitt, gegen jemanden gewendet, eine Fratze, offenbar um Natalja zum Lachen zu bringen. Monachow nickte ihr schlicht und würdevoll zu. Natalja warf ihren Kopf höher empor, was man als eine Sonderart des Nickens, genauso gut aber auch als die Unterlassung eines Zurücknickens deuten konnte. Tat es – und schwebte davon.

»Ljonetschka! Mir nach!« rief sie ihrem Begleiter herrisch zu, den wohl das von Natalja unbeachtet gebliebene Grimassenschneiden aufgehalten hatte. Der Zuruf verwandelte Ljonetschka in ein Kind. Mit fohlenhaften Sprüngen galoppierte er seiner Gebieterin nach.

»Sie ist noch ein ganz kleines Mädchen!« dachte Monachow mit zärtlich traurigem Lächeln. Trotzdem war ihm heiß geworden. Als er sich von ihr verabschiedete, hatte es ihn nichts gekostet, sich Natalja *nicht* vorzustellen. Als er sie wiedersah, stellte sich heraus, daß er sich nicht von ihr gelöst hatte.

»Teufel nochmal! ...« murmelte er, während er Ljonetschka nachblickte.

Nein, wirklich, ein sehr netter Junge...

Monachow fühlte, wie ihn Trübsinn überkam: ihm

stand wieder ein Leben bevor, das längst jeder Farbe entbehrte. Die allerletzte Farbe hatte sich wohl eben verflüchtigt: Nataljas abenteuerlich roter Rock flammte ein letztes Mal auf, ließ den Bazarstaub hochwirbeln – und war verschwunden ... Wie hatte er sich das nur wieder entgleiten lassen?! Wieder hatte er vergessen, was er gerade erst begriffen hatte ... Und was hatte er begriffen? ... »Wie habe ich es geschafft, sie drei volle Tage nicht zu sehen!«

Sie wiederum verstand ihn ausgezeichnet. »Das geht doch nicht, Monachow: wir werden uns gar nicht verabschieden können ...«, hatte sie voriges Mal gesagt. »Wie meinst du das? Was willst du damit sagen?« hatte der satte Monachow unsensibel bemerkt. »Meine Tante kommt. Du wirst nicht mehr da sein ...« Erst jetzt begriff er diese schlichten und klaren, von Herzen kommenden Worte. Es schnürte ihm sofort die Kehle zu: er konnte sie gestern und vorgestern sehen, während er sie morgen nicht mehr ... wird er sie wirklich nie mehr wiedersehen? ... Er wäre ihr gern nachgelaufen, um sie einzuholen und aufzuhalten! Alles war im Grund so einfach ...

Da stand er nun, und sein Gesicht drückte nichts aus.

Seine Mutter, die ihn überholt hatte, blinzelte kurzsichtig in die Menge, suchte ihn dort und wagte es einstweilen nicht, laut nach ihm zu rufen. Es war Monachow beschieden, das halbblinde, leicht erschreckte und gereizte Gesicht der Mutter gleich nach Nataljas Gesicht zu sehen. »Zum Teufel nochmal!« brummelte er, während er die Mutter sanft am Ellbogen nahm. Das Gesicht der alten Frau strahlte auf wie das eines Mädchens und bedeckte sich mit winzigen Splittern der Liebe und des Glücks. Monachow fiel es jetzt leicht, sich vorzustellen, wie die Mutter als junges Mädchen gewesen war.

»Wie sonderbar ...«, dachte Monachow. »Auch im

Leben eines jeweils nur von *einer* Liebe beherrschten Mannes gibt es so viele Frauen: die Mutter, die Oma, die Tochter...«

Dieser Gedanke war sich selbst genug.

Wenn es etwas gab, das Monachow endlich zum Wählen trieb und die Initiative in ihm weckte, dann war es jener mysteriöse Anruf...

So virtuos Monachow in beruflichen Dingen auch vorging, so geschickt er diese Dienstreise hingedeichselt hatte, so teuer kam ihn sein Übereifer zu stehen: die Strafe folgte auf dem Fuß. Aus jener Baubehörde, der er bereits den Gnadenstoß versetzt zu haben glaubte, kam ein Kurier in das Haus seiner Eltern (ein Telefon gab es im Haus nicht). Diesmal war es nicht der devot mit den Goldzähnen glänzende Ismailow, sondern ein kleinwüchsiger junger Mann um die dreißig, auf dem Kopf ein Usbeken-Käppchen, am Rockaufschlag das Komsomolabzeichen, und bleckte höflich lächelnd sein kautabakschwarzes Gebiß. Gerade deshalb, weil sich Monachow keines Irrtums oder Fehlers bewußt war, versetzte ihn der Satz: »Es liegt in Ihrem persönlichen Interesse...« in große Erregung: raffiniert hingesagt von diesem Jüngelchen, das auf einer unvergleichlich tieferen Sprosse der Dienstleiter als er selbst stand (dabei besaß das Jüngelchen ein Häuschen im Grünen und einen *Moskwitsch,* während Monachow davon bislang nur träumte...). Der kunstvoll lässig hingesagte Satz empörte und erschreckte ihn so sehr, daß er sich gleich auf den Weg in jene Baubehörde machte, und zwar nicht im Dienstwagen, sondern mit der Tram (was jenem Satz noch mehr Gewicht verlieh).

Es stellte sich heraus... Es stellte sich nichts Schreckliches heraus, nichts, was Monachows unterwegs jäh aufschießende Befürchtungen bestätigt hätte (sie waren ihm gerade deshalb gekommen, weil von der Logik her kein Grund zur Angst bestand). Was sich herausstellte, war Strategie, zum Teil auch Frechheit, und auf diesen Gefilden war Monachow weder so souverän noch so gescheit wie in der Ingenieurkunst. Jetzt mußte er sich ein weiteres Mal davon überzeugen, daß Strategie und Frechheit nicht weniger komplizierte aber dafür handfester sind als die Wissenschaft. Die gegen ihn gerichtete Aktion hätte genug Stoff für eine gute Kriminalstory geliefert, doch das wäre bereits eine andere Prosa als diese hier gewesen. Eine Kurzfassung für Uneingeweihte würde ihr Ziel mit Sicherheit verfehlen ... Also, man hatte einen Punkt im Vertrag gefunden, den es in sämtlichen Verträgen gab, dem bisher aber niemand Beachtung geschenkt hatte, weil man ihn für rein deklarativ hielt. Ferner hatte man herausgekriegt, daß es mit der Aufsichtspflicht der Lieferfirma ein wenig gehapert hatte. Mündliche Absprachen, die durch nichts Schriftliches bestätigt wurden, hatte man, nennen wir es euphemistisch: in einer ganz bestimmten Weise ausgelegt ... Kurzum: die Bündigkeit der Monachowschen Konklusionen war zwar nicht völlig in sich zusammengebrochen, aber stark ins Wanken geraten. Was die Vermutung nahelegte, daß ein geschultes Juristenhirn sich dieser Fragen angenommen hatte. Zu allem Überfluß war auch in Monachows Gedankengängen ein kleiner Fehler entdeckt worden, – nein: kein prinzipieller, keiner, der sämtliche Schlußfolgerungen umwarf – jedoch der Glanz seiner Expertise war ein klein wenig verblaßt. Monachow konnte sich nicht vorstellen, daß es Ismailow gewesen war, der ihn bei diesem kleinen Denkfehler ertappt hatte, dazu bedurfte es eines anderen Scharfsinns. Daß es so etwas in Taschkent gab: darauf war Monachow nicht gefaßt gewesen. Just diese Kleinigkeit, die keine echte Gefahr darstellte (die kam aus der juristischen Ecke), war es, die Monachows Eitelkeit einen schmerzhaften Schlag versetzte. »Wer mag dieser lokale Einstein sein?« dachte er gereizt und neugierig. Doch einen Einstein gab es nicht – es gab Ismailow (der Jüngling im Usbekenkäppchen lächelte im Hintergrund...) Kurzum, man hatte es unserem Monachow *gezeigt*. Dies um so brillanter, als keine Drohworte fielen – man war ihm gegenüber viel nachsichtiger, als er es gewesen war. Man ließ ganz einfach höflichst durchblicken... Man dankte, drückte seine Hand, lud ihn zum Wiederkommen ein. Und Monachow begriff, daß weder er selbst noch seine Konklusion etwas an der Lage der Dinge änderte. Er hatte das nicht erreicht und ausgeführt, was man von ihm erwartet hatte. Es gibt, mein lieber Mann, noch andere Leute außer dir... Leute, die – und das war das Kränkende – sich nicht nur nicht schlechter, sondern vielleicht sogar besser in diesen Dingen auskannten als er. Und weiter: man hätte ihn nicht herrufen müssen. Und endlich: er hätte nicht kommen müssen. Er war aber hingefahren (mit der Tram!). Und hatte sich damit seinen Platz angewiesen. »Das ist der Orient«, dachte Monachow.

Hier platzte nun der mysteriöse Anruf hinein. Die Sekretärin, eine mürbe Russin im vorgerückten Büroalter, kam ins Zimmer und flüsterte Ismailow etwas ins Ohr, während sie Monachow voller Mitleid anglotzte (wieweit mag sie eingeweiht sein, dachte Monachow...). Ismailow warf einen kurzen Blick auf Monachow, nahm seinen Telefonhörer und reichte ihn Monachow.

»Sicher ein Irrtum«, sagte Monachow verdattert. »Das kann nicht sein, daß man mich hier... Weil niemand weiß, daß ich zu Ihnen...«

»Sie werden verlangt«, sagte Ismailow.

»Geben Sie mir Monachow!« zwitscherte jetzt die Sekretärin los. »Wen soll ich Ihnen geben, frage ich!« Währenddessen ging Monachow, mit hochgezogenen

Augenbrauen und Schultern, ein hohes Maß an Nichtbegreifen sowie Anschnauzbereitschaft im Mißverständnisfall demonstrierend, um den Tisch herum und nahm den Hörer aus der Hand Ismailows. »Ich will Monachow sprechen, diesen Chef aus Moskau ...«, zitierte zwitschernd die Sekretärin.

»Monachow«, sprach Monachow mit qualvoll veränderter Stimme in den Hörer. Der Chef aus Moskau gefiel ihm nicht.

»Sie kennen mich nicht«, hörte er eine tiefe und zugleich jugendliche Stimme. »Im übrigen ist das nicht wichtig ...«

»Hallo! Wer spricht dort?« sagte Monachow und blies höchst überflüssigerweise auch noch in den Hörer hinein.

»Eine Bekannte von Ihnen ...« – Was soll der Quatsch, dachte Monachow – »Eine gewisse Natalja ... hat mich gebeten, Ihnen auszurichten, daß Sie unbedingt zu ihr kommen sollen. Sie hat Ihnen eine für Sie sehr wichtige Mitteilung zu machen. Ihr Leben könnte in Gefahr sein ...«

»Was soll der Unsinn!« rief Monachow, während er die zum Parallel-Hörer eilende Sekretärin ansah. »Wer spricht dort? Gibt es denn keinen anderen Weg ...«

»Sie ist sehr krank, diese Natalja« – die Stimme klang jetzt dumpfer, als wollte jemand dem Sprechenden den Hörer entreißen.

»Was fehlt ihr denn? ...«

»Ich kann jetzt nicht mehr weiterreden ...« – der Mann am anderen Ende der Leitung hatte aufgelegt.

»Hallo!« Monachow klopfte mit hochrotem Gesicht auf den Hörer und begriff nicht gleich, weshalb Ismailow seine kurzfingrige Hand stumm gegen ihn ausstreckte. Ismailow nahm ihm den Hörer ab und legte ihn, behutsam wie einen Wertgegenstand, auf die Gabel.

Das Ganze war einfach läppisch. Als Monachow Ismailows Zimmer verließ, fühlte er sich wie besudelt. Die Sekretärin blickte ihm aus großen Augen nach.

»Jetzt könnt ihr alle was erleben!« dachte Monachow. Er schäumte, während er rasch und bitterböse dem Haus der Eltern zustrebte. Er trieb die Sache auf die Spitze, kam bis ganz weit oben, entlarvte Ismailow; er las Natalja wie einer Schülerin die Leviten; er wendete seine grausame Ironie gegen sich selbst und titulierte sich mit *Dummkopf* und *Esel*. Doch während ihm einige seiner Mutmaßungen ein Lachen entlockten, konnte er nicht gut umhin, damit zu rechnen, daß Natalja tatsächlich erkrankt war, oder daß ihre Verehrer ihn in eine Falle locken wollten, oder daß Natalja, über höchst private Drähte, von einer ihm drohenden Gefahr erfahren hatte. Drohte ihm vielleicht der Tod? Aber wer würde ihn schon ermorden wollen? ... An dieser Stelle lachte er jedesmal auf, ohne Rücksicht auf die verwunderten Blicke der Straßenpassanten. Das war der reinste Abenteuerfilm! ... Wenn das Ganze ein Mätzchen Nataljas war mit dem Ziel, ihn zu zwingen, zu ihr zu kommen, dann müßte er sie durch Nichtkommen strafen. Freilich war auch in diesem Fall Nataljas Hartnäckigkeit für ihn schmeichelhaft, sie bestätigte seine Unwiderstehlichkeit ... Und wenn es eine Drohung war ... Monachows Herz krampfte sich in jungenhaftem Erschrecken zusammen, ihm wurde fröhlich zumute, er malte sich aus, wie er diese ganze Rasselbande, die ihn in einen Hinterhalt locken wollte, zu Paaren treibt und in die Flucht jagt, und selbst noch die Variante, daß nicht er sie verprügelt, sondern sie ihn, wäre nach seinem Geschmack gewesen. Auf keinen Fall wird er den Feigling mimen, er wird hingehen, er wird wie ein Tölpel (von ihrem Standpunkt!) in die Falle hineinmarschieren, er wird keinen Polizeischutz anfordern und niemanden benachrichtigen. Je entsetzlicher das ausgemalte Bild ausfiel, desto stärker wuchs sein Mut. Und wenn Natalja die Sache deshalb eingefädelt hatte, um ihn auf die Probe zu stellen und seinen Mut zu testen? ... Das war die wahrscheinlichste Möglichkeit. Wenn er die Prüfung nicht besteht, ist ihr weiblicher Stolz befriedigt: dann ist er ihre Liebe nicht wert ...

Falls dieser letzte Fall zuträfe, der die beiden ersten in sich vereinigte, bliebe Monachow mit Sicherheit noch einen weiteren Tag in Taschkent, um die ihm zugedachte Prüfung in Ehren zu bestehen.

Zur Ehre Monachow muß bemerkt werden, daß er auch den *ritterlichen* Gesichtspunkt – und mochte der noch so unwahrscheinlich sein – bis zuletzt im Auge behielt: daß Natalja wirklich krank war, daß ihr – und nicht ihm Gefahr drohte.

»Da wäre ich nun angekommen ...«, dachte Monachow mit einem Lächeln, während er der den schweren Korb mit den Früchten scheinbar mühelos tragenden kräftigen Natascha folgte. Eine Sekunde kam es ihm so vor, als sei er immer nur hierher unterwegs gewesen: von *irgendwo* her, nicht von der Mutter und nicht von der Ehefrau. Die Wohnung wirkte anders als bisher, als sei er noch nie hier gewesen. Er zwängte sich zwischen Natascha, Obstkorb und Wohnungstür hindurch in die enge dunkle Diele. Von hier übersah man die Küche, wo eine verhutzelte Frau mit struppigen grauen Haaren und einer Zigarette im Mund Geschirr wusch.

»Tante, das ist Monachow«, sagte Natascha, während sie den Korb abstellte.

Die Tante beugte sich zurück, blinzelte ins Dunkel der Diele, nickte freundlich: als stiege ihr der Zigarettenrauch in die Augen und sie könne ihn mit den nassen Händen, nicht wegwischen ... Monachow machte einen artigen Diener.

»Vorwärts, Monachow. Du kommst von der Reise und mußt dich erst mal duschen...«, sprach Natascha mit lauter Stimme. Die Worte waren für die Tante bestimmt. Sie zog Monachow durch den dunklen Korridor hinter sich her. Monachow folgte ihr, der Tante galant etwas vortänzelnd, als befände sich noch jemand zwischen ihnen, etwa ein Haustier mittlerer Größe, auf das man nicht treten durfte. »Was mag sie dieser Tante wohl erzählt haben?« dachte Monachow säuerlich. Dieser Familienverband, der sich in Sekundenschnelle gebildet hatte und aus ihm und der Tante bestand, behagte ihm nicht. Seine Vorahnungen hatten ihn nicht getrogen. Er dachte wehmütig an seine sich in nichts auflösende List. »Ich frage sie geradeheraus, warum sie diesen Anruf... Und daraufhin...« Doch es gelang ihm nicht, diese Frage zu stellen.

Auch das Zimmer erkannte er nicht wieder. In diesem einst so leeren Raum hatte eine sinnlos große Zahl von Gegenständen Platz gefunden: ein mit einem Aluminiumstreifen eingefaßter Kantinentisch, ein genauso beschaffener Stuhl, an einem frisch in die Wand geschlagenen Eisennagel der Kopf eines hölzernen Engels, ein unstreitig antikes Stück, mit abgeschlagener Nase und Flügeln, die gleich hinter den Ohren begannen, ein großes ausländisches Poster, auf dem ein weißes nacktes Mädchen neben einer riesengroßen weißen Isolationsrolle abgebildet war; das große Fell eines von Monachow zunächst nicht identifizierten Pelztieres – es war ein Jakfell –, und auf dem Fell ein schon lange nicht mehr rasierter Mann mit wirrem Haar, der so alt wie Monachow sein mochte. War das am Ende Ljonetschka? Der Mann umklammerte mit seinen Händen seine unsauberen Hosenbeine.

Monachow war verblüfft.

»Mein Gott, bist du komisch, Monachow!« lachte

Natascha. »Was ist los mit dir? Das ist Sjablikow! Du hast ihn doch schon einmal gesehen.«

Monachow tapste mit vorgestreckter Hand auf ihn zu.

Sjablikow machte eine Bewegung, die seine Bereitschaft zum Aufstehen andeuten sollte, und reichte Monachow seine winzige ungewaschene Hand.

»Monachow«, sagte Monachow.

Sjablikow sagte indessen nicht »Sjablikow«, er beschränkte sich auf einen aufmerksamen Blick. Dieser Blick machte Monachow wieder verlegen, obwohl er weder Mißmut noch Feindseligkeit ausdrückte. Aber Monachow war, als hätte dieser Sjablikow ihn durchschaut. Dieser zunächst unbestätigte Eindruck von Sjablikows Scharfsinn weckte in Monachow ein aus Achtung und Abneigung gemischtes Gefühl.

»Du hast dich unterdessen ganz schön eingerichtet ...«, sagte Monachow, nur um etwas zu sagen.

»Diesen Tisch«, lachte Natalja, »haben Sjablikow und Ljonetschka gestern gemeinsam aus dem Café an der Ecke geklaut und hergebracht ...«

»Wie das?«, fragte Monachow.

»Ganz einfach. Sie haben ihn genommen und sind damit losgerannt.«

Sjablikow schien dem Bericht über seine Heldentat mit Interesse zu lauschen.

»Und dieser Engel? ...« fragte Monachow und zeigte mit dem Finger auf das Engelsköpfchen. »Der ist doch echt?« Ganz sicher war er sich nicht, und seinen Ruf als Kunstkenner wollte er lieber nicht aufs Spiel setzen.

»Das ist kein Engel, sondern ein Cherub«, korrigierte ihn Natalja stolz. »Natürlich ist er echt. Einen unechten hätte mir Ljonetschka nicht geschenkt ...« Monachow schwieg. »Und das Fell stammt von Sjablikow.«

»Es stammt nicht von mir, sondern von einem Jak«,

sagte Sjablikow. Der Scherz, zu dem es jenes Scharfsinns, den Monachow bei Sjablikow vermutet hatte, wahrlich nicht bedurfte, war folglich nichts als eine Artigkeit. Um so bereitwilliger quittierte ihn Monachow mit einem Lachen: das Demokratische an Sjablikow mußte honoriert werden. Nur er war als einziger ohne Geschenk gekommen. Einen Moment lang dachte er an den Obstkorb, verwarf aber den Einfall gleich wieder: das kam ihm zu zynisch vor. Er wunderte sich ein bißchen darüber, daß er überhaupt nicht an ein Geschenk gedacht hatte: vermutlich war er davon überzeugt, selber Geschenk genug zu sein. Monachow lächelte ironisch. Sjablikow hielt ihm eine Schachtel mit sehr langen Zigaretten hin.

»Die drehe ich selber«, sagte er.

Nur um Sjablikow nicht zu kränken, nahm Monachow eine Zigarette, setzte sich neben Sjablikow auf das Fell und drehte die Zigarette zwischen seinen Fingern, während der Tabak herausbröselte.

»Ich habe das Rauchen aufgegeben«, sagte er.

Sjablikow nahm die Zigarette wortlos aus Monachows Fingern und legte sie in die Schachtel zurück. Monachow lächelte verlegen.

Natascha war in die Küche gegangen. Sjablikow schwieg, und auch Monachow schwieg, während ihm ein Gedanke zunehmend Kummer machte. Ihm war erst jetzt etwas aufgegangen: weshalb war jeder der drei Wege zum einzigen geworden, so daß die Wahl sein Inneres zerriß?: Woran mochte das gelegen haben? Gesetzt den Fall, er entschied sich für Natascha, dann wäre die Folge, daß sie, gleich von der Türschwelle her, ein uferlos breites Bett beträten und im Zustand der Zweisamkeit blieben, durch nichts behindert und gestört, bis zu jenem Moment, da es für Monachow wieder Zeit geworden wäre. Dieser Wirbelwind gleich von der Schwelle her, als Lohn der Entschlossenheit, dieser zu zweit okkupierte Geburtstagszeitraum war das Einzige, was bei der Wahl den Sieg davontragen konnte. Das heißt: die Varianten der Wahl brechen mit der Wirklichkeit, indes die Wahl die Realität widerzuspiegeln versucht ... Die Evolution der Variante: es siegt die, der es gelingt, am verlockendsten zu erscheinen. Nun hatte er hier Sjablikow, die Tante und den Cherub angetroffen – das hätte er sich denken können. »Die Wahl deformiert das Ziel«, formulierte Monachow und hielt den Gedanken im Hirnkasten fest, so wie man in den Händen eine in sich geschlossene Form hält, ein Detail von unbekannter Herkunft und Bestimmung. Ein süßes Sächelchen – doch leider für die Katz. Und schon wird das Sächelchen weggelegt und vergessen.

Natascha lockte ihn in den Korridor.

»Was ist mit dir, Monachow ... dummer Junge ...«, sprach sie auf ihn ein, während sie ihn wie eine Säule umarmte. »Warum schmollst du dem Sjablikow. Der ist die Unschuld in Person.«

Monachow war erstaunt, daß sie vermuten konnte, er hätte vermutet ... Einen Rivalen sah er in Sjablikow nun ganz gewiß nicht, denn er hielt sich aufrichtig für konkurrenzlos.

»Und Ljonetschka, kommt der auch noch her?« fragte er.

»Später werden beide wieder gehen!« erwiderte Natascha und umarmte ihn heftiger. »Sie nicht einzuladen, war unmöglich ...«, fügte sie flehend hinzu.

Monachow war befriedigt, daß ihm der Vorzug gegeben wurde. Er küßte Natalja. Aus dem dunklen Korridor kehrte er dann an die Seite des hell erleuchteten Sjablikow zurück. Er bemühte sich, Natascha durch Blick und Anblick nicht zu kompromittieren, anders herum gesagt: dezent anzudeuten, daß er vorhin im Korridor nichts mit ihr hatte. Doch wie konnte das angedeutet werden? Und wie hätte er im Korridor was mit ihr haben können? Sjablikow schaute ihn ein weiteres Mal an, und wieder erschien er Monachow als ein Mann mit Köpfchen. Als hätte Sjablikow etwas ungesagt gelassen, das Monachow unangedeutet ließ.

»Dann zieh ich also los?« fragte Sjablikow.

»Weshalb, bleiben Sie doch!« widersprach Monachow, selig errötend. »Sie haben keinen Grund zum Weggehen«, fügte er unschlüssig hinzu.

»'nen Rubel habe ich bereits«, sagte Sjablikow und schaute wieder auf Monachow.

»Ach, Sie meinen einkaufen...« Monachow war verlegen, er ärgerte sich über sein loses Mundwerk. Mit Bereitwilligkeit begann er, in seinen Taschen zu wühlen. Fünf, dann zehn Rubel kamen zum Vorschein. Er hielt das Geld Sjablikow hin. Der zögerte eine Sekunde lang und nahm dann den Fünfrubelschein. Daraufhin entschwand er.

»Was hast du angestellt, Monachow!« sagte Natascha, als sie wieder ins Zimmer kam. »Weshalb hast du ihm das Geld gegeben? Ihr seid doch beide im Nu blau, bis zum Abend haltet ihr niemals durch. Du bist dumm, Monachow. Der Sjablikow ist schlicht ein Freund von mir. Zwischen uns ist nichts. Laß mich los, Monachow!... Der Sjablikow kommt gleich wieder mit dem Wein... Monachow... Tante!«

Sie riß sich los und rannte in die Küche.

Sjablikow entpuppte sich als ein lustiger Mensch. Solchen Leuten war Monachow noch nie begegnet. Sjablikow war ein Landstreicher und Wanderer. Er war die sibirischen Ströme von den Quellen bis zum Ozean entlanggefahren, er hatte Wüsten, hatte die Taiga durchquert, und das alles schien wirklich die Wahrheit zu sein. Er konnte ein halbes Jahr in Gesellschaft von Stechmücken und Tannennadeln verbringen und sogar dem Alkohol entsagen: nicht nur, weil es nichts zu trinken, sondern auch, weil es keinen

Grund dazu gab. Auch das übrige Leben, sich selbst eingeschlossen, schien er nicht schlechter zu kennen als die großen Wälder, und er verachtete es offenbar mit einer solchen Gründlichkeit, daß ihn Ruhe und Herablassung nie verließen. Die Dummheit freilich ging ihm auf die Nerven, denn sie ist schwer zu übersehen. Kurzum, Monachow fand Gefallen an Sjablikow und gab sich seinerseits Mühe, ihm zu gefallen. Er versuchte, seinen Verstand zu demonstrieren, verhedderte sich aber ständig in Ungenauigkeiten. Sjablikow unterließ es, ihm bei linkischen Wortwendungen mit verachtenden Blicken festzunageln, und Monachow selber ertappte sich in der gleichen Sekunde und schwamm sich, mit mehr Glück als Verstand, wieder frei. Die Nachbarschaft eines so klugen Mannes war ein Segen! ... Man kann das Geschehen auch knapper umschreiben: die beiden sprachen dem Alkohol zu.

Die in der Küche werkelnde Natascha kam bisweilen ins Zimmer, um den Grad ihrer Betrunkenheit festzustellen.

»Na, seid ihr schon hinüber? ...« fragte sie und fuhr mit den Fingern durch Monachows Haar. Monachow erschauerte unter dieser Zärtlichkeit und war sich nicht schlüssig, ob das schmeichelhaft oder in Sjablikows Augen überflüssig war. Er tat, als gäbe es nichts Aufregendes ... Nataschas Hand erkaltete, bebte nicht mehr. Monachow spürte im Rücken ihren starr gewordenen Blick. Dann ging sie hinaus.

Monachow war dabei, eine jener unwahrscheinlichen Begebenheiten zu erzählen, mit denen ihm der Vater so gern in den Ohren lag und denen er herablassend zu lauschen pflegte. Nachdem er die Geschichten und Histörchen seines Vaters leicht frisiert hatte, entdeckte er in ihnen jetzt einen immer tieferen Sinn. Die Schildkröten krochen aufs Meer zu und weinten ... die Vögel orientierten sich am flachen Land ...

das allerletzte Seeungeheuer verbrachte seinen einsamen Lebensabend in jenem England, dessen Tage wohl auch schon gezählt waren...

Sjablikow verwies auf ähnliche Fälle aus seinem Erfahrungsschatz.

Monachow war entzückt und hingerissen. Er ließ ein herzliches Lachen ertönen, sein Leib bebte immer stärker und gekünstelter. Dieser Sjablikow mochte klüger sein, doch ihn, Monachow, liebte man, deshalb fühlte er sich nicht gekränkt und erniedrigt, er freute sich, gleichsam jünger geworden zu sein: als hätte ihn der Schatten des älteren Bruders, hier auf dem Fell, in die Kindheit versetzt. Sjablikow beugte sich vertraulich zu ihm herab und hauchte:

»Ich habe eine Gezinkte, hörst du?«

Monachow nickte einverständig, ohne etwas zu begreifen. Er akzeptierte die Gezinkte so bereitwillig wie die *Farbe,* die er herunterspülte: den fuseligsten Rotwein seines Lebens. Sjablikow hatte ihn für die fünf Rubel Monachows in rauhen Mengen eingekauft. »Meine Gezinkte ist lupenrein«, flüsterte Sjablikow. Im Klartext hieß das: ich weiß, wo ein Schatz vergraben liegt. Alles was er brauchte, war ein Kumpel. Ihn zu finden, war freilich nicht leicht. Auf einen Kumpel muß Verlaß sein. Die stumme Pointe war, daß niemand anderer als Monachow dieser Kumpel werden sollte.

»Das Einzige, was mir an dir mißfällt...« – Monachow horchte auf, bereit einzuschnappen – »... ist dieser Krampf mit dem Beruf.« – Monachow lockerte sich wieder. »Ich glaube dir, daß du ein Klasse-Ingenieur bist. Aber was folgt schon daraus?«

Monachow hätte jetzt auch nicht sagen können, was daraus folgte. Vor seinen Augen glitzerte die Million, der goldene Berg, den ihm Sjablikow verhieß. Eine Million im Handumdrehen!

»Gut, warum nicht.« Monachow war einverstanden.

»Also topp!«

Manchmal kam Natascha rein. Monachow war stets ins Gespräch vertieft.

»Merkwürdig«, sagte sie. »Ich hätte nicht gedacht, daß du so ein Kind bist.«

Monachow horchte auf: war das gut oder schlecht? Schmeichelte man oder stichelte man?

»Ein totes Kind«, sagte Natascha.

Man stichelte. Aber nur deshalb, weil man selber Stiche eingesteckt hatte...

»Hör mal her«, sagte Sjablikow und schwankte im Sitzen. »Es gibt noch eine andere Gezinkte...«

»Hör nicht auf das, was er sagt!« lachte Natascha. »Er will bestimmt wieder das Hünengrab aufbuddeln?«

Sjablikow schaute sie ergeben an und schnappte nach ihrem Arm, um ihn abzuküssen.

»Laß mich in Frieden!« sagte Natascha gutmütig und schüttelte ihn ab.

Sjablikow ließ sich zur Seite gleiten und schlief sofort ein. Auf seinem Gesicht war ein kindliches Lächeln.

»Das reinste Leichenschauhaus«, sagte Natascha. »Und du, Monachow, du bist mir der richtige...«

»Wie meinst du das?«

»Du bist ein Verräter, Monachow.«

Monachow stritt sich mit Natascha, stellte sich dann unter die Dusche, wurde nüchtern und blickte finster. Sjablikow lag weiter in der gleichen Pose auf dem Fell und sah einer Leiche nicht unähnlich. Was sollte dies alles? In der Luft war der Geruch nach Fiasko und Banalität. Er hatte sich da etwas aufgehalst, um das sich nichts lohnte. Monachow saß auf dem Stuhlrand, verhärtet und wie abwesend, und schien die Luft dieses fremden, überflüssigen Raumes nicht zu berühren. Nach der Dusche war er leicht angeekelt.

Natascha hetzte sich ab, deckte den Tisch, Monachow schaute sie nicht an.

»Komm, sei nicht böse«, sagte sie und versuchte, ihn zu umarmen.

»Ich bin dir nicht böse«, erwiderte Monachow trist.

»Du liebst mich nicht, Monachow.«

»Aber nein, wieso denn nicht ...«

»Du brauchst keine Angst haben. Du hast mir nie gesagt, daß du mich liebst. Du schuldest mir nichts.«

»Habe ich es dir wirklich nie gesagt? ...«

»Verschone mich damit, Monachow! Und werde endlich wach! Ich bin es!« – Sie nahm ihn an den Schultern und schüttelte ihn – »Ich liebe dich. Du bist zu mir gekommen. Ich heiße Natascha. Du Lieber ...«

Sie vergrub sich zwischen seinen Knien. Monachow warf einen letzten Blick auf den wie tot daliegenden Sjablikow, kniff die Augen zusammen und kraulte Nataschas Kopf. Er war ruhig und stöhnte wohlig.

Da ertönte, seinen Schädel spaltend, die Türklingel.

»Verflucht!« sagte Natascha und sprang auf.

Die Wohnungstür fiel ins Schloß, eine Baßstimme dröhnte auf, die Tante lachte freundlich. Jemand flog mit Vogelgeräuschen durch den Korridor und stieß gegen die Wände.

Ins Zimmer, durch die Tür, zwängte sich ein riesengroßer Tulpenstrauß. Das ging nur mit Mühe und dauerte lange. Als der Strauß endlich im Zimmer war, sah man dahinter ein schwulstlippiges, verlegen gerötetes Jungengesicht. Der Junge hielt den sich auflösenden Strauß mit letzter Kraft zusammen, dann entglitt ihm langsam ein dickes, in der Achselhöhle lokker eingeklemmtes Buch.

Von Nataschas Gesicht wich der wütende Ausdruck: als besäße die Wut nichts, woran sie sich festhalten konnte.

»Du stellst dir nicht vor, wie ich gerannt bin! ...«

hauchte der Jüngling und ließ das Buch endgültig fallen. Als er sich danach bückte, zerfiel der Strauß. Jetzt kam auch noch die Tante herbei. Sie lächelte.

»Der Ljonetschka ist da«, verkündete sie, als sei das eine Neuigkeit.

Doch, das war der Junge, den Monachow auf dem Bazar gesehen hatte ...

Natascha bekam heiße Wangen, sie preßte beide Handrücken gegen das Gesicht, um es abzukühlen. Über eine auf dem Boden liegende Blume stolpernd, schoß sie dann zum Zimmer hinaus.

»Was ist mit ihr?« fragte Ljonetschka erschreckt, während er seine Augen im Zimmer umherschweifen ließ. Er suchte nach der Ursache, doch er übersah Monachow, obwohl der, direkt vor ihm, auf seinem Stuhl dasaß. Ljonetschkas Quellaugen, die die Farbe des leersten aller Himmel hatten, blickten dorthin, wo eben noch Natascha gestanden hatte, fanden sie aber nicht. Das und Ljonetschkas Verlegenheit brachten Monachow wieder zur Besinnung. Er stand auf und ging auf Ljonetschka zu. Ljonetschka, der Monachow weiterhin nicht wahrnahm, hatte jetzt begriffen, daß Natascha nicht im Raum war. Er schleuderte die wenigen in seinen Händen verbliebenen Blumen weit von sich und lief Natascha nach, wobei er die Tante fast über den Haufen rannte.

»Hör mal zu! Hör mal, Natascha!« schrie er im Laufen. »Jetzt warte doch mal ...«

Die Tante las stumm, ohne Monachow anzublikken, die über den Fußboden verstreuten Blumen auf. Sjablikow saß gerade aufgerichtet auf seinem Tierfell und schaute der Tante zu.

Ljonetschka trommelte gegen die Badezimmertür: »Mach auf! Mach endlich auf, Natascha! Ich muß dir etwas sagen ...«, flennte er.

Monachow gestand sich ein, daß er nicht alles verstand.

Das mit den Tulpen vollgestellte Zimmer hatte sich wieder verwandelt und verklärt. Der Tisch war gedeckt, es brannten Kerzen. Monachow kam es so vor, als weilte er hier schon so manchen Tag, und jeder dieser Tage war dem Vortag überhaupt nicht gleich. So sehr sich Monachows Vorstellungen von diesem Tag von dem unterschieden, wie sich der Tag angelassen hatte, so sehr unterschied sich der Abend dieses Tages von seinem Anfang. Ihm war, als liefe alles in umgekehrter Reihenfolge ab, als würde sich dieser Tag wie eine Filmrolle von hinten nach vorn abspulen. Sie saßen jetzt um den Tisch herum, als sei es nicht heute, sondern gestern: so wie es zu Beginn sein konnte, später aber nicht mehr. Alles war unerwartet rein, festlich und würdevoll. Der stinknüchterne Sjablikow kümmerte sich um die Tante und ließ ihr manche Aufmerksamkeit zuteilwerden; Monachow gefielen alle Leute am Tisch, besonders Ljonetschka. Natascha gefiel allen, wollte jedoch vor allem Monachow gefallen, was ihr nicht in dem von ihr gewünschten Maß gelang. Ljonetschka sah niemanden außer Natascha. Man trank Sekt, man aß eine Wassermelone, die sich wie durch ein Mirakel über den Winter erhalten hatte. Diese Frucht, die die Phantasie des Nordländers Monachow besonders stark erregte, die es in dieser Jahreszeit streng genommen nicht geben durfte, verstärkte in ihm den Eindruck, daß alle hier um ihn herum Versammelten nichts weiter waren als die Erinnerung an diesen, schon einmal gelebten Abend.

Natascha war feiertäglich schön. Was auch immer gewesen sein mag: das, was sich in Monachows *Erinnerung* abspielte, vollzog sich vor allem an und mit Natascha, und zwar nicht in der Erinnerung, sondern *jetzt* in ihrem hier präsenten Leben. Dieser Tag war ihr Geburtstag: das war wohl der springende Punkt. Nächstes Jahr wird sie schon vierundzwanzig! ... Sie war ängstlich und fröhlich zugleich. Monachow weckte in ihr Liebe und Entsetzen, Ljonetschkas Ergebenheit schmeichelte ihr und brachte sie zur Verzweiflung. Die Gegenüberstellung Monachow–Ljonetschka erzeugte bei ihr Furcht und Neugier. Furcht und brennende Neugier waren es hauptsächlich, die ihr Gesicht leuchten machten und verschönten, was dem einen der Männer als das Licht der Liebe zum anderen Mann, diesem anderen aber als der Widerschein der Liebe dieses einen Mannes zu Natascha erschien. Sie loderte bereitwillig in diesem Feuer mit. Ljonetschka war so hingerissen, daß er keine Eifersucht empfand. Schon eher tat das Monachow: »Dieser da liebt wirklich! So müßte man lieben können!« Neid erfüllte Monachow, während er Ljonetschkas Gesicht sah, diese Himmelpfütze, in der sich Natascha spiegelte. Wie lebte dieses Gesicht, wie atmete es! Es flog wie ein Reiter dahin (Ljonetschka selber war – in diesem Bild – der Gaul): vorwärts, zu ihr hin, immer nur zu ihr! ... Er schien unaufhörlich auf sie zuzuschreiten: er ging, er kam an, er sah, er kehrte um und so fort. Er schritt über den Tisch hinweg auf sie zu, über zwei Meter Abstand hinweg wie durch eine Unendlichkeit, die ihn weder schreckte noch aufhielt. Es machte Monachow zwar froh, Natascha zu sehen, es schmeichelte ihm, in ihren Blicken zu lesen, aber er brauchte nur das dahinfliegende Gesicht Ljonetschkas zu sehen und schon konnte er sich nicht mehr vom Anblick dieses endlosen freudetrunkenen Dahinstürzens losreißen, und jetzt fiel es ihm schwer, Natascha anzuschauen, die ihrerseits nicht Ljonetschka fixierte, sondern auf einen Blick Monachows wartete. So nackt, so offen schimmerten ihre weiten Augen, darauf eingestellt, daß nun schon bald: in einer Minute, in einer Stunde, sehr bald ein Entschluß fallen würde. Zwar nicht ihre, aber jemandes Entscheidung – und dieser Jemand war ihr wohlbekannt. Sie hatte alles getan, in die Wege geleitet und zusammengeführt, sie hatte das Unvermeidliche in Szene gesetzt – jetzt konnte sie nurmehr warten. Und es war eine frohe Erwartung – sie verließ sich auf nichts und gab sich keinen Illusionen hin, aber sie konnte, ohne den geringsten Anlaß, noch weitere tausend Mal hoffen, so wie Ljonetschka hunderttausend Mal hoffen konnte, so wie Monachow wenigstens einmal im Leben gehofft hatte...

Ljonetschka rutschte ständig hin und her, lächelte mit seinem dicklippigen, zahnlückenreichen Mund, lächelte strahlend und ungeniert, weinte vor Glück, weil er sie mit seinen wie eine Wolke hoch am Himmel leeren Augen anschauen durfte. Er konnte den beiläufigsten Unsinn reden, es war jedesmal eine Liebeserklärung, er erzählte ihr zum soundsovielten Mal, wie sehr er sie liebe und daß alles, was auf der Erde vorgeht, nur ihretwegen geschehe: für sie geschehe – oder von ihr handele. Natascha hörte ihm nicht zu – doch sie war wie geborgen in diesem Redeschwall! Welch eine dumpfe, ausweglose Stille träte ein, wenn dieser Ljonetschka, dessen Worte sie nicht hörte, plötzlich verstummen würde! Wie wenig bekümmerte es ihn, daß er häßlich, linkisch und ungeliebt war, daß er Dinge sagte, die nicht gehört wurden! Monachow betrachtete ihn mit neidischer Bewunderung. »Es ist unmöglich, einen Ljonetschka *nicht* zu lieben«, dachte er und spürte, wie eine längst ungewohnt gewordene Wärme plötzlich in sein Herz einzog. »Eine Frau ist ein wahrhaft wunderliches Wesen«, dachte er, als er unversehens wieder einmal Nataschas heißen Blick aufgefangen und es vermieden hatte, durch einen Gegenblick irgendwas zuzusichern. »Wozu braucht sie mich? Nein, das Ganze gefällt mir nicht!«

Die rauchende Tante, die früher einmal auf der Bühne gesungen und deren Ehemann im Zirkus gearbeitet hatte, blinzelte den von ihr erzeugten Zigarettenrauch an und mimte Bedeutsamkeit. Monachow blickte sie nicht ohne Mißtrauen an. Nur ein weiser Mann wie Sjablikow (der seltene Fall eines Menschen, bei dem das Zynische die Rolle des Humanen übernimmt) konnte so was ertragen. Natascha wußte, was für ein Vogel ihre Tante war, die heute zur Abwechslung die Mutterrolle spielte: die gehörte zu ihrem Repertoire. Monachows Hemmungen, die Tante anzublicken, entsprangen jedoch vorwiegend seiner Scheu, den Eindruck zu wecken, er gäbe irgendwelche Garantieerklärungen ab.

»Lies doch mal deine Gedichte vor, Ljonetschka!« sagte die Tante mit klarer Stimme.

»Eine ausgezeichnete Idee!« rief gleich Monachow.

»Natascha kennt die Gedichte schon, sie wird sich langweilen«, zierte sich Ljonetschka.

»Trag deine Gedichte vor!« sagte Natascha. Sie freute sich über Monachows Interesse. »Ich wollte ihm selber was von dir vortragen, aber ich hatte alles vergessen.«

Zum erstenmal blickte Ljonetschka Monachow an: wie einen unbelebten Gegenstand.

»Das eine Gedicht hab' ich umgemodelt«, sagte Ljonetschka.

»Mach schon, zier dich nicht!« befahl Natascha.

»Von mir aus«, sagte Ljonetschka und schloß die Augen. »Also: Tagesanbruch. So heißt das Gedicht ...«

Und er begann, sein Gedicht vorzutragen:

Die Welt ringsum stand da, als sei ich tot ...
Es gab mich nicht in dieser Welt, und langsam
verlor sie alle jene Dinge, die
ich mir im Lauf des Lebens angeeignet ...

Ljonetschka rezitierte im Singsang und versetzte sich in eine schaukelnde Bewegung, weshalb Monachow zunächst ein Gefühl der Peinlichkeit verspürte. Bald aber wurde ihm klar, daß Ljonetschka sich nicht aufspielte, sondern daß er es aufrichtig meinte. Ab und zu musterte er Natascha: er hatte erst jetzt Gelegenheit dazu. Sie war aufgeregt, wegen Ljonetschka, und blickte Monachow nicht an. »Sie paßt haarscharf zu ihm!« dachte Monachow voller Verwunderung und Eifersucht. »Wie sonderbar, daß sie das nicht begreift!« Die Tante blinzelte. Sjablikow drehte seine Riesenzigarette zwischen den Fingern.

Je länger Ljonetschka zitierte, desto wohler fühlte sich Monachow. Entweder hatte er sich an die Vortragsweise gewöhnt und das Gefühl der Peinlichkeit überwunden oder er war inzwischen überzeugt davon, daß die große Blamage ausbleibt. Er lauschte immer aufmerksamer, während Natascha nicht mehr zuhörte. Sie sah Monachow jetzt beim Hinlauschen zu...

»Das Gedicht ist gleich zu Ende«, sagte Ljonetschka, fuhr jedoch in seinem Vortrag fort:

Lauf schnell, lauf zu, man nahm uns ins Visier.
Die Scheinbegriffe halten uns umzingelt.
Halt bis zum letzten aus – du brichst ihn nicht:
den Ring ihrer mit Stahl wattierten Arme...

Alle schwiegen.

»Früher war es besser«, sagte Natascha wie jemand, der das alles ganz genau kennt.

»Wirklich?« fragte Ljonetschka bereitwillig. »Mir selber hat es eben auch nicht gefallen. Aber es ist ja auch egal! ...« – er machte eine vage Bewegung.

Monachow war sehr angetan. Und er hielt es für angebracht, das auszusprechen, wobei er errötete.

»Gefällt es dir wirklich?« sagte Natalja mit der gleichen Bereitwilligkeit wie vorhin Ljonetschka. »Alle Achtung, Monachow! Das hätte ich dir fast nicht zugetraut. Du siehst, daß ich Recht hatte!« – Ihre Stimme triumphierte.

Monachow äußerte, erneut errötend und ohne Natascha anzublicken, den Wunsch, daß Ljonetschka das Gedicht für ihn abschreibe.

Ljonetschka klapperte dankbar mit den Wimpern, nickte und setzte sich neben Monachow wie neben einen alten Freund. Darüber war Monachow etwas erstaunt – oder hatte er bisher alles mißverstanden?

»Wir trinken jetzt auf unseren Dichter!« schlug die Tante vor.

Monachow hielt sein Glas schnell hin. Zu seiner Verwunderung hatte ihn Ljonetschkas Verskunst stärker beeindruckt, als er zunächst annahm. Der Eindruck schien sich langsam zu entwickeln. Monachow schielte zu Ljonetschka und senkte zugleich seinen Blick. Das ungelenk Kindische an Ljonetschka hatte jetzt für Monachow einen Stich ins Bedeutungsvolle. Nachdem er Ljonetschka *akzeptiert* und Respekt vor ihm hatte, war er dabei, die daraus folgenden Veränderungen aufzuspüren. Er fand keine. Das hier war immer noch der gleiche Ljonetschka, der seine Lesung mit dem größten Vergnügen begoß und sie bald vergessen hatte. »Natascha ist also seine Muse ...«, dachte Monachow und blickte sie an. Sie betrachtete ihn konzentriert, als versuchte sie, ihn irgendwo in weiter Ferne wahrzunehmen.

... Die Perspektive kam ins Schwanken, verkürzte sich, brach auseinander. Das Glas schlug, ganz von selber, gegen eine in der Nähe stehende Flasche. Die Lampe machte einen Ruck, die Schatten verschoben sich. In alles kam Leben.

»Menschenskinder!« sagte Monachow. »Die Erde bebt schon wieder in Taschkent!«

»Stärke fünf auf der Erdbebenskala«, bemerkte die Tante stolz.

»Nicht schlecht, dieses Erdbeben! ...«

Alle stießen auf den Erdstoß an. Prosteten sich zu, tranken aus. Die Schatten nahmen ihre alten Plätze ein und beruhigten sich. Monachow, den das Naturereignis stark beeindruckt hatte, blickte träumerisch vor sich hin und vermied es, Natascha anzuschauen.

Ljonetschka sah Monachow nicht, er hatte offenbar auch das Erdbeben nicht bemerkt. Natalja jedoch...

»Monachow...«, sagte Natalja. »Komm zu mir...«

»Wie kann sie nur!... Ljonetschka befindet sich direkt daneben!...« dachte Monachow indigniert und senkte seinen Blick. Nataljas Blick war nicht zu ertragen.

»Sag mal, hörst du nicht?« rief Natascha.

Monachow brummte etwas vor sich hin und wakkelte ratlos mit dem Kopf: das war einfach zu viel für ihn. Alle blickten zu ihm hin.

Nach einem langsamen, wieder nüchternen Rundblick ging Sjablikow daran, eine neue Zigarette an- und aufzurauchen. Den langsam davonschwebenden Rauch trieb er mit der Handfläche zur Eile an, was ähnlich aussah wie die Kiemenbewegungen eines Fisches. Nachdem er einige Züge gemacht hatte, ließ er sich zurücksinken und machte die Augen zu. Ein vorsichtiges, blindes Lächeln kräuselte seine Lippen. Die Tante blinzelte Monachow an und schien – ohne Worte – die Arie zu singen: »Ich bin verstummt, ich sage dir kein Wort...« – »Was will Natalja von mir?« dachte Monachow mürrisch. Ihr nackter Blick fuhr fort, ihn zu durchbohren. Verängstigt schielte er zu Ljonetschka hinüber, der Natalja mit unveränderter Hingabe anglotzte, als bedürfe er in alle Ewigkeit keines anderen.

»Hörst du nicht?...« fragte Natascha.

»Ich höre nicht«, sagte Monachow hart und taub.

Natalja ging hinaus und schlug die Tür hinter sich zu.

Ljonetschka rannte hinter ihr her.

»Ich hätte nicht herkommen dürfen...«, dachte Monachow. »Ich hätte zum Flugplatz weiterfahren müssen... Jetzt habe ich was Schönes angerichtet...« Ihn ergriff Trübsal. »Ja, sieht er denn wirklich rein gar nichts!« dachte er weiter, seinen Ärger auf Ljonetschka abwälzend. »Begreift er nicht, warum ich hier bin und wozu? An deiner Stelle, mein Junge ... An deiner Stelle hätte ich mich – mich Monachow – längst umgebracht! Wie kann der Bursche das alles nur ertragen? ...« Monachow zog kurz entschlossen und mürrisch die Flasche zu sich heran, schenkte sich ein und leerte das Glas mit der Gebärde des edlen Einsamen, woraufhin er sich demonstrativ verfinsterte. »Mein Gott, wer bin ich bloß, wer bin ich? Bin ich tot? Wie kommt es, daß ich niemanden liebe? ... Weder diese Frau, noch meine Ehefrau. Nicht einmal mich selbst. Und auch meine Mutter nicht ...« Dieser Gedankengang machte ihm Angst. Dabei hatte er einmal geliebt! Und wie! ... Bestimmt so stark wie dieser Ljonetschka! – Monachow preßte die Augen zu. Aus der Tiefe seiner Jahre trat das einst Geliebte und Gelebte auf ihn zu, als sei es immer an seiner Seite gewesen, als hätte es keine Zeit gegeben, als hätte sich alles auf einen Schlag vollzogen, als seien Heute, Gestern und Morgen in einem Raum. Doch als er daran ging, Ordnung in die Abfolge zu bringen, trat das so jäh und synchron Erblickte wieder zurück und was blieb, war die Empfindung, eine Sekunde lang Ljonetschka gewesen zu sein, auf diesem Stuhl gesessen und Natalja angeglotzt zu haben ... Und doch gab es etwas, das sich von dem Erinnerungsklumpen löste und sich im Gehirn festhakte, festklebte, etwas, woran er sich längst nicht mehr erinnert hatte, und das er damals vor zwanzig Jahren einer Beachtung nicht für wert befunden hatte ... Ja, so war es wohl: nicht damals, vor zwanzig Jahren, war ihm das widerfahren, sondern es stieß ihm jetzt zu. In dieser Minute, zwanzig Jahre später, geschah mit ihm das, was er damals weder gemerkt, noch begriffen, noch gewollt hatte, was er auch gar nicht verstanden und nie und nimmer akzeptiert hätte ...

... Assja arbeitete damals in einer Fabrik für optische Erzeugnisse ... An jene kleinen Linsen konnte sich Monachow noch deutlich erinnern, sie brachte sie einmal mit nach Hause, Monachow fand diese Dinger niedlich ... Sie arbeitete in zwei Schichten, die Abendschicht lag für den jungen Aljoscha sehr günstig. Er konnte gleich am Morgen zu ihr kommen, wenn niemand in der Wohnung war, und seine Eltern der festen Überzeugung waren, er sei im Institut. So lebte er jede zweite Woche. Einmal geschah es nun, daß sich an die Abendschicht-Woche eine weitere Woche anschloß: Assja war krank und blieb daheim. So kam er eines Morgens sehr früh angestiefelt, in der frohen Erwartung, Assja noch verschlafen vorzufinden ... Aber er traf sie gar nicht verschlafen an. Sie saß in ihrem geliebten, oft gewaschenen Morgenrock am Tisch und machte das für den Tagesgebrauch bestimmte Gesicht. Ihr gegenüber saß ein Mann. Auf dem Tisch stand eine Flasche Portwein. Beim Zurückdenken wunderte sich Monachow, daß er damals überhaupt nicht verdutzt, sondern nur leicht verärgert über die Störung gewesen war. Schon der bloße Anblick des Mannes bestärkte Jung-Aljoscha in der Meinung, daß sich hier Eifersucht erübrigte. Der Mann war weder bildschön, noch nach der Mode gekleidet, und auch der Jüngste war er nicht mehr. Jetzt, da ihn Monachow über die Zeit hinweg schärfer betrachtete, ging ihm auf, daß der Mann durchaus stattlich gewesen war, zum Beispiel war er glattrasiert gewesen und übrigens auch nicht sehr alt, sondern in den besten Mannesjahren und kerngesund. Aljoschas Erscheinen hatte die beiden kein bißchen verlegen gemacht. »Das ist der und der (den Familiennamen hatte Monachow vergessen), mein Arbeitskollege, ich habe dir von ihm erzählt«, sagte Assja, »er ist gekommen, um mich zu besuchen. Und das«, fügte sie hinzu, »ist mein Aljoscha.« Monachow entsann sich seines kräftigen Händedrucks und seines geraden Blicks. Sie hatte tatsächlich ein paar Mal einen Mann erwähnt, der ihr Komplimente machte und sie ständig irgendwohin einlud. Aljoscha hatte dem keine Bedeutung beigemessen, ihn ließ alles kalt, was mit Assjas Beruf zusammenhing. In den seither verflossenen zwanzig Jahren hatte Monachow genug solcher Männer zu Gesicht bekommen. Und er begriff im nachhinein, daß jener Mann, damals bei Assja, einen klugen Blick und eine gut zupackende Hand gehabt hatte (Blick und Hand verrieten den Vorarbeiter), daß er sich mit Würde benahm und zwar mit einer ihm vertrauten Würde, daß er für sich selbst und andere gar nicht übel war: ein rechtschaffener Mann am rechten Fleck. Anzumerken bleibt, daß er auf Monachow nur jenen ersten absolut korrekten Blick gerichtet hatte, um sich anschließend jede hämische Anspielung und selbst noch das Gebaren der Überlegenheit zu verbieten. Ein rechtschaffenes Mannsbild durch und durch... Jetzt, nach diesen vielen Jahren, hörte Monachow viel deutlicher als damals Assjas scheinbar beiläufige Erwähnungen dieses Mannes. Wichtig war schon allein die Erzählung über die Braut, die sich der Mann nach Kriegsende zugelegt, die ihm der Krieg gleichsam zugeführt hatte (es war eine Lettin oder Litauerin) und die er heiß und innig liebte (auf Gegenseitigkeit) – die dann auf tragische Weise ums Leben kam: als die beiden einmal verliebt auf einer Schaukel dahinflogen, wollte sie ihren vom Wind hochgewehten Rock glätten und stürzte von der Schaukel: direkt auf die Eisenspitzen des Gartenzauns (solche Geschichten kann man nicht erfinden: besonders die Stelle mit dem Rock...) In welchen Augenblicken erzählt ein Mann einer anderen Frau so eine Geschichte? ... Später hat dieser Mann nie mehr geheiratet: auch das wurde von Assja erwähnt. Obwohl er weiß Gott mehr als genug verdiente... Der Mann hielt sich damals nicht schlecht, er redete den hereingeplatzten jungen Spund nicht tot, renommierte nicht, machte ihm nichts vor. Alles, was er tat, war, Aljoscha ein Glas Portwein anzubieten, doch auch auf dem Portwein bestand er nicht sehr. Er saß einfach so da, auf seinem Stuhl am Tisch, und eine Festigkeit und Verläßlichkeit schienen sich auf den Stuhl zu übertragen. Diesen Mann, an den er sich sein ganzes Leben lang kein einziges Mal mehr erinnert hatte, sah Monachow jetzt dort neben sich sitzen: den grauen Anzug aus gutem Stoff nach Matrosenart aufgebügelt (richtig: der Mann hatte – laut Assja – bei der Marine gedient ...), das blaue Hemd, das knochige Gesicht mit der jugendlichen Haut und besonders deutlich – Gott weiß warum – das Haar, das ungewöhnlich harte Haar, an dem alle Frisierversuche scheiterten – sogar in Aljoschas Gegenwart war er sich manchmal mit dem Kamm durchs Haar gefahren ... Monachow schob das Gesicht des Mannes noch ein Stück näher zu sich heran: den wie abgehackten Nacken mit dem abstehenden Nackenhaar, die klugen Dickhäuteraugen, die gebogene, lange, knorrige Nase ... Monachow stöhnte wütend auf – doch er konnte die Dichte der Jahre nicht durchstoßen. Meinetwegen, Schwamm drüber, dachte Monachow ... Es fällt schwer, seine erste Liebe der Untreue zu zeien, wenn der Rivale derart unromantisch ist ... Aber was war weiter, wie ging es – damals – weiter?! Was weiter kam, war das reinste Entsetzen. Der Mann stand endlich von seinem Stuhl auf (hatte Assja ihn gebeten hinauszugehen oder hatte sie ihn nicht darum gebeten: Monachow wußte es nicht mehr) und ging hinaus, aber er sollte gleich wiederkommen, er hatte seinen Portwein dagelassen ... Assja saß auf dem Bett, Aljoscha kniete vor ihr und küßte ihre Hände. Assja sagte, es ginge jetzt nicht, der Mann sei gleich wieder da. Überhaupt sparte sie, was verdächtig war, nicht mit Erklärungen, wiederholte immerzu, weshalb der Mann zu ihr gekommen sei, und was sie ihm alles verdanke, und daß er ihr schon weiß Gott wie lange damit in den Ohren läge, daß er sie einmal besuchen möchte, und daß sie ihn dann endlich nicht mehr hätte abweisen können, und daß der Mann jetzt sowieso bald fortgehe, und dann solle Aljoscha wiederkommen, und jetzt solle er erst einmal gehen. Doch Aljoscha hatte sich mit diesen Erklärungen nicht zufrieden gegeben, die Lebensumstände dieses Menschen, den es für ihn auf gar keinen Fall geben konnte, hatten ihn völlig kalt gelassen. Was dann geschah, bei wessen Anblick der jetzige Monachow seinen Augen nicht trauen mochte, war dieses: Assja hatte seinem Drängen offenbar doch nachgegeben. »Meinetwegen, aber mach schnell!« sagte sie und war während der dann folgenden Minuten zerstreut und gelangweilt, und jedenfalls kühl gewesen. Aljoscha jedoch war glücklich, und als er sich wieder von seinen Knien erhob, spürte er ein Triumphgefühl, das er in den Blick hineinlegte, den er auf den gleich wieder das Zimmer betretenden *Arbeitskollegen* richtete. Woraufhin er sich rasch verabschiedete und sich, Assjas Willen gehorchend, entfernte, ohne weiter irgendwelchen Gedanken nachzuhängen, ohne jemals wieder auf jenen Morgen bei Assja zurückzukommen. Der Kollege jedoch blieb... »Menschenskind, das sind mir nun wirklich Jung-Werthersche Leiden!« dachte er jetzt. »Was wird aus der Mär von seiner Reinheit und den ihm zugefügten Leiden? Hahahihi-haha! Was braucht man sich da über Ljonetschka zu wundern...« An diesem Punkt konnte sich Monachow wenigstens so weit in die heutige Wirklichkeit zurückversetzen, daß er sich erinnerte, wo er war. Er wollte seinen Blick auf Ljonetschka richten, um sich zu vergewissern. Doch der war unterdessen verschwunden. Auch Natascha war nicht im Zimmer. Sjablikow schlief. Just in diesem Moment stand die

Tante, gähnend und gelangweilt, von ihrem Platz auf und begab sich, das Glas in der Hand, zum Schlafen, ohne eine gute Nacht gewünscht zu haben, offenbar war sie gekränkt. Das Gegähne der Tante mochte es gewesen sein, das Monachow aus seinen Erinnerungen gerissen hatte: wie lange mochte er sich so erinnert haben? Eine Sekunde? Eine Stunde? Und wenn es eine Stunde war: wohin hatten sich dann die beiden für eine so lange Zeit begeben? ... Das dachte er ohne Hintergedanken.

Die Zimmertür schloß sich hinter der Tante, und Monachow kehrte zu seiner Historie zurück ... »Was waren das für Mätzchen und Faxen!« empörte er sich. »Wie konnte ich das nicht bemerken; wie schlimm, wie entsetzlich sie lebte! Das arme, arme Mädchen! Das also bedeutet das Wort von der Blindheit der Verliebten! Blind sind sie freilich, das stimmt, jedoch bei aller Blindheit sind sie höchst geschickt. Sie sehen immer das, was sie zu sehen wünschen. Und das sehen sie prompt und unfehlbar. Ja, hab' ich denn auch damals nicht geliebt? ...«

Laut kam Natalja ins Zimmer, hinter ihr schlich Ljonetschka mit erstarrtem, hocherhobenem Gesicht, in dem er das Licht und den Schmerz trug: behutsam, als fürchte er, den Inhalt des Gesichts zu verschütten. Natalja ging auf Monachow zu und griff in sein Haar.

»Monachow, Lieber, ich habe dich alleingelassen, verzeih mir. Hast du dich gelangweilt?«

Monachow blickte unwirsch.

»Sei mir nicht böse, Monachow ... Ich mußte es ihm endlich sagen«, fügte sie halblaut hinzu.

»Ihm was sagen?«

Ljonetschka war unterdessen, als sei er aus Glas, wie mit einem leisen Klirren an ihnen vorbeigegangen. War immer weiter gegangen und schließlich an die Wand gestoßen. Dort am Fenster war er stehengeblieben.

»Daß ich dich liebe, daß ich jetzt mit dir allein sein möchte ...«

»Du sagtest doch, du hättest ihm das schon gesagt ...«, flüsterte pfeifend Monachow.

»Das hab' ich aber nicht«, sagte Natalja stirnrunzelnd. »Ich habe es ihm eben gesagt.«

»Und warum hast du es mir damals gesagt?« staunte Monachow.

»Ich wollte sehen, wie du darauf reagierst.«

»Und wie habe ich darauf reagiert?«

»Gar nicht. Sei unbesorgt.«

»Dann hast du ihm vielleicht jetzt wieder nichts gesagt und sagst das bloß? ...«

»Pfui Teufel, Monachow. Ich habe es ihm gesagt. Es ist ein Elend mit dir, Monachow ... Du hast kein Herz.«

»Und du hast wohl eins? Dir macht es überhaupt nichts aus, ihm solche Dinge zu sagen?«

»Ich mußte es ihm einfach sagen«, sagte Natalja aufrichtig verwundert. »Ich möchte doch mit dir zusammen sein ...«

Monachow kaute ein wenig an dieser Antwort herum.

»Was hast du ihm nun eigentlich gesagt?« fragte er endlich. »Nur, daß du mich liebst und mit mir allein sein willst? Oder: daß du bereits ... wie nanntest du es doch? ... daß du ›mit mir zusammen sein möchtest‹?«

»Herrgottnochmal!« erwiderte Natalja zornig. »Wo ist der Unterschied? Was soll noch unklar sein? Bin ich vielleicht ein kleines Mädchen? ... Zusammen, nicht zusammen ... Ich habe ihm gesagt, daß ich dich liebe, und damit basta.«

»Ja, wenn das so ist ... Dann macht das nicht so viel aus«, sagte Monachow mit einem spöttischen Lächeln. »Dann verkraftet er das.«

»Wovon redest du?«

»Das verkraftet er übers Bewußtsein. Es werden

noch ganz andere Dinge verkraftet...« – Er lächelte wieder. – »Ich bin dabei, eine Rolle zu spielen«, dachte er. »Eine Rolle, die jemand für mich geschrieben hat. Eine hundsmiserable Rolle!«

»Du drehst ganz schön auf, Monachow!...«

»Ich gehe jetzt wohl...«, sagte Ljonetschka mit kaum hörbarer Stimme. Er hatte wohl endlich begriffen, daß er gegen eine Mauer angerannt war. Er hörte nicht, wovon sie sprachen.

Natalja – ihrerseits – hörte ihn nicht.

»Nicht ich – du selber drehst auf! Jemandem sowas ins Gesicht zu schleudern!« flüsterte Monachow.

»Das macht nichts. Das ist nicht so schlimm. Schlimm ist es, solange es noch nicht gesagt ist. Du zum Beispiel hast mir noch nicht gesagt, daß du mich nicht liebst... Schlimmer und entsetzlicher als jetzt wird es später nie mehr sein...« – Monachow sagte auch jetzt wieder nichts, Natalja seufzte tief. – »Und auch wenn du es sagtest, würde ich es nicht glauben. Du hast selber gesagt, daß er das verkraften wird. Er wird ein neues Gedicht schreiben...«

»Ich gehe wohl...«, sagte Ljonetschka lauter als beim erstenmal.

»Ein neues Gedicht?...« sagte Monachow.

»Du bist noch hier?« sagte Natalja erstaunt.

Ljonetschka machte einen ergebenen Schritt auf die Tür zu.

»Bleiben Sie«, sagte Monachow kurzentschlossen. »Es ist noch Sekt da in der Flasche...« Er ging zum Tisch, nahm die Flasche, goß Sekt in die Gläser und verteilte sie galant an die Personen der Handlung. Ljonetschka ergriff das Glas wie einen Strohhalm. Natalja wendete sich ab. »Sie hatten mir vorhin versprochen, ihr Gedicht aufzuschreiben...«, sagte Monachow, während er mit Ljonetschka anstieß.

»Das mach ich... Das geht schnell...« – er blickte Natalja voller Erschrecken und Hoffnung an – »Ich habe das Gedicht im Nu aufgeschrieben.« Er eilte, während Natalja schwieg, in die Ecke und setzte sich, mit dem Buch in der Hand, auf das Tierfell.

»Du bist ein Lump, Monachow«, flüsterte Natalja mit ruhiger Stimme, ging in eine andere Ecke und setzte sich dort auf die Matratze.

Auch Monachow nahm auf dem Fell Platz und ließ jetzt seinen elegisch befriedigten Blick über die Szenerie schweifen. Er sah folgendes: Sjablikow schlief seinen Rausch aus. Natalja lag mit dem Gesicht zur Wand auf der Matratze (ob sie wohl die Augen auf oder zu hat? ...), Ljonetschka saß gebückt da und war dabei, schnell etwas in das auf seinem Knie liegende Buch zu schreiben ... »Das sieht so kindlich aus ...«, seufzte Monachow beim Abschätzen seiner Pose.

Er schloß erschöpft die Augen (für den Fall, daß sich Natalja umdreht ...) *Die Scheinbegriffe halten uns umzingelt* ... Wie wahr, wie poetisch ... Er hatte sich die Zeile sofort eingeprägt. Dann war also was dran an diesem Ljonetschka. Vielmehr: es konnte etwas aus ihm werden. Schade, daß Sjablikow betrunken ist, man müßte ihn nach seiner Meinung fragen, vorhin hat er sich nicht geäußert ... Natalja sagte, Sjablikow sei ein Schriftsteller von Rang. Es ist kaum zu glauben, man verlegt seine Bücher in Paris! ... Monachow gelang es ohne Mühe, sich Paris vorzustellen, obwohl er dort noch nie in seinem Leben war. Sich den ein paar Meter von ihm schlafenden Sjablikow vorzustellen, war weitaus schwerer. Und wenn nun Ljonetschka ein großer Dichter ist? Lachhaft. Das kann einfach nicht sein. Was verstehe ich schon davon? Und wenn er es doch ist? ... Wer bin dann ich? Ein Dichtermörder? Mein Gott, das ist der reinste Fieberwahn! Seltsame Menschen. Nie hätte ich gedacht, daß Natalja in so einem Milieu lebt. Ausgerechnet in Taschkent. Andere Menschen sind das. Es gibt eben noch verschiedene Menschen: man vergißt das leicht ... Und wie sich trotzdem alles gleicht! Meine Jugend, seine Jugend ... (Ljonetschka kritzelte weiter.) Freilich ist er nicht ich, aber es liegen ja auch zwanzig Jahre zwischen uns ... Monachow stellte sich plötzlich vor, daß er mit Assja so einen Sohn haben könnte. Schrecklich! Nein nein, der Ljonetschka ist anders als ich damals war ... Ich hab' ein Hundertstel von dem gewußt, was der in seinen Versen ... Und dann wieder dieser Widerspruch: als Dichtender ist er ein Sehender, und hier, in dieser Lage, ist er blind ... Doch auch ich habe Verse geschmiedet. Doch es wird besser sein, sich nicht zu erinnern: es war eine hundsmiserable Reimerei! Am Ende hat der Bursche Talent? Nun, mir kann es egal sein, es ist nicht mein Bier! ... Unterstellen wir, der Bursche hat Talent. Soll ich mich dann vor den Literaturhistorikern fürchten? Soll ich Angst davor haben, daß mich einmal die Russischlehrer als das Schulbeispiel eines Dichtermörders hinstellen werden? Unterstellen wir einmal, daß ich durch die Umstände in die Rolle eines d'Anthès gedrängt und gegen Puschkin ... Nun, dann waren es private Umstände. Und nicht Zar Nikolaus, und nicht die den Talenten feindliche Gesellschaft. Lächerlich. Man erweist den Talenten wenig Achtung, wenn man sie nicht wie Menschen behandelt, sondern wie unantastbares Kulturgut, wie unter Denkmalschutz gestellte Popanze. Wenn man ihnen die Herzensdamen freiwillig überläßt, wenn man aufs Duell verzichtet ... Du behandelst ihn wie Himmelsmanna, und er spuckt dir in die Visage ... Alles Unsinn: ich bin ein schlichter Durchschnittsingenieur, ein blindes Werkzeug in der Hand des Schicksals. So stimmt es schon eher, so ist es ehrlicher. Ich möchte mit Natalja schlafen, darauf zielen meine Winkelzüge ab, deshalb habe ich mich über Gattin und Eltern hinweggesetzt, und auch Natalja möchte mit mir schlafen. Genügt das nicht? Und wenn ich Verzicht leiste, dann ist das ihm gegenüber genauso schweinisch wie gegenüber der Ehefrau und den Eltern. Eine mir schmollende Natalja wird ihn wie den letzten Dreck behandeln. Ein guter Junge, ich habe ihn fast liebgewonnen ... Liebgewonnen? Ja, kann ich denn lieben? Gibt es jemanden, den ich liebe? ... Auch ich war einst ein guter Junge. Und jener Mann aus Assjas Betrieb hätte wohl, als er meine heilige Einfalt bemerkte, das Kreuz schlagen und das Feld räumen müssen?! Er hat mich trotzdem brüderlich behandelt, brüderlich und gerecht ... Entsetzlich! Noch entsetzlicher, wenn Assja damals ... Aber vielleicht hat sie sich, als er damals zurückkam, irgendwie herausgeredet, und zwischen den beiden ist gar nichts gewesen? Du wirst es nie erfragen, nie erfahren, du wirst niemals dahinterkommen. Und wenn sie damals nichts mit ihm gehabt hat: wer bin dann ich, daß ich jetzt alles verstehe? Ein Leichenschauhaus, sagt Natalja. Und selbst wenn damals etwas war zwischen den beiden, läuft auch das auf Leichenschau hinaus. Was mache ich jetzt mit diesem Ljonetschka? Warum ließ ich Esel mich darauf ein! Wo doch mein Herz eiskalt ist! Wie oft soll ich mir noch weismachen, daß es mich gibt: da es mich doch *nicht* gibt? Halt: seit wann gibt es mich nicht? Seit langer langer Zeit, mein Freund. Großer Gott: welche Folter – ohne Liebe! Du betrügst dich, du machst dir was vor. Du hegst Hoffnungen, träumst Blütenträume. Alles umsonst, alles daneben! Es benetzt dir die Lippen und fließt dir das Kinn herunter. Mit dem Herzen, wenn eins da ist, kannst du dir Gefühle leisten, doch ohne Herz gibt es nichts dergleichen. Wer sagt denn, daß kein Herz da ist? Das ist wohl *kein* Gefühl? Das ist die lebenslängliche Hölle wegen einer unbekannten Sünde. Mit Herz darfst du fröhlich darauflos sündigen und es dir gut gehen lassen. Bleibt zu fragen, wer schlimmer dran ist. Aber vielleicht besitze ich ein riesengroßes, von Güte nur so überquellendes Herz? ... Eben das weiß ich nicht, es entzieht sich meiner Kenntnis, ob ich eins habe oder nicht? Etwas schlägt, japst, bibbert in der Brust. Doch was ist dieses Etwas? Und es stellt sich die Frage: ob ich Assja, wenn ich sie mehr als alles auf der Welt liebte, überhaupt geliebt habe? Ich erinnere mich an gar nichts, das ist wie ein riesiger dunkler Sack. Im Sack, so scheint es, steckt das Glück von einst, doch wenn du aufs Geratewohl hineingreifst, angelst du einen solchen Müll und Unrat heraus, daß dir die Lust gründlich vergeht, ein zweites Mal hineinzulangen. Nicht hineinlangen, nicht erinnern! So wird es besser sein, richtiger, herzlicher... Ich erinnere mich an nichts. Nicht an ihr Gesicht. Nicht an ihre Liebe. Der Gedächtnisschwund ist komplett. Damals schien es mir, als wäre es mein Tod, mich von ihr trennen zu müssen. Aber an den Bruch erinnere ich mich nicht. Weder an den Bruch, noch an den Schmerz, noch an die Tragödie. Mir war der Tod beschieden, jede Sekunde hätte er eintreten können, doch die Sekunde verging – und ich bemerkte es nicht. Assja war fortan nicht mehr da: das war alles. Blackout. Irgendwas muß trotzdem gewesen sein, irgendein Drama. Wie hätte es anders sein können?... Doch ich erinnere mich an nichts. Assja war da – dann war sie nicht mehr da. Und ich lag – Gott weiß warum – auf einem Badestrand.

»Ich hab' es fertig aufgeschrieben«, flüsterte ihm Ljonetschka ins Ohr.

Monachow fuhr aus seinen Gedanken auf.

»Aber ich hab' ein anderes Gedicht aufgeschrieben. Nicht das, das ich vorgetragen habe, sondern ein anderes...«

Monachow nahm das Blatt. Ljonetschka kauerte sich zu einem stummen Knäuel zusammen. Monachow überflog das Geschriebene mit den Augen, über seinen Rücken lief ein kalter Schauer, in seinen Augen spürte er ein Jucken und Brennen; der Gedichttext verschwamm vor ihm. Nur mit Anstrengung konnte er wieder scharf sehen, in grober Bauernhandschrift stand da:

Diese Frau ist nicht fertiggeschrieben,
diese Frau ist nicht fertiggeflickt,
diese Frau hat...

Die Zeilen schienen zu schwanken und fügten sich doch mühelos zu einer Versmelodie. Monachow merkte vergnügt, daß er nicht alles verstand...

Drüben sitzt sie, ganz unbeteiligt,
unbeteiligt und ungekämmt,
ihr Gesicht ist...

Monachow erkannte jetzt den Sprechduktus und damit begriff er alles.

Und was tu ich mit ihr, der ich ausgeliebt hab',
der ich mehr als genug zu den Weibern ging...

»Zu den Weibern, aha: zu den Weibern!« lächelte Monachow erregt.

Schenk ich ihr eine Halskette? Braucht sie die?

Monachow schnurrte vor Behagen und ließ eine Zeile aus.

Doch es wird sich in ihr keine Reue regen,
auf das fremde Gesicht wird sich Schminke legen.

Monachow sah dies Bild deutlich vor sich, er wurde von Begeisterung ergriffen.

Und ich komm' eines Tages besoffen zu ihr,
und ich stell' mich vors Haus, werf' die Scheiben ein...

Monachow war dem Weinen nahe, die letzten Zeilen verschwammen vor seinen Augen.

»Grandios!« sagte er.

Ljonetschka war mehr verlegen als geschmeichelt.

»Haben Sie schon was veröffentlicht?« fragte Monachow verschämt.

»Wer wird mich schon drucken? Ich schreib doch immer nur über die Liebe.«

»Über die Liebe...«, sagte Monachow. »Etwas Trinkbares ist wohl nicht mehr da?«

»Psst!« sagte Ljonetschka mit einem Seitenblick auf die mit dem Gesicht zur Wand auf der Matratze liegende Natalja und legte schelmisch den Finger an die Lippen. Dann tapste er auf allen Vieren los, langte in der Ecke unter das Tierfell und kam mit einer Flasche und einer Zigarette hinterm Ohr zurückgekrochen.

»Das ist Sjablikows Geheimreserve«, flüsterte er.

Monachow schaute erst Ljonetschka, dann den *großen Schriftsteller* an und wurde fröhlich. Er blickte Nataljas Rücken, dann wieder Ljonetschka an, der fidel und zufrieden wirkte. »Wer weiß, ob sie ihm wirklich was gesagt hat?« dachte Monachow. »Vielleicht hat sie mir das nur so gesagt, daß sie es ihm gesagt hat? Vielleicht hat sie ihm nur befohlen fortzugehen, ohne ihm etwas näher zu erklären. ›Hau jetzt ab, das ist ein Befehl!...‹ Oder so...«

Ljonetschka entkorkte die Flasche, wischte den Flaschenhals ab und reichte die Flasche Monachow.

»Zu futtern gibt es nichts«, sagte er. »Ich hab 'nen Kohldampf, es ist nicht zu fassen. Ich könnte einen Laib Brot ohne Wasser verdrücken.«

»Nein, wirklich, er ist noch ein Knabe!« jauchzte Monachow.

Sie saßen auf dem Tierfell, berührten sich mit den Schultern, ließen die Flasche mit dem billigen Rotwein kreisen – und fühlten sich wohl. Monachow merkte deutlich, daß nicht nur er selber sich wohl fühlte, sondern auch Ljonetschka. Der blickte ihn jetzt fast mit den gleichen Augen an, mit denen er vorhin Natalja angeschaut hatte. Monachow hatte nicht erwartet, daß sich Ljonetschka so plötzlich zu ihm hingezogen fühlen würde. Wie zu einem Freund. »Er ist eben so«, dachte Monachow. »Vielleicht liebt er mich, weil Natalja mich liebt. Und fühlt sich zu mir wie zu einem Bruder hingezogen. Wie zu einem Vater...«, korrigierte er sich larmoyant. Doch der Gedanke glitt vorbei. Monachow hatte nämlich einen Sohn. »Der geht bereits in die Schule...«, entsann er sich.

»Wollen Sie einen Zug machen?« fragte Ljonetschka und hielt ihm eine qualmende Zigarette hin.

Monachow nickte dankbar und zog gierig an der Zigarette.

»Bist du mit der Schule schon fertig?« fragte er versonnen.

Ljonetschka hatte die Schule aufgegeben.

Monachow machte den Versuch, ihn auf den Weg der Tugend zurückzubringen. Ljonetschka hörte zwar höflich zu, blickte aber hoffnungslos. Monachow gab das Thema auf.

Sie begannen ein Streitgespräch über Poesie.

»Was bin ich schon für ein Dichter«, sagte Ljonetschka, »im Vergleich mit diesem anderen. Das auf dem Blatt stammt nämlich nicht von mir.«

»Und ich behaupte«, dozierte Monachow, »das auch das andere Gedicht gut ist. Wenigstens von der Mitte an.«

»Ach wo, das ist ein Ungetüm auf Rädern...«

Beiden war plötzlich zum Lachen zumute, sie prusteten los. Monachow legte ab und zu den Finger an die Lippen und zeigte auf Natalja. Sie versuchten, in Flüsterlautstärke weiterzulachen, verschluckten sich, husteten, stießen sich an. Es war wie in der Schule.

Monachow war glücklich, fühlte sich jung wie der andere.

Ihr Lachen und ihre Schubser wuchsen sich zu einem Schulpausen-Ringkampf aus. Sie rollten über das Tierfell, prusteten, fauchten und schnauften. Es war sehr lustig. Der doppelt so alte Monachow kam nach einiger Zeit dann doch außer Puste und wollte ein wenig verschnaufen, aber Ljonetschka duldete keine Verschnaufpausen und sprang Monachow mit der Munterkeit eines jungen Hundes an. Lachend gab Monachow nach, in der Hoffnung, er könne das Verschnaufen auch unter Ljonetschkas Körper liegend besorgen. Doch Ljonetschka, das rauflustige Kind, preßte und knetete ihn, Monachow glaubte in Ljonetschkas Augen plötzlich den Ausdruck wilden Grimms zu sehen. Er spannte seine Kräfte an und entledigte sich der Körperlast. Ljonetschka wurde sofort ruhig.

Etwas war kaputt.

Monachow kam zu Atem, kühlte sich ab und erstarrte, weiter in der gleichen Haltung: mit dem Rükken gegen die Wand, den Blick auf Nataljas Rückenpartie gerichtet. Er war bewegungs- und sprechfaul, konnte nicht einmal die Blickrichtung verändern. »Ich habe mich vollaufen lassen...«, dachte er.

So blickte er vor sich hin, sah immer den gleichen Punkt und stellte sich vor, daß es ihn, Monachow, nicht mehr gab, daß er tot war.

Plötzlich war alles ganz durchsichtig zwischen ihm und Natalja. Sie schwebte empor und blieb über der Matratze in der Luft hängen. Monachow saß nicht mehr – er stand auf einem pulsierenden Lichtteppich, aber irgendein Haar versperrte ihm den Weg. Eine Zimmerwand gab es nicht mehr, an ihrer Stelle waren Mond und Laterne, der eine saß auf der anderen, und ihr gedoppeltes Licht hatte alles auf der Erde zum Stillstand gebracht. Alles, auch die Menschen hier im Raum, auch er selbst, waren mit einem durchsichtigen Stoff übergossen worden und waren jetzt in diesem Stoff gefangen wie die Fliegen im Bernstein... »So sieht das Vergangene aus...«, dachte Monachow.

... An die Schlußphase seiner Trennung von Assja erinnerte er sich wirklich kaum mehr. Kein Schmerz hatte sich abgelagert. Er entsann sich nur noch genau an einen Strand, an dem er sich schon ohne Assja befand. Es war seine erste *Après-Assja*-Erinnerung, aber zu jenem Zeitpunkt hatten sie sich bereits ein Jahr nicht mehr gesehen. Was war das für ein Jahr gewesen? Was war da geschehen? Mattscheibe, Fehlanzeige, das Jahr war blind vorbeigerauscht, ohne Pause, ohne Lichteinfall. Die erste Haltestelle war erst wieder der Badestrand an der Peter-Pauls-Festung, wo in dieser Sekunde alles wie auf einem Foto erstarrt war. Zunächst hatte er über die Eigenart seines Gedächtnisses nicht weiter nachgedacht, hatte sie als etwas Legitimes genommen, als eine Wohltat. Nach einer Weile aber war er neugierig geworden, was war nun vorgefallen und wohin war es entschwunden? ... Mit der größten Anstrengung brachte er, genau ein Jahr später, etwas recht Vages zum Vorschein: das Abfangen eines Briefes, zu einer Zeit, als sie nicht mehr zusammen waren, ein ihn kränkender Ausflug ins Ferienhaus des Kindergartens (Assja arbeitete wieder in ihrem ursprünglichen Beruf), unter dem Vorwand, ein Vergrößerungsgerät abholen zu müssen. Er konnte das Ferienhaus lange nicht finden, fand es endlich, aber Assja war nicht da. Dann geht es wieder normal weiter: er wandert durch den Wald zur Vorortbahnstation zurück, in der Hand jenes Vergrößerungsgerät. Aber war nicht am Ende auch dieses Gerät ein Phantasiegebilde? Auf jeden Fall war das Gerät bei ihm zu Hause später nicht aufzufinden gewesen. Wenn er damals wirklich rausgefahren war und das Gerät geholt hatte: wohin war es dann später verschwunden? ... Dies alles war vage und unbestimmt: kein Streit, kein Drama, kein Traum, und auch das darauf verstrichene Jahr war eigentlich nicht gewesen, doch womit begann dann der Absturz?

Seine letzte Erinnerung an Assja, die den allerletzten Abschluß bildete, war ein Traum. Er hatte damals eine Serie von Angstträumen, und jeder Traum überbot den vorausgegangenen an Schrecklichkeit und Gefährlichkeit. Und dieser allerletzte Traum war auch der allerschlimmste, dann hatten die Träume, wie mit dem Rasiermesser abgeschnitten, plötzlich aufgehört. Fortan hatte er keine Träume mehr gehabt, bis zu jenem Augenblick, den man – mehr zeichenhaft als naturgetreu – mit dem Wort *Badestrand* bezeichnen konnte. Damals war vor dem Einschlafen irgendwie krudes Zeug an seinem müden Auge vorbeigehuscht: irgendwelche Uhrrädchen, Zahnrädchen, Bruchstückchen, das Beinchen einer Zelluloidpuppe. Den ersten zusammenhängenden Traum träumte er, als er seiner zukünftigen ersten Frau begegnet war. Er wachte an ihrer Seite in Schweiß gebadet auf, geweckt durch eben jenen Angsttraum, und betrachtete die schlafende Unbekannte als eine Variation des Traumgesichts. Bald darauf heiratete er sie.

Er erinnerte sich an diesen Traum als an das letzte, das in Assjas und seinem gemeinsamen Leben gewesen war, wußte indessen nicht mehr, worauf der Traum gefolgt und womit er verbunden war, welche Ereignisse ihm vorausgegangen waren. Folglich konnte er keinen Zusammenhang mit den Vorgängen seines realen Lebens ermitteln oder herstellen.

Jetzt geschah es nun, daß er sich endlich, nach zwanzig Jahren, dieses Traumes entsann – oder einschlief und den Traum noch einmal träumte.

... Er befand sich in einer nie endenden Stadt, die zugleich ein Haus war, in einer überdachten Stadt, einer Art Theatergebäude – und ringsherum, hinter zahllosen Kulissen, herrschte lebhaftes geheimnisvolles Treiben. Er wußte, daß Assja hier war, und fragte die Passanten nach dem Weg. Man schickte ihn immer weiter und weiter fort, während es in dieser Kulissenwelt immer dunkler und stickiger wurde. Die Gesichter der Menschen wurden immer toter und künstlicher, bis es endlich geschmacklose Masken aus Papiermaché geworden waren. Er wußte, daß sich etwas Entsetzliches abspielte, daß er Assja retten mußte, daß diese Leichname ihn absichtlich in die Irre führen wollten. Einem jähen Impuls folgend, ohne länger nach dem Weg zu fragen, rannte er los: dorthin, wo, wie er wußte, Assja war. Er rannte aus Leibeskräften, rings um ihn herum wurde es immer lichter und weiter, es atmete sich wieder leichter. Die Leichname mit den bemalten Gesichtern kreuzten nur noch selten seinen Weg. Taten sie es doch, dann wichen sie ihm aus, sprangen erschreckt beiseite und preßten sich gegen die Häuserwände... Endlich schimmerte vor ihm endgültig Licht auf – er seufzte befreit auf. Die Decke war so hoch wie in einem Tempel, die Ausmaße des Raumes wurden riesengroß. Er sah eine breite Treppe vor sich, die kaskadenförmig hinabführte. Tief unten an ihrem Ende war, nur mit Mühe, eine Mauer zu erkennen: die Treppe stieß gegen sie. Er blickte die Mauer aus der Ferne an, blickte immer höher, bis er endlich fast senkrecht hinaufschaute. Dort oben ging die Mauer in ein hohes Gewölbe über. Er begriff, daß er die Treppe herablaufen mußte, und lief gleich los, mit verblüffender Leichtigkeit. Er sprang, hüpfte jedesmal über einige Stufen hinweg, rannte immer schneller. In seinem Rücken hörte er einen lauten Schrei aus zahllosen Kehlen. Er blickte sich um und sah, dort, wo er vorhin gestanden hatte, auf dem oberen Treppenabsatz, eine Menge mit toten Gesichtern. Hinter ihnen strömten immer noch weitere nach, sie drängten und ballten sich, sie standen über der Treppe wie über einem Abgrund und stießen Rufe des Entsetzens aus. Ihm wurde fröhlich zumute, er lief immer schneller treppab und sah sich zugleich wie von außen: sein Körper flog abwärts, während sein Kopf wie bei einem Clown um 180 Grad nach hinten gedreht war und zur Menge hinaufblickte. Die sich dort oben drängenden Larven hatten die Arme ausgestreckt, zeigten mit den Fingern nach ihm, sie waren von entsetzlich gelber Farbe und schrien angsterfüllt: »Er wird gegen die Mauer rennen!« Das Schreien machte ihn indessen nur noch fröhlicher, er begriff, daß er gegen die Mauer prallen und an ihr zerschellen würde – alles würde zerstieben, würde sich auflösen, *dies alles* rings um ihn herum würde nicht mehr sein. Er flog dahin. Die Mauer war schon fast vor ihm, er streckte übermütig seinen Arm aus, als plötzlich dicht vor der Mauer die Bewegung aufhörte: als sei er gegen ein unsichtbares federndes pneumatisches Hindernis geprallt. Er blieb an der Mauer hängen, sein wuchtig geschwungener Arm hielt einen Millimeter vor der Mauer an und sackte kraftlos herab, auch er selbst sank erschlafft hin und sah vor sich – so hoch, daß er sie fast schon nicht mehr sah – die Mauer...

Er öffnete die Augen, doch die unangenehme Empfindung, daß er unfähig war, sich zu bewegen, daß er Arme und Beine nicht fühlte, wich nicht von ihm. Ihm war, als sei er tot. Es war nicht so, als seien seine Glieder *eingeschlafen*, es war anders. Die Fähigkeit, sich zu bewegen, wurde ihm jäh zurückgegeben: ohne jenes Kribbeln und Stechen in den Gliedmaßen, das mit dem Wiedereinsetzen der Blutzirkulation einhergeht. Er mußte sich an irgend etwas erinnern, aber sein armer Kopf war dieser Anstrengung nicht gewachsen. In seinem Gehirn war eine Hornhaut, hinter der sich das zu Erinnernde befand, und diese dicke Haut ließ sich nicht durchstoßen.

»Monachow...«, hörte er. »Monachow!...«

Er hatte eine irrsinnige Lust zu schlafen. Er fühlte seinen Körper nicht und war wie in Luft oder Watte gebettet. Neben ihm lag die warme Natascha, er erkannte ihre Stimme, konnte aber nicht die Lider heben. Alles, was er konnte, war, sie fester zu umarmen. Er bewegte die Lippen und kam wieder ins Schwimmen, sein Körper schwebte in den Abgrund des Schlafs.

»Monachow!« – Die Stimme kam nicht von der Seite, nicht von dorther, wo Natascha war, sie fiel von oben auf ihn herab. Dieser sonderbare Umstand riß ihn aus dem Schlaf, er machte zunächst ein Auge auf und sah einen nackten Fuß, genauer, einen großen Zeh. Das war Nataschas Fuß, doch ihren Zeh hatte er noch nie aus so geringer Entfernung gesehen. Doch er umarmte, wie er rasch begriff, nicht Natascha, sondern den an seiner Seite schlafenden Ljonetschka.

»Monachow!...«

Er schloß das geöffnete Auge wieder und stellte sich schlafend. Er spürte keine Lust in diesem Leben jemals wieder aufzuwachen. »Man müßte diese Zehe lieben, um mit den Augen zu sehen...«, dachte er, durch die Unlust hindurch...

»Du schläfst nicht, Monachow!« – die Stimme über ihm klang flehend – »Komm zu mir, Monachow!« – Monachow drückte vor Angst die Augen zu. »Du bist ein Lump und Widerling, Monachow! Am liebsten würde ich dich umbringen...«

»Bring mich um, von mir aus gern...«, dachte Monachow. Doch Natalja brachte ihn nicht um, sie entfernte sich barfuß mit schweren Schritten.

Er wußte nicht, ob er diesen Traum jetzt wieder geträumt hatte oder mit der Erinnerung an ihn eingeschlafen war, aber jetzt versank er wieder im Nichtsein. »Damals bin ich gestorben, als ich nicht starb«, konnte er noch – mit Gelassenheit – denken.

Er schlief.

Er wachte auf, mit dem ganzen Ich auf einmal, öffnete die Augen jedoch nicht. Es war kalt im Zimmer und ihn fror. Angezogen und wie versteinert lag er auf dem Fußboden. Jemand schmiegte sich gegen ihn, wärmte sich an ihm und schmatzte mit den Lippen.

Monachow machte die Augen auf und sah neben

sich Ljonetschka. Es tagte. Außer den beiden war niemand im Zimmer. Monachow fiel schlagartig alles ein, der ganze Abend, als hätte sich alles, was war, nicht in zeitlicher Abfolge vollzogen, sondern zu gleicher Zeit, auf einer Ebene. Nachdem er sich erinnert hatte, rückte er fast angewidert von Ljonetschka weg. Der wohl ebenfalls frierende Ljonetschka preßte sich zu einem noch kläglicheren, noch embryonaleren Knäuel zusammen und winselte wie ein kleines Tier.

In diesem Frühlicht, alle Ereignisse der letzten Tage überschauend, sagte sich Monachow folgendes: alles auf dieser Welt ist einfach, nur wir überdrehen alles. Er machte einen Gang durch die Wohnung und fand weder Natascha noch Sjablikow. Rüde Gedanken schossen ihm durch den Kopf. Wieso hatte er Sjablikows Rolle nicht sofort durchschaut? Welch sonderbare Blindheit! Wer hätte hier denn sonst den Prä-Monachow in Monachows Rolle spielen können, wenn nicht Sjablikow? Doch nicht Ljonetschka! ... Aber auch der ... Warum mußte ich mich vollaufen lassen! – dachte Monachow beim Sichten seiner Gedanken und Gefühle. Wozu mußte ich mich den Erinnerungen an den Optiker bei Assja hingeben? Warum um alles in der Welt hatte er auf Natascha verzichtet und Ljonetschka am Weggehen gehindert: um Sjablikows Spiel zu spielen! Zorn und Zerknirschung wüteten in seiner Seele. Die Menschen, dachte Monachow beim Anblick des wie ein Tier in seiner Höhle eingeringelten Ljonetschka, die Menschen, wer sind sie, die Menschen? Ihre himmelstürmenden Gebäude und Systeme, alle diese Anklagen und Qualen: was ist das anderes als ein Hochzeitstanz bei einem wilden Volksstamm, ein Ritual. Alle diese Aufschneidereien, Winkelzüge, Abenteuer, Kalkulationen! Erst wird alles mit Fleiß kompliziert, damit am Ende eine höchst simple Affäre daraus wird! Die Motte kreist ums Lampenlicht ...

Monachow war von Jammer und Wut erfüllt, aber es war ihm nichts mehr unklar. In der Diele fand er den Korb mit Obst und seine Aktentasche. Er nahm beides an sich und verließ die Wohnung.

Der Morgen umspülte ihn mit seiner Reinheit und Frische, Monachow entfernte sich eilig, Zorn spornte ihn an. Die Morgenröte schimmerte sanft, der Staub lag weich und unberührt, die Luft war vollmundig und durchsichtig. Monachow schob im Vorwärtsschreiten diesen Morgen auseinander, er bahnte sich – durch ihn hindurch – seinen Weg. Zu so früher Stunde, in einer so glasklaren Wüste war er schon lange nicht mehr heimgekehrt. Er hatte mit Leichtigkeit den einen Raum mit einem anderen vertauscht und ging jetzt durch eine ganz andere Stadt, kehrte von einem anderen, wiewohl gleichfalls fehlgeschlagenen Rendezvous zurück, und seine Seele füllte sich mit Leben, mit Verwunderung und lautem Jauchzen.

Und so gehe ich heim, wie durch einen See...
Wie ein Fisch, der dem Fischnetz entkam.
Wieviel Frauen wurden zum Teufel gejagt,
Wieviel andere brauchen *uns* nicht...

Kindliches Gelalle, gewiß, aber die erste Zeile...

Die Zeile blieb in der Luft schweben, wie der von der Erde aufsteigende Morgendunst.

»Großer Gott!« rief Monachow aus. »Wie treffend, wie präzis!«

Und so gehe ich heim, wie durch einen See...

Die Verszeile war wie der Morgen und barg ihn in sich. Der Morgen ging in sie ein und in ihr auf. Gedichtzeile und Morgen glichen einander. Sie waren ein und dasselbe.

Er wußte jetzt genau, daß weder Natalja, noch Sjablikow, noch Ljonetschka etwas dafür konnten, der Schuldige war er allein. Er verwünschte sich vor dem Angesicht dieses Morgens – alle, außer ihm, waren dieses Tagesanbruchs würdig... Er wußte jetzt, wie alles gewesen war, es gab kein Geheimnis.

Aber es gab weiter einige Dinge, die er nicht wußte: zum Beispiel, daß Ljonetschka nicht seine eigenen, sondern die Verse eines anderen Dichters für ihn aufgeschrieben hatte, die ihm besser gefallen hatten als seine eigenen... Aber auch das war jetzt nicht mehr so wichtig.

»Warum habe ich mich nur so angestellt«, dachte Monachow zähneknirschend. Blieb aber nicht stehen, kehrte nicht um, sondern beschleunigte seinen Schritt, der ihn die menschenleere, vom Morgenrosarot gefärbte Straße entlangführte: immer weiter, immer weiter fort. Fort vom leeren Platz an Ljonetschkas Seite – und von der Seite Nataschas...

Den Tag auf dem Flugplatz verbrachte Monachow in einem Dämmerzustand. Was die unwirtliche Wirklichkeit ihm auch immer zumutete, er ertrug es mit Festigkeit. Die Hitze, die Enge, die Zeit... Er meinte, auch dieser Dinge nicht würdig zu sein. Das Leben der sündlosen Flugpassagiere erschien ihm schlicht und verständlich – und daß sie in ihrer Unschuld nichts von Monachows Abgründigkeiten ahnten, daß sie ihn nicht wie einen Aussätzigen aus ihrem Erwartungsleib entließen und ausstießen, war unverdient wie jegliche Wohltat des ihm geschenkten Lebens. So erhaben faßte er seine Erniedrigung auf. Solcherart erniedrigte er sich, um in seinen eigenen Augen ein klein wenig emporzuwachsen, beim Empfang des Almosens der teilnahmslosen Blicke. »Es gibt noch einen Ausweg, doch!, es gibt ihn... Es ist nicht alles verloren, solange es ihn gibt! ... Sich inmitten der Menschen verlieren, sich in ihnen auflösen... verschmelzen, verschwinden... sich ähneln, gleichwerden...« – je mehr Demut ein Verbum in ihm erzeugte, desto gelegener kam ihm dies Verbum. Der Schmerz ebbte ab. Dafür nahmen die Seufzer zu. Je ungebundener er dieses ihn umgebende, so teilnahmslose Leben in sich einließ, je bereitwilliger er alle jene aufnahm und ans Herz drückte, die seiner Zärtlichkeit niemals bedurft hatten und nie einen Anspruch darauf erhoben hätten, desto leichter zu ertragen wurden die ihn dicht umdrängenden Nächsten: seine Frau, Natascha, Ljonetschka, seine Mutter, die sich in einen Obstkorb verwandelt hatte: ein schwer lastender Vorwurf, auf dessen Grund Monachow Fruchtmarmelade vermutete. Einstweilen tropfte noch nichts ab.

Die Flugzeuge bekamen keine Starterlaubnis, doch das ging ihn noch nichts an, bis zu seinem Abflug blieb immer noch die gleiche Zahl von Katzenjammerstunden, die Uhrzeiger blieben im Raum der Zeit hängen, als sei die Zeit zum Stillstand gekommen, und deshalb konnten keine Flugzeuge mehr starten. Die Menschen, immer noch die gleichen Menschen, saßen starr in den Warteraumsesseln. Aber Monachow befand sich im Besitz eines Flugscheins, die Bürgschaft seiner Heimkehr lag in der Rocktasche, und er war bereit zu warten und zu dulden: dort, wohin er flog, erwartete man ihn, dort war durch den gestrigen Tag nichts verdorben. Dort war nicht seine Vergangenheit – dort war seine Frau. »Jawohl«, dachte Monachow und lächelte, »die Ehefrau: das ist nicht Vergangenheit, eine Ehefrau ist das Gegenwärtigste, was sich denken läßt...« In seinen Gedanken klang nichts Vergangenes an, keine gemeinsame Erfahrung, nicht eine einzige ihrer Ehe-Querelen stellte sich in seinem Gedächtnis ein. Wie hatte sie ihn nur so lange ertragen können, so maßlos lange, daß sich ihm jetzt die Möglichkeit bot, zu ihr heimzukehren, da es doch sonst keinen Ort dafür gab...

Eine Sekunde lang flimmerte das Bild seiner Ehefrau vor ihm auf, sie stand ihm im Wohnungskorridor gegenüber, er sah den schmalen Gürtel um ihr Kleid. Er wollte ihr Gesicht sehen, doch etwas drückte seinen Blick nieder, und schon war sie dem Blick entschwunden, war ins Zimmer gehuscht, hatte die Tür geschlossen. Monachow blieb allein im Korridor zurück, musterte den Läufer in der winzigen Wohnungsdiele, die schiefgetretenen Hausschuhe, die neben dem Läufer abgestellt waren, doch er hätte, und hätte man ihm den Tod angedroht, selbst unter Aufbietung aller Geisteskräfte das Gesicht seiner Frau nicht vor seinen Blick zu bannen vermocht. Das erschien ihm wichtig – und diese Schwierigkeit läppisch. Dafür schwebte Nataschas Gesicht leinwandbreit vor ihn hin und füllte sein Hirn, ein Natascha-Gesicht, auf dem der Satz: »Monachow, du bist mir der Richtige! ...« geschrieben stand. Er versuchte, dieses Bildnis fortzuschieben, sich statt dessen lieber Ljonetschka vorzustellen, doch auch das mißlang, Ljonetschkas grinsende, einem fast aufgebrauchten Seifenstück ähnelnde Visage entglitt ihm. Dafür blinzelte ihn – in einer Charakterpose – Nataschas Tante an... Soll doch der Teufel alle Tanten holen! Zum soundsovielten Mal blickte Monachow auf die Armbanduhr und stellte fest, daß sie stehengeblieben war. Das also war der Grund, weshalb die Zeit nicht vorrückte! Er hatte vergessen, die Uhr aufzuziehen. Kein Wunder in dem Durcheinander. Gut möglich, daß die Uhr bereits seit gestern nicht mehr ging...

Monachow fühlte sich erleichtert, gleich wurde ihm froher zumute. Beinahe zwei Stunden waren während einer Sekunde verflogen. Jetzt war das Warten nicht mehr so arg, es würde bestimmt ans Ziel führen. Er zog die Uhr auf und verstellte die Uhrzeiger in dem Bewußtsein, etwas Nützliches zu tun. Er überlegte, was er sonst Nutzbringendes tun könnte: er bot seinen Sitzplatz einer Zigeunerin mit Säugling an. Die verzog keine Miene, besetzte den ihr angebotenen Sessel, machte ihr Kleid auf und gab ihrem Säugling die Brust. Monachow war erheitert: Volk bleibt

Volk ... Er kaufte Sjablikows Buch über das Leben der Pinguine. Was tat er noch? Er streunte durch die Wartesäle, schob mit dem Knie den Obstkorb vor sich her, belächelte seine Dummheit: nirgends war ein Sitzplätzchen mehr frei. Trotzdem war sein jetziger Zustand mit dem gerade vergangenen nicht zu vergleichen, es ging ihm entschieden besser. »Wie gut, daß ich den Kater nicht im Alkohol ertränkt habe«, dachte Monachow, »wie gut, daß ich Natalja nicht angerufen habe ...« Jetzt kehrte er nämlich sogar früher als erwartet nach Moskau zurück. Man wird dort erst ab morgen auf ihn warten, während er, so Gott will, bereits heute ... Man wird denken, er hätte sich maßlos beeilt, er hätte die Heimkehr nicht mehr erwarten können ... Diese falschen Kalkulationen machten Monachow kein bißchen verlegen, er war eben dabei, sich einzurichten ... Er richtete sich, rechtzeitig genug, wieder auf seinem Moskauer Platz ein, er machte es sich dort bequem, dieser Platz, dieses Plätzchen gefiel ihm, befriedigte ihn vollauf, und das jetzt war ein sachtes Hin- und Herrutschen, zum Zweck der totalen Bequemlichkeit. Das Routinemäßige seiner Tage war als Aussicht und Perspektive durchaus nach seinem Geschmack, so wenig es ihm *als Leben* behagte. Es gab jetzt für ihn kein größeres Glück als sich wieder in der eigenen Nische einzunisten. Gesetzt den Fall, man würde sie ihm wegnehmen, dachte Monachow: was bliebe ihm dann noch abzüglich dieser schlichten vorgestanzten Dinge? Wie stünde er dann da? Gewiß gewiß, der akademische Grad ... Wenn du den hast, bist du niemals verloren. Aber ohne Grad? Was wäre er ohne den Grad? Gut und schön, er versteht was von seinem Beruf. Aber wer wüßte das, besäße er nicht seinen Grad? ... Ihm wurde sonderbar zumute. Er hatte gestrampelt, sich geplagt, er war sein Leben lang von Erfolg zu Erfolg geeilt, hatte die Schule absolviert, das Institut absolviert, die Aspirantur absolviert, und selbst noch seine Diss hatte er hingekriegt. Und was jetzt, was war er? Die Familie, die Arbeit... Und was war er ohne sie? Gibt es überhaupt einen Monachow – oder gibt es nur eine einwohnermeldeamtliche Eintragung plus Arbeitsplatz? »Was einem früh am Tag nicht alles in den Kopf will!« dachte Monachow und lächelte. »Vielleicht hätte ich doch etwas Alkohol nachgießen sollen?...« Er ließ seinen Blick über den Wartesaal schweifen: die Flugzeuge wollten und wollten nicht fliegen. »Und diese da?...«, fragte er von einer schrecklichen Erleuchtung geschüttelt. »Wie viele sind es wohl?...« Die Zahl der Menschen, die sich unter diesem Riesendach (Monachow blickte zum Betonhimmel hinauf und vermerkte die Besonderheit der Deckenkonstruktion), versammelt hatten, war Legion. Die Flugpause hatte sie alle in sich eingesogen, und Monachow war hier nicht der Wichtigste. Auf jeden der hier Wartenden kam genausoviel Leben wie auf ihn. Jeder war mit den gleichen unsichtbaren und unzerreißbaren Fäden ans Leben gefesselt, und keiner von ihnen hätte sein Schicksal gegen ein anderes vertauscht. Monachow verlor sich in dieser Verallgemeinerung – sie glich dem mit Menschen angefüllten Riesenwartesaal, der auch ohne Denkoperation vor seinem Blick lag.

Jedoch die Zeit verstrich – und plötzlich war sie vergangen. Nur den Fluglotsen war Gottes Wille bekannt. Sie zogen irgend jemandes Zeit von der gesamten Pause ab, und das glückliche Los dieser einzelnen beflügelte die Hoffnung aller. Wie mochte wohl Monachow zumute sein, der die Gesamt-Verspätung durchkalkuliert hatte und bereits davon ausging, keineswegs später als... abzufliegen, und dem jetzt zum Bewußtsein kam, daß sein Flug als erster aufgerufen wurde! Weiterhin über den Obstkorb stolpernd, in diesem Wirrwarr nicht begreifend, wo die Flugscheine registriert wurden, und ob es auch wirklich der richtige Flug war, empfand er Verwunderung über den einsamen Entschluß von Aeroflot, ihn Monachow, zur flugplanmäßig festgelegten Zeit in die Lüfte zu schikken, statt die schon stundenlang auf eine Starterlaubnis wartenden Maschinen vorher starten zu lassen. Doch es liegt uns nicht, uns allzuviel Gedanken über die Ursachen unseres Gelingens zu machen, wir akzeptieren es vielmehr als etwas uns Zustehendes. Monachow beruhigte sich, als er sich am Schwanzende einer vor dem Registrationsschalter stehenden Menschenschlange wiederfand. Er kam zu sich, konstatierte ein allerletztes Mal, daß sein Flugschein vorhanden war, und begann sich zugleich von der Menge abzusetzen. Er schien nicht zu verstehen, warum sich diese Leute hier so drängten, welchem Ziel sie zustrebten ... Eine Gestalt zog seine Aufmerksamkeit auf sich: eine in Schwarz gekleidete Frau, wahrscheinlich eine Witwe. Monachow sah ein hageres Bein, das Bein steckte in einem dicken Strumpf, am Fuß war ein grober Schuh. Der Strumpf hatte sich schraubenartig ums Bein gewickelt ... Dann sah er den verschwitzten Hals der Witwe, der wie eine schwielige Hand war, er sah die Erregung der Frau: rote Flecken auf dem Schmerz. Unter dem Kopftuch brannten von Leidenschaft erfüllte Augen. Die Witwe hatte noch länger als Monachow gebraucht, um sich in dem Chaos zu orientieren, jetzt war sie damit beschäftigt, ihre Sperrholzkoffer aufzutürmen. Zwei Greisinnen aus der Verwandtschaft spornten sie mit gutturalen Lauten an. Am wilden Gesicht dieser Frau kam Monachow etwas bekannt vor. Ihm war, als hätte er sie schon einmal gesehen ... Indessen stand unzweifelhaft fest, daß er hier niemanden kennen konnte. Monachow ließ der Witwe den Vortritt. »Wie alt mag diese Frau wohl sein?« dachte er. »Genausogut sechzig wie dreißig ...« Wieder war er allein, jemand, der alles flugs erfaßt und begreift, noch bevor es ihm mitgeteilt wird. Er drängte sich nicht vor, er kannte seinen Platz, war ein mit den Grundregeln der Verkehrsfliegerei wohl vertrauter Fluggast XY. Nur er allein war hier ein Musterfluggast, aber man muß ihm Gerechtigkeit widerfahren lassen: als er den aufmunternden Blick eines anderen, sich wie Monachow aus der Menge herauswagenden Mannes auffing, der ihn dazu einlud, das skeptische Lächeln des Eingeweihten mit ihm auszutauschen, da blinzelte er nicht zurück, sondern wurde verlegen und wendete unliebenswürdig seinen Blick ab, schuf auch noch zwischen diesem Schicksalsbruder und sich selbst Distanz.

Je weiter, desto mehr lief alles wie nach Plan. Man gestattete ihm, den Korb als Handgepäck in die Kabine mitzunehmen, er besetzte einen Fensterplatz, der sich nicht über dem Flügel befand, und was das Allerunwahrscheinlichste war: die Maschine flog nicht nur flugplanmäßig ab, sondern es fiel auch noch jene halbe Stunde Verspätung aus, die ihn sein Leben lang Ungewißheit darüber empfinden ließ, was als Startzeit anzusehen sei: das Besteigen der Maschine, das Anlassen des Triebwerks oder das Sichlösen von der Erde. Sogar diese halbe Stunde wurde ausgespart. »Nein, wirklich? Das kann doch nicht sein...«, jubilierte Monachow: das Flugzeug befand sich bereits in Startposition. »Jetzt kommt nur noch der Start, sonst nichts...«, dachte Monachow (bis zur angegebenen Abflugzeit blieben noch fünfzehn Minuten). »Wir werden uns auf die Minute genau in die Luft erheben, streng nach Flugplan...« Das hieß, daß er nun mit voller Gewißheit daheim eintreffen würde... Sogar ziemlich früh am Tag. Zu einer Zeit, da man ihn noch gar nicht erwartete... Die wird ganz schön staunen, seine Frau!...

Monachow blickte durchs Fenster, über sein Gesicht huschte ein leichtes Lächeln. Vorn sah er die Lichter des Flugplatzrestaurants und der Gepäckausgabe: sie waren gerade in der hereinbrechenden Dämmerung aufgeleuchtet. »Als der Flug vorhin aufgerufen wurde, war es noch ganz hell...«, dachte Monachow. In Monachows Seele zog eine Ruhe ein, wie er sie schon lange nicht mehr gekannt hatte. Er dachte nicht an das Bild der plötzlichen Heimkehr des Ehemannes von der Dienstreise... Doch vor diesem glücklichen Anblick wartete etwas Unvorhersehbares auf ihn... Der Zufall.

Das Flugzeug zitterte bereits in der Startposition, als der Maschine plötzlich, in der Gestalt und Maske Ljonetschkas, der Zufall entgegengerannt kam. Damit beim Leser kein Mißverständnis entsteht: es war nicht Ljonetschka. Es war jedoch ein junger Bursche, und sein Gesicht wurde von einem so einfältigen und offenen Lächeln beleuchtet, daß Monachow eine Sekunde lang meinte, dieser Bursche sei Ljonetschka... Er wurde von irgendwelchen verdeckt plazierten Scheinwerfern hell angestrahlt, doch inzwischen war die Nacht hereingebrochen, und es konnte gut sein, daß Monachow sich täuschte. Dabei war es ja denkbar, daß ihn Natalja hergeschickt hatte, Ljonetschka hätte gewiß noch den ausgefallensten Auftrag ausgeführt... Durchaus möglich, daß er jetzt angerannt kommt, von der Furcht erfüllt, Nataljas Befehl nicht mehr rechtzeitig ausführen zu können... Der Bursche schien aus dem Restaurant zu kommen. Im Laufen schwang er sein Köfferchen, als handle es sich darum, ein Taxi anzuhalten. Wie ein Betrunkener sah der Junge nicht aus, eher wie ein Tolpatsch, ganz wie Ljonetschka... Monachow fühlte Sympathie. Wer hätte auch denken können, daß das mit dem Aufruf so schnell geht, er selber wäre fast noch einmal in die Stadt gefahren... Aber, wer wird ihn jetzt noch zusteigen lassen? Die Treppe war bereits fort, die Einsteigluken dichtgemacht... Und der Kerl rennt, und winkt, und schreit im Laufen, und natürlich hört ihn keiner. Wie sollte man ihn auch hören, in dem Motorenlärm? ... Die Piloten schütteln jetzt bestimmt die Köpfe und lachen ... Was diesen Jungen so sympathisch machte, war, daß er im Rennen auch noch lächelte, als empfände er Freude darüber, daß er es doch noch geschafft hatte ... Er schien nicht daran zu zweifeln, daß man ihn einläßt ... Der Bursche erreichte das Flugzeug, auf Monachows Seite, stemmte beide Arme empor wie ein Läufer, der durchs Ziel läuft, das Köfferchen schaukelte einen Moment lang über seinem Kopf – dann flog er wie ein Vogel in die Luft. Nach den Armen flogen die Beine hoch – Monachow konnte alles deutlich sehen, als hätte man ihn just zu diesem Zweck auf diesen Platz gesetzt –, und dann stürzte er auf die Erde direkt unter eine der Tragflächen. Monachow hatte noch nichts begriffen, er hatte nur das allgemeine »Ach!« gehört: denn nicht nur er allein hatte zugesehen. Der Bursche lag unter dem Flugzeugflügel, wo es dunkel war. Irgendwer legte sich mit wollüstiger Neugier auf Monachow und hauchte ihm den Geruch nach Käse und Dörrobst ins Gesicht, Monachow wendete das Gesicht aber nicht ab, er starrte die Stelle unter dem Flügel an und flüsterte: »Ljonetschka ...« Da riß ein gleißender Lichtstrahl den Körper des Jungen aus dem Dunkel, natürlich war es nicht der Ljonetschka. Ein kleines Auto kam angefahren und strahlte diesen *Nicht-Ljonetschka* mit seinen Scheinwerfern an. Der Bursche mochte ein Soldat sein, ein Urlauber oder (das wäre ein Jammer, mein Gott!) ein gerade aus der Armee Entlassener: seine Armeebluse hatte keine Schulterklappen. In der Hand hielt er immer noch den in zwei Hälften auseinandergefallenen Koffer, dessen Innereien herausquollen: zerknüllte schmutzige Wäsche. Monachow sah den Mann ganz, registrierte jedoch nur das Köfferchen. Jetzt kamen nach einem letzten Aufzittern die Motoren zur Ruhe, alles wurde klar, und Monachow sah:

ein Propeller hatte die Stirn des Burschen gespalten, und unter seinem Kopf weitete sich langsam (großer Gott, wie langsam!) eine Pfütze, die schwarz und dicht wie die Nacht war. Er lebte noch, der Junge, doch an seinem Tod bestand kein Zweifel mehr. Der Mund war weiter zu einem Lächeln geweitet, die Lippen bebten, die Augen waren halb geschlossen. Der Junge schien zu schlafen und im Schlaf zu lächeln. Das Lächeln schmolz dahin, wich aber bis zuletzt nicht ganz, es behielt seine Form bei, bedeutete jetzt aber etwas anderes. Es drückte ein hohes Maß an Ruhe aus: als sei ein Gedanke über ihn gekommen, der ihn zunächst maßlos verblüfft hatte, den aber dann der Verstand begriff, in dem der Gedanke erzeugt worden war... Monachow war im Innersten getroffen und bewegt. Jener Gedanke wuchs und wuchs wie die Blässe des Gesichts, wie die Pfütze, die wie ein schwarzer Heiligenschein war... Der Tod kam wellenartig näher, und wellenartig entwich das Leben. Dieser Rhythmus erschütterte das betäubte Bewußtsein Monachows. Genauso wie sich jene furchtbare Pfütze unter dem Kopf nicht zu verändern schien, bis man sah, daß sie wieder gewachsen war: genauso war es auch mit dieser Blässe, jedesmal wenn die Grenze des Erblassens erreicht zu sein schien, folgte sogleich eine noch größere Blässe. »Er ist tot«, sagte endlich Monachow abschließend – und wieder zuckten (jemand, der nicht so unverwandt hingeschaut hätte, hätte es gar nicht bemerkt...) die von dem unanfechtbaren Lächeln geformten Lippen – der Mann lebte noch. Monachow wartete auf die Agonie, von der er viel gehört, über die er manches gelesen hatte. Sie blieb aus. Es gab nur den Gedanken, der die Stirn des Sterbenden licht und hoch machte. Monachow war kein Dichter, deshalb dürfen seine Beobachtungen als verbürgt gelten: zum erstenmal starb vor seinen Augen ein Mensch. Und jedesmal, wenn er »er ist tot« sagte, war das, wie sich sofort erwies, doch nichts Endgültiges. Neben dem Burschen stand ein Paar Stiefel, dann ein zweites. Einmal blickte Monachow höher als stiefelhoch und sah einen untersetzten Mann mit Fliegermütze, der aus einem zweiten Auto stieg. Der Mann besaß einen ungemein sicheren Gesichtsausdruck, er drückte Stumpfheit und Wut auf das Leben aus, nichts, als diesen chronischen Ärger. Als der Mann merkte, daß man ihn vom Flugzeug aus sehen konnte, trat er in die Nacht zurück.

Als endlich der Notarztwagen angebraust kam, war der Bursche schon gestorben. Der Notarzt unterließ es, seinen Puls zu fühlen.

Ein recht fideler Sanitäter schob eine Tragbahre hinaus. Man dachte noch rechtzeitig daran, die Scheinwerfer zu löschen. Welch eine Nacht trat da ein! Und das war alles. Und eine Seele war davongeflogen...

Monachow sah wieder die Flugkabine, an sein Ohr drang wirres Gemurmel: »Kein Wunder, bei dem Luftsog...«, »Aufpassen muß man eben!«, »So ein blutjunger Mensch...«. Das Flugzeug wimmelte von Lebenden. Sie steckten wie die Erbsen in der Schote... Alle Fluggäste waren trunken von diesem Tod. Man fragte, ob sich der Propeller verbogen hatte. Man meinte, daß das kaum der Fall sei. Dann fliegen wir jetzt los? Etwas sonderbar war das freilich, jetzt einfach so loszufliegen. Aber andererseits, warum nicht?... Monachow wurde von einem Schluchzen geschüttelt. Welch ungereimter Tod... Nein, nicht der Tod war ungereimt. Der Zufall war es.

Es verging eine gewisse Spanne Zeit: aus dem Cockpit kam die Besatzung mit Koffern, die dem Koffer des Soldaten ähnelten. Sie wurden schamlos angeglotzt, selber blickten sie weg. Sie waren schuldlos. Verlegen und mit geröteten Gesichtern, als hätte man sie bei etwas Obszönem ertappt, gingen sie rasch durch den Mittelgang. Das war richtig, murmelten die Passagiere, die Besatzung hat einen Schock erlitten, sie muß ausgewechselt werden... Wieder verging eine Spanne Zeit, im Flugzeug war die Luft zum Schneiden. Der Tod lag weit zurück, der Unmut wuchs. Es geschehen noch ganz andere Dinge, und geflogen muß nun einmal werden. Da kam, mit Entrüstung aufgenommen, der Befehl zum Verlassen der Maschine.

Mit einem Seufzer der Erleichterung setzte sich Monachow von der Menge ab. Laternen zwischen Laub, eine Abfallurne, Staubgeruch, abgestandene Wärmewölkchen, der Schatten des Laubes auf dem Asphalt, Hingespucktes, Zigarettenkippen: dies alles gab Monachow seinen inneren Frieden wieder. Doch wie sollte er jetzt weiterleben? Das Weiterleben fiel Monachow schwer: er hatte gesehen, wie eine Seele zum Himmel flog. So vollzog er eine Kette unpräziser Handlungen. Raschen Schrittes, sich selber entfliehend, begab er sich ins Restaurant, wo eine Minute vor seinem Eintreffen der Wodkaausschank eingestellt worden war. Jawohl, laut Anordnung des Stadtexekutivkomitees wird ab neunzehn Uhr kein Wodka mehr verkauft! ... »Es ist doch erst sieben vor sieben!« schäumte Monachow. »Es ist fünf vor sieben«, berichtigte man ihn, »und die Anordnung tritt viertel vor sieben in Kraft!« Monachow begann zu erzählen, wie eben ein Mensch seinen Tod fand. Bald lauschte man ihm, fragte nach Details, nahm Anteil. Als die Serviererin erfuhr, daß der tödlich Verunglückte kein Verwandter von Monachow war, verlor sie das Interesse am Toten, aber den Wodka servierte sie. Monachow trank ihn angeekelt aus. Der Wodka war so warm wie diese Stadt Taschkent. In der Telefonzelle roch es nach Urin – Monachow rief Natalja an. Er stammelte etwas Feierliches in den Hörer.

»Was ist los mit dir, Monachow?« erschrak Natalja.

»Und was hast du dir vorhin gedacht?! Du bist nicht abgeflogen, Monachow, Lieber? ... Dann komm her. Niemand ist da. Ich habe bei der Tante geschlafen, du Dummer!« – Natalja begann mit Baßstimme zu weinen. – »Wie kannst du es wagen ... Der Sjablikow ist von selber gegangen. Den Ljonetschka hab' ich davon gejagt. Für immer, bis morgen, bald kreuzt er wieder auf. Ach, Monachow, komm doch her ...«

»Ein Mensch ist gestorben«, sagte Monachow.

»Was für ein Mensch? Was redest du?! Willst du, daß ich zum Flugplatz komme? ...«

Monachow schwieg. Was sollte er auch sagen?

»Ich komme raus. Wo finde ich dich?«

»Komm nicht«, sagte Monachow und hing ein.

Er trat wieder in die Luft hinaus. Schwach ist Monachow, weiß Gott – doch so schwach ist er auch wieder nicht. Jedenfalls verspürte er nicht das mindeste Gefühl der Scham, und das fand er nun doch ein wenig sonderbar. Das Leben berührt ihn nur in der Monachow-Formel. Der Wodka ist verrauscht, als hätte es ihn nie gegeben, einen zweiten Wodka kannst du dir für ein und denselben Tod nicht kaufen. Was habe ich hier auf dem Flugplatz verloren, denkt Monachow. Vorwärts, zum Bahnhof, alter Faulpelz! Die Eisenbahnwägelchen mit ihren Rädchen sind immer noch am verläßlichsten wie einst in grauer Vorzeit ...

Die Laterne im Laub, die Abfallurne, die staubige, benzingeschwängerte Abendglut. Brauchst dich nicht umzudrehen: alles längst bekannt. Dann aber: ein Flugzeug, ein ganz neues. Ein funkelnagelneuer Riesenvogel, märchenhaft, fremd: Monachow hatte sowas noch nie aus der Nähe gesehen. Vor der Tür zum Flugfeld stand das Häuflein der sattsam bekannten Mitpassagiere. Jener Schwarzhaarige, der ihn bei der Registrierung der Tickets als geheimen Bruder behandelt hatte, ging diesmal ganz ungeniert auf Monachow zu. »Gleich ruft man den Flug auf. Man hat für uns eine TU-154 bereitgestellt, die eigentlich nach Delhi fliegen sollte. Diese Maschine ist um eine Stunde schneller. Wir werden Moskau fast zur gleichen Zeit erreichen, als wären wir mit der anderen Maschine geflogen ... Können Sie sich das vorstellen?« Des Mannes Rede war von Erregung getragen. »Ich kann es mir vorstellen«, sagte Monachow versöhnlich und trat beiseite. Wo mochte dieser Hochmut herkommen? ...

Es vergingen keine fünf Minuten – und alles kam genauso, wie es jener Mann vorausgesagt hatte. Das Kollektiv der Fluggäste, durch den gemeinsam miterlebten Tod nicht entmutigt, sondern zusammengeschweißt, trat zum Sturmangriff auf jenes Wunder-Flugzeug an. An beide Einstiegsluken wurden Treppen herangefahren, die Erstürmung der Maschine vollzog sich in zwei Stoßkeilen. Monachow war verblüfft, in seiner Fluggastpraxis hatte es so etwas noch nicht gegeben (einmal hatte er etwas Ähnliches im Kino gesehen ...). Man hätte meinen sollen, daß es so schneller ginge als sonst – aber weit gefehlt! Die Stewardessen wurden hinweggefegt, die wimmelnde quellende, schubsende Menge hing doldenförmig vom Treppengeländer herab. Man hörte lautes Weinen und Stöhnen. Auch dies hatte Monachow noch nie zu sehen bekommen. Er sah heute manches zum erstenmal. »Es ist kaum zu fassen!«, räsonierte er. »Uns allen wurde eben demonstriert, mit maximaler Augenfälligkeit, was das ist: die Hast, der Tod, der Fleischwolf ... Kein einziger hat seinen Flugschein abgegeben und sich für die Eisenbahn entschieden! Man hat uns Ablauf und Vollzug des Todes vorgeführt, mit dem Ergebnis, daß sich alle mit doppelter Besessenheit in ihn stürzen wollen ... Nein, an den Menschen prallt jede Belehrung ab, sie sind nicht Maschinen, sie sind Tiere.« An ein solches Gedränge konnte sich Monachow seit seiner Kindheit während des Krieges nicht mehr erinnern. »Alle kommen mit, weshalb drängt ihr so? ...« piepste die eingeklemmte Stewardeß, doch ihr Piepsen verhallte, ging unter. Jawohl, wohin drängen wir? ... Monachow sah, über die Köpfe hinweg, die jetzt rittlings auf einem Koffer sitzende Witwe, und diesmal fiel ihm ein, wo er sie schon einmal gesehen hatte. Es war die Witwe jenes Werkmeisters Nurimanow, der bei dem Betriebsunfall, dessen Umstände Monachow so flink und souverän aufgedeckt hatte, ums Leben gekommen war. Man hatte sie ihm, damals, im Chefzimmer, flüchtig gezeigt ... Damals hatte er sie nicht recht wahrgenommen, erst jetzt betrachtete er sie voller Neugier: ihr Ehemann hatte seinen Tod in genau der gleichen Weise gefunden wie vorhin der Soldat auf dem Flugfeld ... Ja, hatte ich denn begriffen, was geschehen war, abgesehen von den falsch gewählten statischen Werten? Nun ja, man ist Fachmann und Gutachter ... Nein, durch Tode kannst du die Leute nicht verblüffen, genausowenig wie durch schmucke Riesenvögel. Wie viele Kriege, Tode, Zwangsemigrationen hat es gegeben! ... Der gestrige und der heutige Tod: das war Zufall gewesen, während der vorgestrige Tod schon nicht mehr zufällig war. Monachow sah die Erstürmung des Flugzeugs jetzt mit anderen Augen: so ein Vogel ist im Grund auch nichts anderes als ein in Kriegs- und Notzeiten mit Menschen vollgepferchter Güterwaggon.

Ein großer Gedanke! Und was ist jetzt mit dir, Monachow? ... Er brauchte sich nicht umzublicken, um Nataljas Gegenwart dort an der Tür zu spüren. Sie versuchte, aufs Flugfeld zu gelangen, doch solange er in die Nacht eingetaucht war, konnte er es sich erlauben, sie nicht zu sehen. Er stürzte sich ins dichteste Gedränge. Und wurde Sieger im Kampf um die Treppe. Unmittelbar bevor er in den Riesenbauch des Flugzeugs schlüpfte, konnte er die über alle Schranken und Sperren hinweg endlich aufs Flugfeld durchgebrochene Natalja sehen. Sie rannte auf das Flugzeug zu. Sie sah ihn nicht.

... Monachow flog: angeschnallt, ohne zu rauchen. Über die Sprechanlage kamen Durchsagen auf englisch und hindi. Die Usbeken drehten ihre Köpfe hin und her und lachten. Die Stewardessen in diesem Flugzeug flossen vor Höflichkeit über. Das war förmlich beleidigend: man war versucht zu glauben, daß sie zu faul waren, sich den veränderten Umständen anzupassen. »Wir befinden uns auf dem Flug Moskau–Delhi«, sagte die Sprechanlage auf englisch. Dann fiel jemandem ein, sie abzuschalten.

»Das war gut organisiert«, dachte Monachow im Einschlummern. »Wir werden praktisch zur gleichen Zeit in Moskau sein ...« – er suchte mit den Augen nach dem Schwarzhaarigen, fand ihn aber nicht – »Aeroflot verdient Lob. Der Zwischenfall wurde rasch und mit optimalem Taktgefühl beigelegt. Schließlich konnte man nicht gut jene andere Crew fliegen lassen. Totschlag bleibt Totschlag ... Mit welchem Geschick wurde der Tod von allem abgezogen – einfach famos! Und es bedarf dazu nichts weiter als des nächsten Flugzeugtyps in der Serie. Der Fortschritt substrahiert den Tod ... Wenn man ständig entweder Kaviar oder ein neues Flugzeug für Sie parat hält, dann braucht es Sie nicht zu wundern, wenn Sie nicht nur den Tod, sondern sogar das Leben glatt übersehen. Man hat uns privilegiert ... ein vorzügliches Verbum! Den Tod hat es nicht gegeben. Etwas anderes. Aber nicht den Tod.«

Monachow dachte, daß er bis zum heutigen Tag kein einziges Mal über den Tod nachgedacht hatte ... Wir leben, leben so dahin, und er ist ganz nahe, er schreitet lautlos in unserem Rücken ... Im Gehen hörst du ein Geräusch. Du wendest dich um – es ist niemand da. Niemand und nichts.

Monachow dachte an den Tod, er dachte daran, daß er nie an den Tod gedacht hatte.

Er schlief.

Im Schlaf wollte es ihm nicht gelingen, seine Sachen zusammenzuklauben: wie das in Träumen oft so ist... Er verspätete sich, er hatte sich bereits verspätet. Dabei waren es nur drei Sachen: in dem einen Saal hatte er seine Weste vergessen, in dem anderen seinen Schlips... Er raste durch Säle, rannte Treppen hinauf und hinab, er jagte über mit Requisiten vollgestellte Bühnen und Filmateliers – und überall traf er irgendeinen Bekannten, nahm Kontakt auf, ging Verpflichtungen ein... Und die Weste war neben ihm aufgehängt, er brauchte nur danach zu greifen...

Ihre Umarmung löste sich gleich wieder in sich auf. Die Ehefrau wurde gleich ganz starr in seinen Armen, distanzierte sich.

»Was ist los?« fragte Monachow, scheinbar ratlos. In Wirklichkeit war er im Bilde, alles lief ab wie nach Noten. Man hatte ihm die Partitur gegeben, jetzt begann jeder mit seiner Partie.

Monachow hatte sich zwar auf eine andere Rolle vorbereitet, aber er hängte im gleichen Stück das gleiche Cape am gleichen Nagel auf. Der Gürtel der Ehefrau schimmerte auf – sie entzog sich seinem Blick. Monachow betrachtete den Läufer in der Diele und den Hausschuh. Das hatte er schon mal gesehen. Buchstäblich gestern.

Monachow seufzte, nahm den Korb und ging, hinter der Ehefrau her, in die Küche.

»Das ist Obst«, sagte er. »Es muß ausgepackt werden.«

»Mit wem hast du das Obst gekauft?« fragte die Ehefrau.

»Was heißt: mit wem?...« erwiderte Monachow gekränkt.

Diese angenehme, zwei Personen sonst so verbindende Beschäftigung: das Auspacken des Obstes, mußte Monachow allein auf sich nehmen, während sich seine Frau zurückhielt. Ihre Eifersucht war sinnlos und läppisch, deshalb unterließ es Monachow, in die Luft zu gehen: die Ungerechtigkeit war allzu augenfällig. Er nahm jede Frucht in die Hand, betrachtete sie, drehte sie hin und her. Er benutzte immer neue Teller und Schüsseln, die ihm seine Frau jedesmal, ohne hinzublicken, reichte. Jede seiner langsamen und linkischen Bewegungen ging ihr auf die Nerven, mehrte ihren Ärger. Der Ehekrach braute sich zusammen, füllte die Winkel und Eckchen dieser Sechsquadratmeter-Kleinküche, hing wie eine Gewitterwolke über ihnen. Monachow betrachtete jede Frucht sehr genau, labte sich an ihrem Anblick. »Mit wem ich das Obst ...«, murmelte er. »Das sind Fragen ...« Plötzlich sah er Natalja, wie sie in ihrem roten Rock eine Straße auf dem Bazar entlangfegte. »Ist doch klar, mit wem ... Ist doch egal, mit wem ...« Die Frage der Ehefrau schloß diese Möglichkeit nicht aus: es mußten nicht diese, es konnten auch andere Früchte sein, die zu gleicher Zeit gekauft worden waren ... Monachow lächelte spöttisch und schüttelte den Kopf: diese Logik ... Seine Ehefrau war eine ungemein klar denkende Frau, vor der erbarmungslosen Logik ihres Denkens streckte er die Waffen. Er hielt einen Streit niemals durch, er begann zu schreien, mit den Füßen aufzustampfen, mit der geballten Faust vor der eigenen Nase herumzufuchteln: das setzte ihn jedesmal ins Unrecht. »Warum schreist du? Was habe ich schon gesagt?« Er konnte das nicht rekonstruieren, und es stellte sich heraus, daß sie nichts gesagt hatte. Was hatte ihn so aufgeregt? ... »Dies hat mich aufgeregt« – Monachows Gedanke schäumte hinter dem noch nicht zum vollen Ausbruch gekommenen Streit her – »Es gibt das Leben, und es gibt das Denken über das Leben, die Abstraktion. Und das Leben, und mag es auch wohl bedacht worden sein, ist nicht verpflichtet, sich in ein Idealschema zu zwängen ...« Seine Frau, so schien es ihm, litt daran, daß er nicht genauso war, wie sie sich das vorstellte. »Und sie selber, sie selber! ...« schäumte Monachow. Ausgewachsene Kränkungen stellten sich angriffsbereit in Reih' und Glied auf. Und doch war diese ihre Eigenart einmalig: an und für sich genommen begeisterten ihn ihre Gedanken zum Leben, weil sie dem Sachverhalt genau entsprachen, doch ihn empörte der Versuch, sie rückwirkend auf den gestrigen Tag und auf ihn, Monachow, anzuwenden. Sie hätte jetzt zum Beispiel sagen können: »Was willst du eigentlich? Die Trennung ist bereits der Streit.« Ein solcher Gedanke will erst mal gedacht sein! »Doch wir sind nicht in einem Antonionifilm – wir leben!« konterte Monachow in Gedanken. Oder: »Wie kann es für mich jemanden geben, den ich nicht kenne? Ich kenne deine Mutter gar nicht – wie soll ich ein Verhältnis zu ihr haben? Nur deshalb Süßholz zu raspeln, weil es deine Mutter ist – damit ist dir auch nicht gedient. Wen es nicht gibt, den gibt es nicht. Unbekannte kommen in der Natur nicht vor.« Monachow hätte nicht umhingekonnt, ihr beizupflichten, hätte sich dieses Gespräch, statt um ihn, um ein Buch gedreht. Sie hätte auch sagen können: »Es gab dich nicht – woher soll ich wissen, ob es dich weiterhin gibt. Du warst – und dann warst du nicht mehr ...« Und weiter: »Woher weißt du, daß ich es bin, zu der du heimgekehrt bist? Vielleicht bin das gar nicht mehr ich. Du hast mich, als du fortfuhrst, weggestellt und ausgeschaltet ...« – »Ich bin auf eine Dienstreise gegangen! ... Nicht auf eine Lustreise, nicht auf eine Spazierfahrt – sondern auf eine Dienstreise!« wehrte sich Monachow, noch immer in Gedanken. »Woher soll ich deine Reisemotive kennen? Vielleicht bist du zu ihr gefahren ...« Jetzt war seine Frau – in Monachows Hirn – zwei Etagen tief abgerutscht und dadurch begreiflicher und liebenswerter geworden. Alle diese Abstraktionen waren nichts weiter als eine vulgäre, ausgewachsene Eifersucht. Das war genau der richtige Moment, den Versuch zu wiederholen, sie in die Arme zu nehmen. Doch sie sträubte sich – und Monachow kochte vollends über. Und da ging es los!

Einstweilen verlief alles aber noch recht friedlich. Monachow sortierte die Früchte und stellte fest, daß sie, bis an den Grund des Korbes, heil waren. Der von ihm befürchtete Matsch war ausgeblieben. Die kleine Küche war von Licht erfüllt, das Licht ging von den Tellern aus, die jetzt überall aufgestellt waren: auf dem Kühlschrank, auf dem Fensterbrett. »Die Sonne und die Mutter: das sind die zwei Lichtquellen ...«, dachte Monachow sentimental. Laut ausgesprochen hätte er das nie, seine Frau hätte ihn wegen so einer Äußerung in Grund und Boden gewettert. Und niemals hätte er beweisen können, daß sie es wegen dieser Worte getan hatte ... Monachow seufzte und maß die vollbrachte Arbeit mit einem traurig bewundernden Blick. Jawohl, nie zuvor war er einer so fordernden Einstellung zur Wirklichkeit begegnet: alles mußte sich auf der Ebene ihrer Vorstellungen von Heute bewegen ... Wäre er so jemanden früher begegnet ... Gleich bei der ersten so gearteten Begegnung hat er ja dann geheiratet. Er hat genau *dieses* geheiratet, das gab damals den Ausschlag. Er heiratete im Zustand der Erschöpfung von all dem, das *noch nicht* seine Frau war ... Wie hatte er sich ohne sie hingequält: sein ganzes voreheliches Leben lang! Jetzt aber sah es so aus, als hätte er sich damals auch nicht viel mehr gequält als jetzt. Unerträglich war jetzt gerade das, was ihn zu ihr hingezogen hatte, und anziehend war das geworden, das er einst nicht ausstehen konnte. Wie sonderbar lieben wir doch! ... Seine Frau schmiegte sich plötzlich an ihn: in einem Augenblick, als er es am wenigsten erwartet hatte – und er zerschmolz. Seine Frau biß in eine Frucht und kniff vor Wonne die Augen zusammen. Seine Frau empfand Freude beim Betrachten und Schmecken der Frucht. »Wieviel Sonne steckt darin!« sagte sie. Er hatte sich umsonst gefürchtet ... »Wie hübsch sie doch ist!« begriff Monachow. »Sie ist ein Mädchen, nichts weiter als ein kleines Mädchen.« »Du liebst sie eben einfach ...«, hörte er Nataljas Stimme.

Hatte auch seine Frau diese Stimme gehört? ... Jetzt begann wieder der Wahnsinn. Seine Frau setzte ein schmollendes Gesicht auf, drehte sich auf der Stelle um, ging in ihr Zimmer, ließ die angebissene Frucht in der Küche zurück. »Mein Gott, was spielt sich ab in diesen Wänden?« dachte Monachow, endgültig gekränkt. »Welche Folterqual! Für all die erduldete Mühsal und Pein wird mir jetzt noch dies beschert!« Das war eine Redensart: in ihm war keine detaillierte Erinnerung an das Erlebte. Sein ganzer Aufenthalt in Taschkent erschien ihm jetzt als ein aus einem Stück gefügtes persönliches Verdienst, als eine lückenlose Passion, die er ausschließlich um dieser seiner Heimkehr willen auf sich genommen hatte. Er war allen Felsen und Riffen ausgewichen, er hatte einen beispielhaften Anlauf genommen – jetzt hatte er die Bescherung! Monachow versank in Trübsal. Hinter dem Fenster war schwarze Nacht. Es blickte blind in die Küche und spiegelte die häßlichen Früchte ...

»Und was soll das nun wieder sein?!« sagte seine Frau mit vor Qual bebender Stimme.

Er begriff, daß sie etwas *gefunden* hatte. Sie hatte wohl in seiner Aktentasche gewühlt. Obwohl dort nichts zu *finden* war: Monachow war in diesem Punkt sehr vorsichtig. Wie dem auch immer war: sie hatte was gefunden.

»Was soll diese Laiendichtung?«

Monachow wurde verlegen und ratlos, ließ sich

aber nichts anmerken, sondern setzte nur eine mürrische Miene auf.

»Mir gefallen diese Verse«, erwiderte er mit gekränkter Stimme. (Er war Ljonetschkas wegen gekränkt.)

»Du begreifst, daß das nicht ins Gewicht fällt«, sagte seine Frau. »Von wem ist das Gedicht?«

Monachow schaute seine Frau mit behutsamer Verwunderung an und senkte den Blick. Diese Aufhebung der Logik verwirrte ihn. Es gab keine Grenze des gesunden Menschenverstandes. Und auch ihn selbst – den besagten Verstand – gab es nicht.

»Das hat ein junger Mensch gedichtet...«, sagte Monachow friedfertig. »Der Sohn der Nachbarin...«, fügte er hinzu, verwundert, wie wenig überzeugend das klang.

»Der Sohn der Nachbarin? ...«, wiederholte seine Frau. Sie gab die gefundene Spur sofort auf, was Monachow gleichfalls verwunderte.

»Gabel, Schüssel, Terrine!...« lästerte er. »Ich werde mich fortan bemühen, keine Worte weiblichen Geschlechts mehr zu gebrauchen.«

»Das wäre lobenswert«, sagte sie unbeeindruckt.

»Es sind meine eigenen Verse!« behauptete Monachow. »Ich selber habe das Gedicht geschrieben und es einer jungen Person in Taschkent dediziert!...«

»Das kannst du jemand anderem erzählen«, sagte die Frau zufriedengestellt. »Das ist nicht deine Handschrift. Das Gedicht ist dir selber gewidmet.«

Monachow weigerte sich rundweg, dies alles zu verstehen... »Dabei habe ich beinahe die Wahrheit gesagt...«, dachte er spöttisch. Er wollte sagen: »Mein Gott, was tun wir?...« – aber er sagte es nicht, er wollte sie beim Namen rufen – und rief sie nicht. Sie vermieden es, einander mit dem Vornamen anzureden. Sie hielten das beide für den falschen Ton. Als sie sich damals gefunden hatten, empfanden sie

Freude bei dem Gedanken, wieviel sie doch gemeinsam hatten. »Wenn man jemanden mit dem Vornamen anredet – dann lügt man«, hatte damals seine Frau gesagt.

»Und wie ruft man, wenn man im Wald ist?« dachte jetzt Monachow.

»Hallooo! ...« sagte er versöhnlich und zuckte zusammen: über das Haus war ein Flugzeug hinweggeflogen.

(Ihr Haus stand am Stadtrand von Moskau, in der Nähe eines Flughafens. Über das Haus flogen beim Landeanflug immer Flugzeuge hinweg. Sie hatten sich an diesen Lärm gewöhnt und bemerkten ihn nicht mehr.)

»Mir ist gerade etwas Lustiges eingefallen«, sagte Monachow, den Flugzeuglärm mit seinem Blick begleitend. »Mein Vater hat es mir erzählt. Er liest immer viel, merkt sich das Gelesene und erzählt es wieder. Allerhand populärwissenschaftliches Zeug. Eine Geschichte hat er gut wiedererzählt. Stell dir einmal einen Wald vor ...«

Seine Frau blickte ruhig das schwarze Fenster an, in dem nichts zu sehen war, und hatte einstweilen offenbar nicht die Absicht, ihn zu unterbrechen.

»Der Wald ist nämlich«, fuhr Monachow hoffnungsvoll fort, »nicht einfach eine Ansammlung von Bäumen, sondern sowas wie eine Gemeinschaft, wenn du willst: ein Kollektiv. Die Bäume wachsen nicht einzeln, jeder für sich, sondern gemeinsam, eben als Wald. Wir sehen das nicht, deshalb kamen wir lange nicht darauf, daß alle Bäume des Waldes durch ihr Wurzelwerk zu einem System verbunden sind. Nicht der einzelne für sich genommene Baum existiert, sondern der Wald als in sich geschlossener Organismus ...« – Monachow fühlte eine Erregung in sich aufsteigen, er hatte jetzt plötzlich selber den Gedanken begriffen, den er seiner Frau zu erläutern versuchte, der Gedanke hatte sich vor seinem inneren Auge ein Stück gedreht und wendete ihm jetzt eine Seite zu, die er bisher weder gesehen, noch vermutet hatte. – »Wobei sich herausstellt...« – Monachow verlor den Faden, er fand die dem neuen Bedeutungsinhalt angemessenen Worte nicht. »Sonderbar, daß man das früher nicht gewußt hat... Die Wasserstoffbombe, die Kybernetik, alles, was du willst und was das Herz begehrt – und etwas so Offenkundiges wurde erst so spät entdeckt!... Dabei ist es sonnenklar: ein in sich geschlossenes Ganzes!« – Seine Stimme erbebte – »Und weißt du, wie man darauf kam? Es galt lange als Rätsel, warum ein toter Baum gleich austrocknet auf einen Schlag – nicht erst allmählich... Da fand man heraus, daß der Baum, wenn er stirbt, seine Säfte dem Walde gibt. Mit seinem Wurzelwerk saugt der Wald den gestorbenen Baum aus. Und dieser Baum steht ausgetrocknet da...«

»Wie entsetzlich!« sagte die Frau.

Er bemerkte die Ironie nicht. Vielleicht gab es auch gar keine.

»Woraus also folgt«, sagte Monachow, »daß der Wald das Leben eines jeden einzelnen seiner Bäume braucht...« Sein Redefluß war versiegt. Noch ein anderer, einem großen Tier ähnelnder Gedanke huschte draußen in der Nacht vorbei. Monachow vermied es, ihn zu greifen.

Seine Frau strich ihm mit einer sachten Bewegung über das Haar und nahm ihre Hand gleich wieder weg.

»Es ist spät«, sagte sie. »Du bist müde.«

Monachow spürte Freude, er versuchte, seine Frau zu umarmen, aber wieder entwand sie sich seinen Armen.

... Monachow lag im Bett und war böse auf das Leben. Es lag, im hier gegebenen Fall, an seiner Seite, in einem zur Feier seines Heimkehrtags frischen Nachthemd. Die Laken waren ebenfalls gewaschen. Sie beide waren Mann und Frau. Es war Nacht. Sie waren allein. Beide schliefen sie nicht. Sie lagen auf dem Rücken, peinlich bemüht, einander nicht zu berühren. Zwischen ihnen verlief eine lachhafte Grenze. Offenbar liebten sie einander: denn die Grenze war unüberwindlich. Beide ersehnten sie ein und dasselbe, doch auf der ganzen Welt gab es keine Kraft, die imstande gewesen wäre, die unsichtbare Grenze des Nichtausgesprochenen zu überwinden. Und es gab keine Worte, die diese Mauer, Ziegelstein um Ziegelstein, hätten abtragen können.

Er wußte, daß sie ein Geständnis von ihm erwartete, und war sich mit hämischer Freude bewußt, daß er sie niemals (nie-mals!) von dieser Erwartung befreien würde. Die Dame möchte gern die volle Wahrheit kennen! ... Großer Gott, wer will das nicht! Nur gibt es sie nicht, diese Wahrheit. Die volle Wahrheit, das ist schlichtweg alles: diese Nacht, dieser Stuhl, und der Schatten des Thermometers auf dem Fensterbrett, und der Mond, der sich gerade hinter eine Wolke verzogen hat ... Gibt es den Mond etwa nicht: bloß weil er sich momentan hinter einer Wolke befindet? ... Um ihr alles zu erzählen, müßte er folgendermaßen beginnen: »Im Anfang war das Wort, und das Wort ward ...« Monachow lächelte verschmitzt und empfand in der Dunkelheit, unsichtbar wie er war, sein Gesicht als ein fremdes, von ihm abgelöstes Gesicht. Hätte er seiner Frau von Ljonetschka erzählen können? Nein, dann hätte er auch von der Geburtstagsfeier berichten müssen. Konnte er ihr von der Geburtstagsfeier berichten? Nein, dann hätte er Natalja erwähnen müssen. Konnte er Natalja erwähnen? Nein, das konnte er nicht, denn dann ... dann hätte er exakt das sagen müssen, was seine Frau, zum Schaden der *vollen* Wahrheit, so gern erfahren hätte. Erzählte er ihr aber, daß gar nichts war, daß er nur mit Ljonetschka geschlafen hätte (Monachow erinnerte sich absolut aufrichtig nur an dies), dann glaubte sie ihm das nicht. Darauf lief es hinaus und das war es ja gerade, deshalb konnte er ihr *nichts* erzählen. Es gab nichts, weshalb er sich vor ihr rechtfertigen müßte. Doch was auch immer er jetzt, neben ihr im Bett liegend, über die Lippen gebracht hätte, es hätte wie ein Rechtfertigungsversuch geklungen. Wie hätte er ihr auch klarmachen können, daß es gar keinen Grund zur Eifersucht und kein Objekt für sie gab! Würde sie denn seinen Eifer und die von ihm gebrachten Opfer gebührend würdigen (gemeint war wieder, daß er Natalja widerstanden hatte ...)? Monachow spürte die ihm vom Leben (von seiner Ehefrau) zugefügte Ungerechtigkeit. Er spürte die Kränkung.

Trennung ist ein einzeln verbrachtes Leben ... Er hatte während dieser einen Woche ein Leben gelebt – und es war *sein* Leben, nicht ihres. Es gab also doch etwas, worauf sie eifersüchtig sein mußte. Es war dies *Leben* – nicht Natalja ... Er besaß eine Erfahrung, die sie nicht besaß, beider Leben differierten jetzt um diese Erfahrung, sie konnten fortan, in einem bestimmten Sinn, nie mehr zusammenkommen, denn Monachow hatte keine Möglichkeit, diese Erfahrung mit ihr zu teilen ...

Ja, wollte sie denn überhaupt wissen? ... Vielleicht wollte sie dies am wenigsten? Vielleicht fürchtete sie mehr als den Tod das zu erfahren, was sie erfahren wollte. Der geübteste Spurensucher hätte nicht so prompt eine so heiße Spur gefunden, wie sie Ljonetschkas Verse entdeckt hatte. Und was kam dann? Sie hatte sich mit der erstbesten, wenig überzeugenden Erklärung zufriedengegeben. Just darauf hatte sie angebissen, einer glaubwürdigeren Erklärung hätte sie noch eine Weile auf den Zahn gefühlt. Das Delikt mit Namen *Sjablikow* hatte sie überhaupt nicht erwähnt... Monachow verspürte Haß und zugleich Bewunderung, indem er begriff, wie nahe seine Frau der Wirklichkeit gekommen war, nur eben von der anderen Seite her. Es war so, als betasteten sie von beiden Seiten eine Glasscheibe, auch ihre Finger berührten sich, doch dazwischen war das Glas... Welch zielstrebiger Tastsinn! Mit Hilfe welcher Ortungsgeräte hatte sie, in völliger Dunkelheit, sich einen so direkten Weg gebahnt? War es die Liebe? Welche Liebe, zum Teufel nochmal?!... Ist Zerstörungsdrang Liebe? Nein, Monachow kann nicht in so helles Licht getaucht leben. Das Leben ist nicht so, daß man über den anderen mehr wissen möchte als über sich selbst.

Monachow spürte den Impuls, seine Hand durch die Schranke hindurch, auszustrecken – aber er konnte es nicht. Er fürchtete, an etwas abzuprallen, er fürchtete, mit ausgestreckter Hand liegen zu bleiben, er fürchtete, ein Vakuum zu liebkosen.

Monachow war voller Verlegenheit, er grübelte und betrachtete den Schatten an der Zimmerdecke, den ein trockener Blumenstrauß dorthin warf. Er kam zu dem Schluß, daß sich ein Geständnis nicht umgehen ließe. Fragte sich nur, was zu gestehen wäre und in welcher Dosierung und Proportion, damit sie es beide verkraften konnten. Er grübelte, ihm fiel nichts ein. Dann mußte etwas anderes die Stelle des Geständnisses einnehmen. Aber was? Nichts, was der vollen Wahrheit gleichgekommen wäre – doch sonst gab es nichts. Monachow fiel der Vater ein, sein Siechtum, seine Schwäche – er sah das schlafende Gesicht des Vaters mit den Stoppeln, er betrachtete dieses Gesicht genauer als in Taschkent. Vielleicht ging es dem Vater noch schlechter als schlecht... Genau das war es, was er seiner Frau sagen könnte, was dem von ihr Erwarteten ein wenig gleichkam. Da könnte sie nicht abwinken und bocken... Man kann nicht sagen, daß Monachow zynisch war, aber er grübelte ziemlich angestrengt vor sich hin.

»Weißt du«, sagte er mit Trauer in der Stimme, »meinem Vater geht es überhaupt nicht gut...«

Der Schatten des Blumenstraußes erbebte und zuckte zusammen, als hätte ihn ein Seufzer seiner Frau erreicht. Dann wurde das leichte Erbeben des Schattens der toten Blume von einem lauten Dröhnen eingeholt: in nächster Nähe flog wieder ein Flugzeug vorbei. »Stärke fünf auf der Skala...«, dachte Monachow und befand sich eine Sekunde lang mit seinem ganzen Wesen wieder in Taschkent. Kindliche Furcht ergriff ihn. Er preßte sich gegen seine Frau.

»Was ist mit dir?« sagte seine Frau besorgt und streichelte ihn, wie man ein Kind streichelt. »Was ist mit dir, mein Kleiner?«

»Wie mag es kommen«, lallte Monachow, »daß wir nicht begreifen, daß die anderen wie wir selbst verstehen und empfinden... Wie kam ich nur auf die Idee, daß ich die Zusammenhänge besser verstehe als der, der sie mir erklärt? Mein Vater hat vom Wald erzählt – dann hat er das Erzählte zuvor wohl begriffen. Ich war es, der nichts verstanden hat. Erst heute habe ich es begriffen. Damals habe ich ihm mit Herablassung zugehört, mit halbem Ohr, und war fest überzeugt, alles, was der Vater sagte, besser zu verstehen als er selbst. Das bedeutete, daß er nicht verstand, was er sprach, während ich es vorzüglich begriff – welch ein Irrsinn! Großer Gott...« – Monachow spürte eine Gänsehaut. »Ich werde ihm nie mehr sagen können, wie gut ich ihn endlich verstanden habe. Nie mehr, niemals!«

Tränen der Seligkeit standen in Monachows Augen. Er lag auf dem Rücken, seine Augen verwandelten sich in zwei kleine Seen. Er blickte durch die dicken Tränen hindurch wie vom Grund eines Gewässers und sah nichts. Er bewegte die Lider, und die beiden Seen liefen über.

»Weine nicht, Lieber... bitte weine nicht!« murmelte seine Frau und küßte seine nasse Schläfe.

»Wie konnte ich nur, wie konnte ich! ...« schalt sich Monachow. »Ich werde ihn wahrscheinlich nie mehr sehen. Er ist doch ...« – Monachow brachte es nicht über sich, das Gedachte auszusprechen.

Er betete stumm: »Stirb nicht! Bitte stirb nicht! Tu alles – nur nicht das ...« Ihm fiel ein, daß der Vater ihm einmal erzählt hatte, daß er sich sein Leben lang den Tod seines Vaters nicht verzeihen konnte. Monachow-Großvater war krank gewesen und hatte den Sohn ans Krankenlager gerufen, doch der Sohn war gerade verliebt gewesen und war bei seiner Liebsten geblieben, als sein Vater starb ... »Und wenn er bereits? ...« erschauerte Monachow. »Während ich bei Natalja war ... Die Eltern haben angenommen, daß ich abgereist bin ... Und wenn jetzt an der Tür geläutet wird und ein Telegramm ...«

Wenn es wahr ist, daß der Wald ein Ganzes bildet, dann sind sein Vater und er ein und derselbe Baum ... Der Strom des Lebens floß ein allerletztes Mal vom Vater zu ihm her, mit nicht geringerer Kraft als einst im Augenblick der Zeugung. Monachow spürte, wie sich sein Dasein jäh erweiterte, etwas öffnete sich, er blieb in der Luft über dem Bett schweben. Der den letzten Kräften seines greisen Vaters entströmende Lebensstrom umspülte und wusch Monachows verhärtete Seele, sie wurde durchsichtig und licht und ließ den Schmerz in sich ein. Wieder schwebte Monachow empor, auf der Jagd nach der Seele des Vaters, und ein eisiger reiner Wind pfiff im geläuterten Gerippe seiner Seele: zwischen den Rippen konnte man die Sterne sehen. Einsam und allein fühlte sich Monachow der Jüngere dort oben. Zum erstenmal traten seine Tage und Erlebnisse nicht einzeln hervor, sondern sie stellten sich alle zusammen gleichzeitig dar, wie das ja auch in Wirklichkeit so war: gestern, und morgen, und jetzt, in ein und demselben Raum, in ein und derselben Seele, die alle Seelen in sich aufnimmt so wie der Baum den Wald in sich trägt ... Die Mutter, der Vater, Natalja, und Ljonetschka, und jene erste Ehefrau, und deren Kind, und diese Frau an seiner Seite hier im Bett, und jenes Kind, das sie noch zeugen werden ...

Sie alle waren in ihm, doch keiner war, außer der Ehefrau, an seiner Seite. Er spürte ein mächtiges und einsames Gefühl für sie in sich aufsteigen, das man nicht einmal *Liebe* hätte nennen können. Die Einsamkeit wollte verzweifelt aus ihm heraus wie ein Tier oder ein Urlaut, und je fester, heißer und tiefer er sich gegen seine Frau preßte, desto furchtbarer und unersättlicher wurde die Einsamkeit. Draußen vor dem Fenster, so tief, als fiele es aufs Haus herab, heulte wieder ein Flugzeug auf und ließ das Fensterglas aufklirren: das Flugzeug spaltete die schwarze Stirn der Nacht. Der Tod, den Monachow bereits wieder gründlich vergessen hatte, der Tod in der Gestalt jenes Soldaten, fiel wie ein Stern vom Himmel herab und spendete Monachow den letzten Tropfen Leben, der ihm noch fehlte. Monachow schrie auf, sah ein fahles Licht, das die aus Stühlen, Gardinen und Zimmerwänden bestehenden nächtlichen Gegenstände seltsam beleuchtete ... Im gleichen Augenblick ging das ewige Partikel des Todes durch ihn hindurch, um das Leben des Vaters über den Sohn hinaus fortzusetzen.

Infantjew

Wann Infantjew den Dienst im Forschungsinstitut aufgenommen hatte, wußte schon deshalb keiner genau, weil es in Infantjews Zuständigkeit fiel, solche Dinge zu wissen. Es schien, als hätte er schon immer hier gearbeitet. Seltsam genug: all die Jahre hindurch hatte ihn niemand so recht wahrgenommen. Man sagte nur, er sei ein Kenner der Materie.

Erst als er Abteilungsleiter wurde, bemerkte man Infantjew richtig.

Damals begann man, sich eine Meinung über sein Verhältnis zu seiner Frau zu bilden. Sie hatte nämlich auch im Institut gearbeitet, allerdings schon vor langer Zeit, gleich nach dem Krieg, und nur kurz. Von den Veteranen waren nur noch wenige übriggeblieben, in den letzten Jahren war diese Generation rasch in Pension gegangen, und auch ihr Gedächtnis war nicht mehr das beste. Man erinnerte sich, daß Infantjews Frau jünger war als er, daß sie zierlich gebaut, hübsch und schwarzhaarig war, und dann noch – ein etwas albernes Detail – daß sie armreifgroße Ohrringe wie eine Zigeunerin getragen hatte. Sie war fröhlich und quirlig gewesen, aber nicht so, daß man sie hätte tadeln müssen. Sonst wußte man nichts Besonderes mehr. Dies um so weniger, als keiner sie seither gesehen hatte, und folglich niemand wußte, wie sie inzwischen geworden war. Jünger jedenfalls war in diesen Jahren niemand geworden...

Im übrigen bedauerte man, seinerzeit nicht aufmerksamer gewesen zu sein. In der Sicht der Arbeitskollegen waren nämlich Infantjews Beziehungen zu seiner Frau nicht gerade die besten gewesen. Man schloß das allein aus der Art, wie er mit ihr übers Telefon sprach. Erstens siezte er sie und redete sie mit dem Vatersnamen an. Zweitens war er meist kurz angebunden und grob: »Was wollen Sie noch? Nein, nein, nein! Ich habe zu tun. Jawohl, das habe ich ...« Drittens folgte daraus: die Beziehungen waren nicht gut.

Man hätte gern mehr gewußt, aber Infantjew war ein mürrischer und verschlossener Mann, ein Eigenbrötler. Man kam an ihn nicht heran. Was hatte sich zwischen den Eheleuten seinerzeit zugetragen? Im Institut war man auf Mutmaßungen angewiesen.

Doch auch das Herumrätseln wurde eines Tages gegenstandslos.

Eines Tages läutete auf Infantjews breitem Schreibtisch das Telefon, Infantjew nahm ruhig den Hörer ab, veränderte sich dann schlagartig und sagte in den Hörer: »Jawohl, Natalein ... Wie fühlst du dich? ... Ich bin gleich bei dir ...« Und er machte sich sofort auf den Weg, er verließ das Zimmer, ohne jemanden ein Wort gesagt zu haben. Die Besucher in seinem Zimmer waren verstört und beunruhigt. Das Ereignis machte im Institut die Runde, und man sprach darüber, daß Infantjew in letzter Zeit nicht mehr der Alte gewesen sei. Schon seit ein, zwei Monaten, nicht mehr, nein, seit anderhalb ... Seit wir damals mit der Belegschaft im Museum waren ... Jetzt erinnerte man sich ganz genau. Und war verwundert, daß man nicht schon damals ... In den letzten ein, zwei, nein, anderthalb Monaten war es nämlich öfter geschehen, daß er mitten am hellichten Arbeitstag auf und davon gerannt und verschwunden war! Wieder andere sagten, Infantjew sei schon immer ein verschlossener Mensch gewesen, ein stilles Wasser, an seinem jetzigen Verhalten sei nichts sonderbar. Dann gab es wieder Leute, die sagten, er täte ihnen so entsetzlich leid, das sei weiß Gott ein harter Schlag, der ihn getroffen habe:

obwohl sie die Art seines Unglücks nicht kannten.

So sah man das alles von außen.

Das Unglück jedoch bestand darin, daß Infantjews Frau Brustkrebs hatte. Man hatte die Krankheit vor einem halben Jahr entdeckt. Infantjew begriff, daß das nicht nur schmerzhaft und gefährlich, sondern für eine Frau noch weitaus schlimmer war. Er fühlte mit seiner Frau und versuchte, als sie nach der Operation wieder nach Hause kam, alles so einzurichten, daß sie das Erlittene schnell wieder vergaß. Er wollte sie daran hindern, sich auf die Krankheit festzulegen und Trübsal zu blasen. Deshalb benahm er sich, als sei nichts geschehen. Seine Frau sollte sich wie bisher um den Haushalt kümmern. Wenn er sah, daß sie mit herabhängenden Armen und wie abwesend dasaß, den Blick ins Leere gerichtet, ließ er sich gleich etwas einfallen, das sie beschäftigte oder ablenkte. Er sagte zum Beispiel: »Nähen Sie mir einen Knopf an.« Freilich steckte darin auch der Wunsch, eine seit vielen Jahren bestehende Ordnung aufrechtzuerhalten. Aber der frühere Zustand ließ sich nicht halten. Infantjew sagte seiner Frau zum Beispiel nicht, daß die Tochter das Studium aufgegeben hatte. Früher hätte er nie etwas verschwiegen oder vertuscht, nur deshalb, weil das seiner Frau Kummer bereiten könnte.

Bald ging es der Frau bereits so schlecht, daß die Methode *Alles wie bisher* und *Nur keine Trübsal aufkommen lassen!* nicht mehr half. Infantjews Frau kam wieder ins Krankenhaus.

Dort wurden keine Eingriffe mehr vorgenommen, man ließ den Dingen ihren Lauf. Ziemlich bald holten sie Infantjew und seine Tochter im Krankenhaus ab und brachten sie nach Hause. Sie gingen zu Fuß, Infantjews Frau wollte kein Fahrzeug benutzen. Der Autogeruch führte bei ihr zu Erstickungsanfällen, ihr wurde schlecht. Medizinisch hieß das: *Metastasen in der Lunge.* Der Fußweg war ziemlich lang. Infantjews Frau stützte sich, links und rechts, auf den Mann und die Tochter und wurde von den beiden, den ganzen Weg über, praktisch getragen. Es war kalt, vom heiter dunstigen Himmel fiel, Flocke um Flocke, leichter Schnee.

Dann kam die Zeit, als sie – Natascha, Natalein, du Nata – nicht mehr vom Krankenlager aufstand. Die Tochter ging jeden Morgen fort, der Mutter wurde gesagt, sie ginge in die Hochschule. Und Infantjew, ja, Infantjew, dieser kleinwüchsige hagere Mensch mit den glattgeleckten grauen Haaren und den hellen leeren Augen ... Man hörte, wie er übers Telefon sprach, wie er von seinem Stuhl aufsprang und davoneilte. Jetzt war es freilich unmöglich geworden, die Frau nicht fühlen zu lassen, daß sie krank war, jetzt half keine Verstellung mehr. Natascha, Natalein, du Nata ...

Man beerdigte sie auf einem sehr schönen Friedhof, dem schönsten der Stadt. Der Friedhof war schon lange eine Art Museum, nur in Ausnahmefällen gab es dort noch Bestattungen. Infantjew hatte die richtigen Beziehungen und erwirkte eine Genehmigung. Dieser Friedhof liegt über einem See, auf einem mit Kiefern bestandenen Hochufer. Über den Uferhang verstreut liegen zwischen den Bäumen die Gräber. Auf der Spitze des Hügels steht die alte Friedhofskirche. Es ist ein wunderschöner Friedhof: er bedrückt den Besucher nicht, er weckt vielmehr freundliche Wehmut und sogar Freude. Die Gräber liegen zwar dicht beieinander, aber sie versperren, wegen ihrer Hanglage, nicht die Sicht. Man sieht den Hang, die Kiefern, den See, das bewaldete Ufer, die Fallschirmsprungschanze rechter Hand, noch bevor man die Gräber erblickt.

Und wenn auch noch der Himmel klar ist, und die Sonne scheint, und die Kiefern rauschen, und sich die Wolken im Wasser spiegeln, dann spürt man hier keinen Tod. Die Sonne geht hinter dem See unter, und ihre waagerechten Strahlen durchbohren und beleuchten den Uferhang, alle Gräber, den ganzen Friedhof bis in die Dämmerung.

Licht ist es hier, und weit, und heiter.

Als man sie beerdigte, war ein ganz bestimmtes Wetter, doch er behielt nicht im Gedächtnis, welches. Er erinnerte sich, daß es ein besonderes Wetter war, doch ob das Wetter strahlend oder trist war, wußte er nicht mehr.

Als er später diesen Tag in der Erinnerung heraufbeschwor, glich der Tag einer punktierten Linie oder einer Kette. Er bestand aus drei Schnappschüssen oder Filmeinstellungen: alles übrige war in Vergessenheit geraten. Doch auch diese drei Bilder hatte er nicht in sein Bewußtsein aufgenommen, sie betrafen scheinbar gar nicht ihn, Infantjew, sondern einen anderen Mann, der ihm zwar stark ähnelte, aber nicht mit ihm identisch war. Infantjew war immer ein wenig verlegen, wenn er diese Bildchen in seinem Bewußtsein wachrief. Sie stellten sich gegen seinen Willen ein, urplötzlich, jedesmal komplett und immer in der gleichen Reihenfolge ...

Es sagt sich leicht: er fühlte sich verloren ... »Wo ist Großmutter? Wo ist Großmutter«, wurde gerufen. Infantjew war, als hätten sich ihm alle zugewendet, als blickten und sprächen sie ihn an. »Schon gut, ich werde gleich ...«, sagte er und rannte den schmalen, sich zwischen den Gräbern schlängelnden Pfad zurück. Dieser Weg, den der Trauerzug gerade erst zurückgelegt hatte, war jetzt menschenleer. Infantjew lief den mit hellgelbem Sand bestreuten Pfad entlang, und je weiter er sich von den Seinen entfernte, desto stärker wurde seine sonderbar vage Erregung. Er rannte wie ein Laufbursche, der einen wichtigen Auftrag hat, war atemlos von dem längst vergessenen Gefühl der Verantwortung, doch zugleich lief er der Prozession davon, denn was dort vorging, ging ihn irgendwie nichts an, stand in keiner Beziehung zu ihm, und es war unbegreiflich, weshalb er daran teilnahm, weshalb er *verpflichtet* war, an der seltsamen Fortbewegung dieser hinter einer länglichen Holzkiste herziehenden Menschen teilzunehmen, einer Kiste, die ... nein, natürlich nicht! – sondern wer weiß was in sich barg. Infantjew rannte einfach fort.

Plötzlich schien er zu stolpern. Er erstarrte vorn übergebeugt, als renne er weiter. Der Trauerzug bewegte sich auf ihn zu, Infantjew trat an den Wegrand zurück, er stand jetzt in einem schmalen, mit dem Laub vom letzten Jahr gefüllten Wasserabflußgraben. Er fing einen vorwurfsvollen Blick auf und schlug die Augen nieder. Er war nirgendwohin fortgerannt, er war wohl im Kreis gelaufen und erblickte jetzt vor sich den Geistlichen. Der führte den Zug mit der Miene des sinnlosen Eifers und zugleich der Trägheit an, schwenkte das Weihrauchfaß, sein Schritt war irgendwie bedrückt, er ging langsam, als fürchte er, dem Sargdeckel davonzulaufen, der hinter ihm hergetragen wurde, dem Sargdeckel und dem dahinter folgenden Sarg. Jetzt konnte Infantjew das Wort *Sarg* laut denken, denn er begriff erleichtert, daß das hier ein anderer Trauerzug war. Natürlich war das nicht seine Prozession: schon der bloße Gedanke war dumm. Wie hätte auch ein Geistlicher dabeisein können? ... Gedankenfetzen verbanden sich in seinem Gehirn, er begriff sofort alles und trat ungeduldig von einem Fuß auf den anderen, während der fremde Trauerzug an ihm vorbeizog. Als er vorbei war, öffnete sich vor Infantjew der kleine freie Platz mit dem Blumenbeet in der Mitte, dessen Abschluß jene alte Kirche bildete, deren blaue Kuppel von überall zu sehen war. Die Kirchentür stand offen. Infantjew überquerte den Vorplatz und bewältigte mit zwei Sätzen die Vortreppe. Die Schöße seines Mantels flatterten im Wind. Er rannte in die Kirche hinein, blieb stehen, konnte, vom Tageslicht geblendet, in der dunklen Tiefe des Kirchenraums nichts erkennen. Die Mantelschöße fielen herab, und wie mit angelegten Flügeln schlüpfte, glitt er ins Kircheninnere. Ihm fiel ein, daß er noch nie im Leben in einer Kirche gewesen war. Er hob den Kopf und schaute hoch: von oben her verbreitete sich staubiges Licht, mehr war nicht zu sehen. Infantjew kam wieder zu sich, senkte den Kopf, nahm die Hände aus den Manteltaschen. Doch jetzt konnte er mit seinen Händen und Armen nichts mehr anfangen, wußte nicht, wohin damit. Er sah eine aus dunklen Gestalten bestehende kleine Menschengruppe, die Silhouetten scharten sich um einen Mittelpunkt – und auch diesmal war es ein Sarg. Eine schmale Lichtsäule spaltete den Schattenraum in zwei Teile. »Wie ein Schwert...«, dachte Infantjew. Ihm machten weiterhin seine Hände und Arme zu schaffen, die er mal auf dem Bauch, mal hinter dem Rücken verschränkte – oder die er heimlich mit dem Taschentuch abwischte. Die Menschen drängten sich, in diesem Lichtstrahl, sie schwadeten wie staubiges Licht. »Sie haben ein gemeinsames Leid...«, dachte Infantjew. Er stellte mit Verwunderung fest, daß sich alle diese Menschen viel freier fühlten als er selbst. »Dabei sind sie doch religiös, nicht ich...«, staunte er, während er das Fehlen jenes Zitterns und Schweigens bemerkte, auf das er hier gefaßt gewesen war. Im Gegenteil, diese Menge mit dem gemeinsamen Leid benahm sich, so schien es Infantjew, fast etwas zu leger. Nur ein einziger Mensch in der Trauergemeinde wies Zeichen eines übergroßen Schmerzes auf, weinte, heulte fast: das war eine alte Frau ohne Gesicht. Jemand schneuzte sich laut, zwei Personen führten ein lebhaftes Gespräch, eine schwere Greisin versuchte hinzuknien, was viel Zeit erforderte und mit Geräuschen und Umständen verbunden war. Irgendein Paket wurde weitergereicht. Auf irgendwas wurde gewartet. Infantjew ging plötzlich eine Ungereimtheit auf, die er schon seit Tagen bemerkt hatte, aber erst jetzt begriff. Vielleicht war es gar nicht eine Ungereimtheit, sondern der Zusammenbruch einer ungenauen Vorstellung, die bisher in Infantjew gelebt hatte, nämlich der, daß die Menschen das Leid gemeinschaftlich erleben, daß tiefer Schmerz nur einen Ausdruck hat. Und während er nun die Erwartung der Menschen rings um den Sarg beobachtete (wobei ihm unklar blieb, worauf gewartet wurde), während er die Ungeduld der chaotisch gemischten Trauergäste fast schon spürte, während er darüber staunte, daß in ihm selbst, dem Ungläubigen, mehr Ergriffenheit war als in den Mienen der hier versammelten Gläubigen, während er immer noch nicht wußte, was er mit seinen Händen anfangen sollte, vergaß Infantjew alles rings um sich herum, kam aus dem Staunen nicht mehr heraus – und sah plötzlich die Schwiegermutter. Sie stand da, ganz in Schwarz, von den anderen alten Frauen nicht zu unterscheiden, dicht am Sarg, den eingeschrumpften Kopf leicht zur Seite geneigt, das Klümpchen ihres Taschentuchs manchmal an stets ein und dasselbe Auge führend, die Lippen träge bewegend. Infantjew machte einen raschen Schritt nach vorn, seine Mantelschöße flatterten wieder empor, es war, als schlüge er mit seinen Flügeln. Er ging um diese dunklen, jetzt bereits erstarrten Gestalten herum, auf die Großmutter zu. »Was will sie hier ...«, dachte er in stummer Verblüffung. »Hier an diesem fremden Sarg ... Was will sie ...« Sie rührte sich nicht vom Fleck. »Wir wollen jetzt gehen ...«, sagte er und redete die Schwiegermutter zum erstenmal nicht mit *Mutter*, sondern mit *Mammi* an. »Das kann peinlich werden«, sagte er errötend, »man wartet doch auf uns.« Die Schwiegermutter erkannte ihn jetzt endlich, wirkte wie aufgescheucht, versteckte das Taschentuch in ihrem Ärmel und begann schon, sich in einer Seitwärts-Bewegung mit gesenktem Blick vom Sarg zu entfernen, als plötzlich ein allgemeiner Seufzer durch den Raum ging und alle Anwesenden sogleich verstummten – ein Mann im Ornat war in die Kirche eingetreten. »Der Pope... der Geistliche...«, stammelte Infantjew, nicht recht wissend, wie er diesen Mann in Gedanken benennen sollte. Dessen schöne tiefe Stimme begann von unten her, in der schmalen Lichtsäule, zur Kuppel emporzufließen. Und wieder versetzten die Menschen um ihn herum Infantjew in Erstaunen. Das Chaotische schwand sogleich, und es stellte sich jene Gemeinsamkeit ein, die Infantjew auf etwas naive Weise bei diesen durch ein gemeinsames Leid verbundenen Menschen von vorneherein erwartet hatte. Jetzt schienen sie ihre Köpfe zu neigen und gleichzeitig in eine Richtung zu streben, stumm und voller Aufmerksamkeit. Sie waren jetzt in einem einzigen Impuls erstarrt, sie bildeten ein Ganzes, das in sich verschmolzen war. Indessen war ihnen kein Leid mehr anzumerken – und wieder war Infantjew sehr verblüfft.

Dann kam das zweite Bild. Er stand am Rand der Grube und mußte als erster eine Handvoll Erde hinunterwerfen. Alle anderen waren zurückgetreten, für ihn verschwunden. Er stand am Rand, weiter vorn war nichts mehr. Nichts – außer einem gleichmäßigen Licht, das sich plötzlich über alles ergoß: die Sonne war durch die Wolken gebrochen. Infantjew stand am Rand der Grube, unbeweglich, und schien einer Musik zu lauschen. Sie war zusammen mit dem Licht auf ihn herabgestürzt, langhingezogen und gemessen, sich in alle Ewigkeit hinein endlos wiederholend. Jetzt fiel auch noch ein wenig Schnee. Es war der Schnee mit der Sonne, und der langgezogene Klang, und ein von diesem Klang wie vom Zentrum einer Explosion ausgehendes endloses Anlaufnehmen, ein Anlaufnehmen und Davonlaufen, ein Sichentfernen all der anderen Leute von ihm weg, in eine ferne, sich beschleunigende, um sich selbst rotierende Ewigkeit: als hätte man auf eine Pusteblume geblasen und sie sei in alle Himmelsrichtungen zerstoben ... Er aber stand noch immer hier am Rand der Grube, und weiter vorn war nichts: nur milchige Leere, und von oben oder sonst woher stürzten Schnee und Sonne auf ihn herab, da fiel mit einem feuchten Ton ein Klumpen Erde auf den Sargdeckel. Licht, Licht, Licht ...

Endlich kam Bild drei ... Infantjew, gestützt und sanft vorwärtsgeschubst, sollte den Weg zurück gehen, offensichtlich nach Hause ... Seine Frau Natalja Wladimirowna gab es jetzt nicht mehr. Infantjew stand am Fuß des Uferhangs, fast am Wasser. Ein schmaler Streifen gelben Sandes – dann kam schon der See. Vor seinem Blick waren keine Gräber, nur der kleine dunkle Grabhügel seiner Frau. Als er sich nun umwendete (oder umgewendet wurde) und sich anschickte, den Weg – hangauf – zurückzugehen, sah er das Nachbargrab und war wieder verwundert. Er blieb stehen, erstarrte und betrachtete, ein wenig stumpf, das Grab. Es war mit Maschendraht umgeben und hatte außerdem noch ein Dach. Kein Grab, vielmehr ein kleines Haus, eine Veranda. Im Häuschen war eine schöne Grabplatte und, an deren Kopfende, ein kleiner Obelisk. Am Obelisk war das Foto eines jungen schnurrbärtigen Mannes mit einem klugen angenehmen Gesicht befestigt. Die Grabplatte verkündete aber, dieser Mann sei im Alter von zweiundfünfzig Jahren verstorben. Eigentlich durfte er also gar nicht so jung aussehen. Neben der Grabplatte stand eine gezimmerte Sitzbank, und überhaupt sah alles sehr gepflegt und sauber aus. Auf der Platte, das war das Erstaunlichste von allem, pickte ein lebender Sperling an einem Bonbon herum.

Nach der Beerdigung brachte Infantjew eine Zeitlang nicht die Kraft auf, das Grab seiner Frau zu besuchen. Erst im Frühling, als der Schnee geschmolzen war, machte er sich, an einem sonnenklaren Tag, auf den Weg zum Friedhof.

Während der Fahrt – er fuhr lange mit der Straßenbahn, jetzt schon durch die Außenbezirke und mußte bald aussteigen – hatte sich der Himmel bewölkt und verdüstert. Infantjew bemerkte das plötzlich: gerade noch hatte die Sonne geschienen – jetzt war alles in Dämmerlicht getaucht. Er wunderte sich, daß er diese Veränderung nicht schon früher bemerkt hatte, und erst als er dies Staunen konstatierte, begriff er, daß er den ganzen Weg über in etwas versenkt gewesen war. Das heißt: er konnte sich weder an die Tatsache des Fahrens erinnern, noch an das, was er durch das Straßenbahnfenster gesehen hatte, noch an die Menschen, die an den Haltestellen zugestiegen waren. Und er begriff, daß er während dieser Zeit an nichts gedacht hatte, das man einfach begreifen könnte. Im üblichen Wortsinn hatte er gar nicht gedacht. Doch es hatte ihn etwas ergriffen, ihm fiel auch gleich ein, was es war. Er wurde verlegen, errötete, blickte sich nach allen Seiten um, wollte sehen, ob die anderen Fahrgäste etwas bemerkt hätten. Doch denen war anscheinend nichts aufgefallen. Es waren sowieso nur drei Personen. Wozu der vor sich hindämmernde Schaffner kam. Im Grunde war es dumm, sich umzublicken. Auf seiner Stirn konnte ja nicht gut etwas geschrieben stehen.

Wenn es draußen nicht den jähen Wetterumschlag gegeben hätte, dachte Infantjew, dann wäre mir an mir selbst gar nichts aufgefallen, ich wäre einfach aus der Tram gestiegen und hätte alles vergessen, was während der Fahrt zum Friedhof in meinem Gehirn vorgegangen war. Das Ganze ist reichlich ungereimt...

... Die lange Trambahnfahrt – und plötzlich steigt Nata zu, hinter den Fensterscheiben ist zu beiden Seiten Himmel (die Bahn fährt bergauf), und Kiefern sind dort, sie rauschen, und Nata kommt herein: schlank und lautlos. Sie kommt herein – und er erschrickt. Nein, sie ist lebendig. Doch eben deshalb, weil draußen die Sonne scheint, weil dort der Himmel ist und die Kiefern, und weil die Straßenbahn den Berg hinaufkriecht, eben deshalb bricht er in Schreien aus. Er schreit – doch, sonderbar: er schweigt dabei. Der Mund ist zwar geöffnet – doch er schweigt. Und sie legt den Finger an die Lippen, und blickt ihn an, und geht auf ihn zu. Ganz lautlos. Keiner der Fahrgäste schenkt dem Beachtung: der eine döst vor sich hin, der andere schaut zum Fenster hinaus. Nata ist auf ihn zugetreten und sagt: »Und wie geht es dir?« Er möchte ihr sagen, daß es ihm schlecht geht, daß überhaupt alles nicht gut ist. »So einigermaßen«, erwidert er, »ohne dich ist es langweilig.« – »Das ist gut«, sagt sie, »das ist gut.« Infantjew kommt dieser Vorgang völlig natürlich und normal vor, zugleich begreift er, daß es so etwas nicht geben kann. Oder ist es doch so, daß es außer dem *hier* noch ein *dort* gibt? Doch warum eigentlich nicht, was wäre schon dabei...

»Und was ist *dort*?« flüstert er schüchtern. »Was ist dort?« fragt er voller Neugier, voller Furcht und Respekt, mit dem besonderen Respekt vor einem Menschen, der das mit Sicherheit weiß – und gleich wird er endlich die Wahrheit erfahren. »Was ist dort?« fragt Infantjew. »Das da«, sagt sie und zeigt mit der Hand auf das Fenster. Er blickt hinaus und sieht tiefblauen Himmel (die Straßenbahn fährt bergauf). »Ja«, seufzt er. Er wendet sich um – es ist keine Nata mehr da.

Jetzt herrscht freilich Dämmerlicht, doch das kann kaum der Grund sein, denn auch schon früher widerfuhr ihm Ähnliches... Er sitzt zu Hause und denkt: daß Nata starb, ist derart sinnlos, daß es einfach nicht sein kann. Zumal der Friedhof, die Beerdigung an ihm vorbeigegangen sind (es wäre auch widernatürlich, wenn so etwas bliebe). Das ist vorbei, und jetzt ist es einfach so, daß Nata Gott weiß warum fortbleibt. Er sitzt am Tisch – und kann sich nicht umdrehen, denn plötzlich durchzuckt ihn der Gedanke: warum sollte sie jetzt nicht einfach so eintreten, schlicht und einfach, und sich neben ihn setzen – nichts daran wäre verwunderlich. Da wird an der Tür geläutet. Infantjew wird weiß im Gesicht, geht zur Tür, öffnet sie. Draußen ist niemand. Auch in Träumen ist ihm Ähnliches passiert. Nicht häufig, aber regelmäßig. Sie kommt ins Haus, und er nur er allein sieht sie. Die Tochter sieht sie nicht, auch die Nachbarn sehen sie nicht. Sie sprechen über häusliche Dinge, er ist von großer Ruhe und Abgeklärtheit erfüllt, Nata geht durch die Räume, spricht zu ihm, doch nur er allein sieht das, die anderen sehen es nicht. Zwischen Nata und ihm besteht eine Absprache, sie hat sich das ausbedungen: sie wird manchmal vorbeischauen, aber er soll das niemandem, niemandem sagen...

Wie dumm: während der Fahrt mit der Straßenbahn schien die Sonne – jetzt ist er angekommen, und der Himmel ist bedeckt. Der Friedhof hat sich verdüstert – doch Infantjew begreift erst jetzt so recht, was es mit diesem Friedhof auf sich hat, denn düster ist der Friedhof nicht geworden. Nicht düster – nur dämmerig. Es dämmert – und die Kiefern rauschen. Infantjew geht den Uferhang hinab, den Pfad entlang, der zwischen den Gräbern hindurchführt. Jetzt ist er am Seeufer. Der See liegt ruhig und dunkel vor ihm. Dunkel und spiegelglatt. Träge Wellen überspülen den Uferstreifen. Infantjew ist verwundert darüber, wie ruhig er das Grab betrachten kann. Seine Motorik ist gebremst, die Augen sind erstarrt. Vielleicht ist ihm gar nicht bewußt, daß Nata unter diesem Grabstein liegt. Auch dieses Bewußtsein wäre widernatürlich. Das hier ist einfach ein Ort, ein Ort der Erinnerung: nur deshalb kann man auf Friedhöfe gehen. Infantjew hatte bemerkt, daß sich am Nachbargrab, auf jenem schmucken Grab in Häuschenform, jemand aufhielt, und zwar eine Frau. Er stand da, mehr am See als am Grab, und ihm war so ruhig zumute und so wohl, er stand bewegungslos, gedankenlos – da donnerte es über dem See, und die ersten, noch spärlichen Tropfen formten sich im Sand zu grauen Kügelchen. Reflexhaft blickte Infantjew zum Himmel auf. Die Bewegung war so schlicht wie sinnlos: woher sonst, außer vom Himmel, hätten die Regentropfen kommen können? Während er aufwärts blickte, häuften und verdichteten sich die Tropfen, und er hörte, wie man ihn anrief. Er zuckte zusammen und schaute zum Nachbargrab. Die Frau hatte ihm das Gesicht zugewendet, lockte ihn mit der Hand herbei und sprach: »Kommen Sie doch her. Sie werden sonst noch naß . . .« Infantjew trat auf das Nachbargrab zu. »Ich habe hier ein Dach über dem Kopf«, sagte sie. »Kommen Sie herein.« Kaum war er in das Maschendrahthäuschen eingetreten, als der Regen mächtig einsetzte. Infantjew bedankte sich und blickte um sich. Gegen eine der durchsichtigen Maschendrahtwände lehnte draußen ein Fahrrad, große Regentropfen hämmerten gegen den Sattel. Und dann sah Infantjew etwas, was ihm für einen Moment buchstäblich die Sprache verschlug: auf der großen niedrigen Grabplatte lagen, im Kreis angeordnet, Bonbons. Infantjew streifte die Frau mit einem Seitenblick. Aber alles sonst war normal: die Frau hatte ein ruhiges, man könnte sagen, ein beruhigtes Gesicht. Sie war ungefähr so alt wie Infantjew. Er blickte hin – und versteckte den Blick. »Heute ist ein

Feiertag«, sagte sie. Infantjew fühlte sich gleich wieder sonderbar. Inzwischen war es ganz dunkel geworden, der Donner rollte und rumorte, die Blitze peitschten die schwarze Brust des Sees. Das kleine Maschendrahthäuschen war wie belagert vom Regen, dessen Ströme durch den Maschendraht drangen und nur eine kleine Stelle in der Mitte des Häuschens unberührt und trocken ließen. Dieses Gewitter war heftig – und doch fröhlich. Dazu kam die Frau mit den Bonbons. War sie vielleicht ein wenig? ... »Sie sagten vorhin ›Feiertag‹?« fragte er sicherheitshalber. »Ja, heute ist Mischas Geburtstag«, sagte sie und zeigte auf das Foto des Schnurrbärtigen. Dann blickte sie Infantjew an und begann zu erzählen: »Mein Mischa war Polarforscher, ich habe ihm aufs Grab einen Eisbären gestellt, den haben sie mir gestohlen, da habe ich den Maschendraht anbringen lassen, damit man das Häuschen abschließen kann. Der Eisbär war ein Prachtstück ...«

Der Himmel riß jetzt über dem See auf. Die Wolkendecke bekam ein Loch und durch das Loch drang die Sonne. Doch die Wolken hielten den Himmel einstweilen noch besetzt, der Regen peitschte Wasser und Erde, dumpf rauschten die Kiefern. Und doch war alles wie verwandelt. Der Regen wühlte den Sandboden auf, während die Sonne wie ein Scheinwerfer die nassen Kiefern anstrahlte. Es glänzten die Grabplatten, hell schimmerte der bewegte See. Jetzt donnerte es weiter weg.

»Wie schön, das alles hier«, sagte Infantjew.

»Ja«, sagte die Frau, »auch Mischa und ich lieben diesen Ort sehr.«

»Besonders Mischa ...«, dachte Infantjew und errötete qualvoll.

»Ach ja, ich habe es Ihnen noch nicht erklärt«, begann die Frau weiterzureden. »Mein Mischa hat mir, als wir uns kennenlernten, eine Geschichte erzählt, die er hinter dem Polarkreis erlebt hat. Er war im dichten Nebel unterwegs und stieß mit einem Eisbären zusammen. Er kriecht und kriecht – und spürt etwas Warmes und Weiches. Das war die Nase von dem Bären. Der Bär hat ihm nichts getan, ist weitergezogen. Zu Ehren des Bären hatte ich den Bären aufgestellt, der Bär und Mischas Foto haben sich angeblickt. Als dann der Bär gestohlen wurde, bin ich dazu übergegangen, die Bonbons zu kaufen, sie wissen schon, die auf denen ein Bär drauf ist ...«

»Ach, so ist das ...«, sagte Infantjew.

»Nehmen Sie doch von den Bonbons«, sagte die Frau. »Die schmecken nämlich ausgezeichnet ...«

»Vielen Dank«, sagte Infantjew.

Sie saßen auf der Bank neben der Grabplatte. Infantjew kaute an einem Bonbon. Das Himmelsloch hatte sich ausgeweitet, es nahm bereits den halben Himmel ein. Alles ringsum glänzte frischgewaschen. Infantjew fühlte sich jetzt noch unwohler als vorhin. Da hatte es geregnet, und es war halbwegs verständlich, weshalb er sich in diesem komischen Käfig befand und dieser Frau lauschte. Jetzt hatte der Regen aufgehört – und nichts mehr war verständlich. Auch an den Erzählungen der Frau war manches abstrus. Offenbar fuhr sie fast jeden Tag hierher, sie hatte sich extra ein Fahrrad gekauft. Eigentlich wollte sie einen Motorroller kaufen, aber sie fürchtete, man könnte ihr den Motorroller rauben: und das auf dem Friedhof! Dann begriff sie also, daß man beraubt werden kann! Und auch, was ein Friedhof ist, begriff sie. Sie hat ihren Mischa ein so pompöses Grabmal hingestellt und legt ihm Bonbons aufs Grab – dabei hat sie gesagt, daß sie viele Jahre getrennt gelebt hatten. War dieser Mischa ständig auf Polarexpedition gewesen? Nein, sie hatte sich anders ausgedrückt. Dem Mund der Frau entströmte weiter ein nichtendenwollender Redefluß, während sich Infantjew ausgesprochen unwohl fühlte, das hier war ein ganzes Leben, eine lange Geschichte, und was hatte er damit zu tun? War diese Frau denn überhaupt normal? ... Außerdem hatte der Regen aufgehört. Er zerkaute Bonbon um Bonbon, und auch das war ihm irgendwie peinlich. Doch nur zu lauschen, ohne gleichzeitig zu kauen, wäre die schlimmere Variante gewesen. Außerdem schmeckten die Bonbons vorzüglich! Er überlegte sich, wie lange er schon keine Bonbons mehr gegessen hatte. Es fiel ihm nicht ein. Nur die Bonbons seiner Kindheit stiegen in seinem Gedächtnis auf. Dabei könnte er jeden Tag Bonbons haben ... Und dann diese Frau ... Obwohl es ihm peinlich war, ihren Reden zu lauschen, obwohl ihm das auch nicht so recht gelang, meinte er, diesem dicht gedrängten, manchmal für einen Moment abreißenden Redeschwall unbedingt lauschen zu müssen, und auch das, was sie sagte, schien wichtig und ging ihn an. Eine vernünftige Abfolge war in ihrer Rede nicht zu erkennen, doch etwas Gewichtiges drang jetzt zum erstenmal in Infantjews Bewußtsein. Er dachte, daß er sein Leben lang manches gehört hatte, was er durchaus hätte verstehen können, aber nicht verstanden hatte. Weil er nur die klare Abfolge für zugänglich hielt, wenn das eine aus dem anderen folgt. Doch jetzt brauchte er keine kontinuierliche Erzählung: weil das Gesagte Wesentliches ausdrückte. Infantjew begann auf der Sitzbank hin- und herzurutschen: es war zu kompliziert und unausdrückbar, was er jetzt dachte und begriff. Vielleicht war es jetzt auch gar nicht notwendig, nach einer Formulierung zu suchen. Je weniger Formeln, desto mehr Präzision ...

Die Frau blickte zu Natalja Wladimirownas Grab hinüber ...

»Trug Ihre Frau Ihren Namen?« fragte sie versonnen.

»Ja, freilich ...«, sagte Infantjew mit einem leisen Zweifel.

»Dann war Ihr Vater wohl ein Geistlicher?« sagte die Frau erfreut.

»Wieso ein Geistlicher? ...«, fragte Infantjew verdutzt.

»Ich erkläre es Ihnen!« sagte die Frau in ihrem raschen Parlando. »Sie sind doch Russe? ... Oder nicht? ...«

»Freilich bin ich Russe«, bestätigte Infantjew.

»Sie sind Russe, doch Ihr Familienname klingt französisch«, sagte die Frau, »ich würde sogar sagen: spanisch ... Ein Infant ist ein Königssohn, ein Thronfolger. Sie stammen aber nicht aus Spanien ...«

»Natürlich nicht«, sagte Infantjew, froh darüber, daß er wenigstens etwas verstand. »Ich bin hier geboren.«

»Und Ihr Vater?«

»Der kam von der Wolga ...«, sagte Infantjew. »Aus der Gegend von Astrachan ... Warten Sie mal ...«, fügte er hinzu, »wenn mich nicht alles täuscht, war mein Vater kurze Zeit an einem Priesterseminar! ... Aber anschließend daran«, fiel er sich ins Wort, »hat er was ganz anderes gemacht. Er ist Schlosser geworden« – der letzte Satz wurde im Zorn gesprochen.

»Sie sehen, ich hatte doch Recht!« jubelte die Frau. »Dann war Ihr Großvater ein Geistlicher.«

»Das war er nicht«, widersprach Infantjew. »Wie kommen Sie zu dieser Behauptung?«

»Doch, er war Geistlicher! Ich finde das sehr interessant! ...« rief die Frau. »In Rußland waren es die Provinzgeistlichen, die sonderbare Familiennamen für sich erfanden. Denen ging es nicht um Verständlichkeit, der Name mußte nur schön klingen. Ich bin mit einem Geistlichen befreundet, der den Familiennamen Fenomenow trägt ... Der Name Infantjew gehört in diese Kategorie! ...«

Infantjew brummt zunächst etwas vor sich hin und sagte dann: »Wie im Zirkus.«

»Sehr gut beobachtet«, sagte die Frau freudestrahlend. »Mit den Künstlernamen, den Artistennamen hat es eine ähnliche Bewandtnis. Im Zirkus sind es meistens italienische Namen... Oder nehmen wir den Namen Monachow... So könnte ein Schauspieler heißen, dabei ist das ein Popenname. Wahrscheinlich war der Vater Geistlicher, und den Sohn zog es zur Bühne... Stellen Sie sich den Generationskonflikt vor, das Drama zwischen Vater und Sohn!...«

»Meinetwegen. Aber mein Großvater war trotzdem kein Geistlicher«, sagte Infantjew, nun wieder sehr reserviert.

»Und ich versichere Ihnen, daß er doch einer war! Dort irgendwo an der Wolga war er Dorfpope. Und auch Ihr Urgroßvater war es und der Ururgroßvater... Und Ihren Vater hat man auch ins Priesterseminar gesteckt, das er dann aber nicht beendet hat. Anders kann ein solcher Name nicht entstanden sein. Oder legen Sie wert darauf, dem Zirkusmilieu zu entstammen?«

»Was wollen Sie damit sagen?« sagte Infantjew, nun vollends verwirrt.

»Zirkus! Zirkus!« sagte die Frau und lachte.

Infantjew steckte sich ein Bonbon in den Mund und bekundete dadurch seinen Verzicht aufs Weiterreden.

Die Frau nahm einen neuen Redeanlauf und begann in raschen Worten davon zu erzählen, wie sie, nach dem Empfang der Todesnachricht, mit dem Taxi durchs ganze Land gerast war, wie ihr das Geld ausging, wie man ihr zu allem Überfluß auch noch ihre Wohnung ausgeraubt hatte, wie das Grabmal das ganze Geld verschlang, wie sie ihren Sohn aufzog, und wie alles so furchtbar schwer war, so furchtbar schwer. Und trotzdem gab es so viel Glück, ja, so viel Glück, und am Schluß kam etwas völlig Unverständliches und doch Sonnenklares, aber das konnte man nicht mehr behalten, nur fühlen...

»Ach«, sagte Infantjew. »So war das also ...«

»Mein Sohn ist inzwischen erwachsen ...«, sagte die Frau.

Infantjew ging auf, daß seither viele Jahre vergangen waren – die Erlebnisse der Frau lagen weit zurück. Trotzdem war das Erzählte seltsam gegenwärtig.

Die Frau schien zu begreifen, woran Infantjew dachte.

»Mir ist, als hätte ich Kontakt mit ihm«, sagte sie. »Mir ist nicht nur so – es ist wirklich so.«

»Ja«, sagte Infantjew und blickte die Frau – immer noch etwas erstaunt – an.

»Sie haben ein großes Leid, ich weiß«, sagte die Frau. »Ihre Frau ist erst ganz kürzlich ...«

»Ja«, sagte Infantjew schlicht. »Es ist so leer ...«

»Wissen Sie, was ich tue? Immer wenn es mir schlecht geht, komme ich her und spreche mit ihm. Er schweigt mir etwas vor – gleich wird mir besser ...«

»Sie glauben wahrscheinlich an Gott?« flüsterte Infantjew und schaute die blaue Kuppel vorsichtig an.

Die Frau bemerkte seinen Blick, auf ihr Gesicht trat ein geheimnisvolles Lächeln.

»Nein«, sagte sie. »Ich war auch noch niemals dort drin.« Sie warf jetzt auch einen Blick auf die Kuppel.

»Ich war drin«, sagte Infantjew und seufzte. »Rein zufällig ... Es war sonderbar ... Aber was soll man tun? ...« – er murmelte jetzt sinnlos vor sich hin, – »Und Sie unterhalten sich also mit ihm?«

»Seien Sie nicht verwundert«, sagte die Frau. »Ich bin auch ein gebildeter Mensch. Aber was soll es sein, wenn es nicht ein Kontakt ist?«

»So wird es wohl sein«, sagte Infantjew. »Ich selber habe einfach noch nicht darüber nachgedacht.«

»Dies um so mehr, als er gar nicht hier ist«, sagte sie und zeigte auf die Grabplatte.

»Wie bitte? ...«

»Bei Ihnen ist das ebenso. Das ist nur ein Denkmal,

ein Gedächtnisort... Und außerdem ein schönes Plätzchen.«

»Bei mir ist das ebenso, richtig«, sagte Infantjew.

»Die leben natürlich«, sagte die Frau. »Wie könnten wir sonst mit ihnen reden?«

»Darauf war ich einfach nicht gekommen«, sagte Infantjew verdutzt.

»Er kommt sogar zu mir heim...«

»Was? Zu Ihnen auch?!«

Er fuhr in die Stadt zurück, die Bahn kroch den Berg hinab. Der Himmel war düster, am Berghang standen Kiefern, durch die die rote Sonne blinkte.

»So habe ich das nicht gesehen«, grübelte Infantjew. »Ich versuchte zu begreifen, wie das wohl ist? Und jetzt stellt sich raus, es ist *so.*«